«Mit großem psychologischem Gespür und Einfühlungsvermögen zeigt die Autorin, wie Menschen dazu gebracht werden mitzuspielen, zeichnet deren Motive literarisch nach. Sprachlich wunderbar leicht.» *Aalener Kulturjournal*

«Anja Baumheier ist mit ihrem Erstling ein Roman gelungen, der sehr viel von der menschlichen Dramatik wiedergibt, die tatsächlich mit der deutschen Teilung verbunden war.» *SWR2*

«Spannend, nachdenklich stimmend und unterhaltsam.» *Bremer Nachrichten*

«Einmal angefangen, legt man das Buch nicht mehr zur Seite. Wer nach einer Ferienlektüre mit Gehalt sucht: bitte sehr.» *Hamburger Morgenpost*

ANJA BAUMHEIER

# Kranichland

Roman

Rowohlt Taschenbuch Verlag

2. Auflage März 2019

Veröffentlicht im Rowohlt Taschenbuch Verlag,
Hamburg bei Reinbek, April 2019

Umschlaggestaltung bürosüd, München
Umschlagabbildung Elisabeth Ansley/Trevillion Images
Gesetzt aus der Bembo, InDesign
Gesamtherstellung CPI books GmbH, Leck, Germany
ISBN 978 3 499 27401 5

# Damals (1936)

## Jaksonów

Endlich acht. Johannes schlug die Decke zurück, sprang aus dem Bett und rannte im Schlafanzug und mit zerzausten Haaren die Treppe herunter. Schwaches Licht fiel durch das Fenster in den Flur des alten Bauernhauses. Johannes hatte sich sehr auf seinen Geburtstag gefreut. Seine Mutter hatte versprochen, den ganzen Tag mit ihm zu verbringen. Nicht einmal zur Schule gehen müsse er, hatte sie gesagt. Von der letzten Treppenstufe aus hüpfte er in die Küche. In der Mitte des kleinen Raumes stand ein Tisch aus grobem Holz, an der Wand ein Regal mit Geschirr und neben der Küchenhexe der Ascheeimer. Doch seine Mutter war nicht hier, und auch die Wohnstube, die direkt neben der Küche lag, war leer. Johannes ahnte, was das bedeutete. Seine Mutter würde den ganzen Tag nicht aufstehen.

Die Tür zu ihrem Zimmer war nur angelehnt. Als er eintrat, empfing ihn der längst vertraute Geruch von Baldrian, Alkohol und feuchtem Holz. Die groben Leinenvorhänge waren nachlässig zugezogen. Durch einen Spalt sah Johannes das Schneetreiben vor dem Fenster, dem das fahle Morgenlicht etwas Gespenstisches verlieh. Vorsichtig setzte er sich auf die Bettkante. Seine Mutter hatte die Augen geschlossen, ihre langen schwarzen Haare lagen wirr auf dem Kissen, während sich ihr Brustkorb gleichmäßig hob und senkte. Der blasse Mund mit den aufgesprungenen Lippen und ihre weiße Haut ließen sie beinahe wächsern erscheinen, fast so, als wäre sie gar nicht da. Jetzt, so nahe bei ihr, roch Johannes ihren Schweiß und das Faulige aus ihrem halb geöffneten Mund. Auf dem Nachttisch lagen Tablettenschachteln mit lateinischen Namen, die ihm nichts sagten. Dahinter stand, an die Wand gelehnt, ein Foto mit gezackten Rändern, das noch vor Johannes' Geburt aufgenommen worden war. Er hatte Mühe, die Frau im Bett und die auf dem Foto als ein und dieselbe Person zu erkennen. Die Frau auf dem Bild lächelte dem Fotografen zu, eine Hand hatte sie in die Hüfte gestützt. Ihre helle Haut leuchtete, das schwarze Haar war kurz. Er nahm das Bild in die Hand und drehte es um. *Charlotte – 1916* stand in geschwungener Handschrift auf der Rückseite.

Seine Mutter öffnete die Augen. Sie waren rot gerändert und stumpf. «Alles Gute zum Geburtstag.»

Johannes beugte sich vor und wollte sie umarmen, doch sie schob ihn weg. «Nein, Hannes, so kriege ich keine Luft. Das weißt du doch.»

Johannes wich zurück und nickte. Sein Hals war wie zugeschnürt. Er blickte zur Seite und sah sich im Zimmer um. Aber seine Augen fanden keinen Halt. Schließlich blieben sie an dem Gemälde über der Kommode hängen. Eine Schneelandschaft war darauf zu sehen, und er hatte plötzlich das Gefühl, aus den weißen Flächen würden sich dunkle Schatten lösen und nach ihm greifen. Johannes senkte den Kopf. Ich weiß ja, dass es ihr nicht gutgeht. Aber es ist mein Geburtstag, sie hätte es wenigstens versuchen können, dachte er, sprach den Gedanken jedoch nicht aus. Den Fehler hatte er schon einmal gemacht. Daraufhin war seine Mutter in Tränen ausgebrochen. Meinst du, ich habe mir das ausgesucht, hatte sie damals gesagt.

Draußen klopfte es. Johannes drückte sich von der Bettkante hoch, ging in den Flur und öffnete die Haustür. Ida Pinotek, die Besitzerin des Nachbarhofes, stand davor. Sie hatte sich ein Tuch um den Kopf gebunden, trug eine karierte Stoffschürze und hielt einen großen Teller mit Schokoladenkuchen in der Hand. «Hannes, mein Sonnenschein. Alles Liebe zum Geburtstag. Schokolade ist hoffentlich noch immer dein Lieblingskuchen?»

Während Johannes nickte, presste Ida Pinotek ihn an sich. Sie war klein und erwartete ihr drittes Kind. Ihr Bauch war so ausladend, dass Johannes mit seinem Gesicht nur kurz ihr Dekolleté streifte.

Und dann konnte er die Tränen nicht zurückhalten.

Ida Pinotek streichelte ihm über die Wange. «Liegt Charlotte wieder im Bett?»

Er nickte.

«Ach, mein Junge.» Sie wollte noch etwas sagen, biss sich aber auf die Unterlippe. «Gräm dich nicht. Das geht vorüber. Und jetzt hopphopp zur Schule. Hubert und Hedwig warten schon.»

Johannes dachte kurz an das Versprechen seiner Mutter, daran, dass sie den Tag eigentlich mit ihm verbringen wollte. «Ich bin gleich so weit, Frau Pinotek.» Er ging noch einmal zu ihrem Zimmer und warf einen Blick hinein. Seine Mutter war wieder eingeschlafen. Schnell zog Johannes sich an, warf Mantel und Ranzen über und folgte Ida Pinotek nach draußen.

Als er am Nachmittag nach Hause kam, lag seine Mutter immer noch im Bett. Er ging in die Küche, wo Ida Pinoteks Schokoladenkuchen stand. Obwohl Johannes Hunger hatte, verursachte sein Anblick ihm Übelkeit. Er nahm den Kuchen, schlich hinters Haus und warf ihn auf den Komposthaufen. Vorsichtig schob er mit einem Ast ein paar verweste Abfälle darüber. Er wollte Ida Pinotek nicht enttäuschen.

Hubert und Hedwig Pinotek saßen am großen Tisch in der Stube und verzierten Plätzchen. Johannes lag auf dem Sofa und betrachtete eine Weihnachtsbaumkerze, deren Wachs auf den Holzboden tropfte.

«Willst du nicht mitmachen, Hannes?» Ida Pinotek legte ihre Hand auf Johannes' Schulter.

«Nein, Frau Pinotek, ich möchte lieber hier liegen bleiben.»

«Ist gut, mein Junge. Deiner Mutter geht es bestimmt bald besser. Und du wirst sehen, im nächsten Jahr feiert ihr Weihnachten wieder zusammen.» Sie strich ihm über die dunklen Locken und ging zurück in die Küche, um ein weiteres Blech Plätzchen aus dem Ofen zu holen.

Zwei Wochen waren seit Johannes' Geburtstag vergangen. Seitdem lag seine Mutter in ihrem Zimmer. Auf dem Schulweg hatte Johannes Hubert und Hedwig davon erzählt. Am Abend des gleichen Tages stand Ida Pinotek vor der Tür. In einem Ton, der keinen Widerspruch zuließ, hatte sie Johannes aufgetragen, ein paar Sachen zusammenzupacken und zu ihnen zu kommen. Johannes hatte wie angewurzelt dagestanden. Und die Nachbarin hatte versprochen, dass er nur so lange bleiben musste, bis es seiner Mutter wieder besser ging. Seitdem wohnte Johannes bei den Pinoteks.

Mit einem Zischen erlosch die Kerze. Johannes richtete sich auf und hob den Blick. Und da sah er durch das Fenster Licht im Zimmer seiner Mutter gegenüber. Den ganzen Tag hatte er darauf gewartet und gehofft, er könne doch noch mit ihr zusammen den Heiligen Abend verbringen. Er sprang auf und rannte in Strümpfen über den Hof. Aber als er in den Flur kam, war in ihrem Zimmer kein Licht mehr. Johannes blieb stehen und lauschte in die Stille. Da hörte er ein Poltern auf dem Dachboden. Was war das? War seine Mutter da oben? Johannes nahm zwei Treppenstufen auf einmal und kam atemlos vor der alten Holztür an. Er wollte sie öffnen, aber sie war von innen verriegelt. «Mutter?» Zaghaft drückte Johannes gegen die Tür, als von unten die Stimme Ida Pinoteks erklang. «Hannes, was machst du denn? In Strümpfen durch den Schnee. Du wirst noch krank, mein Junge.»

«Sie war wach, Frau Pinotek, ich habe es genau gesehen. Aber in ihrem Bett ist sie nicht.» Er beugte sich über das Treppengeländer und sah nach unten.

«Was machst du denn da oben?»

«Es hat gepoltert, aber die Tür ist zu. Sonst ist sie immer offen.»

Ida Pinotek stieg langsam die Treppe hinauf. Mit der Hand stützte sie ihren Rücken. In vier Wochen war der Geburtstermin, und das Laufen fiel ihr zunehmend schwer. Die Stufen knarrten unter ihren Schritten. Als sie vor der Tür zum Dachboden stand, trat Johannes einen Schritt zur Seite. Mit aller Kraft stemmte sich Ida Pinotek gegen die Tür. Doch nichts passierte. Beim dritten Versuch gelang es ihr schließlich, die Tür zu öffnen. Johannes drängte sich an ihr vorbei.

Der Dachboden war dunkel, er konnte nichts erkennen.

«Hier ist niemand, Hannes. Lass uns wieder nach drüben gehen. Es ist langsam Zeit für die Bescherung», sagte Ida Pinotek und begann, die Treppe wieder hinabzusteigen.

Johannes suchte mit der Hand die Wand ab. Er fand den Lichtschalter. Die Glühbirne an der Decke flammte auf, zuckte kurz und erlosch. Aber er hatte sie gesehen, seine Mutter und das Seil am Dachbalken und den umgefallenen Hocker.

# Heute

## Berlin

Schon durch den Aludeckel der Assiette hindurch konnte Theresa riechen, was es heute zum Mittag gab. Kartoffelbrei, Schweinebraten und Mischgemüse. Während sie den Deckel vorsichtig entfernte, drang laute Marschmusik aus dem Wohnzimmer nebenan.

«Herr Bastian, könnten Sie den Fernseher nicht ein wenig leiser stellen?»

«Wie bitte?» Die Stimme des Alten musste früher einmal sehr kräftig gewesen sein. Er hatte Theresa erzählt, dass er zu DDR-Zeiten bei der NVA gewesen war. Leutnant oder Hauptmann, genau konnte sie sich nicht mehr erinnern. Herrn Bastians Augen glänzten immer, wenn er von damals erzählte. Inzwischen war seine Stimme dünn geworden und kam gegen die Vierviertelaktgeräusche des Fernsehers kaum an.

Theresa steckte ihren Kopf durch die Durchreiche zwischen Küche und Wohnzimmer. «Könnten Sie das leiser machen?» Sie zeigte mit dem Finger auf den Fernseher neben der beigen Sprelacartschrankwand.

Herr Bastian lächelte und schaltete das Gerät ganz aus. Theresa stellte die lauwarme Assiette auf den Tisch. «Lassen Sie es sich schmecken. Schweinebraten, das ist doch Ihr Lieblingsessen.»

«Danke, Frau Matusiak, Sie sind eine Perle. Was würde ich nur ohne Sie machen? Wollen Sie sich nicht kurz zu mir setzen?»

«Nein, leider. Ich würde ja gerne. Aber unsere Zeitvorgaben sind so knapp.» Sie ging in den Flur und kam mit einem Staubtuch zurück. Immer wieder war sie erstaunt, dass Menschen sich Schrankwände in ihre Wohnzimmer stellten. Ihre Schwester Charlotte hatte auch eine, und wenn Theresa bei ihr war, zog sie sie damit auf. Während Theresa Vasen, Familienfotos und Sammeltassen abstaubte, hörte sie Herrn Bastian, der hinter ihr am Tisch saß, gemächlich kauen. Sein Gebiss knirschte. Er schmatzte und lobte das Essen in hohen Tönen. «Was macht die Ausstellung, haben Sie inzwischen alle Bilder fertig?»

Theresa stellte das Hochzeitsfoto zurück in die Schrankwand. «Eins muss ich noch malen, sonst reißt Petzold mir den Kopf ab. In drei Wochen ist die Vernissage.»

«Das wird schon, Frau Matusiak. Kommt Zeit, kommt Rat, wie man so schön sagt. Und mit all meinen Jahren kann ich wirklich bestätigen, dass das nicht nur irgendein blöder Spruch ist.»

Theresa schüttelte das Staubtuch aus. Vor dem Fenster ratterte die U2 vorbei. Der erste Wagen tauchte bereits in den Tunnel Richtung Pankow ein. Theresa mochte die Arbeit als Altenpflegerin, die alten Leute waren ihr im Laufe der Jahre ans Herz gewachsen. Aber ihre eigentliche Leidenschaft war die Malerei. Sie hatte schon als Kind gemalt, aber nie zu hoffen gewagt, dass mehr daraus werden könnte als ein Hobby. Bis sie Albert Petzold traf. Er unterhielt eine kleine Galerie namens Kunststoff in der Oderberger Straße. Sie fand den Namen lächerlich, aber sie war froh, dass er ihr die Chance gab, ihre Bilder dort auszustellen. Davon hatte sie immer geträumt, aber lange nicht den Mut gefunden, jemand anderem als Charlotte und ihrer Tochter Anna die Bilder zu zeigen. Die Begegnung mit Petzold war nur einem Zufall zu verdanken. Vor einem halben Jahr war Theresa ins Naturkundemuseum gefahren, um das große Dinosaurierskelett im Lichthof zu zeichnen. Kurz bevor sie fertig gewesen war, hatte plötzlich ein Mann hinter ihr gestanden und ihr über die Schulter gesehen. Sie war mit ihm ins Gespräch gekommen, und Albert Petzold hatte vorgeschlagen, dass Theresa ihn in seiner Galerie im Prenzlauer Berg besuchen kommen und einige ihrer Arbeiten mitbringen sollte.

Theresa schloss das Fenster und schaute zur Kuckucksuhr über dem Sofa.

«Fertig, Frau Matusiak.» Herr Bastian hatte alles aufgegessen, nicht ein einziger Soßenrest war übrig geblieben. Er gehörte zu der Generation, die immer alles aufaß, egal, was es gab. Das Besteck lag quer auf der Assiette.

Theresa glitt in die Wanne. Das warme Wasser tat gut, der Tag war anstrengend gewesen, und sie hatte Rückenschmerzen. Sie schloss die Augen und freute sich auf einen ruhigen Abend. Sie würde sich eine Pizza bestellen und noch ein wenig an ihren Bildern arbeiten. Als sie gerade warmes Wasser nachlaufen lassen wollte, klingelte es. Sie zuckte zusammen und überlegte, wer sie um diese Zeit besuchen kommen könnte. Ihre Tochter Anna war es bestimmt nicht, denn die hatte einen Schlüssel und rief, wenn sie vorbeikommen wollte, vorher immer an. Wieder klingelte es. Theresa stand auf, wickelte sich ein Handtuch um den Kopf, zog ihren Bademantel über und ging zur Tür.

«Frau Matusiak, Theresa Matusiak?»

Theresa nickte.

«Wenn Sie hier bitte unterschreiben würden?» Der Postbote reichte Theresa ein Einschreiben.

Sie unterschrieb das Formular, bedankte sich und schloss die Tür. Unschlüssig drehte sie den Brief in den Händen. Warum bekam sie ein Einschreiben? Als Absender war ein Notariat mit dem Namen Herzberg und Salomon in der Schönhauser Allee vermerkt. Kurz entschlossen riss Theresa den Umschlag auf.

Sehr geehrte Frau Matusiak,

hiermit teilen wir Ihnen mit, dass Frau Marlene Groen ihr Testament in unserer Kanzlei hinterlegt hat. Nach Frau Groens Ableben vor einer Woche sind wir verpflichtet, Sie darüber zu informieren, dass Sie und Tom Halász als Erben für die Liegenschaft in Rostock eingetragen sind. Wir bitten Sie, sich unverzüglich mit uns in Verbindung zu setzen, um die Formalitäten zu klären.

Unser aufrichtiges Beileid.

Mit freundlichen Grüßen

i. A. Dr. Kai Herzberg

Theresa ließ das Einschreiben sinken. Marlene war jetzt erst gestorben? Das konnte nicht sein. Dieser Brief ergab überhaupt keinen Sinn. Ihre ältere Schwester war schon 1971 bei einem Bootsunfall ums Leben gekommen. Marlene war mit ihrem Vater Johannes zum Segeln an der Ostsee gewesen und dabei ertrunken. Sie war gerade mal siebzehn, als sie starb. Der Schmerz über Marlenes Tod war für ihre Eltern damals unerträglich gewesen, und sie hatten auch später kaum über ihre verstorbene Tochter gesprochen.

Theresa ging zum Fenster. Ihre nassen Füße hinterließen feuchte Abdrücke auf dem Dielenboden. Nachdenklich blieb sie vor ihren Bildern stehen, die an der Wand lehnten. Auf den Leinwänden waren melancholische Gesichter zu sehen, die ein wenig an Modigliani erinnerten. Theresa fuhr mit den Fingern über die Wange einer Frau, bleich und mit großem Hut. Ihre Eltern Johannes und Elisabeth Groen hatten drei Töchter. Theresa, Marlene und Charlotte. Charlotte war die Älteste und Theresa die Jüngste. Theresa hatte Marlene nicht mehr kennengelernt, denn sie war vor ihrer Geburt gestorben. Nach Marlenes Tod war Elisabeth noch einmal ungeplant schwanger geworden und hatte es nicht übers Herz gebracht, sich gegen das Baby zu entscheiden.

Theresa riss sich vom Anblick des Bildes los und überflog erneut das Einschreiben. Bei den Worten Liegenschaft in Rostock stutzte sie. Liegenschaft? Das hatte sie vorhin gar nicht richtig wahrgenommen. Theresa wickelte das Handtuch vom Kopf und dachte an das Haus in Rostock, das ihren Eltern früher gehört hatte. Nach der Wende hatten sie es verkauft. Und jetzt sollte es die ganze Zeit Marlene gehört haben? Marlene, die doch angeblich schon seit Jahren tot war?

Theresas Hals war trocken. Sie ging in die Küche und trank einen Schluck Wasser direkt aus dem Hahn. Dann nahm sie ihr Handy vom Tisch und wählte die Nummer ihrer Schwester. Charlotte, die Ältere, die Vernünftige, die,

die immer eine Lösung hatte. Vielleicht konnte sie Licht ins Dunkel bringen.

«Groen?»

«Lotte, ich bin es. Hast du einen Moment?» Theresa ging zurück ins Wohnzimmer und sah aus dem Fenster.

«Nur kurz. Ich fahre morgen früh zu einer Fortbildung nach Magdeburg und muss noch packen. Was ist denn los?»

«Also, ich habe gerade ein Einschreiben bekommen. Es geht um Marlene. Sie … offenbar hat sie bis vor einer Woche noch gelebt.»

Am anderen Ende der Leitung war nur Charlottes Atmen zu hören.

«Bist du noch dran?», fragte Theresa.

«Ja. Das … das kann nicht sein. Marlene ist tot, seit Jahren schon.»

«Eben. Darum ist das Ganze ja so rätselhaft. Und das Seltsamste ist, Marlene hat mir, wie es aussieht, das Haus vererbt.» Theresa setzte sich auf den Stuhl vor der Staffelei neben dem Fenster.

«Was denn für ein Haus?»

«Das in Rostock. Du weißt schon, das Haus, das Vati 1992 an einen Investor verkauft hat. Lotte, ich kann mir da einfach keinen Reim drauf machen. Hast du eine Erklärung?»

«Nein, leider gar nicht, das ist mir mindestens so schleierhaft wie dir. Ich glaube, du musst Mutter danach fragen, auch wenn das vermutlich schwierig wird.»

«Das mache ich. Gleich morgen früh. Vielleicht stellt sich alles als ein Missverständnis heraus, eine Verwechslung, wer weiß.» Nachdenklich sah Theresa auf das Einschreiben, das jetzt vor ihr auf der Staffelei lag. «Lotte … noch eine Frage. Kennst du einen Tom, Tom Halász?»

«Nein, das sagt mir nichts, warum?»

«Ach nichts, nur so ein Gedanke. Ich melde mich, sobald ich mehr weiß.»

Am nächsten Morgen, nachdem Theresa mit der Sekretärin der Kanzlei von Herzberg und Salomon einen Termin ausgemacht hatte, fuhr sie mit der S-Bahn nach Lichtenberg, wo ihre Mutter Elisabeth seit fünf Jahren in einem Pflegeheim für Demenzkranke lebte. Im nahegelegenen Tierpark war Elisabeth früher oft mit Theresa und Charlotte spazieren gegangen, und die beiden hofften, die Aufenthalte im Park würden dem Verblassen von Elisabeths Erinnerung Einhalt gebieten. Oder die Vormittage, an denen die Pfleger mit ihr über das weite Gelände spazierten, würden wenigstens einen Teil der Erinnerung zurückbringen.

Das Pflegeheim war das Beste und verhinderte das Schlimmste. Nach Johannes' Tod 1997 war Elisabeth aufgelebt und viel gereist. Theresa und Charlotte hatten sie in der Zeit selten zu Gesicht bekommen. Theresa machte damals eine schwere Zeit durch. Sie hatte sich gerade von Bernd, Annas Vater, scheiden lassen und musste sich daran gewöhnen, von nun an alleinerziehend zu sein. Charlotte war damit beschäftigt, für ihre Ausbildung zur Finanzbeamtin zu lernen und ihren Unmut darüber zu verwinden, dass ihr Abschluss als Staatsbürgerkundelehrerin nach der Wende nicht anerkannt wurde.

Doch nur drei Jahre später war es mit Elisabeth langsam, aber sicher bergab gegangen. Es begann damit, dass sie die Wohnungsschlüssel vergaß, wenn sie das Haus verließ, dann wusste sie nicht mehr, wo ihre Wohnung war, dann brachte sie die Namen ihrer Kinder durcheinander. Am Ende rief sie einmal die Polizei, als Charlotte in der Wohnung war, weil sie sie für eine Einbrecherin hielt. Mit der Vergesslichkeit ging eine Wesensveränderung einher, die es ihren Töchtern zusehends schwermachte, sich um sie zu kümmern. Elisabeth wurde aggressiv, sie beschuldigte Theresa, ihr Geld gestohlen zu haben, und als sie schließlich vergaß zu essen, gaben Theresa und Charlotte sie besorgt und mit schlechtem Gewissen in professionelle Hände.

Im Pflegeheim wurden gerade die Tabletts vom Mittagessen auf stählerne Wagen gestapelt und zur Küche geschoben. Theresa meldete sich am Empfang und stieg in den Fahrstuhl, der nach Desinfektionsmittel und Pfefferminztee roch. Sie drückte die Vier. Langsam schloss sich die Fahrstuhltür, und die verspiegelte Kabine setzte sich in Bewegung.

Die Tür zu Elisabeths Zimmer stand offen, und Theresa ging einfach hinein. Ihre Mutter saß aufrecht im Bett und starrte auf das Bild mit dem Schokoladenmädchen, das an der Wand hing. Es war eine verkleinerte Reproduktion des berühmten Gemäldes von Jean-Étienne Liotard und hatte früher im Wohnzimmer von Johannes' und Elisabeths Wohnung an der Weberwiese gehangen. Es passte genauso wenig in das moderne und sterile Zimmer wie die antike Kommode mit der Vase aus Meißner Porzellan, die Elisabeth ebenfalls von zu Hause mitgebracht hatte.

Die Erkrankung hatte Elisabeth schnell altern lassen. Ihr Haar war dünn, die Augen trüb, der Mund ein bloßer Strich. Sie trug eine beige Bluse und darüber eine grobe Strickjacke, die sie noch magerer aussehen ließ, als sie ohnehin schon war. Theresa musste an die Hochzeitsbilder ihrer Mutter denken. Von der einst wunderschönen Frau war nur noch ein Schatten übrig.

«Hallo, Mutti, ich bin es.» Theresa flüsterte.

Elisabeth starrte weiter auf das Schokoladenmädchen, nur ihre Hand zuckte kurz.

Theresa hatte auf der Fahrt überlegt, wie sie ihre Mutter mit Marlene konfrontieren sollte, und war zu dem Entschluss gekommen, ganz behutsam auf das Thema zu sprechen zu kommen.

«Geht es dir gut?»

Elisabeth reagierte nicht.

Theresa setzte sich auf die Bettkante. «Ich bin hier, weil ich dich etwas fragen muss. Es geht um Marlene. Ich habe gestern ein Einschreiben bekommen …»

Elisabeth drehte den Kopf und sah Theresa in die Augen. «Schweig.»

Theresa zuckte zusammen. Woher besaß ihre Mutter die Kraft, so laut zu sprechen? Sie konnte ja nicht einmal mehr alleine essen. Und so viel Entschlossenheit in ihrer Stimme – Theresa wusste nicht, wann sie die das letzte Mal gehört hatte.

Elisabeth richtete ihre Augen wieder auf das Bild mit dem Schokoladenmädchen. «Marlene hat schon immer Ärger gemacht. Dem mussten wir einen Riegel vorschieben, sonst wäre unsere Familie zerbrochen.» Ihre Stimme zitterte.

«Was meinst du?» Theresa rückte näher an ihre Mutter heran, aber die reagierte nicht.

Theresa nahm Elisabeths Hand. Sie war eiskalt.

«Anton, der hat sie gerettet.»

Wer war Anton? Theresa hob verwundert den Kopf. Ihre Mutter hatte die Augen geschlossen. Langsam strich sie ihr über den Handrücken.

«Was meinst du damit?», wiederholte Theresa.

Doch Elisabeth blieb stumm, auch als Theresa ihre Frage ein weiteres Mal wiederholte.

# Damals (1943)

## Rostock

«Wann kommt Vater wieder?»

Käthe nahm Elisabeths Hand. «Vielleicht im Frühling», sagte sie, ließ Elisabeths Hand los und stand auf. Fünf mal fünf Schritte, mehr Platz war nicht. Der Keller roch modrig, die Kerzen würden nur noch einen Tag reichen, und auch die Essensvorräte, Konserven und Einweckgläser gingen zur Neige. Der Toiletteneimer war voll und roch erbärmlich. Wieder hatte Käthe versucht, der Frage nach Emil auszuweichen. Vielleicht im Frühling. Warum hatte sie das gesagt? Ihr war klar, dass Elisabeth ihr nicht glaubte. Immerhin war sie inzwischen sechzehn.

Der Tag, an dem sie Emil abgeholt hatten, lag bereits fünf Monate zurück. Er wusste, worauf er sich einließ, als er zu den geheimen Treffen am Hafen ging und mithalf, Flugblätter gegen den Krieg zu verteilen. Seit drei Monaten wohnten Elisabeth und Käthe im Keller, aus Angst vor den Bombenangriffen und auch aus Angst, die Männer in den Uniformen würden zurückkehren. Der Eingang zu ihrem Versteck lag hinter einem Regal, eingelassen in einen Mauervorsprung. Die beiden unteren Bretter waren nur aufgelegt. Wenn man sie zur Seite schob, konnte man durch die Öffnung hindurchklettern. Nur selten gingen Elisabeth und Käthe nach oben ins Haus, um Wasser zu holen und nach dem Rechten zu sehen.

«Er kommt nicht zurück, oder?» Elisabeth nahm die letzte Kerze und drehte sie in der Hand.

«Ach, Lisbeth, du bist zu alt, als dass ich dir etwas vormachen könnte. Ich weiß nicht, wann dein Vater wiederkommt. Ich weiß nicht, ob er überhaupt jemals wiederkommt.»

In diesem Moment heulte eine Sirene los. Die beiden Frauen zuckten zusammen und schauten ängstlich durch das vergitterte Kellerfenster nach draußen. Es regnete. Bis auf ein kleines Stück Gehweg war nichts zu erkennen. Es war dunkel, und in immer kürzeren Abständen zuckten Lichtblitze über das nasse Kopfsteinpflaster. Dann waren Schuhe zu sehen. Kinderschuhe und grobe Damenschuhe, die am Fenster vorbei in Richtung Luftschutzbunker eilten. Frauen riefen, Kinder weinten. Elisabeth drückte sich an ihre Mutter.

Käthe legte ihre Hand auf Elisabeths Kopf. «Hier unten sind wir sicher, und so schlimm wie vor einem Jahr wird es bestimmt nicht mehr werden.» Ihren Worten zum Trotz hatte Käthe Mühe, die Fassung zu bewahren. Noch gut konnte sie sich an die schreckliche Nacht im April vergangenen Jahres erinnern. Tausende Bomben waren über Rostock niedergegangen, der Seewind hatte bei der Ausbreitung der Flammen geholfen. Nach dem Angriff war sie mit Emil bestürzt durch die zerstörten Straßen gelaufen. Zahllose Gebäude waren dem Feuer zum Opfer gefallen, ganze Straßenzüge ausgelöscht worden, und Hunderte Menschen irrten obdachlos umher. Die Altstadt glich einem Trümmerfeld, das Dach der Petrikirche war ausgebrannt und das Stadttheater, in dem Käthe und Emil so oft gewesen waren, zerstört.

Als die ersten Schüsse der Flak zu hören waren, schrie Elisabeth auf. Sie drückte sich noch enger an ihre Mutter. Käthes Hand auf Elisabeths Kopf zitterte. Sie versuchte, sich nichts anmerken zu lassen. Wenigstens eine von uns muss stark sein, dachte sie.

Draußen war es nun ganz still. Doch plötzlich war das Kreischen der Bomben zu hören. Dann gab es einen lauten Knall. Die Scheibe des Kellerfensters zerbrach, und die Scherben fielen auf die Matratze unter dem Fenster. Elisabeth fuhr zusammen, und Käthe merkte, dass ihre Unterhose nass wurde.

Erst weit nach Mitternacht war der Angriff vorüber, verklangen die Schüsse. Alles schien friedlich. Irgendwo bellte ein Hund. Wieder eilten Schuhe am Kellerfenster vorbei, diesmal in die andere Richtung. Schwefelgeruch drang durch das Gitter. Elisabeth löste sich aus den Armen ihrer Mutter, räumte die Scherben beiseite und legte sich auf die Matratze.

«Ich bin gleich wieder da.» Käthe stand auf, nahm die unteren Regalbretter heraus und kletterte durch die Öffnung. Dann griff sie nach dem Toiletteneimer und stieg langsam die Kellertreppe hinauf.

Das Haus war unversehrt, oben hatten sämtliche Fensterscheiben die Bomben überstanden. Neben der Tür stand eine Truhe. Käthe nahm eine frische Unterhose heraus, ging ins Badezimmer, weichte die alte in Seifenlauge ein und trat vor die Haustür. Noch immer hing Rauch über der Straße. Am Horizont, in Richtung Rostocker Hafen, stiegen Flammen in den Nachthimmel. Käthe sah sich vorsichtig um. Niemand war zu sehen. Sie ging die Stufen herunter und leerte den Toiletteneimer über dem Gully. Als sie sich umdrehte, bemerkte sie etwas auf den Treppenstufen vor der Haustür. Sie ging näher heran und sah einen Krug frisches

Wasser, Kerzen und einen Laib Brot, in eine Zeitung eingewickelt. Hastig hob Käthe die Sachen auf und trug sie ins Haus. Wer hatte in diesen Zeiten so viel übrig, dass er teilen konnte? Käthe ging noch einmal ins Badezimmer, wrang ihre Unterhose aus und hängte sie über die Leine.

Als sie zurück in den Keller kam, schlief Elisabeth. Die grobe Wolldecke lag neben der Matratze. Wie sehr sie doch ihrem Vater ähnelte. Die blonden Haare, der schmale Körperbau. Käthe nahm die Decke und legte sie vorsichtig über ihre Tochter. Auf einmal hörte sie ein Geräusch, ein leises Rascheln über ihrem Kopf. Ein Flugblatt war von außen gegen das Gitter des Kellerfensters geflogen und zappelte im Wind.

Käthe stand auf, zog den Zettel durch die Stäbe und las. *Extrablatt. Deutsche Soldaten bei Stalingrad geschlagen und in russischer Kriegsgefangenschaft.*

## Drei Tage vor Rostock

Johannes' Beine versanken bis zu den Knien im Schnee. Er hatte Fieber und zitterte am ganzen Körper. Der Riemen seiner Ledertasche schnitt ihm in die Schulter, seine Hose war durchweicht und sein Mantel viel zu dünn für die kalten Temperaturen. Sein Fuß tat so sehr weh, dass er kaum auftreten konnte. Er musste sich setzen. Bei seiner überstürzten Abreise war er auf einer zugefrorenen Pfütze ausgerutscht und in einen Straßengraben gefallen. Eine Gartenzaunlatte diente ihm als Krücke, und er hatte Schwielen an den Händen. Zeit zurückzubleiben war nicht gewesen, die Gefahr zu groß. Seit Hitlers Truppen bei Stalingrad besiegt worden waren, rückte die Rote Armee unaufhaltsam voran. Die deutsche Bevölkerung Schlesiens musste fliehen.

Ein Mann mit einem Leiterwagen, der seit kurzem in seinem Treck mitlief, half ihm auf. «Wie alt bist du denn, mein Junge?»

«Gerade sechzehn geworden.»

Der Mann nickte. «Noch so jung und ganz alleine unterwegs. Komm, ein bisschen kann ich dich ziehen.»

Johannes hatte nicht einmal mehr die Kraft, sich zu bedanken. Er erhob sich und kletterte auf den Wagen. Zwischen Koffern, Kisten und einem Schlitten lag, in einen Damenpelz eingewickelt, ein schlafender Säugling. Johannes legte sich neben das warme Bündel. Ihm fielen die Augen zu, und er träumte von seiner Mutter.

Ein jähes Krachen schreckte Johannes aus dem Schlaf. «Was? Was ist los? Wo …?» Da sah er es.

Der Mann, der den Wagen gezogen hatte, stand neben der vorderen Achse. Sie war entzweigebrochen. «Den Wagen können wir vergessen.» Er schaute Johannes lange in die Augen. Sein Gesicht war ausgemergelt, seine Augäpfel gelb, und er hustete.

«Und nun?»

Wieder hustete der Mann. Aus der Tasche seines zerschlissenen Mantels zog er ein Tuch, das er sich vor den Mund drückte. Als der Hustenanfall vorüber war, sah er kopfschüttelnd hinein und hielt es dann Johannes hin. Es war blutig. «Ich werde es nicht schaffen. Deshalb habe ich eine Bitte: Kümmerst du dich um Hanna?»

«Wer ist Hanna?»

Der Mann steckte das Tuch zurück in seinen Mantel und

zeigte mit der Hand auf den Leiterwagen. «Hanna. Meine Enkelin. Ich habe es meiner Tochter versprochen. Ich habe versprochen, Hanna in Sicherheit zu bringen.»

Johannes sah auf das Bündel neben sich. Das Kind hatte die Augen geschlossen. «Was ist mit Ihrer Tochter passiert?»

Der Mann antwortete nicht.

Hinter ihnen kamen weitere Flüchtlinge näher. Auch sie hatten einen Leiterwagen dabei, der von einem Pferd gezogen wurde, das so dünn war, dass es nur langsam vorankam.

«Also, du kümmerst dich um Hanna. Abgemacht?»

«Abgemacht.» Johannes zog sein Hosenbein ein wenig nach oben. Sein Knöchel hatte sich inzwischen dunkelblau verfärbt.

«Bin gleich zurück. Ich gehe mich nur kurz erleichtern.» Der Mann überquerte den Feldweg und verschwand im Schatten einer Schonung.

Johannes schob den Damenpelz zur Seite und legte seine Hand auf den Körper des Säuglings. Er war eiskalt. Schnell zog er seine Hand zurück und hielt sein Ohr vor die Nase der kleinen Hanna. Nichts. Sie atmete nicht mehr.

Ein Schuss fiel. Er kam aus Richtung der Schonung. Alles drehte sich, Johannes spürte seine Füße nicht mehr, seine Hände waren steif, und in seinem Kopf breitete sich ein bohrender Schmerz aus. Er legte sich neben den toten Säugling. Es war vorbei, Johannes' Kraft war aufgebraucht, er spürte, wie ihm erneut die Augen zufielen.

Der nachrückende Tross war inzwischen auf Höhe des Leiterwagens, auf dem Johannes lag.

«Heda», rief eine weibliche Stimme.

Johannes öffnete die Augen. «Ja», flüsterte er.

«Du lebst ja doch, ein Glück.» Eine Frau stand neben dem Leiterwagen. «Komm runter da und bring das Kind mit.»

«Tot», sagte Johannes nur.

«Dann gib mir wenigstens den Pelz.»

Johannes bewegte sich nicht. Die Frau stieg auf den Leiterwagen, nahm das tote Kind aus dem Damenpelz und legte es zurück. «Komm weiter, Junge. Noch drei Tage Fußmarsch, dann sind wir in Rostock.»

# Heute

## Berlin

Das Notariat befand sich im Vorderhaus, direkt am U-Bahnhof Eberswalder Straße. Theresa war eine Viertelstunde zu früh und betrachtete die goldglänzende Infotafel, die neben dem Eingang hing. Zwei Notare, eine Praxis für ästhetische Chirurgie, eine Lebensberatung, zwei Allergologen. Der Hausflur war mit weinrotem Teppichboden ausgelegt. Ein Pärchen kam die Treppe herunter. Sie sprachen spanisch miteinander und schienen sich zu streiten. Der Mann wies wild gestikulierend auf einen braunen Rollkoffer. Die Frau machte ein beleidigtes Gesicht. Ohne Theresa weiter zu beachten, drängten sie sich an ihr vorbei. Theresa fixierte ihr Spiegelbild in der Infotafel. Sie hatte eine weiße Bluse und eine elegante graue Hose angezogen und die Haare, die sie sonst am liebsten offen trug, zu einem strengen Zopf gebunden. Theresa stieg die Treppen zur ersten Etage hinauf und wollte gerade auf den Klingelknopf drücken, als die Tür geöffnet wurde. «Frau Matusiak?»

Theresa nickte.

Dr. Herzberg war etwa in Theresas Alter, was sie überraschte. «Schön, dass Sie da sind. Mein Beileid nochmals. Kann ich Ihnen etwas anbieten? Kaffee, Wasser, eine Brause?»

«Kaffee wäre toll.»

Eine übergewichtige Frau in einem lila Kostüm tauchte im Flur hinter ihm auf.

Dr. Herzberg drehte sich zu ihr um. «Frau Schmidt, zwei Kaffee bitte.»

«Selbstverständlich. Mit Milch und Zucker?»

Dr. Herzberg und Theresa nickten.

«So, Frau Matusiak, hier entlang bitte.»

Theresa folgte Dr. Herzberg durch den schmalen Flur, an dessen Ende er eine Tür öffnete. «Setzen Sie sich schon mal, ich bin gleich bei Ihnen.»

Theresa betrat das Büro und schaute sich um. Auch hier der weinrote Teppichboden. Vor dem Fenster stand eine beige Ledergarnitur. Dreisitzer. Zweisitzer. Sessel. Dazu ein Glastisch, auf dem eine Kristallschale mit Plastikobst stand. Theresa setzte sich in den Sessel. Warmes Licht schien durch das Fenster. Unzählige Regale mit Aktenordnern nahmen die gesamte Wandbreite neben dem Schreibtisch ein. Auf dem Schreibtisch standen zwei Bilder, eines mit einer Frau, das andere mit zwei Kindern. Dr. Herzberg kam zurück und schloss die Tür.

«So, Frau Matusiak, dann wollen wir mal.» Er stellte ein kleines Tablett mit zwei Kaffeetassen und einem Teller Gebäck auf die Glasplatte, holte zwei braune Umschläge von seinem Schreibtisch und setzte sich zu Theresa. Er öffnete den ersten und räusperte sich. «Ich, Marlene Groen, verfüge hiermit, dass Theresa Matusiak, geborene Groen, und Tom Halász nach meinem Ableben mein Haus in Rostock in der Sankt-Georg-Straße 1 erben.»

Theresa sank tiefer in das beige Polster. Dr. Herzberg reichte ihr den zweiten Umschlag. «Der ist für Sie persönlich.» Er war gepolstert. Theresa fuhr mit den Fingern darüber, etwas Hartes war darin, wahrscheinlich ein Schlüssel.

Eine Wolke hatte sich vor die Sonne geschoben, das Büro lag nun im Schatten und wirkte mit einem Mal kühl. Wortlos nahm Theresa die Tasse und nippte an ihrem Kaffee.

«Und?» Dr. Herzberg sah Theresa durch seine Brille an, und sie fand plötzlich, dass er Ähnlichkeit mit einem Schauspieler hatte, dessen Name ihr aber nicht einfallen wollte.

«Sind Sie sicher?»

«Sicher, was meinen Sie?» Dr. Herzberg nahm sich einen Keks und biss hinein.

«Na, hat denn das Schreiben juristisch …, ich meine, liegt da keine Verwechslung vor?»

Dr. Herzberg schob kauend seine Brille nach oben. «Alles hat seine Richtigkeit und ist juristisch wasserfest. Machen Sie sich da keine Sorgen.»

«Ich weiß nicht, was ich sagen soll.»

«Na, ich würde mich freuen, ein Haus zu erben, es hätte schlimmer für Sie kommen können. Meine Frau und ich», er wies auf das Bild auf seinem Schreibtisch, «wir suchen auch gerade. Die Mieten hier im Viertel sind ja inzwischen eine Unverschämtheit.»

Bis vor kurzem hatte Theresa nicht einmal gewusst, dass Marlene noch lebte. Alles hätte sich aufklären sollen bei ihrem Termin hier, alles hätte sich als ein Missverständnis herausstellen sollen. Aber Marlenes Testament war eindeutig, es lag keine Verwechslung vor.

«Eine Sache noch. Der Miterbe, Herr Tom Halász, ich kann ihn nicht erreichen. Wissen Sie vielleicht, wo er sich aufhält?»

Theresa schlug die Beine übereinander und überlegte, ob sie Dr. Herzberg erklären sollte, dass sie diesen Tom Halász überhaupt nicht kannte.

«Lassen Sie es uns noch einmal zusammen versuchen. Einverstanden?»

Theresa nickte langsam. Dr. Herzberg holte eine weitere Mappe von seinem Schreibtisch, schlug sie auf, tippte eine Nummer in sein Telefon und schaltete den Lautsprecher ein.

Nach dem dritten Klingeln sprang die Mailbox an. «Hier ist der Anschluss von Wohnungsauflösungen Halász. Im Moment bin ich nicht erreichbar. Bitte hinterlassen Sie mir eine Nachricht. Ich rufe Sie umgehend zurück.»

Irgendwo klingelte sein Handy. Tom zuckte zusammen, sein Kopf hämmerte, er stöhnte und öffnete die Augen. Endlich hörte das Klingeln auf. Er drehte sich auf die Seite. Neben ihm lag eine Frau. Sie war nackt, lag auf dem Bauch und hatte den Kopf zur Tür gewandt, sodass Tom ihr Gesicht nicht sehen konnte. Er versuchte, sich an ihren Namen zu erinnern, aber erfolglos. Er konnte sich nur noch an die Bar erinnern, in der er gestern Abend mit seinem Kollegen Konstantin am Tresen gesessen hatte. Konstantin hatte sich kurz nach Mitternacht verabschiedet, und dann war da plötzlich diese Frau gewesen. Cindy? Melanie? Tom stand auf und ging ins Badezimmer.

Auf der Waschmaschine lag sein Handy. Dieselbe Nummer, die schon in den letzten Tagen mehrfach versucht hatte, ihn zu erreichen. Diesmal war eine Nachricht hinterlassen worden.

«Guten Tag, Herr Halász. Hier ist Dr. Herzberg vom Notariat Herzberg und Salomon. Es geht um Marlene Groen. Ich bitte Sie dringend um Rückruf.»

Tom starrte auf das Telefon in seiner Hand. Marlene. Wie

hatte sie ihn nach all der Zeit ausfindig gemacht? Wie hatte sie es geschafft, sich wieder in sein Leben zu drängen? Und warum ließ sie einen Anwalt bei ihm anrufen? Wahrscheinlich ging es wieder mal um Geld.

Eine Computerstimme fragte, was Tom tun wolle. «Möchten Sie zurückrufen, dann drücken Sie die Eins, zum Löschen drücken Sie die Zwei, zum Speichern drücken Sie die Drei, um die Nachricht noch einmal zu hören, drücken Sie ...»

Tom drückte die Zwei.

# Damals (1946)
## Rostock

«Der Nächste bitte.» Elisabeth musste niesen. Sie zog ein Taschentuch aus ihrer Schreibtischschublade und schnäuzte sich. Eigentlich hätte sie zu Hause bleiben wollen, um ihre Erkältung auszukurieren, aber da ein weiteres Barackenlager für Flüchtlinge eingerichtet worden war, hatte man sie gebeten, trotz Krankheit zur Arbeit zu kommen.

Ein junger Mann stand vor ihr, den Blick fest auf seine Schuhe gerichtet.

«Gesundheit», murmelte er.

«Danke schön. Ihr Name bitte?»

«Johannes Groen.» Jetzt sah er sie an.

Wieder musste Elisabeth niesen.

«Na, da haben Sie sich aber ordentlich was eingefangen.» Der Mann lächelte, aber auf seinen Augen lagen Schatten. Die dunklen Locken fielen ihm strähnig in die Stirn, trotzdem hatte er etwas Anziehendes. Er trug eine fadenscheinige Hose, ein kariertes Hemd und darüber einen viel zu großen Mantel. Um seinen Hals hatte er einen grün-braun gestreiften Schal aus grober Wolle gewickelt.

Elisabeth richtete den Blick wieder auf die Schreibmaschine. «Herkunft?»

«Jaksonów, Schlesien. Ich sollte mich wegen einer neuen Unterkunft hier melden.»

Elisabeth musste ein weiteres Mal niesen.

Lächelnd nahm der Mann seinen Schal ab und reichte ihn ihr. «Hier. Das kann ich ja gar nicht mit anhören.»

«Und ich kann das nicht annehmen, Sie brauchen doch selber …» Elisabeth unterbrach sich. Sie musste den Mann nicht extra darauf hinweisen, in was für einem schlechten Zustand er war. Aber eigentlich ist es doch eine reizende Geste, dachte sie, nahm den Schal und bedankte sich.

«Eine hübsche Frau, die krank ist, das geht doch nicht.» Jetzt leuchteten seine Augen, und auf seinen Wangen hatten sich kleine Grübchen gebildet.

Elisabeths Hände begannen zu zittern. Sie schaute zur Tür. Die Schlange der Wartenden war lang, sie musste weitermachen, obwohl sie sich gerne noch länger mit diesem Johannes Groen unterhalten hätte. Sie wollte genauer wissen, wo er herkam und warum er seine Heimat hatte verlassen müssen, und nicht einfach nur die nötigsten Daten in ein Formular schreiben. Aber die Umsiedlerverwaltung war kein Ort, um Männer kennenzulernen. Sie hängte den Schal über ihre Stuhllehne, nahm zwei Formulare vom Tisch, legte ein Kohlepapier dazwischen und spannte den schmalen Stapel in die Schreibmaschine. «Alter?»

«Achtzehn.»

Elisabeth begann, mit geröteten Wangen zu tippen. Warum nur machte seine Anwesenheit sie so nervös? War es möglich, dass ein Unbekannter, der ihr seinen Schal gegeben hatte, ihren Herzschlag derart in Aufregung versetzte? Noch nie hatte ein Mann so etwas in ihr ausgelöst. Ihre Finger fanden die Buchstaben nicht, sie musste neu ansetzen. Eigentlich wollte Elisabeth eine Ausbildung zur Krankenschwester machen. Doch bis zum Ausbildungsbeginn war noch etwas Zeit, und ihre Mutter und sie konnten das zusätzliche Geld gut gebrauchen.

Als sie das Formular ausgefüllt hatte, hielt sie Johannes Groen den Durchschlag des Protokolls hin. Sie hoffte, er würde den feuchten Abdruck ihrer Hand auf dem Papier nicht bemerken.

Als er nach dem Durchschlag griff, berührten sich ihre Hände.

«Bei Gelegenheit hole ich mir den Schal wieder ab, einverstanden? Ich weiß ja, wo ich Sie finde.» Er lächelte noch einmal, drehte sich um und ging.

Das neue Barackenlager, in das Johannes gekommen war, war zwar größer, aber kaum in einem besseren Zustand als das alte. Es stank bestialisch. Seit Tagen war die Sickergrube hinter seiner Baracke nicht geleert worden. Er hielt die Luft an und verrichtete eilig seine Notdurft. Johannes war müde. Seit einigen Wochen half er, Trümmer aus der zerstörten Stadt abzutragen und Steine zu sortieren, um ein wenig Geld zu verdienen. Die Arbeit setzte ihm sehr zu, und er kam jeden Tag vollkommen erschöpft ins Lager, das ein wenig außerhalb der Stadt lag. Die Umsiedlerverwaltung hatte Johannes eine windschiefe Bretterbude zugeteilt, die er mit zwei anderen Männern in seinem Alter teilte. Edmund und Otto kamen beide aus Breslau, aber sie redeten kaum und waren meist unterwegs oder schliefen.

Sie hatten nicht mehr als das Nötigste. Einen Tisch, drei Holzplanken, die als Betten dienten, und an der Wand stand ein Regal für Kleidung und die wenigen Habseligkeiten, die sie auf ihrer Flucht hatten mitnehmen können.

Johannes legte sich auf das Bett und zog die kratzige Wolldecke über sich. Er war so müde, dass ihm sofort die Augen zufielen. Gerade als er eingeschlafen war, holten ihn Stimmen aus dem Schlaf. Gähnend setzte er sich auf. Durch das Fenster neben der Tür sah er eine Gruppe junger Männer. Sie trugen feldgraue Uniformen, einige von ihnen blaue Hemden mit einer gelben Sonne auf dem Ärmel. Darüber stand in weißen Buchstaben FDJ. Die Gruppe war gestern schon einmal da gewesen. Johannes stand auf, trat vor die Baracke und ging auf sie zu. Die Männer saßen um ein Lagerfeuer, sie hatten eine Gitarre dabei. Johannes hörte ihren Liedern eine Weile zu und wandte sich schließlich zum Gehen. Als er sich umdrehte, löste sich ein Mann aus der Gruppe und kam auf ihn zu.

Er rauchte. «Privjet malisch, mein Junge, warte mal.»

Johannes blieb stehen.

«Setz dich doch zu uns.» Der Mann zog eine Schachtel Papyrossi aus seiner Uniformjacke und hielt sie Johannes hin.

«Nein danke.»

«Du rauchst wohl nicht? Ist ja auch nicht gut für die Gesundheit.» Er lachte. «Wie heißt du?»

«Johannes.»

«Ein schöner Name. Bei uns sagt man Iwan oder Wanja.» Er hakte sich bei Johannes unter und führte ihn zum Lagerfeuer. «Ich bin Kolja.»

Das Feuer strahlte eine behagliche Wärme aus, die Gesänge der Gruppe waren heiter und erzählten von einer besseren Zukunft. Johannes setzte sich neben Kolja, der sich eine neue Zigarette anzündete.

«Kann ich doch eine haben?»

Kolja nickte und lächelte Johannes an. «Wanjuscha, wenn ich noch mehr für dich tun kann, als dir nur Zigaretten zu geben, sag Bescheid. Wir können immer Leute gebrauchen, die uns beim Aufbau des Sozialismus helfen.»

«Nach Berlin? So bald schon?» Elisabeth reichte Eva ein sauberes Bettlaken.

Seit sie vor vier Monaten gemeinsam die Ausbildung im Krankenhaus begonnen hatten, waren die beiden unzertrennlich. Sie erzählten sich alles und verbrachten jede freie Minute nach Arbeitsschluss gemeinsam. Wenn es sich einrichten ließ, legten sie sogar ihre Schichten zusammen. Eva hatte schon vor ein paar Wochen angedeutet, dass sie und ihr Mann Otto nach Berlin ziehen wollten, aber Elisabeth hatte gehofft, der Plan würde sich zerschlagen. Und jetzt sollte Eva in zwei Monaten schon weg sein?

«Ach Lisbeth, das ist eine einmalige Chance. An der Charité suchen sie händeringend nach Schwestern. Und Otto verdient in Berlin mehr Geld. Da gibt es gerade so viele Baustellen.» Eva zog das Bettlaken auf die Matratze. «Komm doch mit. Berlin ist grandios.»

«Ich weiß nicht.»

Eva nahm einen neuen Bettbezug aus dem Schrank. «Was hält dich denn hier?»

Elisabeth sah aus dem Fenster. Sie dachte an Johannes Groen. Schon seit Monaten dachte sie an ihn. Seinen Schal hatte sie jeden Tag getragen, und als ihre Mutter einmal wissen wollte, ob ein Schal im Frühling nicht viel zu warm sei, hatte Elisabeth lächelnd den Kopf geschüttelt.

«Ist es wegen diesem Johannes?»

«Kannst du jetzt schon Gedanken lesen?» Elisabeth rückte ihre Schwesternhaube gerade.

«Seit Wochen redest du von nichts anderem. Warum gehst du nicht einfach mal ins Barackenlager und besuchst ihn?» Eva strich ein letztes Mal über das Bett. Sie nahm ein paar Gummihandschuhe, puderte sie und klopfte die Hände an ihrem Schwesternkittel ab.

«Ich traue mich nicht. Wahrscheinlich habe ich mir einfach nur eingeredet, dass das mit dem Schal etwas zu bedeuten hat. Er ist ihn ja auch gar nicht mehr abholen gekommen. Bestimmt wollte er einfach nur höflich sein.»

«Glaub ich nicht. Kein Mann verleiht einfach nur so seinen Schal. Vielleicht hat er dich ja noch mal bei deiner alten Stelle besuchen wollen, und da warst du schon hier. Besuch ihn. Aufhören, an ihn zu denken, kannst du schließlich auch nicht.»

«Ich weiß, aber er sah ja auch richtig gut aus.» Elisabeth redete so laut, dass sich die Patientin im Bett am Fenster den ausgestreckten Zeigefinger an die Lippen hielt.

«Verzeihung.»

Die Patientin lächelte. «Wo die Liebe hinfällt. Schwester, als ich in Ihrem Alter war, ich sage Ihnen …»

Elisabeth nahm Eva die Puderdose aus der Hand und stellte sie zurück in den Schrank. «Johannes, allein schon der Name. Wunderschön.»

«Wunderschöööön!» Eva lachte.

«Mach du dich nur lustig über mich. Aber vielleicht verrenne ich mich da wirklich in etwas. Wer weiß, ob er überhaupt noch in Rostock ist.»

Als Elisabeth eine Woche später nach ihrer Schicht aus dem Krankenhaus kam, traute sie ihren Augen kaum. Aber er war es tatsächlich. Johannes Groen saß auf einer Bank gegenüber dem Krankenhaus und las. Er trug eine Cordhose und ein blaues, kragenloses Hemd, darüber eine graue Wollweste und sah ganz anders aus als bei ihrer ersten Begegnung. Elisabeth überlegte, was sie tun sollte. Langsam ging sie auf ihn zu und blieb zwei Schritte vor der Bank stehen. Johannes Groen war so in das Buch vertieft, dass er sie gar nicht bemerkte. Er hatte sich wirklich verändert, hatte zugenommen, die Haut war nicht mehr so blass und sein Haar voller.

Elisabeth nahm all ihren Mut zusammen, holte tief Luft und räusperte sich. «Verzeihen Sie. Wir kennen uns, erinnern Sie sich?»

Johannes hob den Kopf. Er fuhr sich durch die Haare und schien zu überlegen.

Elisabeth senkte den Kopf. Natürlich hatte er sie nicht wiedererkannt, ihre Begegnung lag schließlich schon eine ganze Weile zurück. «In der Umsiedlerverwaltung, am Schreibtisch. Ich war erkältet ...» Elisabeth ärgerte sich, dass sie keinen klaren Satz herausbrachte, obwohl sie das Wiedersehen mit Johannes in Gedanken so oft durchgespielt hatte. «Ich heiße Elisabeth Havelmann. Und Sie sind Johannes Groen, richtig?»

«Das stimmt.» Er stand auf und betrachtete sie, dann hellte sich seine Miene plötzlich auf. «Richtig, jetzt erinnere ich mich. Wie geht es meinem Schal?»

Elisabeth wurde rot.

«Was machen Sie denn hier im Krankenhaus?» Johannes steckte das Buch in seine Ledertasche.

«Eine Ausbildung zur Krankenschwester. Und Sie? Sie sehen doch kerngesund aus.» Auf Elisabeths Nase hatten sich Schweißtröpfchen gebildet.

«Ein Junge aus dem Lager ist krank. Ich habe ihn begleitet.» Johannes lächelte.

«Ist es denn etwas Ernstes?»

«Nein. Ich denke, er wird schon wieder. Elisabeth, darf ich mich dafür entschuldigen, dass ich nicht auf Anhieb wusste, wer Sie sind?»

«Was meinen Sie?» Elisabeth spielte an ihrem Ohrring.

«Wollen Sie morgen mit mir spazieren gehen?»

Am nächsten Tag stand er vor ihrem Haus. Die Spatzen lärmten in den Bäumen, und die Sonne hatte so viel Kraft, dass Elisabeth nur eine Strickjacke über ihrem grünen Kleid trug, als sie vor die Tür trat. Johannes hatte ein altes Fahrrad gegen den Gartenzaun gelehnt. Am Lenker hing ein Korb, auf dem eine karierte Decke lag.

«Kommen Sie, Elisabeth, wir machen einen Ausflug. Lassen Sie uns an die Warnow fahren.» Johannes malte mit seinen Schuhspitzen ein Muster in den Kies vor dem Haus.

«Auf einem Fahrrad? Wie soll das gehen?» Besorgt sah Elisabeth auf den rostigen Rahmen.

«Das hält schon, vertrauen Sie mir. Ich pass auf, dass Ihnen nichts passiert.»

Elisabeth raffte ihr Kleid zusammen, setzte sich auf den Gepäckträger, und Johannes fuhr los. Um nicht herunterzufallen, hielt sie sich an ihm fest. Sie hatte ihre Arme um seine Hüften geschlungen und konnte die Wärme seines Körpers durch sein Hemd spüren. Die Nähe tat gut, und obwohl die Kriegsschäden auf den Straßen Rostocks noch überall zu sehen waren, fühlte sich Elisabeth so wohl wie noch nie. Die Zeit im Keller, der Hunger, die Angst, das alles war weit weg in diesem Moment. Da war nur Johannes, Johannes, Johannes.

Der Weg zur Warnow war nicht weit, doch Johannes fuhr

umständlich, bog falsch ab und schlug Schleichwege ein, die keine waren.

«Kennen Sie den Weg gar nicht?»

«Ich könnte einfach ewig so mit Ihnen weiterfahren.»

Elisabeth spürte, wie sich ihre Wangen röteten.

Am Ufer der Warnow breiteten sie die Decke auf dem Boden aus, und Johannes klappte den Deckel des Korbs hoch. «Ich hoffe, es ist etwas für Sie dabei?»

Elisabeth sah erstaunt auf die Heringe im Pelzmantel, die Pelmeni, die Watruschki, die Batontschiki und die zwei Flaschen Kwas.

«Kolja hat mir geholfen, all das hier zu besorgen. Auch das Fahrrad habe ich von ihm bekommen.»

«Wer ist denn Kolja?» Elisabeth nahm die zwei Flaschen Kwas und einen Öffner aus dem Korb.

«Ein Freund, eigentlich fast so etwas wie ein Vater für mich, obwohl er noch gar nicht so alt ist. Er kommt aus Moskau und ist hier, um zu helfen, alles wieder aufzubauen. Er hat mir sogar eine Arbeit besorgt. Vorher habe ich Trümmer weggeräumt. Jetzt arbeite ich in der Verwaltung, wenn man so will.» Johannes nahm Elisabeth eine Flasche ab und öffnete sie.

«Ihre Augen leuchten ja richtig, wenn Sie von ihm erzählen.» Elisabeth lächelte.

«Ich habe ja auch allen Grund dazu. Er sorgt sich um mich, gibt acht, dass es mir gutgeht. Endlich gibt es jemanden, der sich …»

«… der sich um Sie kümmert, meinen Sie?»

Johannes senkte den Blick.

«Und Ihre Eltern?»

«Das ist ein schwieriges Thema. Vielleicht nicht so passend für eine erste Verabredung.» Johannes trank einen großen Schluck. «Aber da Sie nun einmal gefragt haben: Meinen

Vater kenne ich nicht, und meine Mutter war sehr krank. Eines Tages habe ich sie auf dem Dachboden gefunden.» Johannes stiegen die Tränen in die Augen. «Ich habe dann eine Zeitlang bei der Nachbarsfamilie gelebt. Aber irgendwann war kein Platz mehr, und ich bin in ein Waisenhaus gekommen.»

«Das tut mir leid.»

Johannes stellte die Flasche zurück in den Korb und sah gedankenverloren auf das Wasser. Ein Kahn tuckerte heran. An Deck saß ein alter Mann, schmauchte eine Pfeife und fixierte einen Punkt am Horizont. Auf seinem Schoß lag ein schlafender Dackel, der, als der Kahn auf Elisabeths und Johannes' Höhe war, träge den Kopf hob und in ihre Richtung blickte.

Eine Weile saßen sie schweigend so da und sahen auf die Wasseroberfläche der Warnow, die kleine Wellen schlug.

Elisabeth fuhr zusammen, als ein trompetenartiges Krächzen die Stille durchbrach. Sie sahen zum Himmel auf. Johannes streckte den Finger aus. «Schauen Sie, Elisabeth, sie kommen zurück.»

«Kraniche. Und so viele. Das ist ein gutes Zeichen.» Als Kind war Elisabeth einmal mit ihren Eltern auf Rügen gewesen und hatte beobachtet, wie sich Hunderte Vögel auf einem Feld niederließen. Ihr Vater hatte ihr erklärt, dass die Kraniche auf Rügen Rast machten, um sich zu sammeln und im Herbst in wärmere Gefilde zu ziehen. Seitdem gab der anmutige Anblick der Vögel Elisabeth das Gefühl von Geborgenheit und Zuversicht. Sie lächelte.

«Wie meinen Sie das?»

«Kraniche bringen Glück.» Elisabeth löste ihren Blick vom Himmel und sah Johannes in die Augen. Dann lehnte sie ihren Kopf an seine Schulter, und er legte seinen Arm um sie.

# Heute

## Berlin

Als Theresa das Büro von Dr. Herzberg verließ und auf die Straße trat, sah sie ihre Tochter vor dem Café gegenüber auf einer Hollywoodschaukel sitzen. Anna stieß sich mit den Füßen, die in Turnschuhen steckten, vom Boden ab, und während sie hin- und herschwang, tippte sie auf ihrem Handy herum. Theresa trat auf die Fahrbahn. Dabei übersah sie eine Straßenbahn, die gerade um die Ecke bog. Die Bahn klingelte. Theresa machte zwar sofort kehrt, stieß aber gegen die Bordsteinkante, kam ins Stolpern und fiel hin. Als sie laut aufschrie, blickten sich einige Passanten erschrocken nach ihr um. Sie war auf die Knie gefallen, die unsagbar schmerzten, und sah an sich herunter. Auf ihrer hellen Hose breitete sich ein roter Fleck aus.

Anna sprang von der Schaukel und rannte auf ihre Mutter zu. «Alles in Ordnung, Mama?»

Theresa nickte und ließ sich hochhelfen.

Anna hakte ihre Mutter unter. «Du machst Sachen. Immer bei der Ampel über die Straße gehen, das hast du mir doch all die Jahre eingetrichtert. Schon vergessen?»

Theresa musste lächeln. Langsam gingen die beiden zum Café und setzten sich.

«Auf den Schreck brauche ich was Richtiges.»

Anna sah auf ihre Uhr. «Es ist gerade mal halb fünf.»

Theresa winkte die Kellnerin zu sich heran und bestellte einen Kaffee mit Wodka. Sie nahm eine Serviette vom Tisch und betupfte den Fleck auf der Hose. «Ich glaube, die ist hin.»

«Shampoo und kaltes Wasser, und der Blutfleck ist im Nu weg. Ist ein Life-Hack, hab ich mal bei YouTube gesehen.» Annas grüne Augen funkelten im Licht der Sonne.

Theresa legte die Serviette beiseite und betrachtete ihre Tochter. Wo war nur die Zeit geblieben? Seit Anna nach dem Abitur vor zwei Jahren in ihre eigene Wohnung gezogen war und sich an der Humboldt-Universität für Geschichte und Kulturwissenschaft eingeschrieben hatte, kam es Theresa vor, als würde die Zeit rasend schnell vergehen. Um sich neben dem Studium ein wenig Geld zu verdienen, gab Anna am Wochenende Führungen im Deutschen Historischen Museum Unter den Linden. Sie stand auf eigenen Beinen, und es tat Theresa gut zu wissen, dass sie bei ihrer Tochter wohl einiges richtig gemacht hatte.

«Wie war's denn nun bei diesem Anwalt? Hattest du recht, war die Sache mit deiner Schwester ein Irrtum?» Anna stieß sich erneut vom Boden ab. Die Hollywoodschaukel setzte sich quietschend in Bewegung.

«Offenbar nicht. Marlene hat mir tatsächlich das Haus in Rostock vererbt. Mir und diesem Tom.»

«Seltsam. Erzähl mir noch mal, was du von Marlene weißt.»

Die Kellnerin brachte den Kaffee, und Theresa trank einen großen Schluck. Der Wodka tat schnell seinen Dienst, langsam wurde sie ruhiger. «Marlene ist mit siebzehn bei einem Bootsunfall ums Leben gekommen. Sie war mit unserem Vater auf der Ostsee unterwegs, offenbar gab es da einen schrecklichen Sturm, und das Segelboot ist gekentert. Ihre Leiche hat man nie gefunden, und es gab wohl auch keine Beerdigung. Das ist eigentlich auch schon alles, was ich weiß. Ich war ja ein Nachzügler und habe Marlene gar nicht kennengelernt. Oma und Opa haben nie über sie gesprochen, und irgendwann habe ich aufgehört, nach ihr zu fragen, weil ich annahm, es würde sie zu sehr schmerzen, über ihre tote Tochter zu reden.» Theresa streckte die Beine unter dem Tisch aus.

«Aber nun sieht es so aus, als hätten Oma und Opa dich angelogen, und Marlene ist damals gar nicht gestorben.»

Theresa nickte.

«Und wer ist dieser Tom?» Anna tippte auf ihrem Handy herum.

«Jetzt leg doch mal dieses Ding weg.» Theresa klang wütender als beabsichtigt.

Anna ließ das Handy auf ihren Schoß sinken.

«Entschuldige», sagten sie beide zugleich.

Theresa lächelte kurz. Diese ganze Sache mit der Erbschaft brachte sie aus dem Konzept. Eigentlich brauchte sie jetzt all ihre Kraft für die Vorbereitung der Ausstellung. Aber seit Dr. Herzbergs Anruf hatte sie keinen einzigen Pinselstrich mehr gemacht. Alles war so absurd. Sie hatte das ehemalige Haus ihrer Eltern von ihrer totgeglaubten Schwester geerbt, und dann gab es da noch diesen Tom, von dem sie nie gehört hatte und mit dem sie nun zusammen das Haus besaß. Theresa gab der Kellnerin ein Zeichen und bestellte noch einen Kaffee mit Wodka. «Tom Halász heißt er. Mehr weiß ich nicht.»

Anna griff erneut nach ihrem Handy. «Das haben wir gleich. Augenblick.»

«Wohnungsauflösungen Halász, kann das sein?»

Theresa überlegte. Hatte sich dieser Tom auf seiner Mailbox vorhin nicht genauso gemeldet? «Ich denke, ja.»

Anna hielt Theresa das Handy hin. «Aber hallo, das nenn ich mal einen schmucken Kerl.»

Auf dem Display sah man einen jungen Mann, Theresa schätzte ihn auf Mitte dreißig. Er lächelte, hatte braune Augen, einen dunklen Teint und eine Reihe tadellos sitzender Zähne. Theresa musste zugeben, dass dieser Tom, wenn es denn der Richtige war, ausgesprochen attraktiv aussah. Auf die Frage, warum Marlene ihnen beiden ein Haus vererbt hatte, gab sein Foto jedoch nicht die geringste Antwort.

«Und jetzt?»

«Keine Ahnung. Ich muss erst mal eine rauchen.» Theresa kramte in ihrer Tasche nach dem Tabakbeutel. Dabei fiel ihr Blick auf den Umschlag, den Dr. Herzberg ihr gegeben hatte. Sie legte ihn auf den Tisch. «Der ist auch noch von dem Notar.»

«Und das sagst du erst jetzt?» Anna griff nach dem Umschlag. «Darf ich?»

«Nur zu.» Theresa drehte sich eine Zigarette und zündete sie an.

Anna riss den Umschlag auf. Darin waren ein Schlüssel und ein Brief. Sie überflog die Zeilen.

«Hä, Aristoteles? Was soll das denn?»

«Was meinst du?»

«Hier, lies selbst.»

*Liebe Theresa,*

*«Einen Fehler durch eine Lüge zu verdecken*
*heißt, einen Flecken durch ein Loch zu ersetzen.»*
*(Aristoteles)*

*Eigentlich wollte ich mich schon viel früher bei dir melden, aber ich war zu feige. Mir fehlte der Mut, und ich wollte nicht auch noch dich ins Unglück stürzen. Und nun fehlt mir die Kraft, der Krebs hat gewonnen. Wir können die Vergangenheit nicht ändern, aber wir können dafür sorgen, dass die Gegenwart besser wird. Darum wünsche ich mir, dass du, Tom und Anton dafür sorgt, dass die Lüge aus der Welt geschafft wird.*

*In Liebe,*
*Marlene*

Theresa ließ den Brief sinken.

«Was denn für eine Lüge? Einen Flecken durch ein Loch zu ersetzen? Was meint sie damit?», fragte Anna.

Theresa zuckte mit den Schultern und sah nachdenklich auf das Blatt in ihren Händen.

«Und wer ist Anton?»

«Nicht einmal das weiß ich. Aber deine Oma Lisbeth hat den Namen auch erwähnt, als ich bei ihr war. Seltsam – ich bin sicher, dass ich bisher noch nie von einem Anton gehört habe.»

«Anton, Tom, das ist ja alles sehr mysteriös.» Anna nahm den Schlüssel vom Tisch und betrachtete ihn. «Ich schätze, wir sollten nach Rostock fahren. Und wir müssen versuchen, diesen Tom zu erreichen.»

«Das glaube ich auch.»

Auf einmal hielt sich Anna die Hände vor den Mund, sprang auf und verschwand im Café. Nach fünf Minuten kam sie zurück.

«Was war das denn, ist alles in Ordnung mit dir?»

«Geht schon wieder. Ich hab mir den Magen verdorben. Bei mir an der Ecke hat ein neuer Asia-Imbiss aufgemacht. Wahrscheinlich zu viel Glutamat.»

Anna nahm ihr Handy und hielt es sich ans Ohr.

«Und was machst du nun?»

«Na, Tom anrufen.»

«Woher hast du denn seine Nummer?»

«Die steht praktischerweise gleich auf der Homepage seiner Wohnungsauflösungsfirma und ...» Anna hielt inne. «Verdammt, nur die Mailbox.»

Theresa zog ihr Portemonnaie aus der Tasche. Dabei fiel ihr Blick auf ihre Hose. Der Blutfleck war inzwischen eingetrocknet.

# Damals (1949)

## Rostock

Es war den ganzen Tag nicht richtig hell geworden. Der Wind rüttelte an den Zweigen. Viele Bäume waren bereits kahl. Kolja und Johannes liefen durch den Park am Alten Friedhof. Das Laub raschelte unter ihren Füßen. Auf einer Lichtung ließen Kinder einen Drachen steigen und lachten vergnügt.

Johannes sah auf die Uhr. «Ich muss noch den Anzug aus der Schneiderei holen. Lisbeth wird Augen machen.»

Kolja nickte.

Die beiden Männer verließen den Park und erreichten bald die Friedrich-Engels-Straße. Schon von weitem sah man das kleine Haus der Familie Havelmann. Johannes liebte das gemütliche rot geklinkerte Häuschen mit dem Schieferdach. Im Garten gab es Apfel- und Pflaumenbäume und zahlreiche Kräuterbeete, und zur Warnow war es nicht weit. Seit nunmehr drei Wochen lebten Johannes und Elisabeth dort zusammen in der Dachkammer. Morgen sollte es offiziell werden. Johannes und Elisabeth würden vor den Traualtar treten.

«Du bist glücklich, Wanjuscha. Das freut mich sehr.» Unter Koljas Arm klemmte eine Zeitung. Auf der Titelseite wurde über die Gründung der Deutschen Demokratischen Republik berichtet. Auf einem gelbstichigen Foto waren die lachenden Gesichter von Otto Grotewohl und Wilhelm Pieck zu sehen.

«Nicht nur glücklich, Kolja. Überglücklich sogar. Du weißt, wie sehr ich mir immer eine eigene Familie gewünscht habe.» Johannes zog eine Schachtel Karo aus seiner Manteltasche. «Und morgen heirate ich meine Lisbeth. Ich kann mir nichts Schöneres vorstellen. Obwohl, dir kann ich es ja sagen, immerhin bist du mein Trauzeuge. Lisbeth ist schwanger.»

«Glückwunsch, Wanjuscha.» Kolja klopfte Johannes auf die Schulter.

«Danke. Wenn es ein Junge wird, nennen wir ihn Kolja, versprochen.» Johannes lächelte. Die Gründung der DDR, seine Hochzeit und Elisabeths Schwangerschaft, alles im selben Jahr, das konnte nur ein gutes Omen sein. Nach der schrecklichen Zeit des Krieges hatte man den richtigen Weg eingeschlagen, davon war Johannes überzeugt. Er war froh, dass ihn bei seiner Flucht der Zufall hierhergeführt hatte. Nie wieder sollte ein Krieg von deutschem Boden ausgehen. Die Menschen hier lebten von nun an in Gleichheit, Solidarität und Gerechtigkeit, ohne Bevormundung und Ausbeutung der Arbeiter. Neuanfang und Hoffnung. Johannes freute sich über dieses Augenzwinkern der Geschichte.

Feiner Nieselregen setzte ein. Johannes legte Kolja den Arm um die Schultern. «Komm, da drüben ist ein Lokal. Ich lade dich auf ein Bier ein. Als Junggesellenabschied, wenn man so will.»

Elisabeths Hochzeitskleid hing am Kleiderschrank in der Dachkammer. Johannes würde staunen. Es war traumhaft. Grün, mit einem kleinen Stehkragen, feiner Spitzenbordüre an den Ärmeln, und es passte wunderbar zu ihren blonden Haaren. Elisabeth und Käthe hatten es aus zwei Kleidern und einer alten Gardine selbst geschneidert. Johannes arbeitete in letzter Zeit viel. Nachdem er in der Verwaltung des Inneren begonnen hatte, war er aufgestiegen, und Kolja hatte ihm eine Stelle im Büro der Sowjetischen Militäradministration besorgt. Johannes kam nun oft spät nach Hause. Zeit, die die beiden Frauen genutzt hatten, um heimlich an dem Hochzeitskleid zu arbeiten. Das Ergebnis konnte sich sehenlassen.

Elisabeth schaute sich in der Dachkammer um. Der Platz war knapp, aber ausreichend. Ein Kleiderschrank, ein Bett, ein Sofa und ein Tisch. Das Schönste aber war, dass sie mit Johannes zusammen sein konnte. Was bedeutete schon Platz, solange sie mit dem Mann unter einem Dach lebte, den sie liebte?

Elisabeth stellte sich vor den Spiegel und legte die Hände auf ihren Bauch. Jetzt war es amtlich, die Ärztin hatte es bestätigt. Als die monatlichen Blutungen ausblieben, hatte Elisabeth zunächst nicht gewagt, Johannes davon zu erzählen. Zu groß war die Angst, etwas könne schiefgehen. Sie hatte es oft genug im Krankenhaus miterlebt. Die Trauer über den Verlust eines Kindes, der Schleier in den Augen der Mütter, diese Bilder hatten sich ihr eingebrannt. Aber Johannes war Elisabeths morgendliche Übelkeit nicht entgangen. Schließlich hatte er darauf gedrängt, dass sie zur Untersuchung ging. Er hatte Elisabeth sogar begleitet. Als die beiden die Praxis verlassen hatten, umarmten sie sich lange. Johannes hatte geweint. Elisabeth wusste, wie sehr er sich nach einer eigenen Familie sehnte. Und nun erfüllte sich sein größter Wunsch.

Er war auf die Knie gefallen, hatte aus seiner Jackentasche den Schlüsselbund hervorgezogen, einen Schlüsselring gelöst und ihn Elisabeth entgegengehalten. *Elisabeth Havelmann, willst du meine Frau werden?* Vor Aufregung hatte sie kein Wort herausgebracht, sondern nur die Hände vor den Mund geschlagen und genickt.

Elisabeth wandte den Blick vom Spiegel ab. Sie zog sich Strümpfe, einen Rock und eine Bluse an. Dann öffnete sie die oberste Schublade ihres Nachttischchens. Da lag er, ihr Verlobungsring. Wie schön er war. Ein Schlüsselring, mehr nicht, aber er bedeutete Elisabeth so viel, dass sie die Wärme in ihrem Herzen nicht in Worte fassen konnte.

«Elisabeth Havelmann, wollen Sie den hier anwesenden Johannes Groen zu Ihrem Mann nehmen, ihn lieben und ...»

«Ja», sagte Elisabeth viel zu früh und viel zu laut.

Die Gäste lachten. Und auch der Standesbeamte zuckte kurz mit den Mundwinkeln. Es war eine kleine Hochzeitsgesellschaft, die sich im Rathaus von Rostock eingefunden hatte. Neben dem Brautpaar saßen Kolja und Käthe, die beiden Trauzeugen. Kolja trug eine Paradeuniform. Sogar seine Epauletten hatte er angelegt. Johannes freute sich über Koljas Kleiderwahl. Die Uniform verlieh der Trauung etwas besonders Würdevolles.

Käthe, die neben Elisabeth saß, trug ein Kleid aus blauem Samt und um den Hals eine Perlenkette. Ihre ondulierten Haare wurden mit Kämmchen aus dem Gesicht gehalten, und in ihrer rechten Hand hielt sie ein Taschentuch mit gehäkeltem Spitzenrand. Gelegentlich schnäuzte sie sich oder wischte sich eine Träne aus dem Augenwinkel. Auf den Stuhlreihen hinter dem Brautpaar saßen Hertha Hinnerksen, die Nachbarin, und Elisabeths Freundin Eva mit ihrem Mann Otto, die extra aus Berlin angereist waren.

Der Standesbeamte räusperte sich. «Fräulein Havelmann, nicht so schnell. Also, wollen Sie den hier anwesenden Johannes Groen lieben und ehren in guten wie in …»

«Ja, sie will, und ich auch.» Diesmal war es Johannes, der dem Standesbeamten ins Wort fiel.

Wieder lachten alle.

«Ich sehe schon, Sie haben es eilig. Ich gehe davon aus, dass die Ehe einvernehmlich geschlossen wird?»

Johannes und Elisabeth nickten mit leuchtenden Augen.

«Dann erkläre ich Sie hiermit zu Mann und Frau.»

Nach der Trauung machte die Hochzeitsgesellschaft einen Spaziergang durch die noch immer vom Krieg gezeichnete Rostocker Altstadt. Elisabeth und Eva liefen voran und unterhielten sich aufgeregt. Eva erzählte begeistert von Berlin und ihrer neuen Arbeitsstelle an der Charité. Kolja und Otto rauchten. Käthe ging neben Johannes und lächelte vor sich hin. Hertha Hinnerksen lief langsam einige Meter hinter den anderen her. Johannes drehte sich um und wartete auf sie, während Käthe weiterlief. Er hatte die beherzte Nachbarin auf Anhieb gemocht. Sie redete wie ein Wasserfall und ohne Rücksicht auf Verluste, aber laut Käthe und Elisabeth hatte sie ein Herz aus Gold. «Frau Hinnerksen, wollen Sie sich bei mir unterhaken?» Er winkelte seinen linken Arm an.

«Danke, das ist aber aufmerksam. Eine alte Frau ist schließlich kein D-Zug, und die anderen legen ein Tempo vor, da kommen ich und mein Ischias nicht mit.» Sie hakte sich bei Johannes unter. «Lisbeth hat wirklich großes Glück mit Ihnen, und Käthe ist auch froh, dass endlich wieder ein Mann im Haus ist. Wenn ich noch dran denke, wie die beiden sich im Krieg allein durchschlagen mussten. Emil hat ja im Untergrund geholfen, Material gegen die Kriegstreiber zu verteilen. Und eines Tages standen die Schweine vor der Tür und haben ihn abgeholt.»

«Und dann?» Johannes blieb stehen.

«Dann sind Lisbeth und Käthe in den Keller, zur Sicherheit. Sie hatten Angst, dass man auch sie abholen würde, und natürlich hatten sie Angst vor den Bomben. Eine schlimme Zeit. Ihnen blieb ja kaum etwas zu essen. Irgendwann waren alle Vorräte aufgebraucht.» Hertha atmete schwer und presste die Hände an ihren Rücken.

«Geht es, Frau Hinnerksen? Brauchen Sie etwas?»

«Ach was», sagte sie und wies mit dem Kopf in Richtung der anderen, die sich in der Zwischenzeit schon ein beachtliches Stück entfernt hatten. «Jetzt müssen wir uns aber sputen.»

«Und Sie, was haben Sie im Krieg gemacht?»

«Das, was alle gemacht haben. Versucht zu überleben. Und wann immer es ging, habe ich Lisbeth und Käthe etwas zum Essen vor die Tür gestellt. Du hättest sie mal sehen sollen, sie sahen aus wie zwei Striche in der Landschaft. Das konnte man nicht mit ansehen.»

«Ohne Sie hätten die beiden vielleicht gar nicht überlebt?»

«Könnte sein. Aber ich will damit nicht angeben wie eine Tüte Mücken. Das ist doch selbstverständlich, dass man sich hilft.»

Johannes nahm Herthas Hand und drückte sie. «Danke, Frau Hinnerksen. Ohne Sie wäre ich womöglich nicht hier und nicht so glücklich.»

«Ach was, jetzt lass uns mal nicht sentimental werden. Ich

bin übrigens Hertha, und das Sie lassen wir mal schön bleiben. Willkommen in der Familie.»

Die Gäste saßen im Wohnzimmer. Es hatte Kohlsuppe, Rostocker Fischtopf mit Pellkartoffeln und Mischgemüse gegeben und zum Nachtisch selbstgemachtes Apfelkompott mit gezuckerter Kondensmilch. Nun stapelten sich die leeren Teller mit dem blauen Zwiebelmuster in der Tischmitte. Kolja nahm sein Glas in die Hand und schlug mit einem Messer dagegen. «Ich bin kein Mann großer Worte, das wisst ihr. Ich lasse lieber Taten sprechen.» Er stand auf. «Also, liebe Elisabeth, lieber Wanjuscha, auf euch. Das ist ein großer Tag. Was sage ich, ein großes Jahr. Eine Hochzeit im Jahr der Gründung der Deutschen Demokratischen Republik muss einfach unter einem guten Stern stehen.»

Hertha saß direkt neben Kolja. Sie schob gerade mit dem Handrücken Brotkrümel zusammen. Bei seinen Worten hielt sie inne.

«Und die Macht der Arbeiterklasse …»

Hertha sprang auf. Ihr Stuhl fiel um. «Momentchen mal. Nutzen Sie jetzt die Hochzeitsfeier für eine Agitationsveranstaltung, oder wie ist das zu verstehen?»

Koljas Gesicht verdunkelte sich.

«Und überhaupt, was soll der Aufzug?» Sie tippte auf Koljas Epauletten. «Sie sehen ja aus wie ein Weihnachtsbaum. Haben wir in den letzten Jahren nicht genug Uniformen ertragen müssen?»

Kolja starrte Hertha mit offenem Mund an. Elisabeth räusperte sich. Nein, sie würde sich ihren großen Tag nicht verderben lassen. Und schon gar nicht von irgendwelchen politischen Diskussionen, die sie nicht interessierten und ohnehin zu nichts führten.

Sie rang sich ein Lächeln ab und klatschte in die Hände. «Es wird Zeit für die Torte, findet ihr nicht?»

Johannes stand auf. «Eine wunderbare Idee, Lisbeth. Die Torte müsst ihr sehen. Käthe hat ihr ganzes Herzblut hineingesteckt. Schokolade-Marzipan. Fast zu schade zum Essen.»

Elisabeth wollte gerade die Teller in die Küche bringen und die Torte holen, als Hertha sie zurückhielt. «Lisbeth, das ist dein Tag heute. Du bleib mal schön sitzen. Ich muss sowieso kurz raus hier. Bei so viel Weihnachtsbaumduft kriege ich keine Luft mehr.»

Nachdem die Torte probiert und für köstlich befunden worden war, hatte Elisabeth sich für einen Mittagsschlaf in die Dachkammer zurückgezogen. Die Schwangerschaft setzte ihr sehr zu, sie war häufig müde. Eva und Otto hatten sich auf den Heimweg nach Berlin gemacht, und während Käthe abwusch, vertraten Kolja und Johannes sich draußen die Beine.

Als sie an Herthas Haus vorbeikamen, wies Kolja mit dem Kopf zu ihrem Fenster. «Wanjuscha, diese Frau Hinnerksen, was weißt du über sie?»

«Nicht viel. Warum?» Johannes drehte den Ehering an seinem Finger. Er fühlte sich noch ein wenig ungewohnt an.

«Hör zu. Unser junges Land hat nicht nur Fürsprecher. Es gibt viele, die noch nicht verstanden haben, was unser Ziel ist. Viele, die uns schaden wollen.»

«Das ist doch nur Hertha, die ist harmlos. Ist das nicht ein wenig übertrieben?»

Kolja schüttelte den Kopf. «Leider nein. Wir können nicht vorsichtig genug sein, Wanjuscha. Es gibt Menschen, die Sabotageakte planen und Gerüchte verbreiten. Wir müssen aktiv dagegen vorgehen, sonst machen uns die Widersacher noch alles kaputt. Sie machen alles kaputt, was wir gerade aufbauen. Da brauchen wir besondere Institutionen.»

Johannes blieb stehen. «Was meinst du damit?»

«Sagt dir K5 etwas?»

«Nein.»

«K steht für Kriminalpolizei. Wir haben eine Organisation gegründet, die sich mit dem Unterbinden der Verbreitung antidemokratischer Hetzparolen beschäftigt.» Kolja nahm eine Schachtel Papyrossi aus seiner Uniformjacke.

«Und was macht ihr genau?»

«Nun, unter anderem nehmen wir verdächtige Subjekte unter die Lupe und führen verdeckte Ermittlungen durch.» Kolja zündete sich eine Zigarette an. «Wir suchen noch Mitarbeiter. Ich habe an dich gedacht. Wir zahlen gut und haben geregelte Arbeitszeiten. Gerade jetzt, wo du bald eine Familie versorgen musst, wäre das doch eine geeignete Aufgabe. Was denkst du?»

Johannes überlegte. Er hatte Kolja und mit ihm dem jungen Staat viel zu verdanken. Er hatte eine neue Heimat gefunden, er wurde gebraucht und hatte inzwischen beruflich erfolgreich Fuß gefasst. Johannes war dankbar für diese Chance, und er wollte gern etwas zurückgeben. Was war naheliegender, als seine Heimat vor den Menschen zu schützen, die sie zerstören wollten?

Johannes blickte noch einmal auf seinen Ehering, dann wandte er sich Kolja zu. «Ich helfe euch.»

Fast fünfzehn Kilo hatte Elisabeth in den letzten Monaten zugenommen. Es gab kaum noch Kleidung, die ihr passte, und sie freute sich schon auf die Zeit, in der sie wieder ihre Lieblingsblusen würde tragen können. Auf dem Tisch lag ein Pappkoffer mit Kleidung, die sie selbst als Kind getragen hatte. Käthe ging davon aus, bald Großmutter eines Mädchens zu werden, wohingegen Johannes sich einen Jungen wünschte. Elisabeth war das Geschlecht des Kindes egal, Hauptsache, sie würde bald ihren riesigen Bauch los sein, der sie nachts so oft zur Toilette zwang. Käthe zog gerade ein gestricktes Leibchen aus dem Koffer, als Elisabeth aufstöhnte.

«Was ist?» Käthe ließ die Arme sinken und sah ihre Tochter besorgt an.

«Ach nichts. Das Kleine hat mich nur getreten.» Elisabeth beugte sich auf ihrem Stuhl nach vorne.

«Na, dann ist ja gut. Ich dachte schon, es geht los.»

Elisabeth stand auf und ging in die Speisekammer. «Ich mache mir einen Tee, vielleicht beruhigt das ja.»

«Himbeere und Nelke, schlage ich vor. Das fördert die Wehen. So muss ich nicht mehr so lange auf meine Enkeltochter warten.» Käthe klappte den Koffer zu. «Genug zum Anziehen hat sie zumindest.»

Unschlüssig stand Elisabeth vor den Gläsern mit Kräutern und Gewürzen. Ihre Mutter war eine Kräuterhexe, wie sie selbst immer mit einem Augenzwinkern behauptete. Wenn die Zeit reif war, erntete und trocknete sie die Kräuter aus ihrem Garten, füllte sie in Gläser und beschriftete sie mit kunstvollen Sütterlinbuchstaben. Elisabeth griff gerade nach dem Glas mit den Himbeerblättern, als sie erneut aufstöhnen musste und merkte, wie eine warme Flüssigkeit ihre Beine herablief.

Der Stapel mit den Protokollen drohte umzukippen. Johannes stand auf, öffnete das Fenster und atmete die milde Frühlingsluft ein. Als er sich umdrehte und sein Blick erneut auf den Aktenturm auf seinem Tisch fiel, bekam er schlechte Laune. In den letzten Monaten hatte er es mehr und mehr bereut, die Stelle bei der K5 angenommen zu haben, denn sie nahm ihn zeitlich sehr in Beschlag. Das hatte er sich anders vorgestellt. Elisabeth beschwerte sich nicht, aber an ihrem Verhalten merkte Johannes, dass sie enttäuscht darüber war, ihn so selten zu sehen. Wenn er nach Hause kam, war sie wortkarg, lag meistens schon im Bett und auch körperlich war es zwischen ihnen nicht mehr so wie früher. Johannes schloss das Fenster und setzte sich an seinen Schreibtisch. Er nahm die oberste Akte vom Stapel und schlug sie auf. *Fall 209*, las er. Dann blätterte er eine Seite weiter. Als er den Namen der Person sah, zu der die Akte gehörte, erschrak er. Hertha Hinnerksen. Seine resolute Nachbarin machte kein Geheimnis daraus, was sie von der Parteilinie hielt. Er hatte noch lebhaft in Erinnerung, wie sie Kolja an seinem Hochzeitstag einen Weihnachtsbaum genannt hatte. Offensichtlich hatte Kolja damals einen Mitarbeiter auf sie angesetzt. Und jetzt war Johannes mit dem Vorgang betraut? Warum bekam ausgerechnet er den Fall zugeteilt? Oder war die Akte nur versehentlich auf seinem Schreibtisch gelandet? Tatsächlich. Mit einem weiteren Blick auf den Pappeinband stellte Johannes erleichtert fest, dass der Fall eigentlich von Werner Albrecht bearbeitet werden sollte. Dennoch legte Johannes die Akte nicht beiseite, seine Neugier gewann die Oberhand. Er überflog die Seiten. Hertha hatte sich in der Öffentlichkeit wiederholt kritisch über den Staat geäußert, zahlreiche Zeugenaussagen belegten das. Einmal, in der Kaufhalle, hatte sie sich über die Rationierung der Lebensmittel beschwert. Die DDR sei eine Diktatur von Moskaus Gnaden, nicht besser als die Nazis. Von einer Diktatur in die nächste, so war ihr genauer Wortlaut gewesen.

Johannes klappte die Akte zu. Er überlegte, was er tun sollte. Ohne Hertha Hinnerksen hätten Elisabeth und Käthe den Krieg vielleicht nicht überlebt. Das wenige, was sie besaß, hatte sie geteilt, mit der Frau, die er liebte. Und jetzt das? Das hatte sie nicht verdient. Johannes wusste, was auf solche Akteneinträge gemeinhin folgte, er wusste von den Verhören, er kannte die Untersuchungsgefängnisse. Nein, das konnte er nicht zulassen. Eine Weile saß Johannes regungslos in seinem Büro. Schließlich kam er zu dem Schluss, dass es nur einen Ausweg gab. Die Akte musste verschwinden. Das war er Hertha schuldig.

Er lauschte. Alles war ruhig. Kurzerhand holte Johannes einen neuen Papphefter aus seinem Schreibtisch, übertrug Name und Vorgangsnummer, entfernte drei wenig belastende Seiten aus der Originalakte und heftete sie in die neue. Dann öffnete er seine Ledertasche und schob die Originalmappe hinein. Schnell klappte er die Tasche zu und ließ die Steckschlösser einrasten. In diesem Moment klopfte es an der Tür.

Ohne eine Antwort abzuwarten, betrat Kolja das Büro.

«Alles gut bei dir, Wanjuscha?»

Johannes wischte sich unauffällig seine nassen Hände an der Hose ab. «Alles bestens.» Er sah zu seiner Aktentasche.

Kolja folgte seinem Blick. «Hast du da einen Goldschatz drin?»

Johannes wurde blass.

«War nur Spaß. Los, beeil dich, nimm deine Tasche und raus hier. Das Krankenhaus hat angerufen. Wanjuscha, das Kind ist unterwegs.»

Pünktlich zum ersten Schrei seiner Tochter traf Johannes im Krankenhaus ein. Nachdem er zunächst auf der falschen Station gewesen war, stand er nun atemlos vor dem Kreißsaal.

«Kann ich zu ihr? Wie geht es meinem Sohn?» Johannes hatte einen Strauß Rosen unterm Arm.

«Augenblick, junger Mann, vielleicht sagen Sie mir erst mal, wer Sie sind.» Die Schwester hielt eine dampfende Tasse in den Händen.

«Groen, Johannes Groen. Meine Frau heißt Lisbeth, ich meine Elisabeth.»

«Na, damit kann ich doch schon etwas anfangen. Ihre Frau liegt in Zimmer drei. Herzlichen Glückwunsch.» Sie stellte die Tasse ab und nahm Johannes die Blumen aus der Hand. «Ich hole eine Vase. Und Sie folgen einfach dem Gang. Es ist die dritte Tür auf der rechten Seite.»

Mit großen Schritten ging Johannes in die ihm gewiesene Richtung. Die Aprilsonne schien durch das Fenster und tauchte den Flur in warmes Licht. Vor Elisabeths Zimmer stand Käthe. Sie hatte gerötete Wangen und kramte in ihrer Handtasche.

«Hannes, sie ist da. Es ist ein Mädchen.»

Johannes zuckte kurz zurück. Ein Mädchen? Dann hatte er also mit seiner Vermutung falschgelegen. Johannes sah zum Fenster und wusste nicht, was er sagen sollte. Doch schließlich straffte er seinen Oberkörper. Junge oder Mädchen. Im Grunde sollte das doch egal sein. Hauptsache gesund, wie man sagte.

«Ich gehe nach unten und hole mir einen Tee. Kann ich dir auch etwas Gutes tun?», fragte Käthe.

«Danke, nein. Momentan will ich nur nach Lisbeth und dem Kind sehen.»

Käthe nickte und verließ den Raum.

Johannes klopfte an die Tür und trat ein.

Elisabeth lag in dem Bett am Fenster. Außer ihr war niemand im Zimmer. Sie hatte dunkle Ringe unter den Augen. In den Armen hielt sie ein Handtuch, aus dem ein winziger Kopf mit schwarzen Haaren herausschaute.

«Hannes, wie schön, dass du kommen konntest. Ich dachte, du bist heute den ganzen Tag im Kommissariat.» Elisabeth lächelte schwach.

«Ich will doch unsere Tochter kennenlernen, und außerdem ist Papier geduldig.» Er gab Elisabeth einen Kuss auf die Stirn und schob das Handtuch vorsichtig zur Seite.

Wie klein das Kind war, geradezu zerbrechlich. Und da passierte es. Johannes betrachtete das winzige Gesicht und stutzte. Konnte das sein? Er wischte sich über die Augen. Das Mädchen in Elisabeths Armen sah aus wie seine Mutter. Die Ähnlichkeit war nicht zu leugnen. Die halb geöffneten trüben Augen, die Johannes ansahen, waren die Augen seiner Mutter. Mit einem Mal hatte Johannes den Geruch ihres Zimmers in der Nase. Baldrian, Alkohol und feuchtes Holz. Er sah sie in ihrem Bett liegen. Sie war blass und hatte die Augen geschlossen. Johannes ging auf seine Mutter zu. Er hatte ein Bild für sie gemalt. Er hielt es ihr hin und wollte sie umarmen. Doch sie schob ihn weg. Sie nahm ihm das Bild aus der Hand und legte es beiseite, ohne einen Blick daraufzuwerfen. Sein Hals war zugeschnürt. Die Erinnerung an seine Mutter, die gestohlene Akte von Hertha Hinnerksen in seiner Tasche und die Geburt seiner Tochter, das alles war zu viel. Seine Hände begannen zu zittern.

«Geht es dir nicht gut?»

«Doch, sicher. Ich bin nur müde.»

«Willst du deine Tochter mal halten?»

«Lieber nicht, ich habe schmutzige Hände. Ich nehme sie später.»

«Wie du meinst.» Elisabeth griff nach dem Zettel, der

auf dem Beistelltisch lag. «Wie wollen wir sie denn nennen? Heute ist der Namenstag von Maria und Ursula, steht hier. Maria finde ich eigentlich ganz schön.»

Johannes war in Gedanken immer noch bei seiner Mutter. «Charlotte», sagte er plötzlich und konnte schon einen Augenblick später kaum mehr glauben, dass ihm dieser Name über die Lippen gekommen war.

«So wie deine Mutter? Ein wunderschöner Name. Und so lebt er in unserer Familie weiter, das würde deine Mutter sicherlich freuen. Charlotte also.»

Johannes nickte. Er hatte keine Kraft, Elisabeth zu erklären, dass er den Namen gar nicht hatte vorschlagen wollen. Aber was war schon ein Name? Sie würden gute Eltern sein. Und ihr Kind bedingungslos lieben, egal was passierte. Johannes wusste, was es bedeutete, erfolglos um die Liebe einer Mutter zu kämpfen. Und vielleicht war die Namenswahl gerade deshalb doch ein guter Anfang, um mit der Vergangenheit abzuschließen und ihr etwas Neues, etwas Besseres entgegenzusetzen.

# Heute

## Berlin

Nanu, Frau Groen. Das ist aber ungewöhnlich. Sie kommen doch sonst immer nur am Wochenende.»

Charlotte sah die Frau am Empfang mit hochgezogenen Augenbrauen an. «Ich weiß, aber ich muss meine Mutter in einer dringenden Angelegenheit sprechen.»

«Wie Sie meinen. Aber machen Sie sich keine große Hoffnung. In den letzten Tagen hat sich ihr Zustand nicht gerade verbessert.»

«Das lassen Sie mal meine Sorge sein.» Charlotte prüfte in der Glastür kurz den Sitz ihrer Frisur, drückte die Klinke und ging zum Fahrstuhl. Theresas Anruf hatte sie aus der Bahn geworfen. Was war das für ein Unsinn, dass Marlene erst kürzlich gestorben sein sollte? Warum hätten ihre Eltern ihnen ein Lügenmärchen auftischen sollen? Ihr Vater hätte sie niemals angelogen. Es musste eine logische Erklärung geben.

Die Fahrstuhltür öffnete sich. Charlotte stieg aus und strich ihren Mantel glatt. Dann klopfte sie an die Zimmertür ihrer Mutter.

«Herein.» Elisabeth saß auf ihrem Bett. Sie trug ein dünnes Nachthemd mit Spitzenbesatz an den Ärmeln und am Ausschnitt. Die weißen Haare standen ihr wirr vom Kopf ab. Sie hatte eine Fernsehzeitschrift in der Hand. Das Frühstück auf dem Nachttisch hatte sie nicht angerührt.

Als Charlotte eintrat, lächelte Elisabeth. «Marlene.»

«Mutter, ich bin es. Charlotte.» Sie zog ihren Mantel aus und hängte ihn sorgfältig über die Stuhllehne.

«Sicher, Charlotte. Wie konnte ich das nur verwechseln. Wo ihr doch so verschieden seid, ihr beiden.» Elisabeth legte die Zeitschrift zur Seite und sah Charlotte erwartungsvoll an.

Charlotte spürte, wie es hinter ihrer rechten Schläfe zu pulsieren begann. Sie ließ den Kopf ein wenig kreisen – überall sah sie helle Lichtpunkte. Nicht mehr lange und der Migräneanfall würde sich in einem heftigen Nervengewitter entladen. Sie öffnete ihre Handtasche, nahm eine Schachtel mit Triptantabletten heraus und schob sich eine in den Mund. Die Tablette war trocken und blieb an ihrem Gaumen kleben. Sie sah sich im Zimmer um, ging zum Nachttisch, griff kurz entschlossen nach der Teetasse und spülte die Tablette hinunter.

Elisabeths letzter Satz hallte in ihr nach. *Wo ihr doch so verschieden seid, ihr beiden.* Charlotte verschränkte die Arme. Ja, sie waren verschieden. Sehr sogar. Und das hatte ihre Mutter sie immer spüren lassen. Nicht direkt, gesagt hatte sie es nie, aber da war etwas in der Art, wie sie Charlotte anschaute, distanziert, abwesend, manchmal sogar kühl. Und auch jetzt. Wie bezeichnend war es doch, dass Elisabeth sie mit Marlene verwechselt hatte. Vielleicht war es die Krankheit, dieses schleichende Vergessen. Aber das war kaum ein tröstlicher Gedanke. Im Gegenteil. Je länger Charlotte darüber nachdachte, umso wütender wurde sie. Entschlossen stellte sie die Teetasse zurück.

«Was gibt es Neues, kleine Theresa?»

«Charlotte, Mutter, ich bin *Charlotte.* Und klein bin ich schon lange nicht mehr. Ich werde dieses Jahr zweiundsechzig.»

«Ach so, das hatte ich vergessen.»

Charlotte setzte sich auf den Stuhl. «Im Amt war viel zu tun diese Woche. Heute habe ich ein wenig früher Feierabend gemacht, um dich zu besuchen. Wollen wir in den Tierpark gehen? Vielleicht könnten wir dort auch was essen. Ich glaube, dort gibt es einen Broiler-Stand, die hast du doch früher immer so gerne gegessen.»

«Was machen deine Patienten?» Elisabeth griff mit zitternden Händen nach der Teetasse auf dem Nachttisch. Als sie die Tasse an den Mund führte, verschüttete sie ein wenig.

Charlotte überlegte kurz, ihr zu helfen, rührte sich aber nicht. Sie war viel zu aufgebracht.

«Ich bin Finanzbeamtin, Mutter. Theresa ist Altenpflegerin.»

«Und wann kommt Marlene mich mal wieder besuchen?»

Charlotte erstarrte. Diese unberechenbare Krankheit, sie hätte es wissen müssen. Es gab Tage, da war Elisabeth bei so klarem Verstand, dass sie sich an alles erinnerte. Jedes noch so kleine Detail von früher konnte sie dann beschreiben. Und es gab Tage, da wusste sie nicht einmal, wo sie sich befand oder welches Jahr gerade war.

«Über Marlene wollte ich mit dir reden. Ihr habt uns doch erzählt, dass sie verunglückt ist, als sie mit Vater auf der Ostsee war …»

Elisabeth ließ ihren Kopf auf das Kissen sinken. Ihre Augen waren dabei auf das Bild des Schokoladenmädchens an der Wand gerichtet, ihre Lippen bewegten sich kaum, als sie antwortete. «Hannes und ich hatten keine Wahl. Wir mussten dem Ganzen einen Riegel vorschieben.» Elisabeth schloss die Augen.

Einen Riegel vorschieben? Was hatte das nur zu bedeuten? «Und das Haus in Rostock? Vater hat es nach der Wende gar nicht verkauft. Oder wie erklärst du es dir, dass es Marlene gehörte und sie es an Theresa vererbt hat?» Charlotte lief im Zimmer umher. «Und dann hat Theresa noch von einem Tom erzählt. Wir kennen keinen Tom.» Die Lichtpunkte vor Charlottes Augen schienen ständig mehr zu werden. Ihr war schlecht, und sie hätte sich am liebsten hingelegt. «Und ich? Was ist mit mir? Warum hat Marlene mich in ihrem Testament nicht bedacht?»

Elisabeth hatte die Augen noch immer geschlossen.

«Mutter?» Charlotte stellte sich vor das Bett. Sie beugte sich herunter und tippte Elisabeth auf die Schulter. «Da geht doch etwas nicht mit rechten Dingen zu. Ich finde einfach keine logische Erklärung für all das.»

Elisabeth atmete schwer, aber sie antwortete nicht. Charlotte fasste ihre Mutter an den Schultern und drückte fest zu. Sie reagierte nicht. Charlotte grub ihre Finger immer fester in Elisabeths Schultern. Da stieß Elisabeth einen spitzen Schmerzensschrei aus. Charlotte ließ los, wich erschrocken zurück und sah unsicher zur Tür. So fest zuzupacken, das hatte sie nicht gewollt. Charlotte musste nach Hause, sie wollte die Vorhänge zuziehen, schlafen und die Welt um sich herum vergessen. Sie nahm ihren Mantel.

Auf einmal begann Elisabeth zu sprechen. «Das muss dein Vater dir erklären.»

Charlotte knöpfte gerade ihren Mantel zu, nun hielt sie inne. «Mutter, Vater lebt schon seit Jahren nicht mehr.»

Elisabeth sah sie an und strahlte. «Marlene, wie schön, dass du mich besuchst.»

Charlotte seufzte und gab den Versuch auf, etwas Brauchbares aus ihrer Mutter herauszubekommen. Vielleicht würde sie an einem anderen Tag mehr Glück haben.

Elisabeth zog die Schublade ihres Nachttisches auf und nahm eine Schachtel heraus. Sie klappte den Deckel auf und reichte Charlotte ein Foto. «Ach, mein kleiner Liebling. Ich hätte es dir schon viel früher sagen sollen, Johannes ist gar nicht dein Vater. Dein Vater heißt Anton.»

Charlotte sah auf das Foto in ihrer Hand. Es zeigte Elisabeth und einen Mann, den sie noch nie gesehen hatte.

Tom trat ans Fenster und sah hinaus. Die Gelegenheit war günstig. Auf der Straße parkte in der zweiten Reihe der Lieferwagen mit der Aufschrift *Wohnungsauflösungen Halász*. Konstantin kam gerade aus dem Hauseingang, ging zum Wagen und hievte einen Schaukelstuhl in den Laderaum. Gleich würde die Erbin kommen. Tom hatte noch fünf Minuten, jetzt musste es schnell gehen. Er ging ins Schlafzimmer. Neben dem Bett stand eine Kommode. Tom zog die oberste Schublade auf und warf einen kurzen Blick auf die altmodischen Pullover und Blusen, die der Toten gehört hatten. Die Kleidung verströmte den beißenden Geruch von Mottenpulver. Tom schloss die Schublade und zog die nächste auf, in der Unterwäsche lag. Genau, was er gesucht hatte. Er versuchte, seinen Atem zu beruhigen, schob die Wäsche beiseite, und da sah er sie. Eine hölzerne Schatulle. Er musste lächeln, es war stets dasselbe. Die alten Damen bewahrten ihren Schmuck immer bei der Unterwäsche auf. Tom klappte die Schatulle auf und griff hinein. Der Schmuck zwischen seinen Fingern war kühl. Er zögerte kurz, schob seine Hand schnell in die Hosentasche, klappte den Deckel der Schatulle zu und legte die Wäsche wieder ordentlich darüber. Dann schloss er die Schublade und ging zurück in den Flur. Er nahm das Klemmbrett mit der Bestandsliste vom Schuhregal und hakte den Schaukelstuhl ab.

Die Wohnungstür wurde aufgeschlossen. Eine Frau betrat den Flur. Sie trug Schwarz und weinte.

«Halász.» Tom gab ihr die Hand. «Mein herzliches Beileid.»

Die Frau nickte und konnte ein Wimmern nicht unterdrücken. «Linda Endendorf. Herr Halász, schön, dass Sie so schnell kommen konnten. Ich kümmere mich erst einmal um die Wertsachen meiner Mutter.» Sie ging ins Schlafzimmer.

Tom atmete tief ein und aus. Er wusste, dass es nicht richtig war, was er tat. Aber er hatte Rechnungen zu bezahlen. Schulden, die nicht nur er angehäuft hatte. Am Anfang hatte er Marlene gerne geholfen, obwohl die Beträge, die sie brauchte, sein Budget weit überstiegen hatten. Aber was tat man nicht alles, um die Liebe eines Menschen zu gewinnen.

Ein Schrei unterbrach seine Gedanken. Tom ging ins Schlafzimmer. Linda Endendorf saß auf dem Bett, hatte die Hände vor das Gesicht geschlagen.

«Was ist passiert?»

Linda Endendorf wies auf die Schublade. Die Unterwäsche lag auf dem Boden verteilt, und die Schatulle stand mit geöffnetem Deckel auf der Kommode.

«Alles weg. Nur noch ein bisschen Modeschmuck da. Der Hochzeitsring meiner Mutter, die Kette, die sie zu ihrer Taufe bekommen hat. Alles weg.» Sie zog ein Taschentuch aus ihrem Ärmel und schnäuzte sich.

Tom setzte sich auf das Bett. Der Schmuck in seiner Hosentasche klimperte dabei leise, aber das Geräusch wurde von Linda Endendorfs Schluchzen überdeckt. Tom strich ihr über die Hand. «Das haben wir öfter. Die alten Leute verkaufen ihren Schmuck oder verstecken ihn woanders. Sicherlich wird sich alles anfinden.»

Linda Endendorf sah ihn an. «Sie haben recht, Herr

Halász, Sie sind schließlich der Profi. Und es war wirklich niemand anders in der Wohnung?»

«Nur ich und mein Kollege.» Toms Handflächen wurden feucht. «Wir suchen alles ab, und wenn wir den Schmuck Ihrer Mutter finden, melden wir uns. Am besten Sie gehen nach Hause und ruhen sich ein wenig aus. Es ist ja alles auch so schon schwer genug für Sie.»

Linda Endendorf nahm Toms Hand. Er presste die Lippen aufeinander. Hoffentlich schöpfte sie keinen Verdacht.

Sie lächelte ihn mit verweinten Augen an. «Herr Halász. Sie sind ein guter Mensch.»

Tom zog seine Hand weg.

Plötzlich stand Konstantin im Zimmer. «Tom, Telefon.» Er hielt ihm das Handy entgegen.

Froh, das Gespräch nicht fortsetzen zu müssen, stand Tom auf, versprach Linda Endendorf noch einmal, dass alles gut werden würde, und ging mit dem Telefon in die Küche. Eine rustikale Eichenküche, in der überall Katzenfiguren standen und ihn ansahen.

«Halász?»

«Endlich erreiche ich Sie, oder dich? Egal, ich sage du … Dich an die Strippe zu bekommen, ist ja schwerer, als einen Platz im Borchardts zu ergattern.»

Tom stand vor dem Gewürzregal und überlegte. Kannte er diese Stimme nicht? Sie klang ein wenig wie die von Tine. Aber Tine würde ihn nicht mit so einem unbeschwerten Spruch begrüßen, nach allem, was er ihr angetan hatte.

«Wer spricht denn da?»

«Entschuldigung. Hier ist Anna, Anna Matusiak. Weißt du, wer ich bin?»

Tom überlegte. Eine Anna kannte er nicht.

«Wohl nicht», sagte Anna in die Stille. «Es geht um Marlene Groen. Sie hat meiner Mutter Theresa und dir etwas vererbt. Der Notar hat dich nicht erreicht. Darum rufe ich an. Ich denke, wir sollten uns mal treffen, wir haben einen Haufen Fragen an dich.»

Toms Beine gaben nach. Er musste sich am Gewürzregal festhalten, ein paar Gläser fielen zu Boden und zerbrachen. Die Küche drehte sich. Er spürte eine saure Flüssigkeit in seiner Kehle, stolperte, konnte sich gerade noch halten und erbrach sich in die Spüle. Dann drückte er Anna weg.

# Damals (1953)
## Rostock

Endlich war Charlotte eingeschlafen. Sie lag im Bett in der Dachkammer und lächelte im Traum. Johannes deckte sie mit der Steppdecke zu und sah aus dem Fenster in der Dachschräge. Die Dämmerung war gerade hereingebrochen. Wie hatte sie sich auf ihren dritten Geburtstag gefreut. Drei Freundinnen aus dem Kindergarten waren gekommen, für jedes Lebensjahr eine. Käthe hatte ihrer Enkeltochter in Warnemünde extra ein gestreiftes Matrosenkleid und weiße Kniestrümpfe gekauft und ihr am Morgen die Haare zu Affenschaukeln gebunden. Ganz hinreißend hatte Charlotte ausgesehen und war in ihren rot gelackten Riemchenschuhen, die schon Elisabeth als Kind getragen hatte, stolz durch das Haus getanzt. Es gab Kalten Hund und Pflaumenkuchen, Käthes berühmte Kartoffelsuppe und selbstgemachten Apfelsaft. Die Kinder spielten Topfschlagen und Sackhüpfen. Käthe und Elisabeth hatten den Tisch im Garten gedeckt, und die Sonne hatte ihr Bestes gegeben. Johannes strich die Decke glatt und betrachtete seine Tochter. Kaum vorstellbar, dass ihre Geburt schon drei Jahre her war. Noch immer erinnerte er sich an den Schock, den ihm seine frisch geborene Tochter eingejagt hatte. Die Ähnlichkeit mit seiner Mutter war inzwischen glücklicherweise nur noch ein böser Traum. Mit der Zeit hatte sich Charlottes Äußeres in eine vollkommen andere Richtung entwickelt. Sie sah jetzt eher Elisabeth ähnlich und ein wenig auch Käthe.

Johannes gab Charlotte einen Kuss auf die Stirn und stand auf. Nun kam der schwierige Teil des Tages. Er musste Elisabeth etwas Wichtiges sagen. Eigentlich hätte er sie längst fragen müssen, mit ihr gemeinsam eine Entscheidung treffen sollen, aber das war nicht mehr möglich, denn Kolja hatte bereits alles in die Wege geleitet.

Langsam stieg Johannes die Treppe herunter. In der Küche saßen Elisabeth und Käthe am Tisch und tranken Tee. Käthe faltete Geschenkpapier zusammen und legte es vorsichtig in die Küchenschublade. Als sie Johannes sah, zwinkerte sie ihm zu.

«Lisbeth, zieh dir eine Jacke über, wir machen einen Ausflug.»

Elisabeth sah Johannes fragend an.

«Ich habe eine Überraschung für dich. Käthe weiß Bescheid. Sie kümmert sich um Charlotte.» Johannes legte seine Hände auf Elisabeths Schultern und küsste ihren Nacken. «Na komm, ein Abend nur für uns zwei.»

Elisabeth stand auf, nahm ihre Jacke von der Garderobe, zog ihre Schuhe an und hakte sich bei Johannes unter. Johannes warf einen schnellen Blick in den Spiegel. Unter seinen Augen hatten sich in den letzten Monaten dunkle Schatten gebildet, und seine Locken berührten bereits seinen Hemdkragen. Nächste Woche würde er endlich einen Termin beim Friseur vereinbaren. Er konnte sich nicht daran erinnern, wann er das letzte Mal dort gewesen war. Aber die Arbeit nahm ihn so in Beschlag, dass sich dafür einfach nie eine Gelegenheit ergeben hatte. Er gab sich einen Ruck. «Augen zu, Lisbeth. Die Überraschung wartet draußen.» Er legte Elisabeth die Hände über die Augen und führte sie vor die Haustür.

«Tataaa.»

«Nein, Hannes.»

Vor dem Haus parkte ein grüner Wolga. Auf die Heckscheibe hatte Johannes mit Lippenstift *Für die beste Frau der Welt* geschrieben.

Elisabeth schlug die Hände vor das Gesicht. «So eine Überraschung. Aber heute ist doch gar nicht mein Geburtstag.»

«Ich weiß, aber ich arbeite so viel, hatte kaum Zeit für dich, da wollte ich dir eine Freude machen.» Er fuhr mit der Hand über die Rückleuchten des Wagens. «Und ehe du fragst, es war ein besonderes Angebot für die Mitarbeiter des Kommissariats. Wir müssen also in der nächsten Zeit nicht von Wasser und Brot leben.»

Elisabeth umarmte Johannes und küsste ihn.

«Mach mal den Kofferraum auf.»

Elisabeth öffnete den Kofferraum, und wieder schlug sie ihre Hände vors Gesicht. «Ist das der Picknickkorb von unserer ersten Verabredung?»

Johannes nickte.

Als sie am Ufer der Warnow saßen, ging die Sonne gerade unter und tauchte die Stadt in warmes Licht. Ein Schiff glitt lautlos vorüber, Möwen kreisten über dem Wasser, die Luft war mild. Nicht nur der Korb, auch sein Inhalt war genau der gleiche wie bei Johannes' und Elisabeths erster Verabredung. Hering im Pelzmantel, Pelmeni, Watruschka, Batontschiki und zwei Flaschen Kwas. Johannes hoffte, dass ihm das helfen würde, die Dinge beim Namen zu nennen. Die Erinnerung an ihre erste Verabredung, an die schöne Zeit als junges Liebespaar, würde die bevorstehende Veränderung in angenehmeres Licht rücken. Er nahm eine Flasche Kwas und reichte sie Elisabeth. «Ich muss dir etwas sagen.» Das Herz schlug ihm bis zum Hals, aber gleichzeitig war er froh, dass der erste Schritt getan war. In diesem Moment ließ sich eine Möwe im Sinkflug auf den Picknickkorb fallen und schnappte nach einem Stück Hering. Sie mussten beide lachen.

Dann wurde Elisabeth wieder ernst. «Du hast doch wohl keine andere?» Sie setzte die Flasche an den Mund.

«Unsinn, Lisbeth. Wo denkst du hin? Es … es geht um meine Arbeit.»

Sie presste die Lippen aufeinander.

«Deine Freundin Eva, die lebt doch in Berlin. Was hältst du davon, auch dorthin zu ziehen?» Johannes klappte den Deckel des Korbs zu, da schon die nächste Möwe darüber kreiste. «Kolja hat mir eine Stelle beim Staatssicherheitsdienst angeboten. Das ist eine einmalige Gelegenheit. Das bieten sie nicht jedem an. Sie müssen sehr zufrieden mit mir sein. Und außerdem würde ich mehr Geld verdienen und hätte zugleich wieder mehr Zeit für dich und Charlotte.»

Elisabeth betrachtete die Möwe, die sich inzwischen neben der Decke niedergelassen hatte, hin und her tippelte, den Kopf schräg legte und neugierig zum Picknickkorb sah. «Ich weiß nicht, Hannes. Eigentlich möchte ich nicht weg aus Rostock. Ich habe eine gute Anstellung im Krankenhaus, und vor allem will ich meine Mutter nicht alleine lassen.»

«Das mit dem Krankenhaus ist kein Problem. Kolja hat dir eine Stelle an der Charité besorgt. Und eine Wohnung bekommen wir auch. An der Weberwiese, gleich beim

Alexanderplatz. Da bauen sie gerade ein neues Hochhaus. Mit allem Komfort. Drei Zimmer, Einbauküche, Fahrstuhl, Müllschlucker, Heizung.» Johannes verschränkte die Hände ineinander und schaute auf das Wasser.

«Das klingt, als sei es bereits entschieden.»

Johannes reagierte nicht.

«Hannes, sieh mich an.»

Aber das konnte Johannes nicht. Seine Hände fuhren über das Geflecht des Picknickkorbes.

«Habe ich überhaupt eine Wahl?»

Johannes schüttelte langsam den Kopf.

Elisabeth sprang auf. «Dann hast du mir das Auto nur geschenkt, um mich weichzukochen?»

«Nein, Lisbeth, so ist es nicht.» Johannes sackte zusammen.

«Arbeit, Arbeit, immer diese verdammte Arbeit. Und wenn Kolja was will, springst du.» Elisabeth rang nach Luft. «Ich weiß, er ist wie ein Vater für dich, aber darum musst du noch lange nicht alles machen, was er will.»

«Er hat mir eine Chance gegeben, sich um mich gekümmert, als ich nach Rostock kam. Ich hatte nichts, gar nichts, nichts als die Kleidung, die ich trug. Und dann das Barackenlager. Die Zustände dort, du hättest es sehen sollen, das war die Hölle.» Johannes merkte, wie ihm das Blut in den Kopf stieg und er anfing zu schwitzen. «Jetzt habe ich eine neue Heimat, eine eigene Familie, das, was ich mir immer gewünscht habe. Und Koljas Angebot, nach Berlin zu gehen, ist einmalig, da kann ich nicht nein sagen. Ich tue es doch für uns, verstehst du das denn nicht?»

Aufgebracht blickte er Elisabeth an. Warum wollte sie nicht begreifen, dass der Umzug eine einmalige Gelegenheit war, das Land mitzugestalten? Und dass es unmöglich war, Kolja etwas abzuschlagen, nach allem, was er für Johannes getan hatte?

«Lisbeth, setz dich doch wieder hin, bitte!», rief Johannes. Die Möwe flog erschrocken auf, als Elisabeth sich schwungvoll umdrehte und in Richtung Straße davonlief.

Die Juniluft war mild, vereinzelt hingen Schäfchenwolken am Himmel. Vor dem Haus parkte ein tarngrüner Pritschenwagen, über dessen offenes Heck eine große Plane gespannt war. Kolja hatte den Wagen extra für den Umzug besorgt. «Wanjuscha, ist das nicht ein wundervolles Auto?»

Johannes nickte kurz und verschwand im Haus, um einen weiteren Karton zu holen.

Kolja wandte sich an Elisabeth, die schon seit dem Morgen kein Wort mit Johannes gewechselt hatte, weil sie sich immer noch nicht mit dem Gedanken angefreundet hatte, nach Berlin zu ziehen. «Es gehört zu unserer Flotte, und ich habe es ausgeliehen. Eigentlich ist so etwas nicht üblich. Aber ein solch wichtiges Ereignis wie euer Umzug nach Berlin erfordert auch besondere Maßnahmen, findest du nicht?»

Elisabeth schwieg. Sie stand mit Charlotte auf dem Arm neben der Pritsche und sah dabei zu, wie Kolja einen Schrank mit einem Seil festband.

Johannes kam, einen Umzugskarton auf dem Arm, auf Elisabeth zu. «Jetzt schau doch nicht so drein. Alles wird gut, vertrau mir.»

Ohne zu antworten, setzte Elisabeth Charlotte ab, die sofort auf ihren Vater zurannte. «Na, Lotte. Freust du dich schon auf Berlin? Du bekommst sogar ein eigenes Zimmer.»

Charlotte schlang ihre Arme um Johannes' Beine. «Du bist der beste Vati auf der ganzen Welt. Wenn ich groß bin, möchte ich mal so werden wie du.»

«Ach du. Vielleicht kannst du Mutti ja überreden, dass sie sich auch ein bisschen mehr auf Berlin freut?»

Charlotte nickte.

Elisabeth drehte sich um und ging zurück ins Haus.

«Dawai, Wanjuscha», sagte Kolja. «Ich denke, wir haben alles. Was macht Elisabeth noch da drinnen?»

Johannes zuckte mit den Schultern.

Elisabeth und Käthe kamen erst aus dem Haus, als Johannes und Kolja die Plane des Umzugswagens schon geschlossen hatten.

Käthe schnäuzte sich in ein Taschentuch und nahm Elisabeths Hand. «Aber ihr kommt mich doch besuchen, oder?»

## Ost-Berlin

«Freut mich, dass Sie bei uns sind, Frau Groen.» Der Mann im weißen Kittel war hinter seinem Schreibtisch hervorgetreten. «Dr. Michalski. Kommen Sie herein in die gute Stube.»

«Danke, es freut mich auch.»

«Sicher? Sie sehen ein wenig traurig aus.» Dr. Michalski sah Elisabeth durchdringend an. Seine Augen waren von einem solch intensiven Blau, dass Elisabeth an Kornblumen denken musste.

«Ich bin nur müde. Wir sind erst vor kurzem aus Rostock gekommen. Und ich bin noch immer bis spät in die Nacht mit dem Auspacken beschäftigt, weil man in der Wohnung vor lauter Kartons kaum einen Fuß vor den anderen setzen kann.»

«Aber ist es nicht auch ein bisschen schön, neu anzufangen?» Kleine Lachfalten umspielten seine Augen. «Nehmen Sie Platz, ich muss nur noch schnell eine Patientenakte vervollständigen.»

Elisabeth setzte sich auf einen braunen Ledersessel neben dem Fenster und schaute hinaus. Die Kriegsschäden waren noch überall zu sehen. Teile der Gebäudefassade, die zum Klinikum der Charité gehörten, waren beschädigt. An einigen Stellen konnte Elisabeth sogar Einschusslöcher ausmachen. Neu anfangen, dachte sie, damit habe ich ja keine Probleme, aber ich hätte gerne selber entschieden, wann und wo.

Dr. Michalski klappte die Akte zu und sah von seinem Schreibtisch aus zu Elisabeth. «Wollen Sie darüber reden, Frau Groen?»

«Woher wissen Sie …?»

«Ich bin Internist. Ich erkenne es einfach, wenn jemand etwas auf dem Herzen hat. Das ist sozusagen meine Berufskrankheit.» Er lächelte sanft.

Elisabeth konnte nicht anders, sie musste Dr. Michalskis Lächeln erwidern.

«So sehen Sie schon viel besser aus. Obwohl eine hübsche Frau natürlich nichts entstellen kann.»

Elisabeths Lächeln erstarb. Wollte er ihr etwa schöne Augen machen? Gleich an ihrem ersten Tag? Sie schlug die Beine übereinander, drehte den Ehering an ihrem Finger und ließ den Blick in Dr. Michalskis Büro umherschweifen. Das Büro war klein, mit Büchern vollgestopft, und hinter der Tür stand ein Sofa, auf dem eine Decke lag. Über dem Schreibtisch hing ein Bild. Es zeigte ein Stubenmädchen mit weiten Röcken und einer Haube auf dem Kopf. In seinen

Händen hielt es ein Tablett mit einer Tasse heißer Schokolade und einem Glas Wasser. Aber obwohl auf dem Bild nur ein einfaches Dienstmädchen abgebildet war, eine Angestellte, die ihren Hausherren stets zu Diensten sein musste, strahlte sie Erhabenheit und Stolz aus. Elisabeth konnte den Blick nicht abwenden. Sie hatte das Bild schon einmal in einem Buch über die Gemäldegalerie in Dresden gesehen. *La Belle Chocolatière de Vienne*, das Schokoladenmädchen, hieß es.

«Ich wollte Ihnen nicht zu nahe treten mit meiner Bemerkung, Frau Groen. Sie müssen mich ja für einen Schürzenjäger halten. Noch so eine Krankheit von mir. Manchmal denke ich nicht nach und sage einfach, was mir gerade durch den Kopf geht.» Er zeigte auf die Thermoskanne auf seinem Schreibtisch. «Darf ich das mit einem Kaffee wiedergutmachen?»

Elisabeth wandte den Blick von dem Bild ab und nickte. Irgendetwas an Dr. Michalskis Art gefiel ihr. Er war aufmerksam, wortgewandt, und wenn er lächelte, vergaß sie ihren Missmut über den Umzug nach Berlin.

Dr. Michalski nahm den Deckel der Thermoskanne ab. Es ploppte kurz, und einige Spritzer Kaffee landeten auf seinem weißen Kittel. «Sehen Sie, ich bin nicht nur vorlaut, sondern auch noch ungeschickt. Zum Glück bin ich nicht Chirurg geworden. Kaum auszudenken, was ich da anrichten würde.» Er füllte zwei Tassen mit Kaffee, ging zu Elisabeth, reichte ihr eine davon und setzte sich neben sie.

«Ich bringe Sie gleich zur Oberschwester, die zeigt Ihnen das Klinikum. Ich habe ja heute schon genug Fettnäpfchen mitgenommen.» Er stellte seine Tasse ab und streckte Elisabeth seine Hand entgegen. «Herzlich willkommen an der Charité.»

Sie gaben sich die Hand, und Elisabeth kam es vor, als

würde Dr. Michalski sie viel länger halten als nötig. Hastig zog sie ihre Hand zurück.

«Er sieht gut aus, unser Chef, oder? Frag mal die anderen Schwestern auf der Station, Lisbeth.»

Elisabeth lächelte und merkte, wie froh sie war, dass Eva bei ihr war. So hatte der Umzug nach Berlin wenigstens eine gute Seite.

Eva hatte sie am Samstag nach ihrem Antrittsgespräch bei Dr. Michalski in ihrem neuen Zuhause abgeholt. Die beiden Freundinnen wollten zur Feier des Tages ein Eis essen gehen und Eva hatte Elisabeth außerdem überredet, sich in den Geschäften die neue Sommerkollektion anzusehen. Besonders die schmalen Bleistiftröcke hatten es Elisabeth angetan. Eva hingegen war auf der Suche nach einer wadenlangen Hose. Zwar waren die Chancen, genau diese Kleidungsstücke zu bekommen, äußerst gering, aber einen Versuch war es wert, und Elisabeth war dankbar über die Ablenkung. Sie hoffte, das Chaos in ihrer neuen Wohnung beim Einkaufen vergessen zu können. Wenigstens für einen Moment.

Als Elisabeth und Eva auf die Stalinallee kamen, sahen sie eine riesige Menschentraube, die am Strausberger Platz die Fahrbahn blockierte. Sprechchöre brandeten ihnen in Wellen entgegen. Im Näherkommen konnten sie immer mehr der Transparente lesen, die die Senkung der Normen und freie Wahlen forderten. Auf einem stand: Spitzbart, Bauch und Brille sind nicht des Volkes Wille. Elisabeth blieb wie angewurzelt stehen.

«Was ist hier los, Eva?»

Eva ließ den Blick nachdenklich über den Platz wandern. «Gestern gab es schon Unruhen vor dem Haus der Ministerien. Da ging es um die Normerhöhungen in den Betrieben. Otto und seine Kollegen von der Baustelle waren auch dabei.» Eva wurde von hinten angerempelt. Wütend sah sie sich um und machte einen Schritt zur Seite. «Die müssen jetzt mehr arbeiten und kriegen weniger Geld. Das ist doch ungeheuerlich.»

Als sie Eva das so sagen hörte, wurde Elisabeth mit einem Schlag bewusst, dass sie sich, seit sie mit Johannes zusammen war, nicht ein einziges Mal Gedanken um Geld hatte machen müssen. Es war da, es reichte, und mehr war dazu nicht zu sagen. Vielleicht war Johannes' Beruf doch nicht so schlecht. Die neue Wohnung ließ keine Wünsche offen. Erst letzte Woche waren sie im HO-Möbelhaus am Rosenthaler Platz gewesen und hatten eine Schrankwand aus Echtholzfurnier erstanden. Aber was nutzte Elisabeth eine nach der neuesten Mode eingerichtete Wohnung, wenn sie meistens mit Charlotte allein war und sich umsonst danach sehnte, Zeit mit ihrem Mann zu verbringen? Seit ihrem Umzug nach Berlin sahen sie sich sogar noch weniger als in Rostock.. Eigentlich kam Johannes nur zum Duschen, Umziehen und Schlafen in die Wohnung, und über seine Arbeit redete er kaum. Und dabei hatte er ihr doch versprochen, dass in Berlin alles besser werden würde und sie wieder mehr Zeit füreinander hätten.

«Na, und über die Versorgungslage brauchen wir ja nicht zu reden. Immer noch so viel auf Lebensmittelmarken. Und die Geschäfte, wo es mehr gibt, sind für Otto und mich zu teuer.»

Elisabeth nickte und dachte an den vollen Kühlschrank zu Hause.

«Komm, Lisbeth, wir laufen mit.»

Ehe Elisabeth protestieren konnte, hatte Eva sie mitgezogen, die beiden befanden sich auf einmal inmitten des Pulks fremder Menschen. Eine Frau in ihrem Alter hakte sich bei Elisabeth unter. Links und rechts standen Polizisten und sahen tatenlos zu. Vereinzelt wurden Fotos gemacht. Die Traube bewegte sich in Richtung Alexanderplatz. Plötzlich stolperte ein Junge, der vor Elisabeth lief. Er war noch sehr jung, Elisabeth schätzte ihn auf etwa sechzehn Jahre. Er trug eine Zimmermannshose und ein kragenloses weißes Hemd. Der Tross hielt an. Das abrupte Stehenbleiben verursachte einen Stau.

In diesem Augenblick kamen zwei Polizisten vom Straßenrand. Sie hatten erhobene Schlagstöcke in den Händen und brüllten etwas, das Elisabeth nicht verstand. Dann zogen sie den Jungen auf die Seite. Elisabeths Herz klopfte bis zum Hals. Sie wusste nicht, was sie tun sollte. Weiterlaufen oder nach dem Jungen sehen? Schließlich kämpfte sie sich durch die aufgebrachte Menschenmenge und folgte den Polizisten zum Straßenrand, wo sie auf den Jungen einschlugen. Als sich ein Polizist umdrehte, bekam Elisabeth einen Schlag in den Rücken. Mit einem Aufschrei sank sie zu Boden.

Die Luft in dem braun getäfelten Konferenzraum war zum Schneiden. Kolja, Johannes, Hans Dunkelmann und Konrad Striesow saßen um den Tisch mit Akten, Zeitungen, überfüllten Aschenbechern, Wassergläsern und Wodkaflaschen.

«Wieso haben wir das nicht kommen sehen? Ein konterrevolutionärer Putsch. Verdammt.» Kolja stand auf, zog nervös an seiner Papyrossi und lief umher. «Wir oder die Revanchisten, die unserem Land schaden wollen, eine andere Möglichkeit gibt es nicht. Ich denke, da sind wir uns alle einig.»

Hans Dunkelmann, ein untersetzter Mann mit Schmerbauch, strich sich über seine Halbglatze. «Wir müssen unsere Kontrollen intensivieren und notfalls mit Gewalt antworten, um den Frieden zu sichern. Wir haben die Fäden nicht mehr in der Hand. Die tanzen uns doch auf der Nase rum.»

Kolja winkte ab und ließ sich auf das blaue Polster des Stuhls fallen. «Das waren doch nicht unsere Bürger. Das ist eine Sabotageaktion aus Westdeutschland. Faschistische Agitatoren. Eine gezielte Hetzaktion imperialistischer Provokateure.»

Hans Dunkelmann ging zum Fenster. «Aber das Ergebnis ist das gleiche, Genossen. Und die Konsequenzen sind auch die gleichen. Tote, unzählige Verletzte, die Vernehmungsräume platzen aus allen Nähten, Moskau ist verärgert. Selbst wenn es eine gezielte Provokation war, darf das nicht noch einmal vorkommen. Für Westdeutschland und seine Verbündeten ist das ein gefundenes Fressen. Ich sehe schon die Schlagzeilen vor mir.»

«Da hat er recht.» Konrad Striesow hatte sich die ganze Zeit Notizen gemacht. Er war Mitte zwanzig, sein Vater hatte zusammen mit Kolja an der Militärakademie in Moskau studiert.

Kolja nickte. Er stand auf, stellte sich neben Hans Dunkelmann und steckte sich eine neue Papyrossi zwischen die Lippen. «Gut. Packen wir es an. Für morgen außerordentliche Beratung einberufen. Große Runde. Und du», er ging zu Konrad Striesow und legte ihm die Hand auf die goldgeflochtenen Epauletten, «gibst die Erklärung an die Presse raus.»

«Wird erledigt.»

«Hannes? Hast du denn heute gar nichts beizutragen?»

Tatsächlich, dachte Johannes, in der letzten halben Stunde hatte er gar nichts gesagt. Er wollte gerade etwas erwidern, als die Tür des Konferenzraums geöffnet wurde. Der blonde Pagenkopf von Gisela Adamski, Koljas Sekretärin, erschien im Türrahmen. Sie reichte ihm eine Mappe, und die beiden wechselten flüsternd ein paar Worte. Kolja warf die Zigarette in den Aschenbecher und blätterte ungeduldig durch mehrere dichtbeschriebene Schreibmaschinenseiten. Dann zog er Streifen mit Fotonegativen heraus, hielt sie gegen die Deckenlampe, stutzte und schob die Negative zurück in die Mappe. «Das war's für heute. Morgen um acht wieder hier. Wenn etwas sein sollte, ich bin Tag und Nacht erreichbar.»

Hans Dunkelmann und Konrad Striesow erhoben sich, salutierten und gingen. Johannes stand ebenfalls auf.

«Du bleibst mal schön hier.»

Als die Männer allein waren, schob Kolja Johannes wortlos die Mappe über den Tisch, die seine Sekretärin gerade gebracht hatte. Johannes blätterte die Papiere durch. Er konnte nichts Auffälliges finden.

Kolja reichte ihm einen Negativstreifen. «Nummer vier.»

Johannes hielt die durchnummerierten Bilder nach oben. Er sah eine Menschenmenge auf der Stalinallee. «Ich kenne die Bilder. Und?»

«Und?» Koljas Stimme hallte durch den Raum. «Da!» Er nahm einen Kugelschreiber vom Tisch und tippte mit der Spitze auf eine Frau. Sie war nur im Halbprofil zu erkennen. Johannes sah genauer hin, und plötzlich gab es keinen Zweifel: Es war Elisabeth.

Kolja schlug mit der flachen Hand auf den Tisch. «Was hat sie unter diesen Verrätern zu suchen? So etwas darf nicht passieren, die Ehefrau eines Mitarbeiters des Ministeriums unter den konterrevolutionären Putschisten. Klär das, und zwar umgehend. Ich muss das melden. Wenn so was noch mal vorkommt, bist du hier schneller raus, als du bis drei zählen kannst!»

Elisabeth saß auf dem Sofa. Hinter ihrem Rücken klemmte ein Kissenbezug gefüllt mit Eiswürfeln. Über Nacht hatte sich ihr Rücken, die Stelle, auf der sie der Knüppel des Polizisten getroffen hatte, dunkelblau verfärbt. Sie hatte Schmerzen, jede Bewegung tat weh.

«Wie konntest du mir das antun?» Johannes hielt ein Glas Stolichnaya in der Hand, führte es an den Mund und trank. «Weißt du eigentlich, was mir deine kopflose Aktion für Ärger eingebracht hat?»

«Was meinst du?»

Johannes stellte das Glas auf die Kommode, holte seine Ledertasche aus dem Flur und klappte sie auf. Aus einer Akte zog er den Negativstreifen heraus und legte ihn vor Elisabeth auf den Tisch. «Hier. Sie haben dich fotografiert. Jetzt haben sie dich auf dem Kieker. Und mich auch. Wenn wir Pech haben, verliere ich meine Anstellung, und das alles hier», er breitete die Arme aus, «gehört der Vergangenheit an.»

Gerade als Elisabeth etwas zu ihrer Verteidigung sagen wollte, kam Charlotte ins Wohnzimmer. Strahlend hielt sie ihnen ein selbstgemaltes Bild hin. Darauf war ein Panzer mit einem roten Stern zu sehen. Dahinter standen Kinder, die sich an den Händen hielten und lachten. Einige winkten mit DDR-Fähnchen. Charlotte setzte sich neben Elisabeth aufs Sofa. «Hab ich im Kindergarten gemalt.» Sie lehnte sich an Elisabeth.

«Und was soll das sein?»

«Na, ein Panzer. Und die Kinder freuen sich, dass die

Sowjetunion Frieden bringt. Das sind ja unsere Freunde. Weißt du das nicht?»

Elisabeth schob Charlotte zur Seite. «Zeit fürs Bett, Lotte. Geh schon mal ins Bad. Ich komme gleich nach.»

Johannes strich Charlotte über den Kopf. «Ein schönes Bild, ganz wunderbar.»

Als Charlotte im Badezimmer war, stand Elisabeth schwerfällig auf. «Jetzt lernen sie schon im Kindergarten, dass man Frieden nur mit Waffen schaffen und Probleme nur mit Gewalt lösen kann. Sieh dir unsere Tochter nur an. Gerade mal vier Jahre alt und schon vollkommen verblendet.»

Johannes leerte sein Glas in einem Zug. «Ich muss mich doch sehr über dich wundern, Lisbeth. Die DDR ist das richtige System, und das müssen wir verteidigen. Gleichheit, Solidarität, Gerechtigkeit, die Macht der Arbeiterklasse, hast du das denn schon vergessen? Und zum Thema Demonstration, wer hat denn angefangen mit der Gewalt? Die Putschisten, die haben angefangen, Steine zu werfen. Und du machst da auch noch mit. Wir mussten reagieren, Moskau hat es so angeordnet.»

«Wie oft soll ich es noch erklären, ich bin bloß durch Zufall in die Demonstration geraten. Und geworfen habe ich schon mal gar nichts. Sie haben einen unschuldigen Jungen zusammengeknüppelt. Das ist menschenverachtend. Was hat das bitte mit Solidarität zu tun?» Elisabeth ging in Richtung Badezimmer. Kurz bevor sie das Wohnzimmer verließ, blieb sie stehen und drehte sich noch einmal um. «Hannes, du machst alles, was sie verlangen. Du bist nur noch eine Marionette. Wie hast du dich verändert. Ich erkenne dich nicht wieder.»

Johannes ließ sich auf das Sofa fallen. Noch nie hatte er Elisabeth so wütend erlebt. *Ich erkenne dich nicht wieder.* Das hörte sich an wie: Du bist nicht mehr der Mann, in den ich mich verliebt habe. Die Worte trafen ihn schwer. Aber was sollte er tun? Kolja hatte unmissverständlich klargemacht, dass Elisabeth eine Grenze überschritten hatte. So etwas wurde nicht geduldet. Wenn Elisabeth nicht eine schriftliche Erklärung verfasste, in der sie sich von den Ereignissen des 17. Juni und ihrer Teilnahme an der Demonstration distanzierte, würde er seinen Posten verlieren. Aber wenn er Elisabeth dazu zwang, würde sie ihm das nie verzeihen. Sie verbrachten ohnehin schon so wenig Zeit miteinander. Und jetzt das. Warum ließen sich Berufliches und Privates nicht trennen? Johannes sah nur eine Möglichkeit, auch wenn sie ihm nicht behagte. «Lisbeth, du wirst dich entschuldigen müssen. Ich helfe dir beim Schreiben des Textes. Ich weiß, was sie hören wollen. Und in Zukunft äußerst du dich nicht mehr politisch. Haben wir uns verstanden?»

Elisabeth öffnete den Mund. Johannes sah, wie es in ihrem Kopf arbeite, aber dann drehte sie sich einfach um und knallte die Wohnzimmertür zu. Die Vase aus Meißner Porzellan kippte um und fiel zu Boden. Sie rollte hin und her und blieb schließlich liegen. Sie hatte einen kleinen Sprung, war aber ansonsten unversehrt. Johannes' Blick fiel auf Charlottes Bild. Er musste lächeln. Er würde es im Büro über seinen Schreibtisch hängen, und jeder würde sehen können, dass er seine Familie im Griff hatte. Jeder konnte dann sehen, dass Johannes Groen auf der richtigen Seite stand. Er hob die Vase vom Boden auf und stellte sie zurück auf die Kommode. Den Sprung drehte er zur Wand.

«Also, meine Damen und Herren, dann wollen wir mal.» Anton Michalski strich seinen weißen Kittel glatt und bedeutete der Gruppe Medizinstudenten, ihm zu folgen. Er klopfte an das nächste Zimmer, wartete, bis von drinnen ein leises «Herein» zu hören war, und öffnete die Tür.

Im Zimmer lagen zwei Frauen. Eine von ihnen atmete rasselnd, hustete fast ununterbrochen und war auffällig blass.

Anton trat vor das erste Bett. Die Studenten stellten sich im Halbkreis um ihn auf und sahen ihn erwartungsvoll an. Er räusperte sich. «Nun denn, guten Morgen, Frau Auerbach. Ich habe heute meine potenziellen Nachfolger im Schlepptau. Aber keine Angst, die tun Ihnen nichts. Schon gar nicht, wenn ich dabei bin», er senkte die Stimme, «da haben sie nämlich Hemmungen.»

Die Studenten lachten. Eine Studentin warf dabei ihren Kopf in den Nacken und stellte sich näher an Anton.

«Wie geht es Ihnen heute?»

«Es muss ja, Herr Doktor, bei Ihnen bin ich wenigstens in guten Händen.»

Anton drückte Frau Auerbachs Arm. «Wenn alles gutgeht, werden Sie bald entlassen. Zum ersten Advent sind Sie wieder gesund und munter zu Hause.»

«Danke, Herr Doktor.»

Anton drehte sich zu den Studenten um. «So, Kollegen, wir haben hier eine klassische und vor allem akute Pneumonie. Was fällt Ihnen dazu ein?»

Einige Studenten begannen, sich Notizen zu machen. Die Studentin, die näher an Anton getreten war, hob die Hand. Ihre Armreifen klimperten. Anton nickte ihr zu.

«Eine Pneumonie wird durch Viren, Bakterien oder Pilze verursacht. In seltenen Fällen kann der Auslöser auch toxische Ursachen haben, etwa durch die Inhalation giftiger Stoffe oder immunologische …»

«Sehr schön, aber vielleicht wollen die anderen auch etwas beitragen?» Anton schaute erwartungsvoll in die Runde.

In diesem Moment ging die Tür des Krankenzimmers auf, und Schwester Elisabeth und Schwester Eva kamen herein. Jede von ihnen hatte ein Tablett mit Frühstück auf dem Arm. Als Elisabeth Anton sah, blieb sie stehen. Sie errötete, und das Tablett auf ihrem Arm begann zu zittern. Ein wenig Tee schwappte aus der Tasse. Anton fuhr sich durch die Haare, zog einen Kugelschreiber aus seiner Kitteltasche und klickte die Mine herunter. Er überlegte, ob er etwas aufschreiben sollte, sodass die Anwesenden im Raum seine Unsicherheit nicht bemerkten. Doch ihm fiel nichts ein, und so steckte er den Stift zurück in die Kitteltasche, die er erst im dritten Anlauf traf. Und da die Mine noch immer heruntergedrückt war, waren nun auf seinem Kittel blaue Kugelschreiberstriche zu sehen.

Antons und Elisabeths Blicke trafen sich. Die Zeit stand still, und Anton war sich sicher, dass jeder im Raum sein seltsames Verhalten mitbekam. Er rief sich zur Vernunft. Elisabeth Groen war verheiratet, sie hatte eine Tochter, und alles, was zwischen ihnen in der Luft lag, entsprang nur seiner Phantasie. Vielleicht war es endlich an der Zeit, auf eines der Angebote seiner zahlreichen Verehrerinnen einzugehen? Immerhin wollte er eine eigene Familie gründen, und mit sechsundzwanzig fand er sich schon fast zu alt, um zum ersten Mal Vater zu werden. Und während er immer noch zu Elisabeth sah, seufzte er kaum hörbar.

Eva tippte mit dem Ellbogen gegen Elisabeths Tablett. «Lisbeth, nicht träumen. Der Tee von Frau Auerbach wird noch kalt, und kalter Tee ist wohl kaum das Richtige bei einer Lungenentzündung.»

Die Studenten lachten.

Elisabeth setzte sich langsam in Bewegung und stellte

das Tablett auf den Beistelltisch neben das Bett der Patientin. Dabei musste sie an Anton vorbeilaufen.

Er senkte den Blick und sah auf die Kugelschreiberstriche auf seinem Kittel. «So, meine Herrschaften, wir sind hier fertig. Nebenan warten schon die nächsten Patienten.»

Die Studentin, die immer noch dicht neben Anton stand, meldete sich und wies auf die andere Patientin im Zimmer. «Aber da ist doch noch Frau Kowalski mit ihrer Angina abdominalis. Ich habe mich gestern Abend extra auf die Visite vorbereitet.» Sie schob die Unterlippe nach vorn und legte den Kopf schief.

Elisabeth hatte sich in der Zwischenzeit zu Frau Auerbach gesetzt. Sie schnitt ihr die Frühstücksbrote in Häppchen und fragte, ob sie noch etwas für sie tun könne.

Gerührt betrachtete Anton die beiden. Die ruhige Sanftmut dessen, was er sah, verzückte ihn. Er zwang sich, den Blick abzuwenden. «Also, wir gehen jetzt rüber. Dort wartet eine Hernia inkluinalis.»

«Heißt das nicht Hernia inguinalis, Dr. Michalski?» Die Studentin schaute Anton mit gerunzelter Stirn an.

«Habe ich das nicht gesagt?»

Das Jahr neigte sich dem Ende zu, in zwei Tagen war Heiligabend. Die Schaufenster waren weihnachtlich geschmückt, und überall duftete es nach Räucherkerzen und Glühwein. In der Nacht hatte es geschneit. Elisabeth war alleine zu Hause. Charlotte schlief bei einer Freundin, und Johannes war übers Wochenende auf einer Schulung in Potsdam. Sie saß auf dem Sofa, eine Tasse Kakao vor sich auf dem Tisch, und betrachtete das kleine Räuchermännchen auf der Kommode. Sie verfolgte den Rauch, der aus seiner geschwungenen Pfeife emporstieg und betrachtete die sich drehende Holzpyramide, die neben der Kommode stand. Dann richtete sie die Augen wieder auf die Zeitschrift auf ihrem Schoß. *Die Frau von Heute* stand in weißen Buchstaben auf dem Titelblatt. Darunter war ein Foto der Goslarer Altstadt abgebildet. Kleine Fachwerkhäuser drängten sich dicht an dicht, und über deren Dächern war zu lesen: *Damit unsere Heimat eins werde: Voran mit der deutschen Friedensarbeit!* Elisabeth seufzte und griff nach der Kakaotasse. Sollte sie, oder sollte sie nicht? Eigentlich wollte sie nicht zur Weihnachtsfeier der Belegschaft der Charité gehen. Sie war müde, und seit Tagen plagte sie eine Erkältung. Aber schließlich gab sie sich einen Ruck, legte die Zeitschrift beiseite und ging ins Schlafzimmer. Eine Weile stand sie vor dem Kleiderschrank, entschied sich dann für einen knielangen roten Rock und eine gepunktete Bluse. Zufrieden prüfte sie ihr Spiegelbild und ging ins Badezimmer, um sich die Haare hochzustecken.

Als Elisabeth Clärchens Ballhaus betrat, war die Feier schon in vollem Gange. Alle hatten sich hübsch gemacht. Beeindruckt sah sie sich im Tanzsaal um. Kronleuchter, goldener Stuck, ein schimmernder Boden und ein üppiges einladendes Buffet. Es gab Brot, Würstchen mit Kartoffelsalat, einen Hackepeterigel, Schaschlik, Letscho, rote Grütze mit Vanillesoße und Palatschinken. Daneben standen Gläser mit Rotkäppchen Sekt, Flaschen mit Sternburg Export und Fruchtbrause. Auf der Bühne spielte eine Band gerade *Wenn du wüsstest, ach wie ich dich liebe*. Der Ballsaal strahlte eine wohlige Wärme aus, und Elisabeth begann, sich zu entspannen.

Sie ging zum Buffet, nahm sich ein Glas Sekt, sah Eva an einem Tisch in der Ecke und ging auf sie zu.

«Schön, dass du doch noch gekommen bist, Lisbeth.»

Die beiden umarmten sich, und Elisabeth setzte sich neben ihre Freundin. Sie begannen, sich über die Arbeit und über die Kleiderwahl und Frisuren der Kolleginnen zu unterhalten.

Und dann stand er plötzlich neben ihrem Tisch. Noch nie hatte Elisabeth Dr. Michalski in einer anderen Farbe als weiß gesehen. Heute trug er einen dunkelbraunen Anzug und ein blaues Hemd. Die gleiche Farbe wie seine Augen.

«Schwester Elisabeth, darf ich wagen, meinen Arm und Geleit ihr anzutragen?»

Elisabeth musste lachen. Sie nickte, leerte ihr Glas in einem Zug, stellte es auf den Tisch und hakte sich bei ihm unter. Die beiden gingen zur Tanzfläche. Elisabeths Beine zitterten, und ihre Hände waren feucht. Verstohlen sah sie sich um, denn sie hatte den Eindruck, alle Anwesenden würden sie beobachten und ihr ihre Nervosität ansehen.

Anton und Elisabeth tanzten den ganzen Abend. Elisabeth musste die ganze Zeit lächeln und fühlte sich so wohl wie schon lange nicht mehr. Sie genoss es, dass ein Mann ihr seine ganze Aufmerksamkeit schenkte. Dr. Michalski war noch dazu ein ausgezeichneter Tänzer.

Anton und Elisabeth waren die Letzten, die die Feier verließen. Selbst die Musiker räumten schon ihre Instrumente ein.

Anton griff nach Elisabeths Hand, führte sie an seinen Mund und deutete einen Handkuss an. «Danke für den schönen Abend, Schwester Elisabeth. Es war wunderbar.»

«Warum war?» Sie schaute auf ihre Armbanduhr. «Der Abend muss doch noch nicht vorbei sein.»

# Heute

## Kurz vor Rostock

Theresa richtete ihre Augen wieder auf das Skizzenbuch. Anna saß auf dem Platz gegenüber und las in einer Zeitschrift. Als sie Berlin hinter sich gelassen hatten, hatte Theresa plötzlich das Bedürfnis verspürt, Anna zu zeichnen. Das hatte sie früher oft gemacht. In irgendeinem Karton mussten die Bilder noch liegen. Anna als Baby, Anna als kleines Mädchen an der Ostsee, Anna zur Schuleinführung. Irgendwann aber hatte sie nicht mehr gezeichnet werden wollen. Das war, als sie vom Mädchen langsam zur Frau wurde, Theresa nicht mehr mit ins Badezimmer durfte und Anna immer wieder Gefühlsausbrüche hatte, die Theresa nicht nachvollziehen konnte, die aber Gott sei Dank genauso schnell verschwanden, wie sie gekommen waren.

Anna sah aus dem Zugfenster. «Mama, guck mal, gleich sind wir in Rostock. Ich bin so gespannt auf das Haus.»

Theresa schaute erstaunt auf das blaue Schild auf dem Bahnsteig. Sie hatte gar nicht bemerkt, wie schnell die Zeit vergangen war. Immer wieder waren ihre Gedanken während der Fahrt um den Brief gekreist, den Marlene ihr hinterlassen hatte. Einen Fehler durch eine Lüge zu verdecken. Welchen Fehler meinte sie? Und wer hatte ihn gemacht? Wer waren Tom und Anton? In welcher Beziehung standen sie zu Marlene? Das Einzige, was Theresa wusste, war, dass sie Tom und Anton treffen musste. So hatte Marlene es sich gewünscht. Doch wie sollte sie das anstellen? Tom wollte offenbar nichts mit ihr zu tun haben. Natürlich hatte Anna ihr das seltsame Telefonat in allen Einzelheiten geschildert. Wie er einfach aufgelegt hatte und danach nicht mehr ans Telefon gegangen war. Aber Theresa musste Tom treffen, daran führte kein Weg vorbei. Immerhin gehörte das Haus zu gleichen Teilen ihm. Und Anton? Ohne einen Nachnamen oder sonstige Anhaltspunkte schien es aussichtslos, ihn zu finden. In Berlin gab es viel zu viele Antons. In einem verzweifelten Versuch hatte Theresa «Anton + Berlin» gegoogelt, obwohl sie ahnte, dass es nichts bringen würde. Und als sie die Anzahl der Treffer sah, hatte sie ihren Computer sofort wieder ausgeschaltet. Und wieso ging sie eigentlich davon aus, dass Anton in Berlin lebte? Vielleicht lebte er nicht einmal in Deutschland. Blieb nur die Hoffnung, dass er irgendwie von ihrer Existenz wusste und seinerseits versuchen würde, sich bei ihr zu melden.

«Darf ich mal einen Blick auf das Bild werfen?», fragte Anna.

«Du weißt doch, ich zeige unfertige Bilder nicht gern. Aber wenn es fertig ist, schenke ich es dir.» Sie klappte das Skizzenbuch zu. «Erinnerst du dich eigentlich daran, dass ich dich früher oft gemalt habe?»

Anna nickte.

«Ich habe die Zeichnungen noch irgendwo. Wenn wir zurück in Berlin sind, suche ich sie dir raus.» Theresa legte das Skizzenbuch auf den Tisch vor dem Fenster, stellte ihre Tasche auf den Schoß und zog eine Papiertüte mit einem Fischbrötchen heraus. Die Tüte war am Boden fettig und hatte sich dunkel verfärbt. Fischgeruch verteilte sich im Zugabteil. Theresa nahm das Brötchen und biss hinein. «Willst du auch was?»

Anna schüttelte den Kopf. Sie wurde blass. Theresa zog eine Zwiebel aus den Brötchenhälften. In diesem Moment sprang Anna auf, hielt sich die Hand vor den Mund und stürmte aus dem Abteil. Theresa sah ihr überrascht hinterher. Kurz darauf kam Anna zurück. Auf ihrer Strickjacke war ein heller Fleck. Immer noch blass, ließ sie sich wieder auf ihren Sitz fallen.

«Was ist los?»

Verlegen sah Anna sie an. «Ich muss dir was sagen, Mama. Das mit dem Asia-Imbiss war gelogen. Ich bin schwanger.»

«Was?»

Anna nickte.

«Wie weit bist du denn?»

Anna wischte an dem Fleck auf ihrer Strickjacke herum. «Mir ist das ein bisschen peinlich. Ich bin schon in der zwölften Woche. Und ich kenn den Vater nicht mal richtig gut. Das war eine einmalige Sache mit einem Kommilitonen.»

Theresa warf die leere Brötchentüte in den Mülleimer. «Anna, dass ausgerechnet dir das … Das ist ja … wie soll ich sagen, richtig …»

«Dumm von mir, ist mir klar. Hör auf, mich so anzuschauen. Wir hatten diese Exkursion vom Geschichtsfachbereich. Das Wochenende in Weimar, erinnerst du dich?»

Theresa nickte. «Ach, Anna. Eigentlich sollte ich dir jetzt wohl eine Moralpredigt halten.»

«Lieber nicht.»

Theresa nahm Annas Hand und wusste nicht, was sie sagen sollte.

«Ruf den Notar an, Tom.» Konstantin stocherte mit einem Strohhalm in seinem Caipirinha herum.

Tom führte die Bierflasche an den Mund und sah Nina hinterm Tresen beim Spülen der Gläser zu.

«Hallo? Wand an Tapete. Jemand zu Hause?»

Toms Augen waren immer noch auf Nina gerichtet.

«Mensch, Tom. Jetzt red endlich mit mir. Wer ist Marlene? Mann, du hast in die Spüle gekotzt, als der Anruf von dieser Anna kam.»

«Wie oft denn noch, ich will nicht über sie reden. Sie ist tot. Fertig, aus.»

Konstantin warf einen zerknitterten Zehneuroschein auf den Tresen. «Dann kann ich ja auch gehen. Der Tag war anstrengend genug. Und morgen um acht steht der nächste Auftrag an.»

«Bleib.» Tom hielt Konstantin am Ellbogen fest. «Bitte.»

Konstantin setzte sich wieder. «Nina, mach uns mal zwei Kurze.»

Nina lächelte die beiden an, nahm eine Flasche aus dem Regal, füllte zwei Gläser und stellte sie auf den Tresen.

Tom atmete tief durch. «Also schön, wie soll ich anfangen? Es ist nicht so leicht. Du bist der Erste, mit dem ich über Marlene rede. Ich hab immer um ihre Liebe gekämpft. Aber sie konnte es nicht, sie konnte keine Gefühle zulassen, sich nicht binden. Sie war krank. Sagt dir Borderline was?»

Konstantin nickte.

«Oder bipolare Störung. Die Ärzte waren sich nicht sicher. Jedenfalls war Marlene mal vollkommen überdreht, dann wieder kurz davor, sich das Leben zu nehmen. In ihren manischen Phasen hat sie unheimlich viel Geld ausgegeben.

Ich habe ihr ausgeholfen. Und irgendwann war ich selber pleite. Und dann bin ich finanziell irgendwie in eine Abwärtsspirale gerutscht, hab einen Kredit aufgenommen und das mit den Wohnungsauflösungen angefangen, um wenigstens ein bisschen über die Runden zu kommen.» Tom überlegte, ob er Konstantin erzählen sollte, warum in den Wohnungen der Verstorbenen immer wieder Schmuck und Geld abhandenkamen, ließ es dann aber bleiben. Konstantin würde nie wieder etwas mit ihm zu tun haben wollen, und die Firma würde er aufgeben müssen.

«Und weiter?»

«Ich hab irgendwann den Kontakt zu Marlene abgebrochen. Ich konnte nicht mehr. Eigentlich wollte ich immer noch mal mit ihr über alles reden. Aber ich hab das vor mir hergeschoben.» Tom fuhr mit dem Finger über die Holzmaserung des Tresens. «Und jetzt ist sie tot. Und ich kann nichts mehr tun.»

«Krasse Geschichte. Ich kenn das. Jetzt nicht mit Borderline oder so. Aber ich hatte auch mal eine Freundin, die war vollkommen durchgeknallt. War schwer, sie abzuschießen.»

«Konstantin, Marlene war nicht …» Er stockte. Er war kurz davor, Konstantin die Wahrheit zu sagen, aber er konnte nicht. Zu lange trug er sein Geheimnis um Marlene schon mit sich herum, es war zu einem Teil seiner selbst geworden. Tom biss sich auf die Lippe. «Ach, egal. Danke fürs Zuhören. Die Runde geht auf mich. Ich muss jetzt ins Bett.»

«Herr Halász, schön, dass Sie es einrichten konnten.» Dr. Herzberg stand im Türrahmen und lächelte Tom an. «Kommen Sie doch herein.»

Tom sah zu Boden und musterte den weinroten Teppich. «Ich hab nicht viel Zeit. Ich stehe im Parkverbot. Können Sie mir nicht einfach die Unterlagen geben?»

Dr. Herzbergs Lächeln erstarb. «Das ist eigentlich nicht die gängige Praxis. Können Sie sich denn ausweisen?»

Tom reichte dem Notar seinen Personalausweis.

«Also gut, ich bin ja schon froh, dass Sie überhaupt gekommen sind. Augenblick bitte.» Er drehte sich um und verschwand in den Büroräumen. Der weinrote Teppich schluckte seine Schritte.

Tom steckte den Personalausweis wieder in sein Portemonnaie.

Dr. Herzberg kam zurück und reichte Tom zwei Briefumschläge und ein Formular. «Hier. Und eine Unterschrift, bitte.»

Tom unterschrieb und bedankte sich. Während er die Treppen nach unten rannte, hörte er das Blut in seinen Ohren rauschen.

Auf der Straße sah er sich um. Gegenüber dem Notariat war ein Café. An kleinen Bistrotischen saßen Menschen, aßen, tranken und lachten. Auf der rechten Seite stand eine Hollywoodschaukel. Sie war nicht besetzt. Tom überquerte die Straße, ließ sich auf die Schaukel fallen und versuchte, seinen Herzschlag zu beruhigen. Als die Kellnerin kam, bestellte er ein Bier und legte die beiden Umschläge vor sich auf den Tisch. Marlene. Warum hatte er Konstantin gestern nicht die Wahrheit über sie sagen können? Er war doch so kurz davor gewesen, aber im entscheidenden Moment hatte er einen Rückzieher gemacht. In dieser Hinsicht war er wie Marlene. Auch sie war immer den Weg des geringsten Widerstands gegangen. Einmal, auf ihrer Geburtstagsfeier, die Gäste waren schon gegangen, hatte Anton erzählt, dass Marlene früher ganz anders gewesen war. Sie war spontaner, hatte immer gesagt, was ihr gerade durch den Kopf ging, ohne Angst vor den Konsequenzen. Aber in der DDR war ihr das irgendwann zum Verhängnis geworden. Erst nach ihrer Zeit im Gefängnis war sie zu der Marlene geworden, die Tom kannte, der Borderlinerin, der Grenzgängerin. Über ihre Zeit hinter Gittern wusste Tom wenig, und er hatte auch nie gewagt, Anton danach zu fragen.

Das Bier wurde gebracht. Die Kellnerin lächelte Tom an und versuchte, mit ihm zu flirten. Tom ignorierte ihre Blicke, heute war ihm nicht nach Gesellschaft, heute wollte er alleine sein.

Er trank einen großen Schluck und öffnete den ersten Umschlag.

> *Ich, Marlene Groen, verfüge hiermit, dass Theresa Matusiak, geborene Groen, und Tom Halász nach meinem Ableben mein Haus in Rostock in der Sankt-Georg-Straße 1 erben.*

Tom griff erneut nach seinem Bierglas. Marlene hatte ein Haus in Rostock? Warum wusste er bisher nichts davon? Sosehr er stutzte, schließlich musste Tom grinsen. Ein Haus, das war doch bestimmt so einiges wert. Hatte Marlene es ihm vererbt, damit er die Schulden begleichen konnte? Die Schulden, an denen auch sie ihren Anteil hatte? Das wäre nur recht und billig. Aber eine Theresa hatte das Haus zur Hälfte mitgeerbt. Theresa Matusiak. Das musste die Mutter dieser Anna sein, die ihn vorgestern angerufen hatte. Hoffentlich war Theresa mit dem Verkauf einverstanden. Tom wurde plötzlich von einer Welle Optimismus überrollt. Das würde er schon hinkriegen. Notfalls müsste er seinen Charme spielen lassen, darin hatte er Übung.

Er griff nach dem zweiten Umschlag. Etwas Festes war darin, es fühlte sich an wie ein Schlüssel. Tom riss den Umschlag auf. Tatsächlich, es war ein Schlüssel, eingewickelt in ein Blatt Papier. Sofort erkannte er Marlenes Handschrift.

*Lieber Tom,*

*ich weiß nicht, ob dich meine Zeilen erreichen. Vielleicht zerreißt du den Brief auch. Die Ärzte geben mir nicht mehr lange. Nach der Diagnose habe ich versucht, dich zu finden, aber du warst wie vom Erdboden verschluckt. Dass du nicht von dir aus versucht hast, Kontakt zu mir aufzunehmen, kann ich dir nicht verübeln. Ich bin in der Zwischenzeit nach Rostock gezogen, aber das ist eine andere Geschichte.*

*Was soll ich dir sagen? Eigentlich kann ich dich nur um Verzeihung bitten. Ich weiß, was du für mich getan hast, immer und immer wieder. Ich habe dich angelogen und enttäuscht, aber ich konnte nicht anders. Und ich konnte dir nie sagen, wie viel du mir bedeutest. Das alles hat mit meiner Vergangenheit zu tun, aber ich will mich nicht rausreden mit den schrecklichen Dingen, die mir passiert sind, auch wenn sie ein Grund dafür sind, dass ich zu der Marlene geworden bin, die du kennst.*

*Ich wünsche mir, dass Theresa und du euch kennenlernt. Darum habe ich euch das Haus zu gleichen Teilen vererbt. Die Vergangenheit kann nicht rückgängig gemacht werden, aber vielleicht lernt ihr aus meinen Fehlern und macht es besser.*

*Tom, ob Vergangenheit, Gegenwart oder Zukunft. Ich habe dich immer geliebt und werde es immer tun.*

*Marlene*

Tom merkte, wie sich ihm die Kehle zuschnürte. Marlenes Worte waren zu viel für ihn.

Plötzlich stand die Kellnerin neben ihm. «Alles okay mit dir?»

«Klar, warum?»

«Du weinst.»

Tom wischte sich über die Augen. «Quatsch. Ist bloß meine Allergie. Und jetzt hätte ich gerne die Rechnung.»

Nachdem Tom bezahlt hatte, rief er Konstantin an und sagte, dass er für zwei Tage nicht in Berlin sein würde. Dann fuhr er zum Hauptbahnhof. Als er den riesigen Glaspalast betrat und auf die Anzeigetafel schaute, stellte er zufrieden fest, dass der nächste Zug nach Rostock in zehn Minuten ging.

## Rostock

Anna war schwanger, und das auch noch von einem Mann, den sie nicht mal richtig kannte? Noch immer war Theresa so überrascht von der Neuigkeit, dass sie das Haus fast übersehen hätte. Es war viel kleiner, als sie gedacht hatte.

«Das sieht ja aus, als würde hier noch jemand drin leben. Alles picobello. Ich hatte mir eine heruntergekommene Bruchbude vorgestellt.» Nachdem Anna sich auf der Zugtoilette übergeben hatte, ging es ihr wieder besser. Ihre Wangen waren vor Aufregung leicht gerötet. «Vielleicht hat Marlene bis zu ihrem Tod hier gelebt?»

«Na los, lass uns reingehen.» Theresa öffnete das Gartentor. Die Angeln quietschten.

Unter der Klingel stand kein Name. Theresa schloss die Tür auf, sie klemmte ein bisschen und gab schließlich mit einem leichten Knarzen nach.

Theresa und Anna betraten den Flur. Die Luft im Haus war abgestanden. Das Wohnzimmer ging auf der linken Seite vom Flur ab. Ein gemütlicher Raum in hellen Farben mit Korbmöbeln. Auf dem Tisch stand ein welker Strauß Tulpen. Anna verließ das Wohnzimmer, um sich den Rest des Hauses anzusehen. Theresa blickte sich gründlicher um. Über Marlene verriet der Raum nichts. Sie stellte ihre Ledertasche auf den Boden. Als sie sich umdrehte, fiel ihr Blick auf ein Bild an der Wand. Sie trat näher und strich mit dem Zeigefinger darüber. Das Bild war mit Ölfarbe auf Leinwand gemalt. Der Duktus des Farbauftrags beeindruckte sie. Die Farbe war in mehreren Schichten aufgespachtelt, und die Pinselstriche zeigten in alle Richtungen. Das Bild war abstrakt und in dunklen Farben gehalten. Im Hintergrund sah man eine Landschaft und einen Frauenkopf, und der Vordergrund war mit einer Art Gefängnisgitter übermalt. Die Szene löste ein bedrückendes Gefühl in Theresa aus, aber zugleich faszinierte sie sie. Sie nahm das Bild von der Wand und drehte es um. *Damals wie heute* (MG) stand darauf. MG? Marlene Groen. Vorsichtig hängte sie das Bild zurück an die Wand.

Im Erdgeschoss befanden sich noch das Schlafzimmer, die Küche und das Badezimmer. Auch hier war alles in hellen Farben gehalten und einfach, aber liebevoll eingerichtet. Theresa sah sich um. Hatte sie einen Raum übersehen? Nein. Oder doch? Hinter einer schmalen Tür neben dem Badezimmer führte eine Treppe nach unten in den Keller. Theresa schaltete das Licht an. Eine nackte Glühbirne hing an der Decke. Ihr Licht war so schwach, dass Theresa kaum etwas erkennen konnte. Sie warf einen Blick in die modrige Kühle und schloss die Tür wieder. Den Keller würde sie sich später ansehen. Am Ende des Flurs befand sich noch eine Treppe. Sie führte nach oben.

Auf dem Treppenabsatz erschien in diesem Moment Anna. «Mama, komm schnell hoch. Das musst du dir ansehen. Das ist der Hammer.»

Die Dachkammer war dunkel. An den Dachschrägen hingen Spinnweben. Auch hier oben war lange nicht gelüftet worden. Anna öffnete das Fenster. Eine Spinne floh aus ihrem Netz und verschwand im Fensterrahmen. «Abgefahren, oder?»

Theresa nickte kaum merklich. Was sie sah, passte nicht zum Rest des Hauses. Sie standen in einer Art DDR-Museum. Ein wenig erinnerte Theresa die Dachkammer an die Wohnung ihrer Eltern an der Weberwiese. Es war, als würde sich die Vergangenheit vor ihr auftun. Fassungslos sah Theresa sich um und versuchte, sich jedes Detail einzuprägen. Sie nahm ihr Skizzenbuch aus der Tasche und begann, mit groben Strichen das zu zeichnen, was sie sah.

Die Wände waren mit einer beigen Tapete in dezenter Rautenmusterprägung versehen, unter dem Fenster befand sich ein Doppelbett mit einer Tagesdecke im 60er-Jahre-Stil mit großem Blumenmuster in Türkis, Braun und Gelb. Neben dem Bett standen eine orangefarbene Kugellampe und ein Bauernschrank mit Schnitzereien, gegenüber ein zimtbraunes Cordsofa mit weißen Häkeldeckchen über der Rückenlehne und davor ein Kassettentisch mit Kurbel. Auf dem Tisch sah Theresa eine bemalte Kiste. So eine, wie man sie früher aus dem Ungarn-Urlaub mitbrachte. Oder war es Bulgarien?

«Krass, oder?» Anna ließ sich auf das Cordsofa fallen. Eine Staubwolke stieg aus den Polstern auf. «Wenn ich das in meinem Geschichtsseminar erzähle, machen wir eine Exkursion hierher. Historischer geht's ja wohl kaum.»

«Hmm.» Theresa ging zu dem Bauernschrank. Die Türen knarrten, als sie ihn öffnete. Links waren Regalböden, rechts eine Kleiderstange mit Holzbügeln, ansonsten war der Schrank leer. Sie schloss die Türen und setzte sich neben Anna auf das Sofa.

«Und nun?» Anna drehte an der Kurbel des Tisches. Sie ließ sich kaum bewegen. «Hilft uns irgendetwas in diesem DDR-Museum, um Marlenes Geheimnis auf die Spur zu kommen?»

«Frag mich was Leichteres. Offenbar hat sie sehr an der DDR gehangen und ihre Erinnerungen hier konserviert. Aber warum meine Eltern behauptet haben, sie sei gestorben, obwohl sie noch am Leben war, ist mir ein Rätsel. Und wieso hat sie sich in all den Jahren nie bei Charlotte oder mir gemeldet?»

Anna zuckte mit den Schultern. «Wie wär`s, wenn wir hier übernachten und uns morgen mal bei den Nachbarn umhören? Vielleicht können die uns weiterhelfen.» Anna nahm die Kiste vom Tisch und stellte sie auf ihren Schoß.

Theresa lachte. «Manchmal frage ich mich, wer hier die Mutter und wer die Tochter ist.»

«Bald ja auch die Großmutter.» Anna öffnete den Deckel der Kiste. «Ich schätze, das Rätselraten geht weiter.»

Anna und Theresa starrten in die Kiste.

Darin lagen Fotos und bedruckte Zettel. Bei einigen Fotos waren Teile herausgeschnitten. Theresa nahm ein Foto heraus. Die Menschen darauf kannte sie nicht. Eine Frau vor einer Staffelei, ein Atelier mit großen Leinwänden, auf denen nichts zu sehen war als rote Farbflecken, und ein Mann mit Brille, der dem Fotografen mit einem Weinglas zuprostete. Theresa schaute noch einmal in die Kiste und fand einen Flyer für eine Ausstellungseröffnung mit dem Titel *Damals wie heute, 1991*. «Seltsam, im Wohnzimmer unten hängt ein Bild, das auch so heißt.»

«Ich glaube, so schnell kommen wir hier nicht weiter. Lass uns erst mal was essen gehen. Ich sterbe vor Hunger.»

Theresa nickte und wollte gerade das Skizzenbuch zurück in ihre Tasche packen, als ihr Handy klingelte. «Matusiak.»

«Frau Matusiak, gut, dass ich Sie erreiche. Hier spricht Döring vom Pflegeheim am Tierpark. Ich habe leider schlechte Nachrichten. Ihre Mutter ist ins Koma gefallen. Wir haben sie in die Charité bringen lassen. Es wäre gut, wenn Sie so schnell wie möglich kommen könnten. Wir wissen nicht, wie viel Zeit noch bleibt.»

## Berlin

Charlotte sah hinunter auf die Spree. Es dämmerte bereits, und das Licht der Straßenlaternen spiegelte sich auf der Wasseroberfläche. Ein Ausflugsschiff fuhr unter der Brücke hindurch. Die Leute an Deck tanzten zur Musik einer Blaskapelle. Charlotte musste an ihren letzten Besuch bei Elisabeth im Pflegeheim denken. Anton ist dein Vater, hatte sie gesagt. Aber hatte sie tatsächlich Charlotte gemeint? Oder war dieser Anton der Vater von Theresa oder Marlene? Oder war sie so verwirrt gewesen, dass sie selbst nicht wusste, was sie redete? Wahrscheinlich würde Charlotte es niemals herausfinden, jetzt, wo ihre Mutter im Koma lag.

Charlottes Strumpfhose wurde plötzlich nass. Hinter ihr war ein Bus durch eine Pfütze gefahren. Verärgert versuchte sie, sich mit einem Taschentuch die Beine trocken zu reiben, gab aber den Versuch bald auf. Sie lief weiter geradeaus und konnte den Hochhausklotz der Charité bereits am Horizont sehen.

Da war sie, ihre Mutter, in dem Krankenhaus, in dem sie fast ihr ganzes Leben lang gearbeitet hatte. Elisabeth lag im Bett, an Schläuche und Geräte angeschlossen. Es piepte und roch nach Desinfektionsmittel, und es wirkte auf Charlotte so, als wäre Elisabeth schon verschwunden. Sie war nie eine große Frau gewesen, doch das Koma machte sie noch kleiner.

Neben Elisabeths Bett saß ein Mann. Als Charlotte das Zimmer betrat, erhob er sich. Seine Haare waren schlohweiß. Charlotte hatte ihn noch nie gesehen und fragte sich, was ein Fremder am Bett ihrer Mutter machte.

«Guten Tag», sagte sie. «Ich bin Charlotte Groen, die Tochter.»

Der Mann griff nach seinem Gehstock, der am Bett lehnte, und ging auf sie zu, um ihr die Hand zu reichen. «Ich weiß. Freut mich, Charlotte. Schade, dass wir uns unter diesen Umständen begegnen.»

Charlotte ignorierte die ausgestreckte Hand. «Und Sie sind?»

Der Mann runzelte die Stirn. Er schien zu überlegen, was er sagen sollte. «Michalski. Dr. Michalski.»

«Kennen Sie meine Mutter noch aus ihrer Zeit in der Charité, waren Sie Kollegen?»

Dr. Michalski nickte und stützte sich auf seinen Gehstock. «Ich muss leider los. Hat mich gefreut.» Er warf noch einen kurzen Blick auf Elisabeth und verließ das Zimmer.

Charlotte folgte ihm auf den Gang und sah ihm hinterher.

Vor dem Fahrstuhl blieb Dr. Michalski stehen, drückte auf den Knopf, drehte sich noch einmal um und lächelte. Sein Lächeln ließ ihn jünger aussehen.

Charlottes Herz schlug bis zum Hals. Dieses Lächeln hatte sie schon einmal gesehen. Es gab keinen Zweifel. Der Mann, der gerade in den Fahrstuhl stieg, war der Mann von dem Foto, das ihre Mutter ihr gezeigt hatte. Der alte Mann war Anton, Dr. Anton Michalski.

# Damals (1960)

## Rostock

Käthe saß im Garten hinter dem Haus. Auf dem Tisch stand eine Tasse Muckefuck, daneben ein Teller mit einem Stück Prasselkuchen, und auf ihrem Schoß lag ein Fotoalbum. Seit Elisabeth und Johannes in Berlin wohnten, waren die Fotos für Käthe zu treuen Begleitern geworden. Und jetzt, da ihre Enkelinnen zu Besuch waren, konnte Käthe anhand der Fotos sehen, wie schnell sich die Mädchen veränderten und größer wurden. Die schönsten Bilder hingen im Flur neben der Garderobe. Die Hochzeit von Johannes und Elisabeth, die Einschulung von Charlotte und ein Foto, das kurz nach der Geburt von Marlene gemacht worden war.

Käthe nippte an ihrer Tasse und blätterte eine Seite weiter. Wie die Zeit verging. Charlotte war vor einem Monat zehn geworden und Marlene würde im Herbst schon ihren fünften Geburtstag feiern. Zwei Mädchen, das hatte sich Käthe auch immer gewünscht, nun waren es also zwei Enkelinnen geworden.

Sie biss ein kleines Stück von ihrem Kuchen ab, dann widmete sie sich wieder dem Fotoalbum.

Auf der linken Seite war eine strahlende Charlotte zu sehen. Das Foto hatte Elisabeth an dem Tag gemacht, als Charlotte bei den Thälmannpionieren aufgenommen worden war. Sie trug eine weiße Bluse, ein Halstuch, einen dunkelblauen Rock und ein Käppi. Ganz stolz blickte Charlotte in die Kamera. Johannes hatte Käthe zur Feier des Tages damals extra von Rostock nach Berlin geholt. In der Schulaula war Charlotte aus der Reihe ihrer Klassenkameraden getreten, mit festen Schritten zur Bühne gegangen und hatte eine Rede gehalten. Danach hatte sie die Gebote der Thälmannpioniere auswendig vorgetragen. Wie lautete noch gleich das erste Gebot? Wir Thälmannpioniere lieben unser sozialistisches Vaterland, die Deutsche Demokratische Republik. Und dann war es noch um die Eltern, den Frieden, die Freunde aus der Sowjetunion und die Werktätigen gegangen. So genau konnte sich Käthe daran nicht mehr erinnern. Aber eine Sache würde sie nie vergessen. Johannes hatte den ganzen Tag über gelächelt, sie hatte ihren Schwiegersohn lange nicht mehr so glücklich erlebt. Dass er und Lisbeth offensichtlich Eheprobleme hatten, stimmte Käthe traurig. Johannes war viel im Büro, und Elisabeth hatte Käthe mehr als ein Mal erzählt, dass sie sich von ihm alleingelassen fühlte. Vielleicht war es da kein Wunder, dass es gekommen war, wie es gekommen war.

Käthe seufzte und nippte an ihrem Muckefuck.

Von der nächsten Seite des Albums lachte die ungefähr dreijährige Marlene sie an. Die dunklen Haare standen ihr wild vom Kopf ab, ihr Mund war mit Schokolade verschmiert, die blauen Augen leuchteten.

«Oma, Marlene hat in meinem Buch rumgemalt.» Charlottes schrille Stimme riss Käthe aus ihren Gedanken. Sie drehte sich um, aber da sie die Tasse noch in der Hand hielt, schwappte ein wenig Kaffee auf ihren Rock.

Marlene kam aus dem Haus gerannt. Ein Buch und einen Stift in der Hand, stürmte sie auf ihre Großmutter zu. «Lotte, fang mich doch, du kriegst mich nicht.» Sie lief an Käthe vorbei bis zum Apfelbaum, klemmte sich das Buch in den Bund ihrer Hose, steckte den Stift hinters Ohr und kletterte die Äste hinauf. «Du kriegst mich nicht.» Schon saß Marlene hoch oben in der Baumkrone und grinste zu Charlotte herab. «Sag ich doch, du kriegst mich nicht.»

Käthe legte das Fotoalbum beiseite, wischte über den Fleck auf ihrem Rock und ging auf ihre Enkelinnen zu. «Lene, komm da runter und gib Charlotte ihr Buch wieder.»

Marlene schüttelte den Kopf.

«Marlene, du kommst jetzt da runter und gibst das Buch zurück, keine Widerrede. Sonst darfst du nachher nicht mit zum Strand.»

Marlene kletterte den Baum herunter und warf das Buch vor Charlotte auf die Wiese.

«Und jetzt entschuldigst du dich bei deiner Schwester.»

«Nein.»

«Das Buch gehört dir nicht. Du hast kein Recht, es Charlotte wegzunehmen. Also los jetzt, entschuldige dich.»

«'tschuldigung.» Achselzuckend ging Marlene zurück ins Haus, gefolgt von ihrer Schwester.

Käthe warf einen Blick auf das Buch, das immer noch auf der Wiese lag. *Wie der Stahl gehärtet wurde* von Nikolai Ostrowski. Käthe schüttelte den Kopf. Sie kannte das Buch. Es erzählte die Geschichte eines Jungen, der sich während der Oktoberrevolution der Roten Armee anschloss. Wer hatte Charlotte nur dieses Buch gegeben? Käthe fand, dass das nicht die richtige Lektüre für eine Zehnjährige war, und konnte Marlene plötzlich verstehen.

Die Haustür fiel ins Schloss. Elisabeth atmete auf. Sie hatte schon befürchtet, durch den Streit zwischen den Mädchen würde ihre Verabredung ins Wasser fallen. Warum musste Marlene auch immer mit dem Kopf durch die Wand? Solange sie im Kindergarten war, ließ sich wenigstens noch damit umgehen, aber spätestens, wenn Marlene nächstes Jahr eingeschult wurde, würde es Ärger geben. In der Dachkammer hatte sich nicht viel verändert, seit sie nach Berlin gezogen waren. Käthe hatte alles so gelassen, wie es war. Nur den schweren Kassettentisch mit der Kurbel aus dem Wohnzimmer hatte sie nach oben gestellt, weil sie sich einen neuen gekauft, es aber nicht übers Herz gebracht hatte, den alten wegzuwerfen. Nachdenklich ging Elisabeth ins Badezimmer. Noch zehn Minuten, dann würde er kommen. Sie warf einen Blick in den Spiegel. Es war nicht zu leugnen, sie wurde älter, schon zweiunddreißig war sie. An der Schläfe zeigte sich ein erstes graues Haar. Gerade als sie näher an den Spiegel trat, um es herauszureißen, klingelte es. Sie strich sich noch einmal über die Haare und ging zur Haustür.

Anton warf einen unsicheren Blick über Elisabeths Schulter. «Sind sie weg?»

«Keine Sorge, alle sind ausgeflogen. Schön, dass du da bist. Komm erst mal rein.»

Anton betrat den Flur und küsste Elisabeth. «Du hast mir gefehlt. Was würden wir nur ohne Käthe machen?» Er nahm ihre Hand. «Was hast du Charlotte und Marlene gesagt, wo du über das Wochenende bist?»

Nachdenklich betrachtete Elisabeth ihren Ehering. «Das Gleiche, was ich auch Johannes gesagt habe. Dass ich für zwei Tage mit Eva nach Rügen fahre. Eva weiß Bescheid, und Hannes hat auch keinen Verdacht geschöpft.»

Anton lächelte. Er knöpfte seinen Mantel auf und zog etwas aus der Innentasche. «Hier.» Er hielt Elisabeth eine

Schwarz-Weiß-Postkarte mit einem Fachwerkhaus hin. «Das Haus steht in Sassnitz. Gehört einem ehemaligen Patienten von mir. Er vermietet uns ein Zimmer, sogar mit Blick auf den hübschen Garten.»

Elisabeth fiel Anton um den Hals. Dann nahm sie die kleine braune Reisetasche, die im Flur stand.

Als sie schon an der Tür waren, griff Anton erneut in die Innentasche seines Mantels. Er zog einen Briefumschlag heraus. «Lass mich wenigstens ein bisschen helfen.»

«Ist das Geld?»

«Ja. Wenn es nicht reicht, sag Bescheid. Für Marlene …»

«Ich brauche dein Geld nicht. Wir haben genug. Und um Marlene kümmert sich Johannes. Das haben wir doch schon besprochen, Anton.» Elisabeth stellte die Reisetasche ab, drehte sich um und ging in Richtung Bad. «Ich bin gleich zurück, ich habe meine Waschtasche vergessen.»

Anton nickte und sah zu Boden. Das mit dem Geld war eine dumme Idee gewesen, das wurde ihm in diesem Moment bewusst. Aber er hatte es eben versuchen wollen. Er musste an seine und Elisabeths erste Verabredung vor sieben Jahren denken. Eigentlich war es ja keine richtige Verabredung gewesen, nur die Weihnachtsfeier der Belegschaft der Charité. Doch seit diesem Abend hatten er und Elisabeth so viel Zeit wie möglich miteinander verbracht. Es war nicht immer einfach, ihre Treffen vor Johannes geheim zu halten. Dennoch hatte sich bisher stets ein Weg gefunden, und da Käthe eingeweiht war, waren sie oft schon nach Rostock gefahren. Hin und wieder trafen sie sich zwar auch in Berlin, aber da war die Gefahr, gesehen zu werden, sehr hoch. Anton wusste, dass Elisabeth Johannes gegenüber ein schlechtes Gewissen hatte, aber eine Scheidung war für sie bisher nicht in Frage gekommen, zumindest hatte sie es Anton gegenüber nie angesprochen. Und Anton hatte auch nie gefragt, aus Angst, verletzt zu werden, aus Angst, mit Johannes nicht mithalten zu können. Und war die Tatsache, dass Elisabeth und Johannes nach wie vor zusammen waren, nicht schon Antwort genug? Hätte sie nicht von sich aus auf eine Trennung von Johannes zu sprechen kommen müssen, wenn sie es tatsächlich gewollt hätte?

Elisabeth kam zurück und packte die Waschtasche ein. «Jetzt können wir los. In Sassnitz war ich noch nie. Wie wunderbar, nur wir beide und ganz viel Natur.» Elisabeth hob die Reisetasche vom Boden. Ihr schulterlanges Haar fiel nach vorne, und sie strich sich eine Strähne hinters Ohr, in der Anton ein erstes graues Haar entdeckte. Eine kleine, unbedeutende Geste, aber Anton konnte den Blick nicht von Elisabeth abwenden. Wie schön sie war. Elisabeth, das war die eine Frau, seine Frau, und jetzt, beim Anblick dieses grauen Haares, wusste er, dass er gemeinsam mit ihr alt werden wollte. Die Zeit verging so schnell, von heute auf morgen konnte alles vorbei sein, das hatte er im Krankenhaus jeden Tag vor Augen. Plötzlich schienen ihm die letzten sieben Jahre absurd. Sieben Jahre, ohne Perspektive, ohne Ziel? Wie lange sollte das noch so weitergehen?

«Warum starrst du mich denn so an?»

Anton wusste nicht, was er sagen sollte. Er liebte Elisabeth, und er wollte sie für sich allein haben, wollte keine Heimlichtuerei. Und er wollte Zeit mit seiner Tochter verbringen, ihr beim Großwerden zusehen. Anton nahm Elisabeth die Reisetasche aus der Hand und stellte sie auf den Boden. Er griff nach ihren Händen. «Lisbeth, bleib bei mir. Für immer.»

«Was meinst du?»

«Bleib bitte bei mir. Wir könnten ganz neu anfangen, nur du, Charlotte, Marlene und ich.»

Elisabeth stand wortlos im Flur. Ihre Augen suchten Halt, und ihr Blick fiel auf die gerahmten Fotos, die Käthe im Flur aufgehängt hatte. Sie starrte auf das Hochzeitsfoto von sich und Johannes. Plötzlich tat es ihr weh, dieses Bild zu sehen. Sollte Johannes eines Tages von ihrem Verhältnis erfahren, wäre er am Boden zerstört. Sie musste daran denken, wie sie Johannes das erste Mal getroffen hatte, an den Schal, an die Begegnung vor dem Krankenhaus, an ihr erstes Picknick an der Warnow, an das rostige Fahrrad. Und sie wusste in diesem Moment, dass sie Johannes nicht verlassen konnte, auch wenn ein Teil von ihr es schon längst getan hatte.

«Warum jetzt, nach all den Jahren? Jetzt bittest du mich, Johannes zu verlassen? Du wusstest von Anfang an, dass ich eine verheiratete Frau bin. Wir haben es doch schön miteinander, oder nicht? Und nun reicht dir das plötzlich nicht mehr?»

Anton begann zu zittern. «Lisbeth, das ist nicht fair.»

Elisabeth senkte den Kopf. «Du hast recht. Aber trotzdem, wie stellst du dir das vor? Nach sieben Jahren, das ist doch Unsinn.»

Wortlos nahm Anton Elisabeths Reisetasche und ging zur Tür hinaus.

## Ost-Berlin

«Die DDR blutet aus. Wir können nicht länger tatenlos zusehen.» Kolja verschränkte die Arme vor der Brust und musterte die Männer im Konferenzzimmer. Auf der linken Seite des Tisches saß Hans Dunkelmann, neben ihm Konrad Striesow und am Kopfende, Kolja gegenüber, Gisela Adamski. Sie stenographierte.

«Genosse Groen hat uns eine Übersicht ausgearbeitet. Dawai, wir sind gespannt.»

Johannes zog einen Stapel dicht beschriebener Seiten aus seiner Ledertasche. «Allein im letzten Jahr haben einhundertvierundvierzigtausend DDR-Bürger unser Land verlassen. Sie kommen aus allen Bevölkerungsschichten.»

Konrad Striesow nickte. «Wir werden noch zu einem Arbeiter-und-Bauern-Staat ohne Arbeiter und Bauern.»

«Nicht nur die Arbeiter und Bauern», fuhr Johannes fort, «sondern vor allem der Wegzug von wichtigen Funktionsträgern, Anwälten, Lehrern und Ärzten, gibt uns Anlass zur Sorge. Es besteht die Gefahr, dass unsere Volkswirtschaft schweren Schaden erleidet.»

Gisela Adamski sah kurz auf und nickte ebenfalls.

«Und nicht nur das.» Johannes blätterte in dem Stapel Papiere. «Auch ideologisch kommen wir in Schwierigkeiten.»

«Wie meinst du das, Genosse?» Hans Dunkelmann rührte langsam in seiner Kaffeetasse.

«Nun ja, die DDR-Bürger im Westen geben der Presse Interviews. Sie berichten über die Lage hier. Kleinere Versorgungsengpässe bauschen sie auf und tun so, als würden unsere Arbeiter und Bauern hier verhungern.»

«Unverschämtheit.» Hans Dunkelmann schlug mit der Faust auf den Tisch. «Was erwarten diese Leute sich denn vom Westen? Es ist hinlänglich bekannt, dass es dort hohe Arbeitslosenzahlen gibt, dass dort das Kapital entscheidet und der Mensch zur Ware wird.»

«Hans, reg dich nicht auf. Darauf haben wir keinen Einfluss. Hast du schon vergessen, was Genosse Ulbricht gesagt hat?»

Konrad Striesow hob die Hand wie ein braver Schüler, und Kolja nickte ihm zu. «Wer geht, den haben wir sowieso schon verloren.»

«Das mag stimmen. Dennoch müssen wir reagieren. Die innerdeutschen Sektorengrenzen sind dicht. Nur Berlin ist noch offen.»

«Warum lässt Genosse Ulbricht die Grenze nach West-Berlin nicht schließen?» Hans Dunkelmann fixierte den Henkel seiner Kaffeetasse.

«Das hat er Chruschtschow bereits vorgeschlagen, aber der hat abgelehnt.»

«Moskau hat demnach nicht die Absicht, eine abschließende Regelung zu treffen?», fragte Johannes.

«Nicht, dass ich wüsste.» Kolja zündete sich eine Papyrossi an. «Es wird uns nichts anderes übrig bleiben, als unsere Sicherheitsüberprüfungen zu erhöhen. Wir brauchen mehr Mitarbeiter. Besonders Ärzte sind für uns interessant. Wie Genosse Groen eben referiert hat, gehören sie zu den Berufsgruppen, bei denen die Fluktuationsrate enorm hoch ist.» Kolja drückte seine halb aufgerauchte Papyrossi im Aschenbecher aus. «Johannes, Elisabeth arbeitet doch an der Charité. Vielleicht können wir dort jemanden für die Mitarbeit gewinnen?»

Als Anton den Flur hinunter in Richtung Cafeteria ging, zuckte er zusammen. Im Wartezimmer saß Johannes Groen und blätterte im *Neuen Deutschland.* Was hatte Elisabeths Mann hier zu suchen? Es konnte nur eine Erklärung geben. Anton hatte es kommen sehen. So lange war es gutgegangen, so lange hatte Johannes nichts bemerkt, aber er arbeitete für die Sicherheitsorgane der DDR, und da grenzte es schon an ein Wunder, wenn er nicht früher oder später dahintergekommen wäre, ein gehörnter Ehemann zu sein.

Johannes sah plötzlich auf und lächelte. Schon im Aufstehen faltete er die Zeitung zusammen. «Dr. Anton Michalski? Haben Sie einen Augenblick Zeit für mich?»

Angriff ist die beste Verteidigung, dachte Anton. «Es tut mir leid, Herr Groen, so musste es wohl früher oder später kommen. Sagen Sie, was Sie von mir wollen.»

Johannes sah Anton verwundert an, auf seiner Stirn bildete sich eine Falte. «Woher wissen Sie so genau, wer ich bin?»

Anton sah sich hilflos nach allen Seiten um. Ungewollt hatte er mehr verraten, als notwendig war.

«Ah, bestimmt hat Ihnen meine Lisbeth mal ein Foto von uns gezeigt?»

Anton nickte und steckte die Hände betont beiläufig in seine Hosentaschen.

«Ich will Sie gar nicht lange stören, Dr. Michalski. Vielleicht gehen wir kurz in Ihr Büro.» Anton nickte, wies mit der Hand zum Ende des Ganges, sah sich noch einmal nach allen Seiten um und ging voraus.

Als sie in Antons Büro waren, schloss Johannes die Tür. «Sie haben ja sicherlich auch schon mit Sorge den Schwund an Personal hier bemerkt.»

Anton stand reglos da und versuchte zu nicken, aber es war, als wäre sein Nacken versteinert.

«Und die Missstände in den Krankenhäusern dürften Ihnen hinlänglich bekannt sein. Dagegen muss dringend etwas unternommen werden, finden Sie nicht? Darum suchen wir Mitarbeiter, die sich beim Klinikpersonal umhören und uns über das, was sie hören, in Kenntnis setzen. Mitarbeiter, die uns ein detailliertes Meinungsbild erstellen. Sie und Ihr Personal wären die Ersten, die davon profitieren, dass in Ihrem Krankenhaus wieder alles so abläuft, wie es sein soll. Und Sie können davon ausgehen, dass wir uns im Gegenzug auch erkenntlich zeigen.»

Anton nahm die Hände aus den Hosentaschen. Er wusste jetzt, was Johannes' Besuch zu bedeuten hatte. Es ging gar nicht um Elisabeth und ihn. Er sollte als inoffizieller Mitarbeiter angeworben werden, seine Kollegen ausspionieren und Berichte über sie verfassen. Antons Hände waren eiskalt, noch immer konnte er kein Wort sagen.

«Sie müssen nicht gleich antworten, Dr. Michalski. Wie wäre es, wenn Sie mal zu uns zum Essen kommen? Meine Frau kocht wunderbar. Sie kommt aus Rostock, müssen Sie wissen. Mögen Sie Fisch? Nächsten Montag um acht, passt Ihnen das?»

Anton nickte. Er musste weg hier, und zwar so schnell wie möglich. «Danke für das Angebot, Herr Groen. Ich muss jetzt zurück zu meinen Patienten. Wir sehen uns nächste Woche.»

Johannes ging zur Tür und öffnete sie. «Wir freuen uns auf Sie. Unsere beiden Töchter werden auch dabei sein. Die sind ganz reizend, Sie werden sehen.» Er klopfte Anton auf die Schulter und verabschiedete sich.

Anton schloss eilig die Tür. Er musste sich hinlegen, seine Füße kribbelten, und er hatte das Gefühl, gleich umzufallen. Er starrte auf den Sekundenzeiger der Uhr über der Tür und zählte bis zwanzig. Als sich sein Herzschlag endlich beruhigt hatte, stand er langsam auf und ging zum Medikamentenschrank. In seiner Kitteltasche fand er den Schlüssel, öffnete die Glastür, griff nach einem Sedativum und nahm gleich zwei Tabletten auf einmal.

Elisabeth hatte redlich Mühe, sich ihre Erleichterung nicht anmerken zu lassen. Die Kartoffelsuppe war kalt, der Reis verkocht und die Forelle im Ofen inzwischen trocken und ungenießbar. Charlotte und Marlene schliefen längst, und Elisabeth saß mit Johannes am Esstisch im Wohnzimmer.

«Wirklich schade, dass Dr. Michalski nicht gekommen ist.» Johannes griff nach seinem Bier.

Elisabeth tauchte ihren Löffel in die kalte Kartoffelsuppe.

Nachdenklich betrachtete Johannes das Bierglas in seiner Hand. Er hatte Kolja schon voller Stolz angedeutet, dass er dabei war, einen der Chefärzte der Charité anzuwerben. Was sollte er ihm nun sagen? «Aber Dr. Michalski hat dir doch versprochen zu kommen, oder?»

Elisabeth seufzte. «Ja, das hat er, aber das ist schon drei Tage her. Vor drei Tagen hat er gesagt, er würde kommen. Aber seitdem habe ich ihn nicht mehr gesehen. Er war auf einem Ärztekongress in München.»

«Wann wollte er zurück sein?» Johannes stellte das Glas ab, nahm sich eine Scheibe Brot aus dem Korb, biss aber nicht hinein.

«Heute. Aber er ist nicht zum Dienst erschienen.» Elisabeth schob den halbvollen Suppenteller in die Tischmitte. Sie wollte fort von hier, Johannes' Anwesenheit war ihr unerträglich. Eigentlich hätte Anton schon gestern aus München zurückkommen sollen. Irgendetwas musste passiert sein. Elisabeth stand auf, ging in die Küche, nahm die Forelle aus dem Ofen und warf sie in den Mülleimer.

Auch am nächsten Tag erschien Anton nicht zur Arbeit. Elisabeth hatte kurzerhand entschieden, nach Dienstschluss zu seiner Wohnung zu fahren. Sie hoffte, sich dort einen Reim auf sein Verschwinden machen zu können.

Als sie den zugigen Hausflur betrat, ging im Erdgeschoss eine Wohnungstür auf, und Herrn Schluppkes Glatze erschien im Türrahmen. Er war der Hausbuchbeauftragte, der die Aufgabe hatte, das Kommen und Gehen im Haus zu dokumentieren. Ein Bleistiftstummel klemmte hinter seinem linken Ohr, in den Händen hielt er ein in Wachstuch eingeschlagenes Notizbuch. «Guten Tag, Frau Groen.»

«Guten Tag.»

«Sie wollen sicher zu Dr. Michalski. Geht es um eine berufliche Angelegenheit?»

Elisabeth nickte und überlegte, wie sie Herrn Schluppke loswerden konnte. Er war damals schon so neugierig gewesen, als er sie und Anton zum ersten Mal auf der Treppe abgepasst hatte. Sie hatten ihm erklärt, dass Elisabeth eine Kollegin war und die beiden eine berufliche Angelegenheit zu besprechen hatten. Aber jetzt hatte Elisabeth keine Zeit für ein Gespräch. Sie musste in die Wohnung, um nach dem Rechten zu sehen, aber was, wenn er etwas von Anton und ihr ahnte und seine Information an die falschen Stellen weiterleitete? Nicht auszudenken.

Elisabeth versuchte, sich an Herrn Schluppke vorbeizuschieben, doch er stellte sich ihr in den Weg.

«Und um die Blumen, um die muss ich mich auch kümmern.»

«Dr. Michalski ist seit fünf Tagen nicht nach Hause gekommen.» Er sah Elisabeth triumphierend an.

«Fünf Tage, sind Sie sicher?»

«Absolut. Ich bin über die Vorgänge im Haus bestens informiert.» Er klopfte sich auf die Brust.

«Danke, Herr Schluppke. Dr. Michalski ist auf einem internationalen Ärztekongress. Wie gesagt, ich bin nur hier, um die Blumen zu versorgen. Ich muss weiter.»

«Kein Problem, Frau Groen. Und wenn etwas ist, melden Sie sich ruhig bei mir.»

In der Wohnung herrschte großes Durcheinander. In der Küche stapelte sich schmutziges Geschirr, auf dem Tisch stand ein offenes Marmeladenglas, um das Fruchtfliegen kreisten. Elisabeth stutzte. Sie ging weiter ins Wohnzimmer. Auch dort sah alles nach einem überstürzten Aufbruch aus. Oder war die Wohnung etwa durchsucht worden? Auf dem Teppich lagen Papiere und medizinische Fachbücher, die Decke auf dem Sofa war zusammengeknüllt, und auf dem beigen Kissen prangte ein großer Rotweinfleck, nachlässig mit Salz bestreut. Elisabeth ging weiter ins Schlafzimmer. Das Bett war ungemacht. Das passte nicht zu Anton, Ordnung war ihm wichtig. Was war geschehen? Wo war Anton? Und warum hatte er sich seit Tagen nicht in der Klinik gemeldet? Unruhe machte sich in Elisabeth breit. Sie schaute in den Kleiderschrank. Soweit sie es beurteilen konnte, fehlte nur wenig Kleidung. Elisabeth bückte sich, sah unter den Schrank und atmete auf. Antons Koffer lag noch an seinem Platz. Nur die Tasche, die er immer für kurze Reisen nahm, war verschwunden. Wer weiß, dachte sie, vielleicht hatte er nur verschlafen, und es war keine Zeit mehr gewesen, die Wohnung aufzuräumen? War er auf dem Rückweg an der Grenze aufgehalten worden?

Elisabeth ging ins Wohnzimmer und setzte sich. Ihr Blick fiel auf das Bild gegenüber vom Sofa. Das Schokoladenmädchen, La Belle Chocolatière, das Bild, das bei ihrem ersten Treffen noch in Antons Büro gehangen hatte. Irgendwann hatte er es mit zu sich nach Hause genommen.

Doch etwas stimmte nicht. Elisabeth kniff die Augen zusammen und stand auf. Das Bild hing leicht schief. Sie nahm es von der Wand, der Nagel verschwand geräuschlos hinter dem Sofa. Als Elisabeth das Bild umdrehte, sah sie, dass an der rechten unteren Ecke etwas Weißes befestigt war. War das ein Zettel? Tatsächlich. Sie entfernte den Klebestreifen, lehnte das Bild mit der linken Hand gegen die Wand, in der rechten hielt sie einen Brief.

*Lisbeth, Liebes,*

*ich finde keine Worte. Das hier ist der zehnte Anlauf, dir zu schreiben.*

*Ich konnte nicht mehr, ich habe es versucht. Jahrelang habe ich versucht, die Zustände hinzunehmen, aber jetzt schnürt mir hier alles die Brust zu. Ich kann nicht atmen, nicht arbeiten, nicht leben. Alles wird vorgeschrieben. Wer etwas ändern will, wird zurückgepfiffen, eingesperrt, degradiert. Immer mehr Menschen verlassen unser Land, denn sie wollen frei sein. Ist das kein nachvollziehbarer Wunsch, Lisbeth?*

*Und dann tauchte Johannes bei mir im Krankenhaus auf und wollte, dass ich für ihn, für das System arbeite, Leute ausspioniere, denunziere. Das kann ich nicht, und ich weiß, wenn die Staatssicherheit mich einmal im Visier hat, kann ich mich ihrem Zugriff nicht entziehen, ohne dass sie mir beruflich Steine in den Weg legen. Ich wollte schon als kleiner Junge Arzt werden und Menschen helfen. Und du weißt, dass ich meinen Beruf nicht mehr ausüben könnte, wenn ich nicht tue, was sie sagen.*

*Sicherlich fragst du dich, ob unsere Liebe denn nichts wert war, nicht stärker war als das. Und ich weiß nicht, was ich antworten soll. Als ich dich, in Käthes Haus, gebeten hatte, zu mir zu kommen und zwar für immer, hast du das Unsinn genannt. Dass du dir ein Leben an meiner Seite offenbar nicht vorstellen kannst, hat mich tief getroffen.*

*Solange du Johannes nicht verlässt, haben wir keine gemeinsame Perspektive, und so kann ich nicht weitermachen.*

*Beruflich und privat gibt es in der DDR keine Hoffnung mehr für mich. Habe ich nicht das Recht, glücklich zu sein, ohne darüber nachzudenken, was ich tue, ohne ständig Versteck spielen zu müssen, ohne jedes Wort auf die Goldwaage legen zu müssen?*

*Es hätte so schön sein können mit uns. Immer wieder ertappe ich mich dabei, dir zu unterstellen, dass vielleicht* deine *Liebe zu mir nicht stark genug war. Wo soll das hinführen? Wo hätte es hinführen sollen?*

*Lisbeth, ich bleibe vorerst in München, und dann gehe ich nach West-Berlin. Ein Kollege aus dem Urban-Krankenhaus hat mir eine Wohnung besorgt. Ich will dich immer noch, aber nur ganz oder gar nicht. Sieben Jahre musste ich dich teilen, nun kann ich es nicht mehr. Bitte hasse mich nicht, das würde mir das Herz brechen. Denn ich liebe dich noch immer und werde es immer tun. Ich warte auf dich und die Mädchen. Ich bin ganz nah. Ich werde Käthe schreiben, sie hat sicherlich nichts dagegen. Ich schicke ihr meine Adresse. Dann ist es an dir, den nächsten Schritt zu tun.*

*In Liebe, grenzenlos*
*Anton*

Elisabeth faltete den Brief zusammen und steckte ihn in ihre Tasche. Dann hob sie das Bild vom Boden, klemmte es sich unter den Arm und verließ die Wohnung.

# Heute

## Berlin

Charlotte saß in ihrem Büro in der dritten Etage des Finanzamts in der Storkower Straße und starrte auf den Bildschirmschoner. Sie fixierte die bunten Seifenblasen, die quer über den Bildschirm schwebten und, obwohl sie an den Rand stießen, nicht zerplatzten. Sollte sie es wagen? Die Gelegenheit wäre günstig. Die Kollegin, mit der sie sich das Büro teilte, hatte sich für heute krankgemeldet, also war Charlotte ungestört. Aber sie konnte keinen klaren Gedanken fassen. Immerzu musste sie an ihre Mutter in der Charité denken. Charlotte machte sich große Sorgen um ihren Gesundheitszustand und fürchtete, bei ihrem letzten Besuch im Pflegeheim zu hart mit ihr umgegangen zu sein. War sie am Ende schuld daran, dass Elisabeth ins Koma gefallen war? Und auch die Begegnung mit Anton Michalski ging ihr nicht aus dem Kopf. Die halbe Nacht hatte Charlotte wach gelegen und überlegt, was sie tun sollte. Anton Michalski war also der Vater einer der drei Groen-Schwestern. Nur von welcher? War er am Ende gar ihr eigener Vater? Das wollte sie sich lieber nicht vorstellen. Charlotte nahm einen Bleistift aus der Ablage und begann, ihn anzuspitzen. Es klopfte an der Tür, Charlotte zuckte zusammen, und die Mine des Bleistifts brach ab.

Der Kopf ihres Chefs erschien im Türrahmen. «Frau Groen, haben Sie die Logisticum-Bilanzen für das zweite Quartal schon fertig?»

«Tut mir leid, Herr Schulze, dazu bin ich leider noch nicht gekommen.» Sie schaute auf die abgebrochene Bleistiftspitze.

«Nanu, sonst erledigen Sie doch immer alle Aufgaben, noch bevor ich überhaupt daran denke. Alles in Ordnung?»

Charlotte nickte und musste lächeln. «Wird sofort erledigt, in einer Stunde haben Sie die Abrechnungen vorliegen.»

«Danke, Frau Groen, ich wusste doch, dass ich mich auf Sie verlassen kann.»

Als Herr Schulze die Tür hinter sich ins Schloss gezogen hatte, suchte Charlotte die Quartalsunterlagen heraus und begann zu rechnen. Doch während sie Zahlenkolonnen in eine Exceltabelle eintippte, dachte sie wieder an ihre Idee. Legal war es nicht, und normalerweise hielt sie sich an die behördeninternen Vorgaben. Aber das hier war eine besondere Situation, und da bedurfte es auch besonderer Maßnahmen. Charlotte sah kurz zur Tür und schloss das Programm. Auf dem Bildschirm erschien eine Lupe. Hastig tippte sie «Anton Michalski» in das Suchfeld ein. Sekunden später stand seine Adresse auf dem Bildschirm. Moldaustraße 7 in Berlin Friedrichsfelde. Charlotte stutzte. Die Straße lag genau gegenüber dem Pflegeheim, in dem Elisabeth lebte. Das konnte doch kein Zufall sein. Genauso wenig wie Charlotte daran glaubte, dass Anton Michalski zufällig aufgetaucht war, nachdem Theresa erfahren hatte, dass Marlene bis vor kurzem noch gelebt hatte. Sicherlich gab es eine logische Erklärung. Die Puzzleteile mussten nur richtig zusammengesetzt werden.

Charlotte erstellte die Bilanzen für ihren Chef, fuhr den Computer herunter und räumte ihren Schreibtisch auf.

Kurz darauf klopfte sie an die Bürotür der Sekretärin und gab ihr die Abrechnungen. «Frau Kaiser, sagen Sie Herrn Schulze, dass ich noch einen wichtigen Außentermin habe, morgen früh bin ich wieder im Büro.» Sie band sich ihr Tuch um den Hals. «Ach ja, könnten Sie mir ein Taxi rufen?»

Anton saß in seinem Lieblingssessel am Fenster und schaute auf das Pflegeheim. Von seinem Wohnzimmerfenster aus konnte er genau auf Elisabeths Zimmer sehen, das jetzt leer stand. Was würde passieren, wenn Elisabeth nicht aus dem Koma aufwachte? Was sollte er nur tun ohne sie? Sie kannten sich jetzt fast sechzig Jahre, wenngleich sie in den letzten Jahren, mit der fortschreitenden Demenz, nicht mehr die Frau gewesen war, die er damals in der Charité kennengelernt und in die er sich auf den ersten Blick verliebt hatte. Und dann die lange Pause. Sie in der DDR, er in der BRD, neunundzwanzig Jahre waren sie getrennt gewesen. Was für eine Ironie des Schicksals, dass er ausgerechnet kurz vor dem Mauerbau die DDR verlassen hatte. Hätte er das damals geahnt, wäre er mit Sicherheit geblieben. Noch immer hatte Anton die Zeit vor seiner Flucht vor Augen, als sei es gestern gewesen. Käthes Haus in Rostock, wie er Elisabeth gebeten hatte, bei ihm zu bleiben, der Besuch von Johannes im Krankenhaus, als er versucht hatte, ihn als inoffiziellen Mitarbeiter anzuwerben, und am Ende der Kongress in München. Die Entscheidung zu gehen war ihm nicht leichtgefallen. Und dann die Sache mit Marlene. Das war ein Teil seines Lebens, über den er nicht so gerne nachdachte. Er hatte sie nicht retten können. Wo Marlene jetzt wohl war?

Anton ging zum Bücherregal. Auf dem mittleren Regalbrett stand ein rotes Fotoalbum. Lächelnd zog er es heraus. Auf jedem Foto war Elisabeth zu sehen. Elisabeth kurz nach dem Mauerfall vor der Gedächtniskirche, vor dem Schiefen Turm von Pisa, auf den Stufen der Sacré-Cœur, mit einer Eiswaffel vor der Kleinen Meerjungfrau in Kopenhagen. Nach der Wende waren sie viel herumgekommen.

Anton legte das Album auf den Wohnzimmertisch, ging in die Küche, füllte Wasser in einen Topf und nahm gerade eine Packung Spaghetti aus dem Schrank, als er ein Motorengeräusch auf der Straße hörte. Unten hielt ein Taxi. Anton blieb stehen und kniff die Augen zusammen. War das nicht …? Tatsächlich. Charlotte stieg aus dem Taxi. Wollte sie zu ihm? Woher wusste sie denn, wo er wohnte? Anton machte einen Schritt rückwärts. Dabei fiel sein Gehstock um, der am Kühlschrank lehnte.

Als es an der Haustür klingelte, bewegte Anton sich nicht.

Wollte Charlotte ihn zur Rede stellen und ihm Vorwürfe machen? Nach all den Jahren, in denen Anton und Elisabeth das Geheimnis ihrer Liebe für sich behalten hatten? Nein, er konnte sie nicht hereinlassen.

Wieder klingelte es. Anton wagte nicht zu atmen, doch dann bückte er sich kurz entschlossen, hob seinen Gehstock auf und ging in den Flur. Dort drückte er auf den Türöffner der Gegensprechanlage, holte tief Luft und öffnete die Wohnungstür.

Charlotte kam langsam die Treppe herauf und musterte Anton bei jedem Schritt von oben bis unten. Ihre Lippen hatte sie so fest aufeinandergepresst, dass sie nicht mehr zu sehen waren.

Dann standen sich die beiden gegenüber.

Niemand sagte etwas.

Schließlich hielt Anton die Stille nicht mehr aus. «Hallo, Charlotte.»

Charlotte sagte immer noch nichts und begann, an den Knöpfen ihres Mantels zu spielen.

Anton machte vorsichtig einen Schritt zur Seite. «Möchtest du reinkommen?»

Charlotte warf einen Blick in den Flur und wurde mit einem Mal blass. Anton folgte ihrem Blick und fluchte leise. An der Wand neben der Gegensprechanlage hing ein Foto, das ihn und Elisabeth vor dem Fernsehturm zeigte. Sie küssten sich.

Charlotte rang nach Worten. «Sie Dreckskerl», presste sie hervor, machte auf dem Absatz kehrt und rannte die Treppen hinunter.

Anton stieg das Blut in den Kopf. Er schloss die Wohnungstür, stellte sich an das Küchenfenster und sah hinaus.

Charlotte kam gerade aus dem Haus und entfernte sich eilig. Das Klackern ihrer Absätze war sogar durch das geschlossene Küchenfenster zu hören. Kurz bevor sie um die Ecke verschwunden war, drehte sie sich noch einmal um und schaute zu Antons Wohnung hinauf. Die Lippen hatte sie wieder fest aufeinandergepresst.

«Du bist nicht so gut auf Marlene zu sprechen, kann das sein?» Theresa nahm einen Porzellanclown aus der Vitrine und fuhr ihm über das Gesicht.

«Hmm.» Charlotte stand in der Küche und goss Wasser über ein Teesieb in die Kanne.

«Warum eigentlich?»

«Na ja. Irgendwie hat Mutter sie immer anders behandelt als mich.» Charlotte nahm zwei Tassen aus dem Schrank.

«Anders? Was meinst du damit?»

Charlotte füllte den Tee in die Tassen. «Ich kann es nicht genau erklären. Sie war sanfter zu ihr und nachsichtiger. Sie musste sich nichts erkämpfen, vielleicht, weil sie die Zweitgeborene war.»

Sie und Marlene waren wirklich sehr unterschiedlich gewesen. Während sie selbst der ganze Stolz ihres Vaters gewesen war, wollte Marlene ständig ihren Kopf durchsetzen, immer gegen den Strom schwimmen. Irgendwann hatte sich Marlene dann mit den falschen Leuten eingelassen. Das hatte ja schiefgehen müssen. Aber auch wenn Charlotte ihrer Schwester nicht besonders nahegestanden hatte, ihr Unfall hatte sie getroffen. Lange Zeit war ihr Marlenes Tod unwirklich vorgekommen, ohne Leiche, die man hätte beerdigen können, und ohne Trauerfeier, auf der man hätte Abschied nehmen können. Immer wenn sie an ihre Schwester dachte, überkam sie Wehmut. «Lass uns das Thema wechseln, Theresa. Die Zeit war nicht leicht für mich. Wie war es in Rostock?»

«Darf ich rauchen?»

Charlotte nickte und ging zur Balkontür. «Ich komme mit raus.»

Als Theresa ihre Zigarette gedreht hatte, begann sie zu erzählen. «Das Haus ist schön, in hellen Farben eingerichtet. Außer die Dachkammer. Die sieht aus wie ein DDR-Museum. Im Wohnzimmer hängt ein Bild von Marlene. Offenbar hat sie gemalt. Hast du davon gewusst?»

«Ja, das hat sie schon als kleines Mädchen getan.» Plötzlich musste Charlotte an einen Besuch bei ihrer Großmutter denken. Marlene hatte in eines ihrer Bücher gemalt. *Wie der*

*Stahl gehärtet wurde* von Nikolai Ostrowski, damals Charlottes Lieblingsbuch. Johannes hatte es ihr geschenkt, und sie erinnerte sich noch an sein Lächeln, als sie das Buch in nur drei Tagen durchgelesen hatte.

«Das Bild war seltsam. Eine Landschaft und davor ein Frauenkopf hinter Gittern. Auf der Rückseite stand *Damals wie heute*. Hast du eine Ahnung, was das bedeuten könnte?»

«Vielleicht wollte sie irgendeine Verbindung zwischen Gegenwart und Vergangenheit darstellen? Welche auch immer.»

«Es kommt mir vor, als würde die Sache mit Marlene von Tag zu Tag mehr Fragen aufwerfen. Das Einzige, was wir definitiv wissen, ist, dass sie nicht bei einem Unfall gestorben ist. Aber was ist stattdessen passiert? Warum haben unsere Eltern sie für tot erklären lassen?»

«Da bin ich überfragt.» Charlotte sah nachdenklich auf ihre Hände. «Aber du hast recht, es muss etwas anderes passiert sein.»

«Vielleicht wurde Marlene verhaftet. Das würde die Gitterstäbe auf dem Bild erklären. Sie hat sich jedenfalls als Jugendliche in Kreisen bewegt, die unseren Eltern nicht gefallen haben.»

«Aber Marlene war damals noch so jung. Dass sie eine Siebzehnjährige ins Gefängnis gesteckt haben, glaube ich nicht, auch wenn es die DDR war. Und sicherlich hätte Vati da irgendwas machen können.»

Charlotte nickte nachdenklich. Theresa hatte recht. Ihr Vater hätte niemals zugelassen, dass seiner Tochter so etwas passierte, die Familie ging ihm schließlich über alles.

«Aber diese Dachkammer, dieses DDR-Museum. Ich habe ein paar Zeichnungen gemacht. Leider habe ich mein Skizzenbuch in Rostock vergessen, weil das Pflegeheim angerufen hat und Anna und ich Hals über Kopf nach Berlin zurückgefahren sind.» Theresa drückte ihre Zigarette im Blumenkasten aus. Charlotte zog den Stummel angewidert wieder heraus.

«Tut mir leid, Lotte. Aber ich bin nicht so ganz bei mir. Hast du etwas zu essen? Ich sterbe vor Hunger.»

Charlotte stand auf. «Lass uns reingehen. Im Kühlschrank habe ich noch Kartoffelsuppe, nach Oma Käthes Rezept. Die isst du doch so gerne.» Sie ging in die Küche, um die Suppe aufzuwärmen.

Theresa folgte ihr. «Also, wir müssen Tom treffen und Anton finden. Alleine kommen wir nicht weiter.»

Anton? Charlotte rührte hektisch im Suppentopf. Sollte sie Theresa verraten, dass sie sich heimlich die Adresse von Anton Michalski besorgt hatte und sogar bei ihm vorbeigefahren war? Sollte sie ihr von dem Foto in Antons Flur erzählen?

Theresa seufzte. «Am liebsten würde ich die Sache einfach auf sich beruhen lassen. Meinst du, ich kann das Erbe noch ausschlagen?»

«Weiß ich nicht.» Charlotte sah in den Topf. *Anton? Anton ist dein Vater.* Da war er wieder, der Satz, den Elisabeth gesagt hatte. Aber diesen Satz und ihren Besuch bei Anton für sich behalten und ihr Leben lang darüber nachdenken, das schien Charlotte in diesem Augenblick unmöglich.

«Ich muss dir etwas beichten. Ich war noch einmal bei Mutter. Kurz bevor sie ins Koma gefallen ist. Sie hat etwas Seltsames gesagt.»

«Was denn?»

«Sie hat gesagt: Johannes ist nicht dein Vater. Aber sie stand neben sich. Sie hat mich nicht erkannt, ich weiß also gar nicht, ob sie wirklich mich gemeint hat.»

«Sie hat *was* gesagt?» Theresa riss die Augen auf.

«Johannes ist nicht dein Vater, sondern Anton.»

«Was hat das denn nun schon wieder zu bedeuten?»

«Das kann ich dir auch nicht sagen.»

«Also weißt du nicht, wessen Vater Anton ist?»

Charlotte schüttelte den Kopf. «Du, Marlene oder ich, rein theoretisch kommen wir alle in Frage.»

Die Kartoffelsuppe begann zu brodeln.

«Und dann habe ich im Büro Antons Adresse herausgefunden und bin zu ihm gefahren.»

«Und das erzählst du mir erst jetzt?»

«Ich bin nicht gerade stolz darauf. Immerhin habe ich etwas Illegales getan. Und weißt du, was das Schlimmste war? In Antons Flur hing ein Foto von ihm und Mutter. Die beiden haben sich geküsst. Ich fasse es nicht, dass sie Vater so etwas angetan hat!»

Die Kartoffelsuppe schlug Blasen und stieg im Topf nach oben.

«Meinst du, Vati hat davon gewusst?»

«Gute Miene zum bösen Spiel gemacht und das Kind eines anderen Mannes großgezogen? Das kann ich mir nicht vorstellen.»

Die Kartoffelsuppe kochte über und brannte sich zischend in das Ceranfeld ein. Aber Theresa und Charlotte bemerkten es nicht.

# Rostock

Tom trat aus dem Bahnhofsgebäude und bog in die Seitenstraße. In der Hand hielt er sein Handy und folgte dem blinkenden Pfeil des Onlinestadtplans von Rostock. Er überquerte eine Kreuzung und sah auf der linken Seite den Laden, den er suchte. Pfandleihhaus I. Krüger.

Er nahm seinen Rucksack ab, öffnete die vordere Reißverschlusstasche und zog den in ein Taschentuch gewickelten Schmuck heraus, den er bei der Wohnungsauflösung von Linda Endendorfs Mutter gestohlen hatte.

Ein hölzernes Windspiel über der Tür verkündete sein Ankommen. Das Geschäft war unaufgeräumt, und es roch nach Frittierfett und abgestandenem Zigarettenrauch. Der Mann hinter der Ladentheke beugte sich über ein Sudoku-Heft. Die wenigen Haare, die er noch hatte, waren im Nacken mit einem pinken Gummi zu einem dünnen Zopf gebunden. Er hatte einen graugelben Schnauzer, und auf seiner Nase saß eine goldene Nickelbrille. Als Tom sich räusperte, schaute er auf. «Wir haben geschlossen, junger Mann.»

«Aber die Tür stand offen.»

«Na, wenn es schnell geht. Was haben Sie denn für mich?»

Tom legte das Taschentuch auf die Ladentheke und faltete es behutsam auseinander.

«Aha, geklaut oder wo haben Sie das her?» Der Mann griff neben die Kasse, wo eine Bierflasche stand, trank einen Schluck und sah Tom an.

Toms Herz setzte für einen Moment aus. In den Pfandleihhäusern in Berlin, wo er normalerweise hinging, hatte ihn bisher noch niemand nach der Herkunft des Schmucks gefragt.

«War nur Spaß. Dann schau ich mir Ihren Piratenschatz

mal an.» Er zog eine Augenklemmlupe aus seiner Westentasche und inspizierte den Schmuck.

Toms Herzschlag fand wieder zu seinem normalen Rhythmus zurück. «Und, was krieg ich dafür?»

«Nun mal langsam mit den jungen Pferden. Ich bin schließlich Experte, da braucht so eine Wertprüfung Zeit.» Er lachte, entblößte seine schiefen Zähne und widmete sich wieder dem Schmuck.

Tom sah sich im Laden um. Die Regale an den Wänden waren randvoll mit Uhren, Schmuck, Fotoapparaten, Handys, Musikinstrumenten, Pelzmänteln und sogar Gemälden.

«Also, mein Freund, der Ring hat fünfhundertfünfundachtzig, die Kette dreihundertdreiunddreißig. Zusammen hundertfünfzig Euretten, und Sie haben maximal zwei Wochen, um den Schmuck auszulösen.»

«Das ist viel zu wenig, schließlich war das der Schmuck meiner Großmutter.»

Der Mann nahm lachend seine Bierflasche. «Und wie hieß Sie, Ihre werte Großmutter?»

«Edelgard.» Tom ärgerte sich, dass er nicht vorher auf die Gravur des Ringes geschaut hatte. Edelgard? Wie war ihm nur dieser blöde Name eingefallen?

«Sie kriegen hundert und können froh sein, wenn ich nicht zur Polizei gehe.» Der Mann warf zwei Fünfzigeuroscheine auf den Tresen. «Und jetzt raus hier.»

Als er in die Sankt-Georg-Straße einbog, setzte feiner Nieselregen ein. Der Himmel war grau, und Wind kam auf. Tom zog seine Kapuze tiefer ins Gesicht und beschleunigte seinen Schritt.

Er zog den Schlüssel aus seiner Hosentasche und öffnete die Tür. Im Flur zog er seine Kapuze vom Kopf und sah sich um. In fremden Wohnungen und Häusern zu sein war seine tägliche Arbeit. Automatisch maß er mit geübtem Blick die Einrichtung ab. Er ging ins Wohnzimmer. Wieder schaute er sich um und erschrak, als ihm bewusst wurde, dass er nach Gegenständen suchte, die er zu Geld machen konnte. Aber irgendwie ist es nur fair, ging es ihm durch den Kopf, immerhin hatte er sich auch für Marlene verschuldet. Warum sollte er sich nicht das zurückholen, was ihm zustand? Ob diese Theresa schon hier gewesen war? Falls ja, würde sie sicherlich bemerken, wenn etwas fehlte. Tom lief an den Korbmöbeln und dem Tisch mit dem Rest eines Tulpenstraußes vorbei und blieb vor einem düsteren Bild stehen. Eine Landschaft, ein Frauenkopf und Gitterstäbe. Er konnte sich nicht erinnern, dieses Bild je bei Marlene gesehen zu haben. Nachdenklich betrachtete er die Leinwand. Hatte sie ihre Zeit im Gefängnis festgehalten oder ihre Monate in der Karl-Bonhoeffer-Nervenklinik? Tom konnte den Blick nicht von der Leinwand abwenden. Ihm fiel das Pfandleihhaus ein. Der schmierige Typ mit dem Schnauzer nahm doch auch Gemälde in Zahlung? Tom nahm das Bild von der Wand und drehte es um. *Damals wie heute*, las er. Da musste er an den Brief denken, den Marlene ihm geschrieben hatte. Ich habe dich immer geliebt, konnte es dir aber nie zeigen. Beim Gedanken an Marlenes Zeilen fühlte Tom sich plötzlich schuldig. Er hängte das Bild zurück an die Wand und machte sich daran, den Rest des Hauses zu erkunden.

In der Dachkammer war Toms Frage, ob Theresa schon hier gewesen war, endgültig beantwortet. Neben dem Sofa lag ein Skizzenbuch auf dem Boden. *Theresa Matusiak* stand auf dem Einband. Tom hob das Buch auf und blätterte darin herum. Auf den letzten Seiten hatte Theresa eine junge Frau gezeichnet. Sie hielt eine Zeitschrift in den Händen und lächelte. Die Haare fielen ihr in langen Locken auf die Schultern, und ihre Augen strahlten, und obwohl die

Zeichnung mit Bleistift gemacht worden war, war sich Tom sicher, dass ihre Augen grün sein mussten. Er blätterte weiter. Die nächste Zeichnung zeigte dieselbe junge Frau. Diesmal war ihr Kopf hinter der Zeitschrift verborgen. Am linken unteren Rand stand Anna. Tom überlegte. Das musste die Anna sein, die ihn angerufen und von der Erbschaft erzählt hatte. Was hatte sie gesagt? Meine Mutter Theresa und du, ihr habt ein Haus geerbt. Tom musste zugeben, dass Anna ausgesprochen attraktiv war. Er steckte das Skizzenbuch in seinen Rucksack. Vielleicht könnte er sich mit ihr treffen, ganz unverbindlich, ihr Theresas Skizzenbuch zurückgeben, seinen Charme spielen lassen und sie überreden, das Haus zu verkaufen. Damit würden seine Geldsorgen auf einen Schlag der Vergangenheit angehören. Und überhaupt, wer brauchte schon ein Haus? Und dann auch noch im Osten?

In diesem Moment vibrierte sein Handy. Die Nummer war unterdrückt.

«Ja.»

«Halász, kann es sein, dass du nicht in Berlin bist, du mieser Scheißer?»

Tom fuhr sich durch die Haare und überlegte, was er Ron sagen sollte. Es war ein Fehler gewesen, sich mit ihm einzulassen. Als Marlene damals in ihren manischen Phasen ständig in Geldnöten gewesen war, weil sie vollkommen über ihre Verhältnisse gelebt hatte, hatte Tom nicht lange gezögert und sich mit den falschen Leuten eingelassen. Das war lange her, aber inzwischen hatten sich neue Schulden angehäuft, denn mit den Wohnungsauflösungen verdiente er kaum etwas. Mehrfach hatte er versucht, im Spielkasino an Geld zu kommen, was die ganze Sache nur noch schlimmer gemacht hatte.

«Da fällt dir nichts ein, was, Halász, ich hab meine Leute überall. Hör zu. So einfach geht das nicht, du schuldest mir vier große Scheine. Bis nächsten Montag will ich eine Anzahlung. Sonst steck ich deinem Kollegen Konstantin, dass du Tote beklaust. Die Familien der Angehörigen finden das sicherlich nicht gerade prickelnd.» Ron lachte, im Hintergrund hörte man Hundebellen.

«Ron, ich …»

«Spätestens in drei Tagen die erste Anzahlung, tausend, sonst mach ich dir dein Leben zur Hölle.»

«Ron, warte, ich schaff das nicht. Ich …»

Es klickte in der Leitung.

Tom warf einen letzten Blick in die Dachkammer. Das seltsame Retromobiliar war ihm bisher gar nicht aufgefallen. Aber mit dem Plunder ließ sich kein Geld machen. Er ging hinunter ins Wohnzimmer, zog vorsichtig die Tischdecke unter der Blumenvase hervor, nahm das Bild erneut von der Wand, wickelte es ein und verließ das Haus. Er musste zurück nach Berlin. In Rostock würde er nicht noch mal ins Pfandleihhaus gehen, die stellten zu viele Fragen. In Berlin würde es leichter sein, und immerhin waren Marlenes Bilder früher in Künstlerkreisen recht bekannt gewesen. Vielleicht würde ihm das genügend einbringen. Was er Theresa und Anna zum Verbleib des Bildes sagen würde, das wollte er sich auf der Zugfahrt überlegen.

# Damals (1965)

## Ost-Berlin

Schon die Sitzordnung ließ keinen Zweifel an der Situation aufkommen. Vor Elisabeth und Marlene hatten vier Lehrer und der Schuldirektor Platz genommen. Die Tische zwischen ihnen waren zusammengeschoben. Elisabeths Knie passten nicht unter die Tischplatte. Sie schwitzte. Es roch nach Erbensuppe und dem süßlichen Rasierwasser des Schuldirektors. Elisabeths Magen zog sich zusammen. Die Miene des Direktors war versteinert. Auch die Lehrer, zwei links und zwei rechts von ihrem Vorgesetzten, machten ein strenges Gesicht. Keiner sagte ein Wort, und Elisabeth wollte am liebsten Marlene an die Hand nehmen und aus dem Klassenzimmer flüchten. Sie musste den Blick vom Direktor abwenden, legte den Kopf in den Nacken und schaute auf die Leuchtstoffröhren an der Decke. Eine war kaputt und flackerte, und es war, als würde sie Elisabeth verschwörerisch zuzwinkern und sagen: «Das wird schon alles nicht so schlimm.»

Endlich räusperte sich der Direktor. «So, Marlene Groen, vielleicht erzählst du uns noch mal, was genau das hier zu bedeuten hat.» Sein Hemdkragen war zu eng für sein Doppelkinn, und an seinem Hals hatte sich eine Speckfalte gebildet, die Elisabeth an den gefüllten Schnabel eines Pelikans erinnerte. Während der Direktor sprach, beugte er sich nach unten. Dabei wurden die Knöpfe seines Hemdes auseinandergezogen und gaben den Blick auf ein Stück seines ausladenden Bauches frei. Als der Direktor wieder auftauchte, hatte er ein Micky-Maus-Heft in der Hand. Er warf es mit voller Wucht auf den Tisch und wischte sich die Hände an seiner Hose ab.

Marlene begann, an ihren Fingernägeln zu kauen. Sie schwieg und schaute zur flackernden Lampe an der Decke.

«Marlene Groen, sieh mich an, wenn ich mit dir rede.»

Elisabeth legte Marlene ihre Hand auf die Schulter. «Jetzt erzähl schon, Lenchen», sagte sie so sanft wie möglich, was ihr nicht leichtfiel, denn das Micky-Maus-Heft war purer Zündstoff.

Marlene senkte den Kopf und sah ihre Mutter ängstlich an. Nicht nur äußerlich, auch in ihrem Wesen war sie so anders als ihre Schwester. Charlotte war die Angepasste, die stets machte, was man von ihr verlangte. Marlene hingegen nahm keine Rücksicht auf Verluste. Auch wenn Elisabeth es nie zugegeben hätte, stand Marlene ihr in vieler Hinsicht näher als Charlotte, aber diesmal war sie eindeutig zu weit gegangen.

Der Direktor sprang auf und schlug mit der Faust auf den Tisch. Sein Stuhl kippte nach hinten. «Marlene Groen, das ist imperialistische Hetzpropaganda. Deswegen kannst du der Schule verwiesen werden. Ist dir das eigentlich klar?» Spucketröpfchen flogen aus seinem Mund und landeten auf dem Micky-Maus-Heft. Der Lehrer, der links neben dem Direktor saß, zog ein Taschentuch aus der Hose und wischte die Tropfen weg.

«Das ist von Herrn Krause.» Marlene griff unter dem Tisch nach Elisabeths Hand.

«Und weiter? Was Herr Krause, wie Herr Krause?»

Der Lehrer, der immer noch mit seinem Taschentuch auf der Zeitschrift herumwischte, wollte etwas sagen, doch der Direktor brachte ihn mit einer herrischen Geste zum Schweigen.

«Muss man dir jedes Wort einzeln aus der Nase ziehen?» Er wandte sich an Elisabeth. «Frau Groen, von Ihrer Familie hätte ich so etwas nun wirklich nicht erwartet. Ihr Mann hat doch eine angesehene Stellung? Wie kann da so etwas passieren? Und überhaupt. Ihre Charlotte, die ist ja von einem ganz anderen Schlag.» Er öffnete den obersten Knopf seines Hemdes. «Jedes Jahr Klassenbeste, zahlreiche Auszeichnungen, Freundschaftsratsvorsitzende, und sie hat unsere Schule sogar bei der Messe der Meister von Morgen in Leipzig vertreten. Ich wünschte, ich könnte Ähnliches von Marlene berichten, aber sie macht nichts als Ärger.» Von der Stirn des Direktors begann der Schweiß zu perlen. Er wischte ihn mit dem Handrücken weg.

«Sie haben recht. Ich kann mich nur entschuldigen.»

«Frau Groen, wie kann das sein, dass Ihre beiden Töchter so verschieden sind wie Tag und Nacht?»

«Das weiß ich auch nicht.» Elisabeth sah Marlene an. «Jetzt erzähl schon, Lenchen.»

In diesem Moment war ein sirrender Ton von der Zimmerdecke zu hören. Es knallte laut, dann erlosch die flackernde Deckenlampe.

Marlene richtete sich in ihrem Stuhl auf und sah dem Direktor direkt in die Augen. «Wieland und Silke und ich, also, wir waren Altstoffe sammeln. Ich wollte doch auch mal Altstoffkönigin werden. Herr Krause eben, der gegenüber von der Kaufhalle wohnt, gleich bei der Sero-Annahmestelle, der uns immer Süßigkeiten zusteckt, hatte ganz viele Zeitungen. Schon zusammengebunden. Die haben wir auf den Handwagen gelegt, und da ist ein Stapel runtergerutscht. Und aus dem fiel die Maus-Zeitung raus. Sie war so schön bunt. Wieland wollte sie behalten und dann …»

«Dann hast du sie einfach mit in die Schule gebracht?»

«Ja. War nicht böse gemeint.»

«Hat Wieland Ostermeyer das vorgeschlagen?» Der Direktor schrieb etwas auf ein Blatt.

«Ja.» Marlene schluckte und begann zu weinen.

«Sehen Sie, es war keine böse Absicht.»

«Die Einschätzung der Lage überlassen Sie mal lieber mir, Frau Groen.» Der Direktor verschluckte sich und musste husten. «Wieland Ostermeyer, ausgerechnet der. Aber was will man von einem Pfarrerssohn auch anderes erwarten. Marlene Groen, du gehst jetzt raus. Wir beraten intern über das weitere Vorgehen.»

Marlene stand auf und verließ das Klassenzimmer.

## Rostock

«Warum hast du nie einen seiner Briefe gelesen?» Käthe stand vor dem Spiegel. Mit einem breiten Pinsel gab sie Rouge auf ihre Wangen. Dann nahm sie einen Flakon Maiglöckchen-Parfüm und tupfte sich ein paar Tropfen hinters Ohr.

«Weil es zu sehr weh tut.»

Käthe ließ den Rougepinsel sinken. «Das verstehe ich, Lisbeth. Aber ihn verstehe ich auch. Du hättest eine Entscheidung treffen müssen. Zwei Männer auf einmal, das ist noch nie gutgegangen.»

«Ach, Mutter.»

«Falls es dich trotzdem interessiert, seit drei Monaten hat er keine Briefe mehr geschickt.»

«Das interessiert mich nicht. Danke, dass du die Briefe aufbewahrst, aber ich will sie nicht. Schmeiß sie einfach weg.» Elisabeth nahm eine Haarklammer von der Armatur und steckte sie in ihren Dutt. Dann ließ sie die gelbe Bluse vom Bügel an der Tür gleiten und streifte sie über. Anton war es, der gegangen war. Vor fünf Jahren hatte Elisabeth ihn das letzte Mal gesehen. Zuerst war sie wütend gewesen, dann enttäuscht darüber, dass er einfach so fortgegangen war. Sie fand sein Verhalten egoistisch und selbstgerecht. Und sie vermisste ihn schrecklich. Das Bild mit dem Schokoladenmädchen hatte Elisabeth aus seiner Wohnung mitgenommen und am gleichen Tag in ihrem Wohnzimmer aufgehängt. Johannes hatte sie erzählt, es habe auf der Straße gestanden, gegen eine Mülltonne gelehnt. Jeden Tag hatte Elisabeth das Bild vor Augen und mit ihm die Erinnerungen. Fast zweitausend Tage war es her, dass Anton in den Westen gegangen war. Elisabeth hatte jeden Monat einen kleinen Strich auf die Rückseite des Bildes gezeichnet. Mit jedem Strich, der Antons Flucht weiter in die Vergangenheit rückte, verblasste auch Elisabeths Erinnerung an ihn ein wenig mehr. Anfangs hatte sie tatsächlich mit dem Gedanken gespielt, ihm zu folgen und ein neues Leben mit ihm und den Mädchen in West-Berlin zu beginnen. Aber wie hätte sie das anstellen sollen? Einfach einen Koffer packen, Charlotte und Marlene nehmen, sich in die S-Bahn setzen und über die Grenze fahren? Das hätte Mut, Organisationstalent und die entsprechenden Dokumente erfordert. Und dann war da ja noch Johannes. Was wäre passiert, wenn sie tatsächlich gegangen wäre? Kolja hätte Johannes entlassen oder sogar festnehmen lassen und dafür gesorgt, dass er beruflich nie wieder ein Bein auf den Boden bekommen hätte. Das hatte er nicht verdient, bei allem, was er für sie und die Mädchen getan hatte. Warum sollte er dafür büßen, dass sie sich in einen anderen Mann verliebt hatte? Doch den Gedanken, Anton zu folgen, hatte Elisabeth trotzdem nie ganz aus dem Kopf bekommen. Und dann hatte die Staatsführung ihr die Entscheidung endgültig abgenommen, als sie am Morgen des 13. August Lkw mit Stacheldraht auffahren und eine Mauer bauen ließ. Elisabeth war zu feige gewesen, sie hatte zu lange gezögert.

Es klopfte an der Badezimmertür. «Na meine Hübschen, seid ihr fertig? In einer Stunde geht die Oper los.» Johannes öffnete die Tür und summte die ersten Takte von *O Fortuna* aus Carmina Burana. «Flott seht ihr aus, ihr zwei.» Er strich Elisabeth über den Rücken. «Wunderschön, Lisbeth.»

Elisabeth gab Johannes einen Kuss. Wahrscheinlich war es die richtige Entscheidung gewesen, bei ihm zu bleiben. Egal, wie sehr es sie störte, dass er so viel Zeit im Ministerium verbrachte, er würde sie niemals im Stich lassen. Er würde nicht einfach weggehen, er würde sich immer um seine Familie kümmern und ihr niemals weh tun.

Johannes war vor dem Fernsehapparat in Käthes Wohnzimmer eingeschlafen. Auf dem Tisch standen eine leere Flasche Feldschlösschen und daneben eine Schale mit Erdnussflipskrümeln. Charlottes Stimme schreckte ihn aus dem Schlaf.

Wie lange hatte er geschlafen? Elisabeth und Käthe waren offenbar noch unterwegs, draußen war es bereits dunkel, und er war davon ausgegangen, dass die Mädchen längst in ihren Betten waren.

Charlotte stand in der Tür. «Vati, kommst du mal?»

«Du bist noch wach? Es sind zwar Ferien, aber jetzt ab in die Federn.»

«Vati, es ist wichtig, du musst mitkommen.»

«Was ist denn, meine Große?»

«Weiß ich auch nicht genau, Marlene hat was in der Dachkammer gefunden. Oma hat komische Briefe bekommen. Am besten, du siehst dir das selbst an.»

Johannes gähnte, streckte sich und folgte Charlotte hinauf in die Dachkammer.

Marlene saß im Nachthemd auf dem Bett unter der Dachschräge. Sie hatte einen Briefumschlag in der Hand. Vor ihr auf der Bettdecke stand eine bemalte Kiste, die Johannes noch nie gesehen hatte. Der Deckel der Kiste war offen, und Johannes konnte auf den ersten Blick ungefähr zehn weitere Briefe darin ausmachen.

«Lenchen, was hast du da?»

«Hab ich unterm Bett gefunden. Lotte und ich haben Verstecken gespielt.» Marlene nahm einen Briefumschlag aus der Kiste und reichte ihn Johannes. «Wir haben uns nicht getraut, Omas Post aufzumachen. Aber guck, bunte Aufkleber. Darf ich die haben?»

«Sieh dir die Umschläge mal genauer an.» Charlotte war näher an Johannes getreten. «Das sind keine DDR-Briefmarken.»

Johannes nahm Marlene den Umschlag aus der Hand, drehte ihn nachdenklich um und traute seinen Augen kaum. Auf der Rückseite stand als Absender: *Dr. Anton Michalski, Bergmannstraße 37, D-1000 Berlin 61.*

# Heute
## Berlin

Der Fahrer hinter Theresa hupte jetzt länger, und sie hatte den Eindruck, dass er auch lauter hupte, obgleich ihr klar war, dass das nicht sein konnte. Sie umklammerte das Lenkrad des City Hoppers und sah in den Rückspiegel. Anna stand am Straßenrand und winkte mit beiden Armen wie eine kleine Amsel bei ihren ersten Flugversuchen. Sie trug einen viel zu großen schwarzen Pullover. Als sie heute Morgen vor Theresas Tür gestanden hatte, um mit ihr zur Autovermietung zu fahren, hatte sie den Blick ihrer Mutter aufgefangen und gesagt, sie wisse, dass der Pullover zu groß sei, aber schließlich sei sie schwanger und werde in den nächsten Monaten schon noch hineinwachsen. Obwohl in ihrer Familie alle Frauen sehr früh Kinder bekommen hatten, konnte Theresa sich an die Vorstellung, bald Großmutter zu werden, nur schwer gewöhnen. Wieder hupte es, diesmal in kurzen Stakkatorhythmen, und Theresa ärgerte sich, dass sie beim Einparken immer so lange brauchte. Sie legte den Rückwärtsgang ein, sah zu Anna und schlug das Lenkrad bis zum Anschlag nach links.

Nach zwei Minuten stand der City Hopper in der Parklücke. Der Fahrer hinter ihr zog mit quietschenden Reifen an Theresa vorbei. Sie sah noch, wie er sich an die Stirn tippte.

Anna steckte den Kopf zum Seitenfenster rein. «Mama, klischeehafter geht es ja wohl nicht. Beim nächsten Mal mach ich das.» Sie ging um den Wagen herum und öffnete die Heckklappe.

Theresa stieg aus. «Du lässt mal schön die Finger von meinen Bildern. Hat deine Gynäkologin dir nicht verboten, schwer zu heben?»

Anna wollte widersprechen, doch Theresa redete schon weiter. «Sagst du Petzold, dass ich gleich komme?» Sie blickte zum Schaufenster der Galerie. Es war mit schwarzer Folie beklebt, nur in der Mitte war ein kleines Loch, durch das man in den Ausstellungsraum schauen konnte. Über der Glasfront hing ein überdimensionaler Lichtkasten, auf dem *Kunststoff* stand.

Als Theresa alle Leinwände in die Galerie gebracht hatte, setzten sie, Anna und Albert Petzold sich in sein kleines Büro. Der Galerist nahm die schwarze Hornbrille von der Nase und putzte sie mit seinem Hemdsärmel. «Ich habe ein gutes Gefühl bei der Ausstellung, Theresa! Ich habe einige Kunden, von denen ich weiß, dass sie Gefallen an Ihren Bildern finden werden.»

Theresa stellte ihre Espressotasse auf den Tisch und nickte abwesend. Sie war zu abgelenkt, zu sehr in Gedanken. Vergeblich hatte sie versucht, die einzelnen Teile des Puzzles zu einem Ganzen zusammenzufügen, war dem Geheimnis um ihre Schwester aber keinen Schritt nähergekommen. Hinzu kam die Sorge um ihre Mutter. Gestern war Theresa noch einmal in der Charité gewesen und hatte mit den Ärzten gesprochen. Sie hatten ihr kaum Hoffnung gemacht, dass Elisabeth jemals wieder aus dem Koma erwachen würde.

Albert Petzold setzte seine Brille wieder auf und schaute auf sein Handy. «Entschuldigen Sie, ich bin gleich für Sie da.»

Anna räusperte sich. «Herr Petzold, ich müsste mal aufs Klo.»

Der Galerist nickte und wies mit dem Finger auf eine Tür, die vom Büro abging. «Den Flur runter. Sie können es gar nicht verfehlen.»

Anna verließ den Raum.

Albert Petzold steckte sein Handy ein, stand auf und stellte sich vor die Leinwände, die unter dem Fenster an der Wand lehnten. Dann streckte er seinen Finger aus und zählte. «Hatten wir nicht vereinbart, dass Sie zehn Bilder ausstellen? Ich sehe nur neun.»

«Ich weiß.» Theresa nahm die Espressotasse vom Tisch und wollte einen Schluck trinken, aber sie war leer. «Das letzte kriegen Sie noch rechtzeitig, versprochen.»

Die beiden betrachteten eine Weile Theresas Bilder, während im Hintergrund das Rumpeln eines Müllautos zu hören war. Theresa überlegte, ob sie ihm erklären sollte, warum sie in den letzten Tagen nicht hatte malen können, doch da kam Anna schon zurück. Sie hielt einen vergilbten Ausstellungskatalog in den Händen. «Herr Petzold, wie lange haben Sie Ihre Galerie eigentlich schon?»

Albert Petzold überlegte kurz. «Seit zweiundzwanzig Jahren. Ich bin gleich nach dem Fall der Mauer hier in den Prenzlauer Berg gekommen. War eine aufregende Zeit, alles im Umbruch, so viele Veränderungen. Die Künstler schossen wie Pilze aus dem Boden, und gerade die, die aus der Zone kamen, waren die spannendsten. Diese ganze aufgestaute Energie nach dem Eingesperrtsein, die musste raus.»

«Haben Sie noch mehr Ausstellungskataloge von früher?»

«Nun, alle habe ich nicht mehr, warum fragen Sie?»

Theresa wusste sofort, worauf Anna hinauswollte. Warum war sie nicht selber darauf gekommen? «Kennen Sie eine Marlene Groen?»

«Marlene Groen, lassen Sie mich nachdenken …» Albert Petzold begann, im Büro auf und ab zu gehen. «Ich bin nicht sicher. Aber es könnte sein. Bin gleich wieder da.» Er verschwand durch die Tür, die zu den Toiletten führte.

Theresa und Anna sahen sich an.

«Mama, das wäre der Hammer, wenn er Marlene kennt.»

Kurz darauf stand Albert Petzold wieder im Büro. «Bingo.» Er hielt ein dünnes Heft in den Händen. «Das ist aber ein Katalog von einem befreundeten Galeristen aus Kreuzberg.»

Theresa sprang auf.

«So.» Er feuchtete den rechten Zeigefinger an und blätterte durch die Seiten des Heftes. «Da haben wir Ihre Marlene Groen.»

Theresa riss dem Galeristen das Heft aus der Hand. Er sah sie erstaunt an. Anna stellte sich hinter ihre Mutter. Fasziniert betrachteten sie die Seite, die er aufgeschlagen hatte. Das war es. Das Bild, das in Rostock im Wohnzimmer hing. Darunter stand: *Damals wie heute*, 1991, *Marlene Groen, Öl auf Leinwand.*

«Ist das alles?»

Theresa starrte ungläubig auf das Heft in ihrer Hand.

«Ich könnte den Kollegen mal anrufen. Vielleicht weiß er mehr.» Albert Petzold zog sein Handy aus der Sakkotasche. «Soll ich?»

Anna nickte heftig.

Der Galerist schob seine Brille in die Stirn, tippte auf dem Display herum und hielt sich das Handy ans Ohr. «Hagen, Albert hier. Ich habe da mal eine Frage. Ich hoffe, deine grauen Zellen sind noch fit.» Während er sprach, verließ er das Büro.

Theresa konnte seine Stimme nur noch gedämpft hören. Sie wollte ihm folgen, doch Anna hielt sie zurück.

«So, hat ein bisschen gedauert. Aber ich habe vielleicht etwas für Sie.» Albert Petzold legte das Handy auf den Tisch. «Das Bild wurde im Rahmen einer Ausstellung von vom DDR-Regime verfolgten Künstlern ausgestellt. Solche, die im Gefängnis saßen und so weiter. Die Bilder haben sich super verkauft. Viele konnten von den Einnahmen gut leben. Ach, und das Bild von Marlene Groen war sogar der Namenspatron für die gesamte Ausstellung.»

«Und das Bild, wurde das auch verkauft?» Theresa merkte, wie sich ihr Puls beschleunigte.

«Das war seltsam, hat mein Kollege gesagt.» Albert Petzold schaute auf die Bilder unter dem Fenster. «Er erinnert sich noch so gut daran, weil er so etwas noch nie erlebt hatte. Eine Frau war sehr interessiert an dem Bild. Sie wollte es unbedingt haben. Zwanzigtausend D-Mark wollte sie bezahlen. Das ist ein stolzer Preis für eine bis dato unbekannte Künstlerin.»

«Und weiter?»

«Wie gesagt, es war seltsam. Die Künstlerin hat im letzten Moment einen Rückzieher gemacht und das Bild abgeholt. Aus persönlichen Gründen, wie sie gesagt hat.»

«Für den ollen Schinken gebe ich dir maximal dreihundert.»

«Ist das dein letztes Angebot?»

Der Mann hinter der Verkaufstheke nickte.

«Dreihundertfünfzig?» Tom dachte an die tausend Euro, die er Ron zurückzahlen musste.

«Zweihundertfünfzig.»

«O. k., dreihundert. Dafür will ich aber ein halbes Jahr, um es auslösen zu können.»

«Meinetwegen.»

Tom nahm das Geld und verließ das schummrige Hinterzimmer.

Als er wieder auf der Hauptstraße stand, wurde ihm schwindlig. Der Verkehr rauschte vorbei, es hatte geregnet, neben der Fahrbahn glänzte das Schmutzwasser ölig in den Pfützen, und die Gullys verströmten beißenden Ammoniakgeruch. Tom versuchte, einen Würgereiz zu unterdrücken, und überlegte, was er als Nächstes tun sollte. Das Geld vom Verkauf des Schmucks hatte er für die Fahrkarte ausgegeben. Nun brauchte er siebenhundert Euro und hatte nicht die geringste Idee, wie er die auftreiben sollte. Es gab nur noch eine Möglichkeit, und zwar die, die er schon in Rostock in Betracht gezogen hatte. Er musste Anna ausfindig machen und versuchen, sie für sich zu gewinnen, und dann gemeinsam mit ihr Theresa überreden, Marlenes Haus zu verkaufen. Anna war in seinem Alter, und bei gleichaltrigen Frauen hatte Tom im Allgemeinen leichtes Spiel. Auf der Rückfahrt von Rostock nach Berlin hatte er den Gedanken an den Verkauf eigentlich schon verworfen. Da war er allerdings auch noch davon ausgegangen, dass er für Marlenes Bild mindestens tausend Euro bekommen würde. Anton hatte ihm erzählt, welche Preise Anfang der neunziger Jahre für ihre Bilder geboten worden waren. Aber der Typ in diesem Hinterzimmer war nun mal kein Kunstexperte. Und Tom konnte ja nicht einfach in eine Galerie spazieren und ein Bild von Marlene Groen anbieten. Was sollte er sagen, woher er es hatte? Zwar gehörte es rechtmäßig ihm, aber eben nur zur Hälfte.

Nachdenklich ging er zur Haltestelle. Als der Bus neben ihm zum Stehen kam, stieg er ein, hielt dem Busfahrer seine bereits seit einem Jahr abgelaufene Umweltkarte hin und nahm in der letzten Reihe Platz. Auf seinem Handy war eine Nachricht von Konstantin. Er teilte ihm mit, dass sie einen neuen Auftrag reinbekommen hatten, morgen um acht Uhr sollte es losgehen. O.k., schrieb Tom zurück und öffnete seinen Facebook-Account. In die Suchmaske tippte er «Anna Matusiak» ein. Es gab mehrere Frauen mit dem Namen. Tom scrollte nach unten. Schließlich stoppte er. Das musste sie sein. Zur Sicherheit zog er Theresas Skizzenbuch aus seinem Rucksack und verglich die Zeichnung mit Annas Facebookfoto. Das war sie, kein Zweifel. Tom rief ihr Profil auf und las es aufmerksam durch.

Nach fünf Minuten schob er sein Handy und das Skizzenbuch lächelnd zurück in seinen Rucksack. Das würde ein Kinderspiel werden, denn Anna postete recht munter über alles, was in ihrem Leben passierte. Tom wusste nun genau, welche Worte er sagen, welche Musik er gut finden und welches Essen sein Lieblingsessen sein musste, um die junge Frau um den Finger zu wickeln. Nur eine Sache behagte ihm gar nicht. Anna wurde ihm immer sympathischer. Aber er hatte keine Wahl. Wenn er nicht bald zu Geld kam, würde Ron ihn fertigmachen.

«Herr Michalski, schön, dass Sie da sind. Wir konnten es selber kaum glauben. Aber manchmal passieren eben Dinge, ohne dass wir sie für möglich halten.» Die Krankenschwester lächelte Anton an. «Frau Groen darf sich bloß nicht aufregen. Sehr stabil ist sie noch nicht.»

«Selbstverständlich.» Anton nickte der Krankenschwester zu und ging zu Elisabeths Zimmer. Er klopfte und trat ein. «Lisbeth, Liebes.»

«Anton.» Elisabeths Stimme war schwach. Noch immer war sie an Schläuche angeschlossen. Neben ihrem Bett stand ein Infusionsständer mit einem Beutel, aus dem Flüssigkeit in einen Schlauch tropfte, der Vitaldatenmonitor summte leise vor sich hin.

Anton nahm Elisabeths Hand und küsste sie vorsichtig. «Wie geht es dir?»

«Mein Kopf tut weh. Was ist passiert? Warum bin ich im Krankenhaus?»

«Du bist ins Koma gefallen. Die Ärzte wussten nicht, ob du jemals wieder aufwachst. Ich kann dir gar nicht sagen, wie erleichtert ich bin.»

«Und die Mädchen?» Elisabeth wollte nach der Tasse auf dem Beistelltisch greifen, doch sie stieß dagegen. Die Tasse fiel um, und der Tee lief auf den Boden.

Anton bückte sich langsam, zog ein kariertes Stofftaschentuch aus seiner Hosentasche und wischte den Tee auf. «Charlotte und Theresa sind informiert, hat die Schwester gesagt. Sie kommen heute Nachmittag vorbei.»

«Und Marlene?»

Anton, der gerade sein Taschentuch wieder einsteckte, hielt inne.

«Wann kommt unsere Marlene, Anton?»

Sie darf sich nicht aufregen, hatte die Schwester gesagt. Anton wusste nicht, was er sagen sollte. Er konnte nicht abschätzen, was Elisabeth noch wusste und über welche Dinge die Demenz bereits ihre Schatten gelegt hatte. «Ich weiß es nicht, Lisbeth. Soll ich dir einen neuen Tee holen?»

«Und wann kommt Hannes? Du musst dann weg sein, er darf dich nicht sehen, er darf nichts von uns wissen.»

Die Kurve der Herzfrequenz auf dem Vitaldatenmonitor schlug aus.

Anton warf einen besorgten Blick darauf. Also doch nicht.

Er hatte sich umsonst Hoffnung gemacht, dass die Demenz nicht weiter voranschritt und das Koma Elisabeths Kopf wieder klarer machen würde. Gerade er hätte es besser wissen müssen, medizinisch hätte es an ein Wunder gegrenzt. «Lisbeth, Liebes, er wird nicht kommen.»

«Doch, Anton, ganz sicher, er kommt. Vielleicht bringt er Marlene und Wieland mit?»

Wieland? Wie kam Elisabeth jetzt auf Wieland Ostermeyer? Anton ließ die Schultern sinken und schloss kurz die Augen. Ich muss jetzt stark sein, dachte er, und vor allem muss ich dafür sorgen, dass Elisabeth sich nicht unnötig aufregt. Gut, sie erinnerte sich nicht mehr, brachte die Jahreszahlen durcheinander, war in einem Moment ganz klar und im nächsten wieder irgendwo in der Vergangenheit gefangen, aber sie lebte, und das war mehr wert als alles andere.

«Ich versuche, Marlene zu erreichen, und sage ihr, dass sie vorbeikommen soll.»

«Danke, Anton. Was würde ich nur ohne dich machen? Du warst immer schon ein toller Vater, Charlotte und Marlene können sich wirklich glücklich schätzen.» Ihr fielen die Augen zu.

«Ruh dich aus, Lisbeth. Ich komme heute Abend vorbei. Wenn ich es schaffe, sogar mit Marlene.» Anton wusste, dass er etwas versprach, was er nicht halten konnte. Schließlich wusste er seit Jahren nicht, wo sich Marlene aufhielt. Aber vielleicht hatte Elisabeth den Wunsch, Marlene zu sehen, bis heute Abend auch längst vergessen. Anton erschrak über diesen Gedanken.

«Doch nicht.» Elisabeth hatte die Augen wieder geöffnet und begann zu weinen. «Doch nicht. Bring Marlene nicht mit. Ich weiß, warum sie mich hasst. Es ist wegen Paula.»

Paula? Wer war Paula? Als Anton Elisabeth fragen wollte, war sie bereits wieder eingeschlafen.

# Damals (1968)

## Ost-Berlin

Marlene schlug gerade ihr Heft auf, um der Lehrerin ihre Mathematikhausaufgaben vorzulesen, als die Tür des Klassenzimmers aufgerissen wurde. Die massige Figur des Schuldirektors erschien im Türrahmen. Sein Gesicht war rot angelaufen, und auf seiner Stirn war eine tiefe Falte zu sehen. In der Hand hielt er ein zusammengefaltetes Blatt Papier.

Die Lehrerin, die mit dem Rücken zur Klasse vor der Tafel stand, fuhr herum. «Guten Tag, Herr …»

«Frau Kollegin», fiel ihr der Direktor ins Wort. «Was hat das zu bedeuten?» Er faltete das Blatt auseinander und ließ sich auf den Stuhl hinter dem Lehrertisch fallen.

Marlene sah sich in der Klasse um. Ihre Mitschüler hatten die Köpfe gesenkt und wagten kaum zu atmen. Nur Wieland, der neben Marlene saß, beobachtete den Direktor genau.

«So schweigsam? Es geht um einen Artikel für die Schülerzeitung, der mir von der Redaktion zur Prüfung vorgelegt wurde. Ich dachte, ich falle vom Glauben ab, das ist eine Ungeheuerlichkeit.»

Die Lehrerin meldete sich wie eine Schülerin, doch der

Direktor beachtete sie nicht. Marlene sah erneut zur Seite, weil Wieland begonnen hatte, unruhig auf seinem Stuhl herumzurutschen.

«Wer hat etwas dazu zu sagen?» Der Direktor wischte sich mit dem Ärmel über die Stirn.

In der Klasse war es so still, dass man eine Stecknadel hätte fallen hören können.

«Gut, niemand. Dann will ich Ihnen ein wenig auf die Sprünge helfen.» Er zog seine Brille aus der Hemdtasche, setzte sie sich auf die Nase. «So, den Anfang werde ich Ihnen mal ersparen. Aber hier, ich zitiere: … darum wäre es doch eine Möglichkeit, die Prager Reformbewegungen von Dubček auch für die DDR in Betracht zu ziehen. Allerdings spricht die gewaltsame Niederschlagung des Aufstands eine andere Sprache. Schade, dass unser Land nicht wirklich an seinen Bürgern interessiert ist und …» Über den Brillenrand ließ der Direktor seinen Blick in der Klasse umherschweifen. «Wer war das?»

Niemand reagierte. Die Lehrerin schüttelte unentwegt den Kopf.

«Muss ich Sie daran erinnern, dass Ihr Schweigen nicht ohne Folgen bleiben wird? So eine infame Anfeindung zu decken hat Konsequenzen. Ich habe einen Hinweis bekommen, dass der Verfasser in diese Klasse geht.»

Zaghaft hoben drei Schüler die Hand. Der Direktor wies auf ein Mädchen, das in der ersten Reihe saß.

«Regina, was haben Sie zu sagen?»

Die Schülerin drehte sich um, sah Wieland an, streckte den Arm aus und zeigte mit dem Finger auf ihn. Alle starrten ihn an, und Wieland wurde rot.

«Wieland Ostermeyer, das wundert mich nicht. Stimmt das, was Ihre Klassenkameradin sagt?»

Wieland nickte.

«Wie bitte? Ich habe Sie nicht verstanden.»

«Ja, das stimmt, der Text ist von mir. Ich wollte doch nur … wie soll ich sagen …»

Der Direktor sprang auf. «Stottern Sie nicht rum. Sie wollten doch nur was?»

Wieland senkte den Kopf. Noch immer waren die Augen der anderen auf ihn gerichtet. Die Lehrerin lief im Klassenzimmer auf und ab. Marlene sah zu Wieland, lächelte ihn an und meldete sich. Der Direktor erteilte ihr das Wort.

«Ich finde es gar nicht so schlimm, was Wieland gesagt hat. Er ist doch offenbar dafür, dass die DDR sich nur noch mehr verbessert und …»

«Marlene Groen, ich glaube, ich höre nicht richtig. Wenn Ihr Vater wüsste, was Sie hier von sich geben. Aber das hätte ich mir ja denken können. Sie und der Herr Ostermeyer waren schon immer, nun, wie soll ich es sagen, ein Duo infernale.»

Die Klasse lachte. Wieland hob den Kopf.

«Wieland, Sie kommen jetzt mit. Wir klären die Angelegenheit in meinem Büro.»

Marlene griff unter dem Tisch nach Wielands Hand und drückte sie kurz. Er lächelte ihr zu, stand auf und folgte dem Direktor, der das Klassenzimmer schon verlassen hatte.

In der Küche des Pfarrhauses war es angenehm warm. Es roch nach frisch gebackenem Brot, und auf dem Fenstersims leuchtete ein Schwibbogen mit zwei Rehen, die an einem Waldrand grasten und von Kerzen in warmes Licht getaucht wurden. Marlene saß mit Wieland, seinen Eltern und seinem Bruder Lars am Tisch, auf dem eine Schüssel mit Kartoffelsalat stand.

Rita Ostermeyer legte Marlene die Hand auf die Schulter. «Ich freue mich, dass du heute bei uns bist.» Sie schaute kurz zu ihren Söhnen und flüsterte in Marlenes Ohr: «Ich wollte immer ein Mädchen.»

Marlene lächelte. Ihre Wangen waren gerötet, und sie streckte die Beine unter dem Tisch aus.

Rita Ostermeyer stellte einen Teller mit Würstchen, ein Glas Senf, Brot und eine Butterdose neben den Kartoffelsalat. Marlenes Magen knurrte, den ganzen Tag hatte sie kaum etwas gegessen. In der Schule hatte es Spinat mit Quetschkartoffeln gegeben, was auf dem Teller wie ein grüngelber Brei ausgesehen hatte. Als Marlene dann auch noch mit der Alugabel gegen eine Amalgamfüllung in ihrem Mund gestoßen war, war sie zusammengezuckt und hatte das Mittagessen schlecht gelaunt beendet.

«Marlene, schön, dass du heute unser Gast bist.» Der wohlige Bass von Klaus Ostermeyers Stimme, die es gewohnt war, ein ganzes Kirchenschiff auszufüllen, riss Marlene aus ihren Gedanken.

«Schön, dass ich hier sein darf.» Marlene griff nach dem Löffel in der Kartoffelsalatschüssel.

Wieland legte ihr die Hand auf den Arm und bedeutete ihr zu warten. «Augenblick noch.»

Die Ostermeyers nahmen sich bei den Händen. Es war das erste Mal, dass Marlene bei Wielands Familie aß. Sie griff nach den Händen, die die Brüder ihr von beiden Seiten reichten.

«Aller Augen warten auf dich, o Herr. Du gibst uns Speise zur rechten Zeit. Du öffnest deine Hand und erfüllst alles, was lebt, mit Segen.»

«Amen», murmelten die Ostermeyers.

«Eine Mischung aus Picasso und Matisse und eine Spur Cézanne vielleicht?» Wieland sah über sein Buch hinweg auf Marlenes Zeichnung.

«Quatsch.» Marlene lachte. «So weit bin ich noch lange nicht.» Sie blätterte eine Seite in ihrem Skizzenbuch um und zeichnete weiter. Eigentlich fühlte sie sich geschmeichelt. Selten sprach jemand positiv über ihre Bilder. In der Schule zählte nur, nicht über die Linie zu malen, und wenn man frei malen durfte, dann bloß nicht zu abstrakt. Zu Hause war es ähnlich. Ihr Vater lobte zwar ihre Bilder, seine Augen aber sagten etwas anderes. Und auch als Marlene einmal auf ihren Berufswunsch zu sprechen gekommen war, hatte sie seine Abwehr gespürt. Künstlerin sei doch kein richtiger Beruf, hatte er gesagt und stattdessen Kunstlehrerin vorgeschlagen. Marlene solle sich doch nur mal Charlotte ansehen, die wolle Staatsbürgerkundelehrerin werden. Lächelnd hatte ihr Vater hinzugefügt, dass Lehrerin ein wunderbarer Beruf sei. Ganz anders ihre Mutter. Sie mochte Marlenes Zeichnungen, hatte ihr sogar heimlich Blöcke, Stifte, Pinsel und Farben mitgebracht, aber sie gebeten, Johannes nichts davon zu sagen.

Wieland legte sein Buch zur Seite und ging zum Plattenspieler, der auf der Kommode stand. Die letzten Takte von *Please, please me* von den Beatles verklangen.

Marlene betrachtete die sich drehende schwarze Scheibe. «Mein Vater würde vor Wut platzen, wenn er wüsste, was wir hier machen.» Sie stand auf, ging zu Wieland und nahm ihm die Plattenhülle aus der Hand. Paul, Ringo, John und George standen auf einer Art Balkon, von oben herab lächelten sie Marlene zu.

«Was genau meinst du?»

«Na, das alles hier. Dass ich bei einer Pfarrersfamilie bin. Das Essen und das Beten und dazu auch noch die Beatles. Diese Beatmusik ist was für Gammler, sagt er.»

Wieland trat ans Fenster. «Er weiß also nicht, dass du hier bist?»

«Ich bin ja nicht verrückt. Offiziell bin ich bei Silke, das Referat für Bio vorbereiten.»

«Gut so. Das würde sonst mit Sicherheit Probleme geben. Wahrscheinlich würde er dir den Umgang mit mir sogar verbieten.»

Marlene drehte die Schallplatte um und ließ den Tonabnehmer vorsichtig sinken. Die Melodie von *Love me do* erfüllte Wielands Zimmer. «Ganz bestimmt sogar. Mein Vater achtet sehr genau darauf, was ich mache. Und mit wem.»

Wieland nickte.

Marlene setzte sich zurück aufs Bett. «Und sein Chef, dieser Kolja, wenn der mal bei uns zu Besuch ist, hab ich den Eindruck, er könnte meine Gedanken erraten. Der ist richtig unheimlich.»

Wieland legte sich neben Marlene. «Lass uns das hier einfach nicht an die große Glocke hängen. Es ist eh schon schwer genug. Sie haben uns schon länger auf dem Kieker, vor allem nach dem Artikel für die Schülerzeitung.»

«Auf dem Kieker haben? Was meinst du damit?»

«Na ja, nicht bei den Pionieren, keine Jugendweihe. Und dann mein Artikel über Dubček. Ich weiß, ich bin zu weit gegangen, und es ist ein Wunder, dass ich nicht geflogen bin. Aber trotzdem, auch wenn ich noch so gut in der Schule bin, werden sie mich nicht zur Uni lassen. Das war bei Lars genauso. Er wollte eigentlich Medizin studieren. Und jetzt arbeitet er als Friedhofsgärtner in Weißensee.»

Marlene wusste nicht, was sie sagen sollte. Wieland und sie waren von Anfang an in dieselbe Klasse gegangen und hatten sich auf Anhieb gemocht. Aber in letzter Zeit hatte sich ihr Verhältnis verändert. Marlene hatte Schmetterlinge im Bauch, wenn sie sich sahen, und am liebsten wollte sie ständig in seiner Nähe sein. Sie zog Wieland zu sich heran. Ihr Herz begann so laut zu klopfen, dass sie befürchtete, er könnte es hören. Die Zeit schien stillzustehen. Als sich die beiden küssten, klopfte es an der Tür. Wieland und Marlene fuhren auseinander.

«Herein.»

Klaus Ostermeyer steckte vorsichtig den Kopf zur Tür herein. «Entschuldigt, bin gleich wieder weg. Marlene, hast du Lust, am Sonntag mit in die Kirche zu kommen? Irgendwie gehörst du ja jetzt auch zur Familie.» Er zwinkerte Wieland zu.

«Würde ich gerne, Herr Ostermeyer, aber wir fahren nach Rostock. Meine Oma wird sechzig.»

## Rostock

«Oma, alles Gute zum Geburtstag.» Marlene hielt Käthe eine Papierrolle entgegen. «Ich hoffe, es gefällt dir.»

Käthe strich ihrer Enkelin über den Kopf. «Hast du mir was gemalt, Lenchen?»

Marlene nickte.

Es freute Käthe so sehr, dass Elisabeth mit Johannes und den Mädchen zu Besuch war. Außerdem waren noch ihre Nachbarin Hertha und ein paar Frauen von der Volkssolidarität gekommen. Und aus für Käthe nicht nachvollziehbaren Gründen auch Kolja Aljonov. Johannes hatte gefragt, ob er ihn mitbringen dürfe, und Käthe hatte zugestimmt, obwohl sie fand, dass er auf ihrer Geburtstagsfeier nun wirklich nichts zu suchen hatte. Aber sie hatte ihrem Schwiegersohn seinen Wunsch nicht abschlagen wollen, denn sie wusste, dass Johannes in Kolja so etwas wie einen väterlichen Freund sah, dem er viel verdankte.

In diesem Moment kamen Kolja, Charlotte und Elisabeth in die Küche, dicht gefolgt von Hertha. Käthe hatte inzwischen das Bild entrollt. Jugendliche waren darauf zu sehen. Sie hatten lange Haare, trugen bunte Perlenketten und FDJ-Hemden, auf deren Ärmel Peace-Zeichen gemalt waren.

Hertha schaute Käthe über die Schulter. «Marlene, wie schön. Du hast wirklich Talent. Du solltest Kunst studieren.»

Käthe umarmte Marlene. «Ja, das Bild sieht toll aus und so farbenfroh. Es bekommt einen Ehrenplatz bei mir im Flur.»

«Also ich weiß nicht.» Charlotte runzelte die Stirn. «Das Bild ist gut gezeichnet, das schon. Aber was willst du uns damit sagen?»

Marlene sah ihre Schwester böse an. «Na, dass Frieden das Wichtigste ist. Und dass die Jugendlichen dafür eintreten.»

«Ich finde, das geht nicht, das kann man doch nicht so malen. Vor allem diese Peace-Zeichen. Also, wenn du mich fragst, dein Bild ist ein Angriff auf die Werte der DDR, fast schon eine Provokation unseres Sozialismus überhaupt.» Charlotte spitzte die Lippen und schüttelte den Kopf.

«Aber Charlotte, jetzt sei nicht so hart zu deiner Schwester. Sie hat es doch nicht böse gemeint.» Elisabeth legte Marlene die Hand auf die Schulter.

«Das ist ja mal wieder typisch, ständig musst du sie verteidigen.» Charlotte funkelte Marlene an. «Wahrscheinlich magst du sie einfach viel mehr als mich. Egal, was sie anstellt, immer nimmst du sie in Schutz.»

Elisabeth nahm die Hand von Marlenes Schulter.

«Du bist ja nur neidisch, weil du nicht so gut malen

kannst wie ich. Sobald jemand mal über den Tellerrand hinausschaut, unterstellst du ihm sofort falsche Absichten. Was ist eigentlich dein Geschenk für Oma?»

Jetzt stellte sich Hertha zwischen Marlene und Charlotte. «Mädels, nicht streiten. Ihr habt nur verschiedene Ansichten. Das ist eben so, daraus muss man ja kein Drama machen. Das Bild ist wundervoll und basta. Und eure Mutter hat euch beide gleich lieb, das sieht doch ein Blinder mit Krückstock.»

Kolja trat näher und musterte Marlenes Zeichnung. «Charlotte hat recht. Kunsttalent schön und gut. Aber Frau Havelmann», er drehte sich zu Käthe, «ich denke nicht, dass Sie DDR-feindliche Bilder in Ihrem Haus aufhängen sollten.»

Hertha stemmte die Hände in die Hüften. «Momentchen mal, warum mischen Sie sich in fremde Angelegenheiten ein?»

Käthe wollte etwas sagen, aber Hertha schob sie vorsichtig beiseite. «Käthe, heute ist dein Geburtstag. Reg dich nicht auf. Ich klär das für dich.»

Kolja starrte Hertha mit offenem Mund an.

«Und Genosse Kolja, ich muss mich ja sehr wundern, dass Sie zur Feier des Tages gar nicht Ihre Paradeuniform angelegt haben. Die ist wohl in der Reinigung?»

Käthe ging zur Tür. «Ich schaue mal nach den anderen Gästen. Die Frauen von der Volkssolidarität fragen sich sicher schon, wo ich so lange bleibe.»

«Paradeuniform? Reinigung? Frau Hinnerksen, zügeln Sie sich. Sie gehen eindeutig zu weit.»

«Ich gehe zu weit? Das sagt der Richtige. Was glauben Sie eigentlich, wer Sie sind?»

Koljas Miene verdunkelte sich, und er griff nach der Flasche Kristall Wodka auf dem Küchentisch. «Ich an Ihrer Stelle wäre sehr vorsichtig mit dem, was ich sage.»

«Ja, saufen, das könnt ihr. Und andere ausspionieren. Alles

im Sinne des Marxismus-Leninismus. Ich könnte brechen. Marx und Lenin würden sich im Grab umdrehen, wenn sie wüssten, wie ihr ihre Gedanken verhunzt. Das ist doch alles Murxismus.»

Elisabeth sah Hertha entgeistert an. Noch nie hatte sie sie so wütend erlebt. Sich mit Kolja anzulegen, war keine gute Idee. «Hertha, beruhige dich doch.»

«Lisbeth, warum darf ich nicht auch mal kritisch sein? Ich bin schließlich keine Marionette. Und von so einem dahergelaufenen Hampelmann aus Moskau lasse ich mir nicht den Mund verbieten.»

Elisabeth wusste nicht, was sie sagen sollte. «Ich sehe mal nach Hannes, der hatte Kopfschmerzen und wollte sich hinlegen. Und ihr», sie sah zu Marlene und Charlotte, «ihr geht ins Wohnzimmer und fragt, ob ihr Oma helfen könnt.»

Johannes lag ausgestreckt auf dem Bett in der Dachkammer. Fast zwei Jahrzehnte war es her, dass er das erste Mal hier oben gewesen war, und es schien ihm, als wäre hier oben die Zeit stehengeblieben. Im nächsten Jahr würden er und Elisabeth ihren zwanzigsten Hochzeitstag feiern, ihre Porzellanhochzeit. Porzellan, ein Material, so fest und zugleich so zerbrechlich, was für ein schönes Sinnbild der Ehe. Mit dem Wissen, dass seine eigene Ehe einen gehörigen Sprung hatte, lebte er nun schon seit drei Jahren. Seit er die Briefe von Anton Michalski hier auf dem Dachboden gefunden hatte. Kaum vorstellbar, wie schnell die Jahre vergangen waren. Charlotte würde in diesem Jahr ihr Studium an der Humboldt-Universität beginnen. Sie hatte sich für Geschichte und Staatsbürgerkunde entschieden und wollte Lehrerin werden. Eine gute Wahl, er war stolz auf seine Charlotte, er war stolz darauf, dass er bei ihr alles richtig gemacht hatte. Johannes legte sich die Decke über die Beine und drehte den Kopf zur Seite. Dabei fiel sein Blick auf die Holzkiste, die irgendjemand auf das Fensterbrett gestellt hatte. In Johannes' Kopf begann es zu pochen. Die Holzkiste, die Briefe, Marlene, seine Marlene. Johannes zog die Schublade des Nachtschränkchens auf und fand eine Schachtel Analgin.

Damals war er in Berlin mit Anton Michalskis Briefen in die Abteilung M5 gegangen, die Abteilung, die für die Kontrolle der Briefsendungen verantwortlich war. Ein Mitarbeiter hatte die Kuverts über Wasserdampf geöffnet, den Inhalt kopiert, und Johannes hatte die Originale bei seinem nächsten Besuch in Rostock wieder zurück an ihren Platz gelegt. Seitdem war es schwer. Es war schwer, Elisabeth in die Augen zu schauen, es war schwer, die Bilder aus dem Kopf zu bekommen. Er sah Elisabeth und Anton Michalski, wie sie nackt nebeneinander im Bett lagen, sich bei den Visiten verliebte Blicke zuwarfen und sich über Johannes lustig machten, der von allem nichts mitbekommen hatte und sogar noch im Krankenhaus gewesen war und den Arzt zu sich nach Hause zum Essen eingeladen hatte.

Am meisten aber quälte ihn, dass Anton Michalski Marlenes Vater war. Er konnte sich noch genau an das Gefühl erinnern, das ihn überkommen hatte, als er Michalskis Frage nach «ihrem Mädchen» las. Es war schon schwer genug, mit der Schmach zu leben, dass Elisabeth sich in einen anderen Mann verliebt hatte, aber der Gedanke, dass Marlene nicht sein leibliches Kind war, war schlicht unerträglich. Was war nur passiert? Sie waren doch damals so glücklich gewesen. Wann nur war der Punkt gekommen, an dem Elisabeth einen anderen Mann in ihr Herz gelassen hatte? Johannes massierte sich die Schläfen und seufzte. Nur eine Sache tröstete ihn. Der Arzt war fort, und seine Briefe waren ungeöffnet. Offenbar hatte Elisabeth kein Interesse daran gehabt, sie zu lesen und den Kontakt mit ihm aufrechtzuerhalten. Darum hatte er ihr nie gesagt, dass er Bescheid wusste. Weil es nicht mehr nötig war. Anton Michalski hatte die DDR verlassen und lebte jetzt in West-Berlin. Johannes hatte Nachforschungen anstellen lassen. Der Mann konnte ihm nicht mehr gefährlich werden. Er hatte sich seit drei Jahren nicht mehr bei Elisabeth gemeldet. Die Zeichen waren eindeutig, Elisabeth und Anton Michalski waren einander nicht mehr wichtig, ihre Beziehung war beendet, und Marlene war und blieb seine Marlene, ganz egal, wer ihr biologischer Vater war.

Es klopfte an der Tür.

«Hannes, hier steckst du. Was machen deine Kopfschmerzen?»

«Geht schon wieder. Die Tablette wirkt langsam.»

Elisabeth legte sich neben Johannes und lehnte ihre Stirn an seine Schulter. «Da unten ist schwer was los. Hertha hält Kolja einen DDR-kritischen Vortrag. Er hat schon die halbe Flasche Wodka intus.»

Johannes seufzte und gab Elisabeth einen Kuss. «Worum geht es denn bei dem Streit?»

«Mal wieder um Marlene. Sie hat Käthe ein Bild gemalt, und Kolja hat wohl antikommunistische Symbole darin entdeckt. Das soll mir aber jetzt egal sein. Ich glaube, ich mache auch kurz die Augen zu.»

Johannes nahm Elisabeths Hand. Sie war bei ihm, und das seit zwanzig Jahren. Das war alles, was zählte. Und das mit Marlene würde er auch noch irgendwie hinkriegen. Zufrieden schlief Johannes ein.

Als er aufwachte, war das Bett neben ihm leer. Durch das Fenster in der Dachschräge sah er ein Flugzeug vorüberfliegen. Es zeichnete einen Kondensstreifen in den Himmel. Wieder klopfte es an der Tür.

«Wanjuscha, hier steckst du.» Kolja setzte sich auf das Bett. «Diese Hertha Hinnerksen ist wirklich vollkommen übergeschnappt. Die hat wohl immer noch nicht verstanden, wer ich bin.»

Johannes rieb sich die Augen. «Was hat sie gesagt?»

«Das ist jetzt egal. Etwas anderes ist viel wichtiger.»

«Und das wäre?» Johannes' Mund war trocken. Er sah sich nach etwas zum Trinken um, aber da stand nichts.

«Es geht um Marlene. Eigentlich hätte ich es dir schon früher erzählen müssen.»

Der letzte Rest Sonnenlicht war verschwunden, und Johannes sah sein Spiegelbild in der Fensterscheibe.

«Ich habe sie überwachen lassen, und ich hatte recht. Du musst dir mal das Bild ansehen, das sie für deine Schwiegermutter gemalt hat.»

«Du hast was?» Johannes sprang mit einem Satz aus dem Bett.

«Wanjuscha, beruhige dich. Es ist nur zu eurem Besten. Seit Marlene mit diesem Pfarrerssohn zusammen ist, kann sie dir und deiner Familie gefährlich werden.» Kolja zog eine Schachtel Papyrossi aus seiner Hosentasche.

«Welcher Pfarrerssohn? Marlene hat keinen Freund.» Johannes ging zum Fensterbrett und strich nachdenklich über das Muster der Holzkiste. Die Zunge klebte ihm am Gaumen.

«Siehst du, genau das meine ich. Du hast keine Ahnung, was in deiner Familie los ist. Wie gut, dass ich da den Überblick behalte.» Kolja zündete sich eine Zigarette an. Er stellte sich hinter Johannes und blies ihm den Rauch in den Nacken. «Ich habe es dir schon einmal gesagt, du hast deine Frauen nicht unter Kontrolle. Die einzige, die funktioniert, ist Charlotte. Aber das reicht nicht.»

Johannes drehte sich um, und als er Kolja in die Augen sah, kehrten seine Kopfschmerzen zurück.

«Schön, dass du da bist.» Marlene saß neben Wieland und schaute auf das Wasser, das der Wind in großen Wellen gegen das Ufer trieb. Am Himmel hingen schwere Wolken, und der Strand war menschenleer.

«Ich hatte Glück, ein Lkw-Fahrer hat mich mitgenommen.» Wieland lächelte Marlene an und gab ihr einen Kuss auf die Stirn. «Ich hatte solche Sehnsucht nach dir.»

«Als hätten wir uns ewig nicht gesehen!» Marlene lachte. «Aber ich habe dich auch vermisst.»

Eine Weile blickten sie schweigend auf das unruhige Meer.

Marlene begann zu zittern.

«Du frierst ja.»

Wieland zog seinen Parka aus und legte ihn ihr um die Schultern. «Und, wie war die Feier bei deiner Oma?»

«Frag lieber nicht. Als Charlotte und Kolja das Bild gesehen haben, das ich gemalt habe, war die Hölle los.»

«Das hab ich mir gedacht. Ist ja mal wieder typisch.»

«Oma Käthe und meiner Mutter hat es gefallen.» Marlene war dankbar, dass ihre Mutter sie in Schutz genommen hatte. Das tat sie eigentlich immer. Vielleicht hatte Charlotte doch recht damit, dass ihre Mutter ihr gegenüber viel nachsichtiger war.

«Weiß deine Mutter, dass wir uns treffen?»

«Ja, aber in zwei Stunden muss ich zurück sein, sonst kriegt mein Vater noch was mit.»

Wieland seufzte und nahm eine Thermosflasche aus seinem Rucksack. «Immer diese Versteckspiele. Warum können wir uns nicht ganz normal treffen, so wie andere auch?»

Marlene nahm Wielands Hand. «Ich wäre so gerne an einem Ort, an dem ich so sein kann, wie ich bin, ohne ständig darüber nachzudenken, was ich sagen darf oder wer ein Problem mit meiner Meinung hat.» Wieder begann Marlene zu zittern. Wieland schraubte die Thermosflasche auf, goss Tee in den Deckel und reichte ihn ihr. Sie trank in kleinen Schlucken und schaute in den Himmel. Erste Regentropfen fielen in den Sand. Gerade als Marlene den Blick abwenden wollte, nahm sie am Horizont einen Vogelschwarm wahr. Kraniche. Die Lieblingsvögel ihrer Mutter. «Schau mal, Wieland.»

«Die ziehen in den Süden.»

Marlene und Wieland beobachteten den majestätischen Flug der Tiere, bis sie aus ihrem Blickfeld verschwunden waren.

Marlene sah Wieland an. «Die haben es gut, sie fliegen einfach dorthin, wo es am besten für sie ist. Wo auch immer das sein mag.»

Wieland lächelte. «Im Kranichland. Ist das der Ort, an dem du gerne wärst?»

«Kranichland, sehr witzig.» Marlene ließ eine Handvoll Sand durch ihre Finger gleiten. «Aber eigentlich ist es genau das.»

# Heute

## Berlin

Tom wusste, dass Konstantin sauer sein würde. Als er um die Ecke bog, sah er ihn neben dem Lieferwagen stehen. Konstantin schaute demonstrativ auf seine Uhr und wippte mit den Fußspitzen. «Mensch, Tom. Was soll der Mist? Du hast doch meine SMS gestern bekommen. Du bist eine Stunde zu spät.»

«Entschuldige. Hab verschlafen.» Tom musste niesen.

«Und erkältet hast du dich auch. Steck mich bloß nicht an.»

Tom wich einen Schritt zurück.

«Als wir die Sache mit den Umzügen angefangen haben, haben wir abgemacht, dass wir uns aufeinander verlassen können. Warum bist du in der letzten Zeit so durch den Wind? Immer noch wegen dieser ominösen Marlene?»

«Tut mir wirklich leid, Konstantin. Kommt nicht wieder vor.» Tom sah an der Fassade des Hauses empor. Als er den Kopf in den Nacken legte, wurde ihm schwindlig. Seine Stirn war heiß, und er wusste, dass er Fieber hatte. Eigentlich hatte er Konstantin absagen, ihn bitten wollen, die Wohnung alleine leer zu räumen, aber Ron wollte heute die erste Anzahlung haben. Tom hoffte, in der Wohnung des Verstorbenen etwas zu finden, was er schnell zu Geld machen konnte.

«Jetzt schlag hier keine Wurzeln. Oben wartet eine Menge Arbeit. Aber sei gewarnt, das ist eine 1-a-Messie-Wohnung.»

Konstantin hatte nicht übertrieben. Schon im Hausflur roch es faulig, neben der Wohnungstür stapelten sich blaue Müllsäcke, und Tom wollte am liebsten auf dem Absatz kehrtmachen. Kalter Schweiß brach ihm aus, und er wusste nicht, ob das von der Erkältung kam, die er sich in Rostock eingefangen haben musste, oder von der Aussichtslosigkeit, in der Wohnung etwas zu finden, was Geld einbrachte.

Im Flur lagen leere Pizzaschachteln, Bierflaschen, Tüten mit Hundefutter und Werbebroschüren herum. Im einzigen Zimmer der Wohnung sah es nicht anders aus. Konstantin hatte die Möbel schon auf einer Seite zusammengeschoben und auf alle einen roten Punkt geklebt. Rot bedeutete Sperrmüll. Hier war nichts zu holen.

Tom stellte seinen Rucksack in eine Ecke des Zimmers, nahm seine Arbeitshandschuhe und eine Taschenlampe heraus, streifte die Handschuhe über, ging in die Hocke und hievte sich den Sofatisch auf die Schultern. Er war schon im Flur, als er aus der Wohnung ein Fiepen hörte. Tom stellte den Tisch wieder ab und ging zurück. Suchend sah er sich um. Wieder fiepte es, doch nichts war zu sehen. Er ging in die Küche und öffnete die Tür zur Speisekammer, die er bisher übersehen hatte. Tom leuchte mit der Taschenlampe in das Dunkel. Der Lichtkegel traf auf zwei braune Augen. Mit eingezogenem Kopf kam ein Beagle hinter dem Regal mit Konserven hervor. Er trottete auf Tom zu, strich um seine Beine und legte den Kopf auf Toms Turnschuhe.

«Wer bist du denn?»

Der Hund bellte. Tom streichelte ihm vorsichtig den Kopf und fuhr mit der Hand am Halsband des Hundes entlang. Tatsächlich. Er spürte eine kleine Plakette zwischen den Fingern, die auf die Seite gerutscht war. Tom drehte sie nach vorne, las *Rocky* und musste lachen. Rocky winselte.

«Hast du Hunger? Das haben wir gleich.» Tom öffnete den Kühlschrank. Neben einer Packung Eier, einem Stück Käse und einer Flasche Korn stand eine angebrochene Dose Hundefutter. Tom roch daran, füllte den Inhalt auf einen Teller und stellte ihn Rocky hin.

«So, Rocky, ich muss hier weitermachen. Und dann überleg ich mir, was ich mit dir mache.»

Rocky hielt beim Kauen inne und hob den Kopf, und es schien Tom, als würde der Hund ihm zunicken.

In diesem Moment hupte es auf der Straße. Tom öffnete das Küchenfenster und sah hinunter.

«Alter, jetzt mach mal hinne, oder bist du da oben wieder eingeschlafen?»

«Auf keinen Fall. Ich will keinen Hund. Ich bring ihn ins Tierheim.»

«Konstantin, nur bis heute Abend. Heute Abend hol ich ihn bei dir ab.»

«Auf gar keinen Fall. Die ganzen Hundehaare in meiner Wohnung, da hab ich keine Lust drauf.»

Tom und Konstantin standen in der Küche. Die Wohnung war leer, und Rocky saß zwischen den beiden Männern und schaute abwechselnd mal zu Tom und mal zu Konstantin, so als würde er ein Tennisspiel verfolgen, das noch nicht zu seinen Gunsten entschieden war.

«Bitte! Ich hol ihn heute Abend ab, versprochen.»

Rocky stand auf, lehnte seinen Kopf gegen Konstantins Wade und sah ihn an.

Konstantin seufzte. «Habt ihr euch abgesprochen, oder was? Na, da haben sich ja zwei gefunden.»

Tom wusste, dass Konstantin recht hatte, schon jetzt war ihm klar, dass er Rocky niemals ins Tierheim bringen würde. Aber er hatte es eilig. Noch heute musste er Anna treffen und sie überreden, das Haus von Marlene zu verkaufen. Rons Geduld war eindeutig am Ende, und je eher Tom ihm das Geld in Aussicht stellen konnte, desto besser.

«O. k.», sagte Konstantin schließlich. «Aber spätestens um acht holst du ihn ab.»

«Danke, danke, du hast was gut bei mir.» Tom wollte Konstantin umarmen, aber der wich zurück.

«Bleib bloß weg. Nicht, dass du mich doch noch ansteckst.»

Und wie zur Bestätigung musste Tom erneut niesen.

Tom stand in einem Hauseingang, die Kapuze tief ins Gesicht gezogen. Er hatte gut recherchiert. Was für ein Glück, dass es Facebook gab. Anna hatte über die Standortbestimmung vor einer halben Stunde angegeben, wo sie war. Sie saß in einem Café in der Nähe der Humboldt-Universität. Neben Anna saß eine junge Frau. Die beiden unterhielten sich angeregt, nippten an ihren Limonaden, und Anna strich sich immer wieder über ihren Bauch.

Nach einer Viertelstunde verabschiedete sie sich von ihrer Freundin. Sie umarmte sie und gab ihr einen Kuss auf die Wange. Vor dem Café setzte sich Anna ihre Mütze auf und bog nach links. Als sie sich ein paar Meter entfernt hatte, löste sich Tom aus dem Hauseingang und folgte ihr. Anna lief langsam und tippte dabei etwas in ihr Handy. Immer wieder blieb sie stehen. Tom hatte Mühe, ihr unauffällig zu folgen. Vor einem Buchladen hielt Anna inne, betrachtete die Auslagen im Schaufenster und betrat schließlich den Laden. In diesem Moment hatte Tom den Eindruck, auch er wurde verfolgt. Er drehte sich um, aber es war niemand zu sehen.

Anna kam aus dem Buchladen, eine Tüte in der Hand, und setzte ihren Weg fort. Tom folgte ihr, und wieder hatte er den Eindruck, jemand sei hinter ihm. Abermals drehte er sich um, aber noch immer war niemand zu sehen. Schließlich waren sie in der Krausnickstraße angekommen. Anna blieb vor einem Altbau stehen und kramte in ihrer Tasche. Dann drehte sie sich unvermittelt um und ging auf Tom zu. «Sag mal, denkst du, ich krieg das nicht mit? Bist du ein Perverser oder was?»

Tom wusste nicht, was er sagen sollte.

«Moment, ich kenn dich doch.» Anna musterte Tom. «Du bist Tom Halász.»

Tom nickte verblüfft.

«Spinnst du? Erst meldest du dich tagelang nicht, und nun verfolgst du mich? Geht's noch?»

«Woher kennst du mich?»

«Meine Freundin Google weiß alles. Wohnungsauflösungen Halász, sogar mit Foto und Adresse. Da hättest du auch selber draufkommen können. Das ist echt eine krumme Nummer. Ich denke, du schuldest mir eine Erklärung.»

Tom musste niesen. «Entschuldige, ich hätte mich schon viel eher melden sollen, aber …»

In diesem Moment meldete sich hinter Tom eine andere Stimme zu Wort. «Hey, du Weichei, hast du die Kohle?»

Tom drehte sich um. Vor ihm stand Ron. Dann hatte er sich also doch nicht eingebildet, dass er verfolgt wurde. Tom wollte weglaufen, aber Ron hielt ihn am Rucksack fest. «Hiergeblieben, Halász. Wo ist mein Geld?»

«Ich habe nur dreihundert, den Rest kriegst du so schnell wie möglich.» Er griff in seine Hosentasche und reichte Ron das Geld.

Ron nickte langsam. Er nahm Tom das Geld aus der Hand. Auf einmal holte er aus und schlug ihm mit der Faust mitten ins Gesicht. Tom sank zu Boden. Ron stellte sich neben ihn und trat ihm in den Brustkorb. Tom schrie auf. Ron lachte, drehte sich um und ging davon.

Anna kniete sich neben Tom. «Was war das denn? Du blutest ja.»

Tom wollte antworten, aber er konnte nicht sprechen. Als er hustete, lief Blut aus seinem Mund. Mit der Zunge fuhr er sich über die Zähne. Sie waren alle noch da. Er legte die Hand auf seinen Brustkorb und stöhnte.

«Ist schon gut, nicht sprechen. Kannst du aufstehen?»

Tom nickte.

Anna half ihm auf die Beine und sah besorgt auf seinen blutenden Mund. «Was auch immer das war, du erklärst es mir später. Jetzt kommst du erst mal mit zu mir, und dann sehen wir weiter.»

«Du wirst Großmutter?»

Theresa und Charlotte standen vor dem Fahrstuhl im Erdgeschoss der Charité.

«Das wurde aber auch mal Zeit, dass Anna einen Mann hat.»

Der Fahrstuhl kam, und Charlotte und Theresa stiegen ein.

«Das sagt ja die Richtige. Aber im Ernst, sie hält sich sehr bedeckt, was den Vater des Kindes angeht. Sie weiß nicht genau, ob sie überhaupt verliebt in ihn ist.»

«Sie ist schwanger von einem Mann, den sie nicht mal besonders mag?»

Eine Krankenschwester, die mit im Fahrstuhl stand, lächelte Theresa an.

«Lotte, nicht so laut. Und sag Anna bloß nicht, dass ich dir das erzählt habe. Es ist ihr peinlich.»

«Ist ja auch verständlich. Aber jetzt noch mal zu deinem Galeristen.»

Theresa erzählte Charlotte von ihrem Gespräch mit Albert Petzold und von Marlenes Bild, das damals so viel wert gewesen war und jetzt in dem Haus in Rostock hing.

«Ich hätte nie gedacht, dass sie es mal so weit bringt mit ihrer Malerei. Darin seid ihr euch sehr ähnlich. Nur an mir ist der kreative Kelch vorübergegangen.»

Die Fahrstuhltüren öffneten sich. Charlotte und Theresa meldeten sich bei der Stationsschwester und gingen zu Elisabeths Zimmer. Sie klopften.

«Herein», sagte eine männliche Stimme.

Als Charlotte die Tür öffnete, blieb sie wie angewurzelt stehen.

Anton Michalski saß an Elisabeths Bett. «Hallo, Charlotte, hallo, Theresa.»

Charlotte rührte sich nicht, die Hand noch immer auf der Klinke.

Anton nahm seinen Gehstock, erhob sich, legte den Zeigefinger auf die Lippen und deutete auf Elisabeth. «Sie schläft. Gehen wir vor die Tür. Vielleicht darf ich euch auf einen Kaffee einladen. Ich denke, wir haben einiges zu besprechen.»

In der Cafeteria der Charité war wenig los. Hier und da saßen ein paar Patienten mit ihrem Besuch sowie Ärzte und Schwestern, die aßen, sich unterhielten oder müde in ihren Tassen rührten.

Anton nahm Charlotte und Theresa gegenüber Platz. «Ich weiß nicht, wie ich anfangen soll.»

«Vielleicht sagen Sie uns erst mal, wer Sie sind und woher Sie uns kennen?» Theresa legte ihre Hände um die Kaffeetasse.

«Bitte, sagt Anton zu mir und Du.»

Charlotte starrte Anton an. Seit sie ihn im Zimmer von Elisabeth wiedergesehen hatte, hatte sie kein Wort gesagt. Dann platzte es aus ihr heraus. «Ich sage hier zu niemandem Du, den ich nicht kenne. Und auf Ihre Erklärung bin ich sehr gespannt.»

«Lotte, jetzt lass ihn doch einfach mal sagen, was er zu sagen hat.» Theresa lächelte Anton aufmunternd an.

«Charlotte, ich verstehe Ihre Wut.» Anton überlegte. Das Reden fiel ihm nicht leicht. Charlotte und Theresa waren früher bei Elisabeth aufgetaucht, als er erwartet hatte. Dass ein Gespräch mit den beiden Schwestern ausstand, daran hatte es keinen Zweifel gegeben, aber er hätte sich gerne besser vorbereitet und die Dinge nicht zwischen Tür und Angel besprochen. Und ausgerechnet hier in der Charité, an seinem ehemaligen Arbeitsplatz, wo alles angefangen hatte.

«Herr Michalski, ich warte. Ich habe keine Lust, meine Zeit zu verplempern.» Charlotte trommelte mit den Fingern auf der Tischplatte.

«Charlotte, noch einmal, ich verstehe Ihre Wut.»

«Hören Sie auf mit der Psychonummer. Was hatten Sie am Bett unserer Mutter zu suchen? Und was war das für ein Foto in Ihrem Flur?»

«Also, Lotte, jetzt gib ihm doch ein bisschen Zeit.»

Anton legte seine Hand auf Theresas Arm. «Nun gut, es hat ja keinen Sinn, euch die Wahrheit noch weiter zu verheimlichen. Hier hat es angefangen mit mir und eurer Mutter.»

«Eine Affäre?»

«Es war mehr als das. Wir haben uns geliebt und waren zusammen, obwohl Elisabeth mit Johannes verheiratet blieb.»

Charlotte schnaubte wütend, während Theresa Anton interessiert musterte. «Unsere Mutter hat Charlotte gegenüber behauptet, dass eine ihrer Töchter nicht von Johannes ist. Stimmt das?»

Anton nickte langsam. «Das ist richtig.»

Theresa und Charlotte hielten den Atem an.

«Und? Welche von uns ist es?», fragte Charlotte schließlich.

«Marlene. Marlene ist meine Tochter. Johannes war nicht ihr leiblicher Vater. Aber er …»

Charlotte sprang auf, ihr Stuhl scharrte laut über den Fußboden.

Die übrigen Gäste sahen argwöhnisch in ihre Richtung.

«Was ist das für ein Unsinn, den Sie da erzählen?»

«Charlotte, ich weiß, es ist schwer zu verstehen. Aber es ist so. Kurz vor dem Mauerbau habe ich den größten Fehler meines Lebens gemacht. Ich bin in den Westen abgehauen.» Anton schloss die Augen. Noch immer belastete ihn seine Entscheidung sehr. Es hätte alles anders kommen können, wäre er nicht so egoistisch gewesen.

«Erst eine verheiratete Frau schwängern und sie dann sitzenlassen, das ist ja wohl das Letzte!»

«Ich weiß.»

Charlotte nahm ihre Tasche vom Tisch. «Das muss ich mir nicht länger antun. Ich gehe, und Sie», sie fixierte Anton, «Sie möchte ich nicht noch einmal bei meiner Mutter sehen. Haben wir uns verstanden?» Charlotte rannte aus der Cafeteria.

«Charlotte hat unseren Vater sehr geliebt, sie war immer seine Lieblingstochter.» Theresa sah auf einmal traurig aus. «Und Marlene? Sie erscheint mir wie ein einziges Geheimnis. Was … war mit ihr?»

«Nun ja, sie saß im Gefängnis wegen versuchter Republikflucht.» Anton seufzte.

«Das habe ich mir schon gedacht, aber das meine ich nicht. Anton, kannst du mir erklären, warum Marlene mir ihr Haus in Rostock vererbt hat?»

«Vererbt? Wie meinst du das?» Anton wurde blass.

«Du weißt es gar nicht? Marlene ist gestorben.»

Anton starrte Theresa an und rang nach Worten. Er zitterte.

In diesem Augenblick kam ein Arzt mit wehendem Kittel in die Cafeteria gestürmt. Er sah sich um, entdeckte Theresa und Anton und kam geradewegs auf die beiden zu. «Gut, dass Sie noch da sind. Es tut mir leid. Es sah eigentlich nicht danach aus, aber …» Er fuhr mit der Hand über das Stethoskop, das um seinen Hals hing. «Ihre Mutter hat es leider nicht geschafft. Mein Beileid.»

# Damals (1971)

## Ost-Berlin

«Ich will einfach nicht als Gammler bezeichnet werden.» Mit beschlagener Brille sah Wieland in die Runde. «Nur weil ich die Haare lang trage und in einer Beatgruppe spiele und dazu noch konfessionell gebunden bin.» Er machte eine Handbewegung zu seinem Gitarrenkoffer in der Ecke. «Ich bin angeblich das Grauen in Person. Ein Wunder, dass sie mir eine Ausbildung genehmigt haben, aber Druckereifacharbeiter?»

Marlene nickte. Wieland hätte gerne Architektur studiert, schon seit sie mit ihm zusammengekommen war, redete er davon. Seine Leistungen in der Schule waren überragend, sein Klassenstandpunkt war es nicht. Aber die Tatsache, dass er aus einer Pfarrersfamilie kam, klebte an ihm wie ein Makel, der durch nichts wettgemacht werden konnte.

«Wir werden als Kriminelle, Staatsfeinde und Asoziale hingestellt. Wir würden den Ruf der Jugend in der Deutschen Demokratischen Republik beflecken. Wegen Musik und ein paar Fusseln auf dem Kopf, pah», sagte Wieland und griff nach der Bierflasche.

Bewegung kam in die Gruppe, alle sprachen wütend durcheinander. Klaus Ostermeyer, noch in Talar und Beffchen, kam herein. Er umarmte seine beiden Söhne und begrüßte die anderen Jugendlichen mit Handschlag.

«Was schaut ihr denn alle so trübsinnig?» Er setzte sich zu ihnen auf den Boden.

«Das weißt du doch.» Wieland wandte sich an einen Jungen, der bisher geschwiegen hatte. «Peter, erzähl, was dir passiert ist.»

Die Tür wurde erneut geöffnet. Ein Mann in Arbeitskleidung betrat das Zimmer. Alle sahen auf. Seit ein paar Tagen wurden in der Kirche Umbauten vorgenommen. Jahrelang hatte Klaus Ostermeyer Anträge gestellt und sich für eine Restaurierung des alten Backsteingebäudes starkgemacht, doch immer ohne Erfolg. Und dann, vor ein paar Wochen, war plötzlich das Schreiben gekommen, dass die Anträge bewilligt worden seien. Als der Mann die Jugendlichen sah, sagte er, er würde später wiederkommen, und schloss die Tür.

«Na los, Peter, erzähl schon», forderte Wieland den Jungen, der ihm gegenübersaß und an seinen Fingernägeln kaute, noch einmal auf.

Peter wurde rot. «Wir saßen im Zug nach Wernigerode. Es war Freitag. Ich und ein paar Freunde, wir wollten zu einem Konzert der B-Side-Combo.»

«Aber die haben doch Auftrittsverbot in der DDR.» Nachdenklich strich sich Klaus Ostermeyer über den Bart.

«Eben. Plötzlich kamen Polizisten ins Zugabteil. Wir waren schon fast da. Ein Duzend Vopos, vollkommen unverhältnismäßig. Fahndungskontrolle, Personalausweis, haben sie gebrüllt. Hab ich ihnen gezeigt. Da haben sie mich mitgenommen, aus dem Zug raus und auf die Wache. Dort wurde ich drei Stunden verhört, und am Ende haben sie mir einfach die Haare abgeschnitten, sonst hätte ich nicht gehen dürfen.»

«Unglaublich!» Wieland sprang auf. Eine Bierflasche fiel um. «So geht das doch nicht.»

«Und weiter?» Klaus Ostermeyer sprach ruhig.

«Anklage wegen Rowdytums und staatsfeindlicher Zusammenrottung.»

Marlene überlegte. Etwa zwanzig Jugendliche saßen hier. Die Gruppe kannte sich schon seit langem. Sie verstand das alles nicht. Warum hatten ihre Freunde es so schwer? Was hatten sie verbrochen? Sie wollten doch nur ihr Leben genießen und niemandem etwas Böses, nur ihre Meinung sagen, ihre Musik hören, ihre Bücher lesen und das studieren, was sie interessierte. Was war so falsch daran? Und was hatte eine Frisur, was hatte Kleidung damit zu tun? Das war doch kein Ausdruck der Ablehnung der DDR. Einmal hatte Marlene sogar versucht, mit ihrem Vater darüber zu sprechen, doch der stellte auf Durchzug und gab die immergleichen Worthülsen zum Besten. Diese Gammler seien verwahrloste Jugendliche, mit schmutzigen Haaren und zerlumpter Kleidung, das seien arbeitsscheue Menschen und revanchistische Subjekte. Danach erwähnte Marlene die Probleme ihrer Freunde ihm gegenüber nie wieder. Wie ihr Vater erfahren hatte, dass sie mit Wieland zusammen war, konnte Marlene sich nicht erklären. Waren sie nicht vorsichtig genug gewesen? Hatte sie jemand verpetzt? Anfangs hatte ihr Vater mit allen Mitteln versucht, ihr den Umgang mit Wieland zu verbieten, aber an diesem Punkt stellte sie ihrerseits auf Durchzug. Immerhin war sie schon siebzehn, also fast erwachsen. Und mittlerweile schien ihr Vater ihre Beziehung zu tolerieren, auch wenn sie ihm nicht gefiel.

«Und dann die Sache mit der Armee. Hauptsache, sie

haben ein Heer folgsamer Soldaten. Haben sie denn nichts gelernt aus der Geschichte?» Wieland setzte sich wieder neben Marlene.

«Die Frucht der Gerechtigkeit aber wird gesät in Frieden für die, die Frieden stiften», murmelte Klaus Ostermeyer leise vor sich hin.

«Amen.»

«Erinnert ihr euch an Simon?»

Alle nickten.

Auch Marlene kannte ihn. Simon war ein aufgeweckter junger Mann. Noch vor einem halben Jahr war er fast täglich in der Kirche gewesen, bis der Einberufungsbescheid vom Wehrkreiskommando gekommen war. Aus religiösen Gründen hatte er den Dienst an der Waffe verweigert und um Wehrersatzdienst gebeten. Er hatte zu den Bausoldaten nach Prora gemusst. Irgendwann hatte ihn ein Mann angesprochen und ihn gebeten, ein Meinungsbild unter den Bausoldaten aufzustellen, zu berichten, wer was sagte und worüber sich hinter vorgehaltener Hand beschwert wurde. Simon hatte allen seinen Freunden von dem Treffen erzählt. Damit hatte er sich selber dekonspiriert. Mit Tränen in den Augen hatte er von den Schikanen erzählt, die er erdulden musste, nachdem er die Zusammenarbeit verweigert hatte. Schwere körperliche Arbeit, Ausheben von Kabelschächten, Anlegen von Schießanlagen und Grenzbefestigungen. Einer aus seiner Kompanie hatte sich sogar das Leben genommen, weil er die harten Arbeitsbedingungen nicht ausgehalten hatte. Schließlich war Simon von einem Tag auf den anderen nicht mehr zu den Treffen in der Kirche gekommen. Es hieß, er sei über die Grenze geflüchtet. Wie, darüber hatte die Gruppe oft spekuliert. Aber niemand wusste, ob er es überhaupt geschafft hatte oder ob ihn die Selbstschussanlagen, die er mit aufgebaut hatte, selber getroffen hatten.

«Im Grunde müsste man es so machen wie Simon. Einfach abhauen, nach drüben, einfach weg», sagte Wieland, und Marlene nahm seine Hand.

«Johannes, ich muss dich sprechen.» Konrad Striesow, der sein Büro auf dem gleichen Flur hatte, trat ein. Er sah genauso müde aus, wie Johannes sich gerade fühlte. «Aber unter vier Augen, geht das?»

Johannes schob seinen Stuhl zurück. «Lass uns nach draußen gehen. Hier drinnen sind wir zwar unter vier Augen, aber es gibt mit Sicherheit tausend Ohren.»

Die beiden Männer setzten sich auf eine Bank gegenüber dem Gebäudekomplex in der Normannenstraße. Konrad Striesow öffnete seinen Aktenkoffer, legte das *Neue Deutschland* auf die Bank und nahm seine Brotdose und eine Thermosflasche heraus. Dann sagte er leise: «Hör zu, Johannes. Was ich dir jetzt sage, muss unter uns bleiben. Wenn Kolja erfährt, dass du Bescheid weißt, lässt er mich wahrscheinlich in einen Gulag nach Sibirien verschleppen.» Er biss in sein Leberwurstbrot.

Johannes nahm eine Schachtel Karo aus seinem Sakko, zündete sich eine Zigarette an und sah prüfend nach allen Seiten. «Ich sage kein Wort. Also, worum geht es? Was soll die Geheimniskrämerei?»

«Es geht um deine Tochter Marlene. Ein Mitarbeiter von uns ist auf sie angesetzt. Vor einer Woche war er bei einem Zusammentreffen in der Kirche.» Konrad Striesow hielt beim Kauen inne. «Heute Morgen habe ich seinen Bericht bekommen. Marlenes Freund, dieser Wieland Ostermeyer, nun, wir gehen davon aus, dass er die DDR illegal verlassen will.»

Johannes hatte stumm zugehört und so schnell geraucht, dass ihm schwindlig wurde. Die Zigarette war nur noch ein Stummel, und Johannes verbrannte sich die Finger.

«Warum erzählst du mir das?» Er blies gegen seine Fingerkuppen.

«Weil wir Kollegen und, so hoffe ich, nach all den Jahren auch Freunde sind.»

Johannes versuchte zu verstehen, warum Konrad Striesow ihn über die Fluchtpläne von Marlenes Freund informierte. Wirklich aus Freundschaft? Oder wollte er ihn in eine Falle locken? Vielleicht wollte er, gemeinsam mit Kolja, seine Loyalität überprüfen? Zuzutrauen war Kolja so etwas in jedem Fall.

Konrad Striesow schraubte seine Thermosflasche auf. «Spätestens heute Nachmittag hat Kolja den Bericht auf seinem Schreibtisch, und dann kann ich für nichts mehr garantieren. Du weißt ja, wie er ist.»

Er hatte recht. In letzter Zeit reagierte Kolja immer unerbittlicher, duldete keinen Widerspruch und versuchte, alles, was ihm nicht passte, aus dem Weg zu räumen. Johannes erkannte Kolja nicht wieder. Noch gut erinnerte er sich an ihre erste Begegnung, damals im Barackenlager in Rostock. Kolja und er, sie waren einmal wie Vater und Sohn gewesen. Wanjuscha, kleiner Johannes, hatte Kolja ihn immer genannt. Aber das tat er kaum noch. Schon seit einer Weile war ihr Verhältnis spürbar abgekühlt, sodass Johannes sich fragte, ob Koljas väterliche Fürsorge von Beginn an reine Kalkulation gewesen war. Hatte er schon immer versucht, Johannes um den Finger zu wickeln, um ihn für seine Zwecke einzuspannen?

«Privjet, kleine Mittagspause in der Sonne?»

Johannes und Konrad Striesow zuckten zusammen.

«Na, bei dem Wetter, da tut frische Luft gut. Und in den

staubigen Büros hält man es ja auch nicht lange aus, was?» Kolja stellte sich vor die Bank, auf der die beiden saßen. «Obwohl, wenn man euch so sieht, könnte man fast meinen, hier findet ein konspiratives Treffen statt.»

Johannes wusste nicht, wohin mit seinen Händen, und nahm das *Neue Deutschland* von der Bank.

Kolja schaute Johannes in die Augen, zog langsam seine Mundwinkel nach oben und lachte laut. «War nur ein Scherz. Oder glaubt ihr etwa, ich sehe Gespenster?»

Johannes legte die Zeitung zurück auf die Bank.

Kolja nahm Konrad Striesow den Rest seines Pausenbrotes aus der Hand und biss hinein. «Ach, wie köstlich. Ich liebe diese deutsche Leberwurst.»

---

«Du wirst diesen Wieland nicht mehr wiedersehen, haben wir uns verstanden, Fräulein?» Johannes schlug mit der Faust auf den Tisch.

«Aber … ich …»

«Hör auf zu diskutieren, Marlene. Du machst, was ich sage, ist das klar?» Johannes drehte sich um und stieß dabei gegen die Vase aus Meißner Porzellan. Die Vase fiel zu Boden und zerbrach. Johannes hob entschuldigend die Arme. Auf seinem Hemd hatten sich unter den Achseln tellergroße Schweißflecken gebildet.

Elisabeth saß auf dem Sofa und schaute bestürzt auf die Scherben.

«Ob das klar ist?», fragte Johannes.

«Du bist der schlimmste Mensch, den ich kenne. Lass mich in Ruhe mit deiner Prinzipientreue.» Marlene stürmte aus dem Wohnzimmer.

«Komm sofort zurück, Marlene, was fällt dir ein, so mit mir zu reden!»

Aber Marlene knallte ihre Zimmertür mit aller Kraft zu.

Elisabeth war aufgesprungen. «Hannes, du gehst zu weit, diesmal bist du eindeutig zu weit gegangen.» Mit hochrotem Kopf verließ auch sie das Wohnzimmer.

Marlene lag auf ihrem Bett und starrte an die Decke.

«Darf ich, Lenchen?»

«Mir egal.» Marlene drehte sich zur Seite, und Elisabeth setzte sich auf die Bettkante.

«Du musst deinen Vater verstehen, er macht sich Sorgen um dich.» Elisabeth fiel es in diesem Moment schwer, Johannes in Schutz zu nehmen. Sie sah ja, dass er besorgt war, aber die Art, wie er das zum Ausdruck brachte, erschreckte sie. Elisabeth wusste, dass sie die Wogen glätten musste, auch wenn sie nicht die geringste Idee hatte, wie sie das anstellen sollte.

«Dass eine Beziehung mit einem Pfarrerssohn für Schwierigkeiten sorgt, muss dir doch klar gewesen sein. Dein Vater hat deshalb schon mehrfach Probleme gehabt. Du kennst doch Kolja. Er ist, wenn er … ach, Lenchen, ich weiß es ja auch nicht.»

Marlene drehte sich zurück auf den Rücken und nahm ein Foto von sich und Wieland aus dem Regal neben ihrem Bett.

Elisabeth warf ein Blick darauf. «Lange hat er nichts gesagt und euch machen lassen.»

«Eben, warum stellt er sich jetzt quer, warum ausgerechnet jetzt? Die ganze Zeit war es in Ordnung. Warum darf ich mir nicht aussuchen, mit wem ich meine Zeit verbringe, wen ich liebe?»

«Er wird seine Gründe haben. Mir erzählt er auch nicht alles.»

Marlene richtete sich auf. Dann begann sie zu weinen.

«Was hast du denn?»

«Ich will dich nicht in die Zwickmühle bringen, Mutti. Es ist eh schon schwer genug für mich.»

Elisabeth nahm Marlene in den Arm.

«Wieland will weg. Er will so leben, wie er möchte, Architektur studieren, sagen, was er denkt, ohne die ganzen Schikanen und die Bevormundung. Er will nicht, dass seine Familie so leben muss.»

Elisabeth sah Marlene entsetzt an. «Was sagst du da?»

«Ich kann ihn nicht alleine gehen lassen, Mutti. Wir gehören zusammen, jetzt umso mehr.»

«Nein. Vielleicht kann Vati etwas arrangieren? Ich rede noch mal mit ihm. Vielleicht gibt es doch noch eine Möglichkeit?»

«Ich muss mit. Ich weiß, es bricht dir das Herz. Aber ich muss mit.»

«Nein, Lenchen, nein.» Elisabeth fröstelte. Warum wiederholte sich alles, und warum passierte ihr das? Warum ausgerechnet ihr? Sie konnte nicht anders. Auch sie begann zu weinen. «Nein, Lenchen, nein. Tu mir das nicht an. Du kannst nicht gehen, das kann ich nicht zulassen.» Elisabeth dachte an Anton, sah die Tränen in Marlenes blauen Augen, Antons Augen. Schon wieder würde sie einen Menschen, den sie liebte, verlieren. So oder so, Elisabeth wusste, dass sie Marlene nicht halten konnte. Wenn ihre Tochter nicht mehr mit Wieland zusammen sein dürfte, würde sie Elisabeth das immer vorhalten und sich irgendwann abwenden.

«Ich muss Wieland begleiten. Weil … weil ich schwanger bin.»

Elisabeth schnappte nach Luft. «Marlene, du bist siebzehn. Du bist viel zu jung für ein Kind.»

«Ich wusste, dass du mich nicht verstehst.» Marlene sprang

auf, und nur wenige Sekunden später fiel die Wohnungstür ins Schloss.

Elisabeth rannte in den Flur und riss die Tür wieder auf. «Marlene, komm zurück. Ich würde dir doch nie etwas Böses wollen.»

«Nanu, was machst du denn um diese Zeit hier?» Rita Ostermeyer sah Marlene besorgt an. «Hast du geweint?»

Marlene nickte und wischte sich mit dem Ärmel ihrer Jacke über die Augen. «Ich muss zu Wieland.»

Rita Ostermeyer nickte. «Willst du mir erzählen, was passiert ist?»

«Lass sie doch.» Wieland war unbemerkt hinter seiner Mutter die Treppe heruntergekommen.

«Danke, Frau Ostermeyer, aber ich möchte erst mit Wieland alleine reden.»

«Wenn ihr was braucht, dann sagt ihr aber Bescheid.»

Wieland und Marlene nickten und gingen nach oben in Wielands Zimmer.

«Er wollte dir verbieten, dass wir uns sehen? Warum so plötzlich?» Wieland ließ sich auf sein Bett fallen.

«Ich weiß es nicht, aber es war ihm ernst.» Marlene sah aus dem Fenster in die Nacht hinaus. Der Himmel war wolkenlos, und sie konnte den Großen Wagen deutlich erkennen. «Ich habe meiner Mutter erzählt, dass ich schwanger bin.»

«Oje.» Wieland nahm Marlenes Hand. «Dann müssen wir es meinen Eltern aber auch sagen.»

Marlene zog ihre Hand weg. Wieder begann sie zu weinen. Wieland umarmte sie, und eine Weile saßen sie da, ohne sich zu bewegen. Als Marlene schniefte, drehte sich Wieland zur Seite und reichte ihr ein Taschentuch. Doch sie reagierte nicht. Sie sah zum Fenster. «Wieland, wenn nicht jetzt, wann dann?»

«Was meinst du?»

«Wir müssen weg, raus hier. Und wir müssen sofort los, ehe mein Vater Wind davon bekommt.»

«Aber ich dachte, wir wollten das genau planen und nicht so Hals über Kopf aufbrechen. Das ist doch viel zu gefährlich.»

Marlene löste den Blick vom Fenster und sah Wieland in die Augen. «Wir haben keine Zeit zum Planen. Wenn wir hierbleiben, dürften wir uns nicht mehr sehen, du hättest meinen Vater mal hören sollen. So wütend habe ich ihn noch nie erlebt. Und da wusste er noch nicht mal, dass ich schwanger bin.»

Es klopfte an der Tür, und Rita Ostermeyer betrat das Zimmer. «Alles klar bei euch?»

«Das wird schon wieder, mach dir keine Sorgen. Marlene schläft heute hier. Geht das in Ordnung?»

«Aber natürlich.»

«Danke, Frau Ostermeyer.»

«Schlaft gut, ihr beiden.»

Als Rita Ostermeyer die Tür wieder geschlossen hatte, stand Wieland auf, ging in die Hocke und zog einen Rucksack unter seinem Bett hervor.

«Dann bist du dabei? Wir hauen heute noch ab?»

Wieland setzte sich vor Marlene auf das Bett und nahm ihr Gesicht in seine Hände. Vorsichtig küsste er sie auf die Stirn.

«Marlene, ich liebe dich. Mit dir würde ich überall hingehen, egal wann.»

# Kurz vor Prag

Der Zug war leer, es war weit nach Mitternacht, und die Dunkelheit hatte sich wie eine Decke über der vorbeiziehenden Landschaft ausgebreitet. Wieland und Marlene saßen eng umschlungen in einem Abteil und schauten durch das schmutzige Fenster.

«Es tut mir so leid. Ich wollte dich nicht in diese Lage bringen.» Wieland legte seine Hand auf Marlenes Bauch.

«Wieland, ich bin kein kleines Mädchen mehr, auch wenn meine Eltern das glauben. Ich weiß, worauf ich mich einlasse.» Marlene legte ihre Hand auf seine und lächelte.

Der Lautsprecher über der Tür knarzte. «Nächste Haltestelle Prag Hauptbahnhof.»

Marlene drückte Wielands Hand fester auf ihren Bauch. «Und ich will nicht, dass unser Kind ohne seinen Vater aufwächst.»

Wieland nickte. «Wenn es ein Junge wird, nennen wir ihn Paul. So wie Paul McCartney von den Beatles. Einverstanden?»

Marlene nahm Wielands Gesicht in ihre Hände und küsste ihn. «Und ein Mädchen nennen wir Paula.»

«Ja, das machen wir.» Er sah auf die Uhr. «Wir sollen ins Café Svoboda beim Hradschin gehen und nach Marek fragen. Das ist wohl der Verbindungsmann. Und wenn alles gutgeht, sind wir übermorgen im Westen.»

«Hoffentlich. Ein bisschen Angst hab ich schon.»

«Mach dir keine Sorgen, ich pass auf euch auf.»

## Ost-Berlin

Johannes klingelte Sturm. Nichts passierte. Die letzten Stunden kamen ihm so irreal vor, als wären sie einem Roman entsprungen. Johannes hatte Elisabeth noch nie so verzweifelt gesehen. Sie war im Wohnzimmer neben den Scherben der zerbrochenen Vase vor ihm auf die Knie gefallen und hatte ihn angefleht, irgendetwas zu tun. Schließlich war Johannes aus der Wohnung und in die Straßmannstraße gerannt, wo Konrad Striesow wohnte.

Johannes klingelte erneut.

Endlich wurde die Wohnungstür geöffnet. Sein Kollege stand in einem speckigen braunen Frottébademantel auf der Türschwelle, eine Flasche Bier in der Hand. «Hannes, was machst du hier?» Er sah auf seine Armbanduhr. «Klingel doch nicht wie ein Wilder, meine bessere Hälfte wird noch wach. Und überhaupt, ich wollte gerade ins Bett.»

«Es ist dringend, kann ich reinkommen?»

Konrad Striesow machte einen Schritt zur Seite.

«Es geht um Marlene. Sie ist dabei, den größten Fehler ihres Lebens zu begehen.»

Konrad Striesow stellte seine Flasche auf der Kommode im Flur ab. «Hört sich ja dramatisch an. Wo drückt denn der Schuh?»

Johannes ärgerte sich über die Bemerkung, offenbar erkannte sein Kollege den Ernst der Lage nicht. «Marlene und Wieland wollen weg, in den Westen. Sie sind wahrscheinlich bereits unterwegs. Marlene ist einfach fortgelaufen. Ich muss sie zurückholen. Sonst verzeiht Lisbeth mir das nie.»

Konrad Striesow zog den Gürtel seines Bademantels enger. «Und was genau soll jetzt meine Rolle in diesem Familiendrama sein?»

Johannes fasste seinen Kollegen an den Schultern. «Du musst mir alles sagen, was du weißt.»

«Du bringst mich hier in Teufels Küche. Ist dir das eigentlich klar?»

«Bitte, ich flehe dich an, sag mir, was du weißt. Marlene ist schwanger. Ich habe solche Angst, dass ihr etwas zustößt.»

«Ich kann dir nicht helfen, Johannes.»

Johannes fiel auf die Knie.

Konrad Striesow sah auf ihn herunter. «Jetzt komm hoch, das ist ja peinlich, dich so zu sehen. Also schön, ich erzähle dir alles.»

## Prag

Das Café lag in einer Seitenstraße in der Nähe des Hradschin. Sie setzten sich schräg gegenüber in einen Hauseingang. Wieland nahm einen Beutel aus dem Rucksack. Am Bahnhof hatten sie nach ihrer Ankunft noch einen offenen Kiosk gefunden und dort Oblaten, zwei Äpfel und eine Flasche Wasser gekauft.

Marlene blickte zum Café hinüber. Es war geschlossen und sah von außen unscheinbar aus. An der Fassade blätterte der Putz ab, über der Tür, die mit Zetteln und Postern beklebt war, zappelte eine zerschlissene Markise im Wind, auf der *Svoboda* stand. «Svoboda, das heißt doch Freiheit, oder?»

Wieland nickte und biss in einen Apfel. «Das ist doch unheimlich schlau gemacht. Keiner würde je auf die Idee kommen, dass ausgerechnet über das Café Freiheit der Weg in die Freiheit führt.»

Ein Mann kam um die Ecke. Er rauchte und pfiff ein Lied. Vor dem Café blieb er stehen, warf seine Zigarette auf den Bürgersteig und zog ein Schlüsselbund aus der Jackentasche. Kurze Zeit später war die schmale Glasfront des Cafés erleuchtet. Wieland und Marlene schauten sich an.

Wieland warf einen Blick auf seine Armbanduhr. Es war gerade mal sieben Uhr. «Lass uns rübergehen und einen Kaffee trinken, dann sehen wir weiter.»

«Dva Kaffee mlékem, puzhaluysta.» Wieland wurde rot, als er seine Bestellung aufgab.

«Lustiges Kauderwelsch, aber ich spreche auch Deutsch. Zwei Kaffee mit Milch?»

Wieland und Marlene nickten.

«Meine Mutter kommt aus Gera. Sie ist der Liebe gefolgt, und mein Vater und sie leben nun schon seit fünfzehn Jahren hier in Prag. Ich bin Marek.» Der junge Mann hielt ihnen die Hand hin. «Und ihr, so früh schon auf den Beinen?»

«Ich bin Marlene, das ist Wieland. Wir sind Touristen und gerade angekommen.»

Marek krempelte sich die Ärmel seines Hemdes hoch und stellte die Kaffeemaschine an. «DDR?»

Marlene nickte.

Marek nahm eine Dose Kaffeepulver aus dem Regal und musterte Marlene und Wieland. Dann drehte er sich um und drückte einen Knopf. Die Kaffeemaschine begann zu zischen, und das kleine Café war für einen Moment in Dampf gehüllt. «Raus über Österreich?»

«Ja. Wir haben gehört, du kannst uns helfen.»

Marek nickte. «Setzt euch schon mal, ihr müsst kurz warten.» Er stellte zwei Tassen Kaffee auf den Tresen. «Ihr wolltet Kaffee mit Milch, richtig? Bin gleich wieder da.» Marek verschwand durch einen Vorhang.

«Ich hätte nicht gedacht, dass es so einfach ist.»

Marlene nahm Wielands Hand. «Alles wird gut, für dich und mich und Paul oder Paula.»

Nach fünf Minuten war Marek immer noch nicht zurück.

«Vielleicht muss er erst noch eine Kuh melken?»

Marlene und Wieland lachten. In diesem Moment hielten draußen mit quietschenden Reifen zwei Autos. Vier Männer stürmten zur Tür herein und blieben vor ihnen stehen. Erschrocken sahen die beiden auf.

Ein Mann brüllte etwas auf Tschechisch, das Marlene nicht verstand. Aber irgendwann sagte er «staatsfeindliche Verbindung» und «Spionagetätigkeit» auf Deutsch. Wie in Zeitlupe standen Marlene und Wieland auf und folgten den Männern. Marek war in der Zwischenzeit wiedergekommen. Er goss den Kaffee in den Ausguss. Milch hatte er nicht geholt.

Als Marlene und Wieland vor dem Café jeder in eines der Autos geschoben wurden, bemerkte Marlene aus dem Augenwinkel ein weiteres Auto, das angerast kam und in einigem Abstand vor dem Café hielt. Eine Tür wurde geöffnet, ein Mann stieg aus, und noch ehe er sich zu ihr umdrehte, erkannte Marlene aus dem Augenwinkel die große Silhouette und die dunklen Locken. Es war ihr Vater.

# Heute

## Berlin

Anton hatte den Kopf in die Hände gelegt. Zwei Menschen, die zwei Menschen, die ihm am nächsten standen, waren an einem Tag gestorben. Eigentlich stimmte das nicht. Marlenes Tod lag schon länger zurück, aber für ihn war sie eben erst gestern gestorben, als er von ihrem Tod erfahren hatte. Hatte Elisabeth einen sechsten Sinn gehabt und in ebenjenem Moment gespürt, dass ihre Tochter nicht mehr am Leben war? Die Idee kam Anton dumm vor. Er war Mediziner und hielt sich an Tatsachen. Metaphysische oder esoterische Gedanken waren ihm immer fremd gewesen, aber momentan waren sie tröstlich. Sie waren der einzige Halt in einer Realität, die sich in einen bitteren Albtraum verwandelt hatte.

Es klopfte an der Tür. Frau Döring, die beleibte Pflegerin, trat ein. «Herr Michalski, ich habe gar nicht mitbekommen, dass Sie da sind.»

«Entschuldigen Sie.» Anton stand auf, aber ihm wurde so schwindlig, dass er nach hinten taumelte und sich zurück auf das Bett fallen ließ.

Frau Döring trat zu ihm und sah ihn besorgt an. «Hoppla! Brauchen Sie etwas? Sie sehen aus, als hätten Sie tagelang nicht geschlafen. Mein aufrichtiges Beileid übrigens.»

«Nett von Ihnen, aber es geht schon. Obwohl, ich habe tatsächlich eine Frage, Frau Döring. Wann muss Frau Groens Zimmer geräumt werden?»

Die Pflegerin überlegte kurz. «Eigentlich so schnell wie möglich. Wir haben lange Wartelisten. Aber ich denke, ich könnte eine Ausnahme machen.»

Anton versuchte zu lächeln, aber sein Gesicht war wie eingefroren. «Das wäre sehr hilfreich.»

«Herr Michalski, wir kennen uns ja schon eine Weile. Erinnern Sie sich, ich hatte Dienst, als Frau Groen zu uns kam. Wann war das noch gleich?»

«Vor drei Jahren. Am sechsten März 2009.»

«Ihr Gedächtnis ist beneidenswert.» Sie setzte sich neben Anton. «Ende des Monats. Schaffen Sie das?»

«Ich gebe mir Mühe.»

«Das kriegen wir schon hin. Ich bin ja auch noch da. Wenn Sie Hilfe brauchen, sagen Sie einfach Bescheid.»

«Danke.» Anton merkte, wie ihm Tränen in die Augen stiegen.

«Frau Groen war sicherlich unheimlich glücklich, so einen tollen Mann an ihrer Seite zu haben.» Sie strich Anton über den Arm. «Und jetzt lasse ich Sie allein. Wenn Sie etwas brauchen, einen Kaffee oder jemanden zum Reden, wissen Sie ja, wo Sie mich finden.» Sie stand auf und ging hinaus.

Anton streckte sich auf dem Bett aus, vergrub sein Gesicht in Elisabeths Kopfkissen und atmete ihren Geruch ein. Es kam ihm vor, als hätte sie gerade noch neben ihm gelegen, wäre nur kurz aus dem Zimmer gegangen und würde gleich zurückkommen. Aber sie würde nicht mehr kommen, sie war weg, für immer. Anton drückte sich vom Bett hoch und beschloss, nach Hause zu gehen. Es war keine gute Idee gewesen herzukommen, und es gab noch so viel zu erledigen.

Er griff nach seinem Gehstock. Als er neben dem Bett stand, sah er sich noch einmal um. Sein Blick fiel auf das Bild an der Wand. Das Schokoladenmädchen hatte ihn und Elisabeth stets begleitet, es kannte ihre Geschichte in allen Einzelheiten, von Anfang bis Ende, hatte ihren Gedanken zugehört und immer Stillschweigen bewahrt, während es stoisch die Tasse heißer Schokolade servierte. Anton entschied, das Bild mitzunehmen. Als er es von der Wand nahm, raschelte es leise, und ein Brief fiel aus der Rückseite des Rahmens. Anton lehnte das Bild gegen die Wand und hob den Brief auf. *Für Anton* stand in Elisabeths fein geschwungener Handschrift darauf. Er drehte den Umschlag um. *Erst nach meinem Tod öffnen*, hatte sie auf die Rückseite geschrieben. Anton betrachtete seine von Altersflecken gezeichneten Hände, die begonnen hatten zu zittern. Sollte er den Brief jetzt lesen oder ihn mit nach Hause nehmen? Kurz entschlossen öffnete er den Umschlag und zog zwei Bögen Papier heraus.

*Berlin, den 3. Mai 2005*

*Lieber Anton,*

*noch bin ich bei klarem Verstand, aber ich merke, wie die Dinge aus meinem Kopf zu fallen beginnen. Ich will dir jetzt schreiben, jetzt, wo ich meine Gedanken noch kontrollieren kann, zumindest die meiste Zeit. Ich weiß, wo das hinführen, wo das enden wird, und irgendwann werde ich nicht mehr die Kraft haben, einen Stift zu halten und einigermaßen sinnvolle Sätze zu formulieren. Vielleicht bringe ich sogar die Namen meiner Kinder durcheinander, vergesse zu essen und schließlich zu atmen. Im Krankenhaus habe ich das zu oft miterlebt, um mich irgendwelchen Illusionen hinzugeben.*

*Anton, du bist das größte Wunder in meinem Leben. So lange kennen wir uns, haben uns verloren und wiedergefunden, und ich danke dir für alles, was du für mich getan hast. Ja, ich war sehr wütend, traurig und verletzt, als du einfach in den Westen gegangen bist und mich vor vollendete Tatsachen gestellt hast, ohne dass ich etwas anderes tun konnte, als zu trauern.*
*Aber dann haben wir uns wiedergefunden und sind einander nähergekommen, als ich jemals für möglich gehalten hätte.*

*Und doch gibt es eine Sache, die ich dir nie gesagt habe, über die ich nicht reden konnte. Warum, wirst du dich jetzt fragen, wir waren doch immer aufrichtig zueinander. Schweren Herzens muss ich zugeben, dass ich dir etwas verschwiegen habe. Aus Angst, du würdest dich von mir abwenden. Ja, ich würde sogar so weit gehen zu behaupten, dass ich ein Verbrechen begangen habe. Ich hege tiefe Abscheu gegen mich selbst. Nur Eva, Johannes und meine Mutter wissen Bescheid. Es hat mit Marlene zu tun. Besonders Eva hat mir immer wieder Vorwürfe gemacht, und tief in meinem Herzen weiß ich, dass sie recht hat. Aber ich werde es ihr nie vergessen, dass sie all die Jahre Stillschweigen bewahrt hat.*

*Anton, ich bin ein Feigling, ein Duckmäuser, und während ich diese Zeilen schreibe, wird mir klar, dass ich es nicht über mich bringe, dir die Wahrheit zu sagen, so elend fühle ich mich.*

*Wer weiß, vielleicht findest du irgendwann auch so die Wahrheit heraus. Dann denke daran, dass ich dich immer geliebt habe, all die Jahre, und ich hoffe, dass du mir verzeihen kannst, auch über meinen Tod hinaus.*

*In Liebe,*
*Lisbeth*

# Damals (1971)
## Ost-Berlin

Marlene waren die Augen verbunden worden, und sie trug Handschellen. Irgendwann bremste das Auto, jemand griff nach ihrer Hand und drückte ihr eine Spritze in die Armbeuge. Benommen sackte sie zur Seite. Die Zunge klebte ihr am Gaumen, aber sie wagte nicht, um einen Schluck Wasser zu bitten. Das Auto hielt, jemand nahm ihr die Augenbinde ab und befahl ihr auszusteigen. Marlene stand in einer Garage, deren Tor gerade hochgefahren wurde. Um sie herum erhob sich ein Gebäudekomplex aus Waschbetonmauern. Die Fenster waren vergittert, hinter den Gebäuden ragten Flutlichtanlagen und Wachtürme in den Himmel, und auf den Mauern schlängelte sich Stacheldraht.

Schweißgebadet wachte Marlene auf. Immer und immer wieder suchte sie der gleiche Traum heim. Ein Traum, der keiner war. Marlene wusste, dass sie sich tagsüber nicht hinlegen durfte, aber sie war so übermüdet, dass sie einfach eingeschlafen war. Sie wollte sich gerade aufrichten, als gegen die Zellentür geschlagen wurde. «Zweihundertsieben, aufstehen, wir sind hier nicht im FDGB-Ferienheim. Liegen können Sie nachts.» Die Augen der Wärterin funkelten durch die Klappe in der Zellentür.

Marlene sprang auf. «Tut mir leid», flüsterte sie, aber die Wärterin war schon weitergegangen.

Die Zelle maß acht mal acht Schritte, umgeben von schmutzig grauen Wänden. Am Boden über der Scheuerleiste schlängelten sich dunkle Schimmelflecken, die, so hatte Marlene den Eindruck, mit jedem Tag größer wurden und ihrer Pritsche gefährlich näher kamen. Daneben standen ein Hocker und ein Tisch, und auf der gegenüberliegenden Seite befanden sich eine Toilette und ein Waschbecken. In die Wand war ein Glasbaustein eingelassen, der kaum Tageslicht hereinließ.

Marlene faltete die kratzige Decke so zusammen, wie man ihr es gezeigt hatte, und legte das Kissen ans Kopfende. Da hörte sie erneut die schweren Stiefel der Wärterin, die sich auf dem Linoleum quietschend der Zelle näherten.

Die Klappe wurde aufgeschoben, Marlene reichte die blaue Plastikschüssel und den weißen Becher heraus, und als sie beides zurückbekam, lagen zwei dünne Scheiben Mischbrot, ein Stück Margarine, eine Scheibe Wurst und ein Klecks Marmelade auf dem Teller. Dünner Muckefuck dampfte im Becher. Marlene setzte sich auf den Hocker, ihr Trainingsanzug spannte. Plötzlich spürte sie einen leichten Tritt. Sie lächelte, streichelte sich über den Bauch und dachte, wenigstens habe ich dich noch, mein Kleines. Alles wird gut, ewig können sie mich hier ja nicht festhalten, irgendwann sind wir wieder frei. Sie strich ein wenig Margarine auf das Brot und legte eine Scheibe Wurst darüber.

Die Tage waren alle gleich, alle hatten denselben Rhythmus, zogen sich hin, wollten nicht vergehen, und Marlene hatte inzwischen jegliches Zeitgefühl verloren. Nur ihr immer runder werdender Körper war Beweis für die verstreichende Zeit, dafür, dass das Leben weiterging. Die Gefangenen wurden um sechs Uhr geweckt, Nachtruhe war um zehn, und markiert wurden Anfang und Ende des Tages mit einer schrillen Klingel. Etwas zum Lesen hatte sie nicht, und in den kleinen dunklen Hof zum Freigang durfte sie nur ein Mal alle zwei Tage für eine Viertelstunde.

Marlene hatte inzwischen so viel nachgedacht, dass sie sicher war, alle Gedanken, die ein Mensch sich jemals machen konnte, mehrmals im Kopf durchgegangen zu sein. Sie dachte an ihre Eltern, an Charlotte und vor allem an ihre Naivität, ihre Ahnungslosigkeit, einfach in ein Café in Prag zu spazieren und zu glauben, dass der Rest sich finden werde. Sie dachte an Marek, den falschen Fluchthelfer, und vor allem an Wieland. Wo er jetzt wohl war? Seit ihrer Verhaftung hatte sie nichts mehr von ihm gehört.

«Ihr könnt euch sicherlich denken, warum ich hier bin.» Kolja ging im Wohnzimmer auf und ab, griff in seine Manteltasche und zog eine Schachtel Papyrossi heraus.

Elisabeth sah ängstlich zu Johannes, der neben ihr auf dem Sofa saß, und drückte seine Hand.

Kolja steckte sich eine Zigarette in den Mund und zündete sie an. «Also?»

«Geht es um Marlene?» Johannes versuchte zu lächeln.

Koljas Augen verengten sich zu Schlitzen. Er schlug mit der Faust auf den Wohnzimmertisch. «Natürlich geht es um Marlene. Tu doch nicht so unschuldig.»

Elisabeth zuckte zusammen, stand auf und holte einen Aschenbecher aus der Küche.

«Die Tochter eines hauptamtlichen Mitarbeiters im Gefängnis. Das ist vollkommen inakzeptabel. Wie soll ich das den anderen Mitarbeitern gegenüber begründen? Immerhin haben wir beide die ganzen Jahre so eng zusammengearbeitet, dass die Angelegenheit auf mich zurückfallen könnte.»

Elisabeth stellte den Aschenbecher vor Kolja. Er achtete nicht darauf, und die Asche fiel auf den Teppich. «Kolja, wo ist sie denn jetzt?»

«Das tut nichts zur Sache. Es ist sogar besser, wenn ihr nicht wisst, in welchem Gefängnis sie ist. Ihr dürft sie bis auf weiteres ohnehin nicht besuchen.»

Elisabeth setzte sich. «Aber wie es meiner Marlene geht, das kannst du uns doch sagen?»

«*Meine* Marlene. Pah, dass ich nicht lache. Du hattest sie nie unter Kontrolle, sonst wäre sie kaum mit diesem Pfarrerssohn durchgebrannt.»

Johannes ballte die Hand zur Faust. «Kolja, ich verbiete dir, so mit Elisabeth zu reden. Was fällt dir ein, hier aufzutauchen und …»

Mit einer herrischen Geste brachte Kolja Johannes zum Schweigen. «Hannes, wir haben jetzt keine Zeit, uns mit solchen Befindlichkeiten aufzuhalten. Ihr habt als Eltern versagt. Geplanter ungesetzlicher Grenzübertritt ist ein schweres Verbrechen. Ihr könnt froh sein, dass ihr nicht gleich mit eingebuchtet werdet.» Kolja zündete sich eine neue Zigarette an und lief weiter im Wohnzimmer auf und ab. Vor dem Bild mit dem Schokoladenmädchen blieb er stehen und musterte es. Dann drehte er sich um und schaute in Elisabeths Richtung. Sie senkte den Blick.

«Ein Bootsunfall.»

«Was denn für ein Bootsunfall?» Johannes ging zur Schrankwand und nahm eine Flasche Goldkrone und drei Gläser heraus.

«Wenn wir sie offiziell für tot erklären lassen, dann würden …» Kolja setzte sich und wiegte nachdenklich den Kopf.

«Wenn wir *was* machen?» Johannes stellte die Flasche ab und sah Kolja ungläubig an.

«Du hast mich schon verstanden.»

«Kolja, du bist verrückt. Das geht doch nicht.»

«Wer hier verrückt ist, wird sich zeigen. Ihr erklärt sie offiziell für tot. Ich hoffe, wir haben uns verstanden?»

Elisabeth schlug sich die Hände vor den Mund. «Kolja, bitte, tu uns das nicht an.»

«Elisabeth, wie naiv bist du eigentlich? Es ist die einzige Möglichkeit. Wenn ihr nicht macht, was ich sage, dann muss ich Hannes unehrenhaft aus dem Dienst entlassen. Vielleicht wird er dann vor Gericht kommen wegen Mitwisserschaft oder sogar wegen Beihilfe zur Republikflucht. Schließlich ist es denkbar, dass er von der ganzen Sache wusste. Und du willst doch nicht ohne ihn leben, oder?»

Elisabeth begann zu schluchzen. «Hannes, tu doch was, ich bitte dich.»

Johannes goss den Weinbrand mit zitternden Händen in die Gläser, nahm sich eins und ging zum Fenster.

Eine Weile sagte niemand etwas.

Schließlich räusperte Johannes sich und sah Elisabeth an. «Ich fürchte, wir haben keine andere Wahl.»

«Richtig, Hannes. Endlich nimmt hier mal einer Vernunft an.» Kolja stand auf und strich seine Hose glatt.

Elisabeth schnäuzte sich in ein Taschentuch. «Warum tut ihr mir das an?»

Kolja nahm ein Glas von der Schrankwand und reichte es Elisabeth. «Hier, jetzt trink erst mal einen Schluck und krieg dich wieder ein. Ich hoffe, ihr beide wisst, dass das alles nur zu eurem Besten ist. Ich stehe auf eurer Seite.»

Elisabeth holte aus und schlug Kolja das Glas aus der Hand.

Kolja lachte. «Hannes, ich kann mich nur wiederholen, du hast deine Frauen nicht unter Kontrolle.»

Elisabeth sprang auf und rannte aus dem Wohnzimmer.

«Kolja, ich finde, du bist zu hart zu ihr.»

«Ein wenig Disziplin schadet ihr ganz und gar nicht. Und nun muss ich los, die Details besprechen wir später.»

Johannes hielt Kolja am Ärmel fest. «Warum ausgerechnet ein Bootsunfall?»

«Bootsunfall in Rostock, das passt doch hervorragend. Außerdem macht es uns das einfacher. Da gibt es keine Leiche, und wir sparen uns auch die Mühen einer inszenierten Beerdigung.»

Johannes schluckte trocken. Er setzte das Glas an den Mund und leerte es in einem Zug. «Und wenn Marlenes Haftstrafe verbüßt ist, was machen wir dann?»

Kolja überlegte. «Das sehen wir, wenn es so weit ist, ich lasse mir etwas einfallen.»

Ein schrilles Klingeln schreckte Marlene mitten in der Nacht aus dem Schlaf.

«Zweihundertsieben, raustreten.»

Marlene erhob sich von der Pritsche, trat in den Flur und stellte sich mit dem Gesicht zur Wand neben die Zellentür. Die Hände legte sie auf den Rücken. Dann liefen sie los. An der Decke war eine Ampelanlage angebracht, die rot aufleuchtete. Parallel zum Boden liefen über die gesamte Wand Drähte, an denen die Wärter jederzeit Alarm auslösen konnten. Auf dem Boden klebte ein Stoppschild. Marlene blieb stehen, und die Wärterin drückte auf einen Knopf. Die Ampel schaltete auf Grün, und die beiden setzten ihren Weg fort. Das Gefängnis wirkte wie ausgestorben, sie begegneten niemandem, und es kam Marlene vor, als würden sie durch ein Geisterhaus laufen. Im Treppenhaus waren zwischen den Etagen dicke Stahlnetze gespannt, damit sich niemand herunterstürzen konnte. Die Wärterin ließ die ganze Zeit ihr Schlüsselbund an den Gittern entlangrattern. In der zweiten Etage drückte sie eine schwere Stahltür auf. Sie fiel scheppernd in die Angeln. Marlene zuckte zusammen. Hinter der Tür lag ein langer Flur mit rotem Teppichboden, von dem helle Türen mit schwarzen Nummern abgingen. Eine der Türen wurde geöffnet, Marlene trat ein und befand sich in einem Verhörraum mit gepolsterten Wänden. Von diesem Raum ging noch eine Tür ab, die nur angelehnt war.

«Zweihundertsieben, setzen. Hände auf die Sitzfläche, unter die Schenkel.» Der Mann, der das sagte, war kaum älter als Marlene. «Zweihundertsieben, Sie wissen, warum Sie hier sind?»

Marlene schaute auf die Tischplatte.

«Zweihundertsieben?»

Marlene rührte sich nicht.

«Ach, die Dame schweigt. Wie edel. Na gut, will ich Ihnen mal auf die Sprünge helfen. Paragraph 213, geplanter ungesetzlicher Grenzübertritt. Aber wenn schon, dann richtig, nicht wahr? Außerdem Paragraph 100, Aufnahme von staatsfeindlichen Verbindungen.»

Marlene rutschte auf ihrem Stuhl umher.

«Wer hat Ihnen erlaubt, sich zu bewegen, Zweihundertsieben? Also, Wieland Ostermeyer hat bereits gestanden. Eine kluge Entscheidung, wie ich finde. Ansonsten scheint er ja nicht der Hellste zu sein, nach dem zu urteilen, was er über unsere schöne Republik gesagt hat. Das ganze Weihwasser scheint ihm die Synapsen vernebelt zu haben. Leugnen ist zwecklos, Zweihundertsieben. Also?»

Marlene schwieg.

«Jetzt denken Sie doch auch mal an Ihre Familie. Was glauben Sie, wie es Ihrem Vater gerade geht? Der ist doch ein treuer DDR-Bürger, er wird seine Arbeit verlieren und auf der Straße landen. Und Ihre Mutter? Die hat versucht, sich das Leben zu nehmen. Alles wegen Ihnen. Ich verstehe nicht, wie Sie noch in den Spiegel schauen können.»

Marlene sagte nichts. Sie hatte keinen Spiegel. Unsicher, ob der Vernehmer einen Scherz gemacht hatte oder nicht, blickte sie auf.

«Zweihundertsieben. Und nicht zu vergessen, Ihr Ungeborenes. Sie wollen es doch behalten, nehme ich an?»

Eine halbe Stunde später legte der Mann Marlene ein schreibmaschinenbeschriebenes Blatt auf den Tisch. *Dieses Protokoll entspricht in allen Teilen der Wahrheit*, stand ganz unten. Marlene machte sich nicht einmal die Mühe, es zu lesen. Sie hatte die ganze Zeit über nichts gesagt, nur manchmal genickt. Sie nahm den Kugelschreiber, den der Vernehmer ihr hinhielt, und unterschrieb auf der dafür vorgesehenen Linie.

Im letzten Monat ihrer Schwangerschaft bekam Marlene eine Sonderregelung, sie durfte sich auch tagsüber auf die Pritsche legen. Nachts musste sie, so wie die anderen Gefangenen, auf dem Rücken liegen. Das Gesicht sollte nicht bedeckt und die Hände sollten auf der Decke zu sehen sein. Schlafen war ihr so beinahe unmöglich. Wenn Marlene auf dem Rücken lag, wurde ihr schwindlig. «Das ganze Gewicht lastet so auf der Gebärmutter, und die untere Hohlvene wird abgedrückt», hatte die Frauenärztin bei der letzten Untersuchung zu ihr gesagt. «Ich werde sehen, ob ich was für Sie tun kann», hatte sie hinzugefügt, doch nichts war passiert.

In den durchwachten Nächten löste sich die Zeit auf, verschmolz zu einem undurchdringlichen Klumpen aus Sekunden, Minuten, Stunden, Wochen und Monaten. Einmal in der Woche, es musste Sonntag sein, hörte Marlene in der Ferne Kirchenglocken. An diesen Tagen war sie besonders traurig, denn dann musste sie an Wieland denken. Doch egal, welcher Wochentag auch war, die Schikanen blieben. Nachts wurde in einem undurchsichtigen Rhythmus das Licht an- und ausgeschaltet, gegen die Zellentür geklopft oder Marlene mitten in der Nacht zu einer Vernehmung geführt. Die Essensration blieb stets die gleiche, nur ab und zu gab es Salat oder einen Apfel.

Allein die Veränderungen ihres Körpers gaben Marlene Struktur und Halt. Die Tritte des Babys waren jetzt schmerzhaft, der kleine Schmetterling in ihrem Bauch war inzwischen stark gewachsen und wollte ins Freie.

Oft musste Marlene weinen, dann legte sie die Hand auf ihren Bauch. Sie wollte dieses winzige Leben so lange wie möglich festhalten. Mein kleines Wunder, dich habe ich, wenigstens das, du bist ein kleines Wunder inmitten all der Grausamkeiten. Alles wird gut, kleiner Mensch, flüsterte sie ihm dann zu, und einmal begann sie, ein Kinderlied zu summen.

Heftige Schläge gegen die Zellentür waren die Antwort. «Zweihundertsieben. Singen ist verboten. Glauben Sie nicht, dass Sie eine Extrawurst bekommen, nur weil Sie einen Braten in der Röhre haben.»

Drei Wochen vor dem errechneten Geburtstermin setzten die Wehen ein. Als Marlene sich unter einer besonders schmerzhaften Welle krümmte, rief sie nach der Wärterin, aber niemand nahm von ihr Notiz. Die Schmerzen ließen nach. Offenbar falscher Alarm. Marlene atmete erleichtert auf.

Doch nur wenige Minuten später kam die nächste Wehe, und zwar mit einer solchen Heftigkeit, dass Marlene so laut schrie wie nie zuvor in ihrem Leben.

Hastig wurde die Zellentür geöffnet. «Zweihundertsieben, raustreten und zackig auf Station. Ich bin gar nicht sicher, ob gerade eine Hebamme im Haus ist. Na ja, früher ging das ja auch ohne.» Die Wärterin lachte, und Marlene war froh, mit dem Rücken zu ihr zu stehen, denn sonst hätte sie der Frau wahrscheinlich ins Gesicht gespuckt.

Fast zwei Tage lag Marlene in den Wehen, ihre Bitten nach einem Schmerzmittel blieben unerhört. Marlene dachte schon, sie würde es nie schaffen, das Baby zur Welt zu bringen. Die Wehen schüttelten ihren Körper, und sie dachte, sie würden sie zerreißen. Als sie endlich den ersten Schrei ihres Kindes hörte, konnte sie kaum den Kopf heben. Aus dem Augenwinkel sah sie, dass die Hebamme ein kleines Mädchen in den Händen hielt, es abnabelte und untersuchte. Plötzlich waren laute Geräusche zu hören. Sie klangen wie Schüsse. Marlene erschrak. Was war das? Doch als sich die Geräusche wiederholten, immer intensiver wurden und durch das kleine vergitterte Fenster schließlich bunte Lichter am Nachthimmel zu sehen waren, wusste sie, dass das keine Schüsse, sondern Silvesterraketen waren. Das kleine Mädchen schrie lauter.

«Da bist du ja. Meine kleine Paula, du kleiner Trotzkopf», flüsterte Marlene und streckte die Arme nach ihrer Tochter aus.

Doch die Hebamme wickelte das Baby in ein Handtuch und drehte sich zur Tür.

«Bringen Sie mir meine Paula gleich wieder?»

Die Hebamme blickte nicht einmal auf. «Erst müssen wir den Säugling untersuchen. Und Sie müssen noch genäht werden, Zweihundertsieben. Ich hole die Anästhesistin.»

Als Marlene aus der Narkose erwachte, war sie so benommen, dass sie nicht gleich erkannte, wo sie war. Sie lag allein im Krankenbett, zwischen ihren Beinen spürte sie ein heftiges Stechen. Mit kraftloser Stimme rief sie nach der Hebamme. Es kam eine andere als die, die bei der Geburt dabei gewesen war.

«Wann kann ich meine Paula haben?»

Die Hebamme schüttelte den Kopf. «Das Kind hat es nicht geschafft, es hat einfach aufgehört zu atmen. – Aber davon geht ja die Welt nicht unter, Zweihundertsieben. Sie sind ja noch jung. Sie können in Ihrem Leben noch viele Kinder bekommen.»

Marlenes Herz krampfte sich zusammen, und sie brüllte. Die Hebamme stellte sich neben Marlenes Bett und hielt ihr den Mund zu.

«Jetzt haben Sie sich mal nicht so, Zweihundertsieben. Sie wussten doch, worauf Sie sich einlassen. Und überhaupt, ein Kind im Gefängnis, wie soll das denn gehen? Wer weiß, wann Sie hier überhaupt wieder rauskommen.»

Marlene starrte die Hebamme ungläubig an. Sie hatte gerade ihre Tochter verloren und bekam nicht ein Wort des Mitleids? Stattdessen musste sie sich Vorwürfe anhören? Was waren das für Menschen? Die Hebamme war doch selber eine Frau, vielleicht sogar Mutter. Wie konnte sie nur so kalt sein? Marlene wollte erneut schreien, aber kein Ton kam aus ihrem Mund. Sie dachte an das Bild ihrer kleinen Paula, sie hatte es genau vor Augen. Hatte die Hebamme vielleicht sogar recht, und Marlene war am Tod ihrer Tochter selbst schuld? Von diesem Moment an konnte Marlene nicht mehr weinen, sie war ausgetrocknet. Es war, als hätte Paula Marlenes Tränen mit ins Grab genommen.

Auf dem Schlafzimmerboden lagen Blusen, Röcke, Hosen und Unterwäsche verstreut. Elisabeth stand vor dem Spiegel und versuchte, eine Bluse zuzuknöpfen. Schließlich gab sie auf. Seit Marlenes Verhaftung in Prag hatte Elisabeth jeden Monat fast ein Kilogramm zugenommen. Nachdem sie tagelang kaum etwas gegessen hatte und immer dünner geworden war, hatte ihr Eva schließlich vorgeschlagen, es mit einem Medikament zu versuchen. Elisabeth hatte aus den Vorratsschränken der Charité heimlich ein Antidepressivum genommen, und tatsächlich war es ihr bald besser gegangen und der Appetit zurückgekommen. Sie wusste, dass das nicht legal war und ihr viel Ärger einbringen konnte. Aber sie wusste auch, dass sie mit ihren Beschwerden und vor allem mit der Ursache dafür nicht zu einem Psychologen gehen konnte.

Elisabeth seufzte und zog die Bluse wieder aus. Sie ging zum Kleiderschrank und fuhr mit ihrer Hand in den hinteren Teil des Schrankbodens. Da mussten noch irgendwo ein paar Kleider sein, die sie während ihrer Schwangerschaften getragen hatte. Vielleicht passten die? Auf einmal stieß ihre Hand gegen etwas Festes. Es war ein Päckchen. Elisabeth zuckte zusammen. Dann zog sie es heraus, setzte sich auf das Bett und wickelte das Geschenkpapier ab.

Eigentlich hätte Marlene das Päckchen an ihrem Geburtstag öffnen sollen. Elisabeth hatte die Dinge kurz vor Marlenes Fluchtversuch gekauft. Den Tuschkasten, die kleine Leinwand und das in Leder gebundene Skizzenbuch.

«Lisbeth, was hast du?» Johannes stand plötzlich im Schlafzimmer.

Elisabeth begann zu weinen und hielt Johannes Marlenes Geschenke entgegen. Dann beugte sie sich zu ihrem Nachttisch, holte eine Schachtel Pralinen aus der Schublade und nahm eine davon aus der goldglänzenden Packung.

«Lisbeth?»

Elisabeth legte die Praline zurück in die Schachtel. «Das wollte ich Marlene zu ihrem Geburtstag schenken.» Sie schloss die Augen. «Jetzt müsste es langsam so weit sein, oder?»

«Was meinst du?»

«Marlenes Kind müsste bald kommen.»

Johannes nickte. Auch er hatte in den letzten Wochen viel an Marlene gedacht. «Aber sie wird es nicht behalten dürfen.»

«Was meinst du damit?»

Johannes überlegte, ob er Elisabeth die Wahrheit sagen sollte. Aber Lügen brachten ihn auch nicht weiter, sie würde es früher oder später doch herausbekommen.

Elisabeth griff erneut in die Pralinenschachtel.

«Jetzt lass doch mal diese verdammten Pralinen.» Johannes' Stimme überschlug sich. «Marlene wird das Kind nicht behalten dürfen. Sie werden es zur Adoption freigeben. Es gibt lange Wartelisten für verdiente Genossen, die unfreiwillig kinderlos sind.»

«Willst du mich veralbern?»

«Nein.»

Elisabeth nahm wieder eine Praline aus der Schachtel, schaute kurz auf das Stanniolpapier mit dem aufgedruckten Eichhörnchen und zerdrückte sie in ihrer Hand. Plötzlich sprang sie auf, stellte sich vor den Spiegel, holte aus und schlug mit der Faust gegen die Glasfläche.

«Bist du verrückt geworden? Hör auf damit. Was hast du denn gedacht, wie das läuft im Gefängnis?»

«Ich schaffe das nicht, Hannes, ich kann nicht mehr.» Elisabeth rieb sich die Faust. Ihr Ringfinger blutete. «Ich dachte, sie kommt nach zwei oder drei Jahren raus, und dann habe ich meine Tochter und mein Enkelkind zurück.»

«Aber wir haben sie doch für tot erklären müssen. Hast du im Ernst gedacht, nach ihrer Freilassung kann sie einfach so zurückkommen? Obwohl, vielleicht könnte Kolja ihr eine neue Identität besorgen oder so etwas, aber dein Enkelkind wirst du nie kennenlernen.»

Erneut holte Elisabeth aus und schlug gegen den Spiegel. Er zerbrach, und Elisabeth sank wimmernd zu Boden. Ein großer Glassplitter steckte in ihrer Hand. Johannes kniete sich neben sie und betrachtete sorgenvoll die Wunde.

«Ich halte das alles nicht mehr aus, Hannes. Weißt du, wie viele Tabletten ich inzwischen nehme?»

«Was soll ich tun, Lisbeth? Dich so zu sehen, bricht mir das Herz. Aber ich habe keine Wahl.»

Elisabeth sagte nichts. Sie zog den Glassplitter aus der Haut, während Johannes die Spiegelscherben vorsichtig zusammenschob.

Elisabeth starrte an die Wand, schließlich räusperte sie sich. «Hannes, ich habe schon ein Kind verloren. Ich darf meine Tochter nicht sehen, ich darf ihr nicht schreiben, ich darf nicht mit ihr sprechen. Es ist, als wäre sie gestorben, obwohl sie lebt. Und nun soll ich auch mein Enkelkind nicht zu Gesicht bekommen? Es soll bei fremden Leuten aufwachsen? Nein, Hannes.» Abrupt stand Elisabeth auf. «Ich will wenigstens das Kind.»

Johannes, der gerade aus dem Schlafzimmer gehen und die Scherben in den Mülleimer bringen wollte, drehte sich um und sah Elisabeth fragend an.

«Ich will Marlenes Kind, es soll bei uns leben.»

Eine Weile blickte Johannes nachdenklich auf die Tablettenschachteln auf Elisabeths Nachttisch, schließlich nickte er. «Ich kann dir nicht versprechen, dass es klappt, aber ich werde alles versuchen.»

# Heute

Berlin

Ein undefinierbarer Geruch stieg ihm in die Nase. Hinter seinen Schläfen hämmerte es. Vorsichtig öffnete Tom die Augen. Er lag in einem fremden Wohnzimmer auf dem Sofa, zugedeckt mit einer gehäkelten Decke. Auf seinem Brustkorb ruhte ein Kühlkissen, und von der Wand gegenüber lächelte Katy Perry auf ihn herab.

«Na, ausgeschlafen?»

Tom zuckte zusammen. Seine Rippen fühlten sich an, als würden sie jeden Augenblick durch die Haut stechen. Er drehte den Kopf zur Seite. Links neben dem Sofa standen ein Schreibtisch und ein Bücherregal, daneben ein Kleiderschrank, und auf der rechten Seite befand sich eine kleine Küchenzeile, von der aus Anna ihm zuwinkte.

«Ich hoffe, du hast Hunger?»

Tom nickte und nahm das Kühlkissen von der Brust, während er versuchte, sich an die letzten Stunden zu erinnern. Er hatte Anna vom Café neben der Humboldt-Universität aus verfolgt, dann war da ein Buchladen, dann hatte Ron vor ihm gestanden und ausgeholt.

«Ich bin eine echt miese Köchin.» Anna hielt eine Aluschale mit Tiefkühllasagne hoch. «Und wenn wir satt sind, hast du mir, glaub ich, eine Menge zu erzählen.»

Tom nickte. Während Anna die Lasagne in die Mikrowelle schob, fielen ihm erneut die Augen zu.

«Du bist wohl nicht so der Typ für große Worte. Schlafen kannst du später, jetzt wird erst mal gegessen.»

Die Lasagne hatte gutgetan. In der Küchenschublade hatte Anna noch ein Schmerzmittel gefunden, Tom zwei Tabletten in die Hand gedrückt, und dann hatte sie ihm einen Tee gekocht.

Jetzt saß sie neben ihm, zog die Beine an den Körper, schlang ihre Arme darum und schaute ihn mit großen Augen an. «Jetzt erzähl endlich, warum du mir gefolgt bist.»

Tom seufzte. Eigentlich wollte er schnellstmöglich hier weg. Nachdem Anna sich so rührend um ihn gekümmert hatte, schien es ihm unmöglich, mit ihr über den Verkauf von Marlenes Haus zu sprechen. Da fiel ihm das Skizzenbuch von Annas Mutter ein. Tom hob mit schmerzverzerrtem Gesicht seinen Rucksack vom Teppich und zog es heraus. «Eigentlich wollte ich dir nur das hier wiedergeben.»

«Du warst im Haus.» Anna sah auf das Skizzenbuch.

«Es gehört schließlich zur Hälfte mir, Marlene wollte es so.»

«Du musst ja nicht gleich pampig werden. Immerhin hab ich dich vor diesem Schlägertypen gerettet. Woher wusstest du eigentlich, wer ich bin und wo du mich findest?»

«Facebook.»

«Das ist nicht gerade die feine englische Art.»

Tom nickte. Anna hatte recht, aber ihm war das gerade alles zu viel. Er wollte alleine sein und sich in Ruhe Gedanken machen, wie er den Rest des Geldes auftreiben konnte.

Außerdem überlegte er die ganze Zeit, warum ausgerechnet er und Theresa Marlenes Haus geerbt hatten. Was gab es für eine Verbindung zwischen ihnen?

«Jetzt aber mal Butter bei die Fische. Woher kennst du Marlene?» Anna legte sich die Hand auf den Bauch.

«Von früher.»

«Das liegt ja wohl auf der Hand. Geht's ein bisschen konkreter?»

«Ich kenne Marlene von früher …» Tom spielte kurz mit dem Gedanken, Anna die Wahrheit zu sagen. Aber was brachte das? Sie würde ihn nur bemitleiden, ihn vielleicht sogar für einen Schwächling halten. Er schwieg.

«Mensch, Tom, echt, muss man dir alles aus der Nase ziehen? War sie eine Ex von dir?» Plötzlich wurde Anna blass.

«Ja, genau. Aber sie konnte sich nicht binden.» Tom spielte am Reißverschluss seiner Kapuzenjacke. «Anna, ich rede nicht so gerne darüber.»

«Sie muss ja einige Jahre älter gewesen sein als du, liegt es daran?»

Tom sah an Anna vorbei zur Wand und studierte die Struktur der Raufasertapete. «Find ich nicht so dramatisch. Liebe ist Liebe, basta. Wie gesagt, ich rede nicht gern …»

In diesem Augenblick sprang Anna auf und verschwand im Badezimmer.

Tom folgte ihr.

Während Anna sich in die Kloschüssel erbrach, kniete er sich hinter sie und hielt ihr die Haare aus dem Gesicht. «Magen verdorben?»

«Nein, schwanger. Und frag mich nicht, wer der Vater ist. Darüber möchte *ich* nicht reden, wir sind also quitt.»

Sie mussten beide lachen.

Tom drückte auf die Spülung, schloss den Toilettendeckel und setzte sich darauf.

«Geht's wieder?»

Anna nickte, riss ein Stück Toilettenpapier von der Rolle und tupfte sich die Mundwinkel ab.

«Woher kannte Marlene eigentlich deine Mutter? Sie hat sie nie erwähnt», fragte Tom.

«Hat sie nicht? Sie ist Marlenes Schwester.»

«Wow. Wie sie das wieder geschafft hat, mir nie zu erzählen, dass sie eine Schwester hat.» Einen Moment lang starrte Tom vor sich hin. Marlene hatte ihm tatsächlich nie von Theresa erzählt, aber sie hatte generell kaum über ihre Vergangenheit gesprochen. Das hieße ja, dass er und Anna verwandt waren. Und er ihr das wohl sagen müsste. Aber irgendwie wollte er das im Moment nicht tun, denn er merkte, wie wohl er sich in Annas Gegenwart fühlte. Sie war genauso sympathisch wie in seiner Vorstellung. Doch hintergehen wollte er sie auch nicht, und er beschloss, wenigstens teilweise reinen Tisch zu machen. «Anna, ich muss dir was gestehen. Als ich in Rostock war, da hab ich ein Bild von Marlene im Wohnzimmer gesehen. Ein düsteres Ding mit Gitterstäben und einem Frauenkopf.» Er senkte den Blick. «Ich brauchte Geld, wegen Ron, du hast es ja selbst gesehen, er macht keine Gefangenen.»

«Damals wie heute?» Anna sah Tom entgeistert an und stand auf. «Sag nicht, dass du es verkauft hast.»

«Doch. Es tut mir leid.»

«Wie viel?»

«Dreihundert», sagte Tom schwach.

«Bist du bescheuert? Weißt du eigentlich, was das Bild wert ist? Und überhaupt, ich denke, du hast Marlene geliebt, da macht man so was nicht, du Idiot.»

«Ich weiß. Verzeih mir.»

Anna schaute in den Spiegel. «Wir dürfen meiner Mutter nichts davon sagen. Kann man das Bild noch auslösen?»

«Ich denke schon.»

«Na dann los. Ich hab ein bisschen Geld gespart. Ich leih es dir, aber du zahlst es zurück, bis auf den letzten Cent.»

Vor der Filiale der Sparkasse beobachtete Tom Anna durch die Glasscheibe. Sie schob ihre Karte in den Geldautomaten, tippte ihre PIN ein und zog schließlich ein Bündel Geldscheine aus dem Ausgabefach. Dann schob sie die Geldkarte zurück in ihr Portemonnaie und steckte es zurück in ihre Tasche. Mit dem Geld in der Hand ging sie auf die Eingangstür zu. Sie war einfach bezaubernd, offen, direkt und hatte es sogar geschafft, eine Seite in ihm zu wecken, die er nicht kannte. Es hatte nicht viel gefehlt, und er hätte ihr die ganze Wahrheit erzählt. Und jetzt lieh sie ihm auch noch Geld, viel Geld, damit er das Bild von Marlene auslösen und seine Schulden bezahlen konnte. Aber Anna war ihm zu nahe gekommen. Am Ende würde er doch nur wieder enttäuscht werden. Wie von Marlene.

«Hier, nimm das Geld. Aber wie gesagt, ich will alles zurück. Nicht heute, nicht morgen, aber auch nicht erst in zwei Jahren. So dicke hab ich es auch nicht.»

Tom nahm Anna die Scheine aus der Hand. «Ich hab solchen Durst.»

Anna sah sich um. «Dort ist ein Späti. Ich hol dir was. Cola?»

«Danke.»

Als Anna im Spätverkauf stand und eine Flasche Cola aus dem Kühlschrank nahm, drehte Tom sich um und rannte, so schnell es seine Rippen zuließen, davon.

Anton ahnte, dass es sinnlos war. Er hatte lange darüber nachgedacht, was er noch über Eva wusste, und das Einzige, was ihm einfiel, war, dass sie früher in der Danziger Straße gewohnt hatte. Inzwischen war er über drei Stunden auf den Beinen, hatte an jeder Haustür die Klingelschilder studiert, in der Hoffnung, einen Namen zu finden, der ihm bekannt vorkam. Aber die Danziger Straße war mehr als einen Kilometer lang. Wie sollte er da eine Eva finden? Eine Eva, an deren Familiennamen er sich nicht mehr erinnern konnte. Irgendwas mit G, oder war es J? Hieß sie Gerhardt oder Jankowitz? Er hatte sie immer nur Schwester Eva genannt, und seit Anton sie das letzte Mal gesehen hatte, waren über fünfzig Jahre vergangen. Ein halbes Jahrhundert, vor einem halben Jahrhundert war er bei dem Ärztekongress in München gewesen. Die Bilder jener Tage standen ihm noch immer äußerst lebendig vor Augen. Das Hotel am Gärtnerplatz, in dem er und seine Kollegen, die aus der gesamten DDR angereist waren, ihre Zimmer hatten. Der Brunnen, die üppigen Blumenbeete, der Stufenbau, der ihn an Italien erinnert hatte, alles war bunt und leuchtend gewesen. Die Münchener, die auf den Bänken gesessen hatten, ihre Mittagspausenbrote in den Händen und ihre Gesichter in die Sonne gehalten hatten. Anton musste lächeln. Bis zu den medizinischen Fachvorträgen war noch Zeit geblieben, und er war zum Viktualienmarkt gelaufen. Metzger, Fischhändler, Bäcker, Feinkostläden, Blumenstände, Anton hatte sich nicht sattsehen können. Wenn doch Elisabeth hier wäre und ich mit ihr diese neue Welt entdecken könnte, hatte er damals gedacht. Aber sie war nicht da gewesen. Sie hatte sich für Johannes entschieden.

Ein Auto hupte, Anton schaute auf. Am Straßenrand stand eine Litfaßsäule, an der ein verblichener Zettel klebte. Eine junge Frau wurde vermisst. Der Zettel enthielt Angaben zu der Kleidung, die sie zuletzt getragen hatte, und zu dem Ort, an dem sie zuletzt gesehen worden war. Wie seltsam, dass er und Eva sich nach der Wende niemals über den Weg gelaufen waren. Immerhin war sie Elisabeths beste Freundin gewesen. Hatte Elisabeth das extra so arrangiert, aus Angst, Eva könne Anton von dem Geheimnis erzählen? Vorstellen konnte sich Anton das nicht, er und Elisabeth waren doch immer ehrlich zueinander gewesen. Obwohl. Seit dem Brief, der hinter dem Bild mit dem Schokoladenmädchen gesteckt hatte, wusste Anton nicht mehr, was er glauben sollte. Ob Eva überhaupt noch lebte? Schließlich hatte Elisabeth den Brief schon vor sieben Jahren geschrieben, und in sieben Jahren konnte eine Menge passieren, gerade in ihrem Alter.

Wie zur Bestätigung begann sich Antons Wade zu verkrampfen. Er blieb stehen, rieb über die harte Stelle und sah sich nach einer Sitzgelegenheit um. Etwa einhundert Meter weiter, auf der linken Seite, war ein Café. Anton humpelte langsam dorthin.

Als die Kellnerin kam, eine junge Frau mit einer engen Jeans und einem Pullover, der aus den 80er Jahren zu stammen schien, bestellte sich Anton ein Kännchen Filterkaffee und ein Stück Käsekuchen und überlegte, was nun zu tun war. Vielleicht kannte Theresa ja Eva und konnte ihm weiterhelfen. Theresa. Noch immer wunderte er sich, dass er sich Elisabeths jüngster Tochter auf Anhieb so nah gefühlt hatte, dass er gleich Vertrauen zu ihr fasste, obwohl die Situation, in der sie sich kennengelernt hatten, äußerst kompliziert war. Ganz anders Charlotte. Ein wenig konnte Anton ihren überstürzten Aufbruch verstehen, wenngleich er sich gewünscht hätte, dass sie geblieben wäre und ihm zugehört hätte. Und dann war der Arzt mit der Nachricht von Elisabeths Tod gekommen. Theresa und Anton waren auf die Station gegangen, aber nicht sofort in Elisabeths Zimmer gelassen worden. Als sich Theresa und Anton später mit Tränen in den Augen verabschiedet hatten, hatten sie noch ihre Telefonnummern ausgetauscht, sich aber seitdem nicht mehr gesprochen.

«Kann ich noch was für Sie tun?» Die Kellnerin stand an Antons Tisch.

«Ja, das können Sie tatsächlich. Dürfte ich mal Ihr Telefon benutzen?»

«Haben Sie kein Handy?»

«Ach, diese neumodischen Dinger. Es geht auch ohne.»

«Offenbar nicht», sagte die Frau lachend und zog ihr Handy aus der Hosentasche.

«Theresa, Anton am Apparat.»

«Anton, wie schön, dass du anrufst.» Ihre Stimme klang traurig.

«Wie geht es dir, störe ich gerade?»

«Nein, keine Sorge. Charlotte und ich haben alle Hände voll zu tun mit der Beerdigung, ich komme gar nicht zum Durchatmen. Der Tod meiner Mutter kam so plötzlich. Am liebsten würde ich mich verkriechen, aber das geht ja nicht. Charlotte übertreibt es mal wieder, ich habe den Eindruck, dass sie gar nicht richtig trauert, aber vielleicht versucht sie sich auch nur abzulenken. Und ich soll dauernd Sachen entscheiden …»

«Was für Sachen?»

«Welcher Grabstein, welche Urne, welche Musik. Mir ist das alles zu viel. Ich will doch nur in Ruhe von meiner Mutter Abschied nehmen.» Sie begann, leise zu weinen.

«Ich verstehe.»

«Und wie geht es dir, Anton? Entschuldige, dass ich dich noch gar nicht danach gefragt habe.»

«Na ja, einen alten Mann haut so leicht nichts um.» Anton wollte Theresa nicht beunruhigen. Seit Elisabeths Tod war er so betrübt, dass ihm jeder Handschlag, jede tägliche Verrichtung wie ein Marathon vorkam.

«Theresa, ich habe eine Frage. Kennst du eine Eva? Sie war mit Elisabeth befreundet.»

«Ich weiß, dass sie früher Muttis beste Freundin war. Aber da war ich noch ganz klein. Ich glaube, irgendwann ist Eva ins Ausland gegangen. Warum?»

Anton erwiderte nichts. Was sollte er auch sagen? Er konnte Theresa doch nicht erzählen, dass Elisabeth offenbar einen so großen Fehler gemacht und dabei so viel Schuld auf sich geladen hatte, dass sie nicht mal ihm davon hatte erzählen können. «Es geht um die Beerdigung. Vielleicht will sie Elisabeth die letzte Ehre erweisen?» Anton war froh, dass Theresa nicht sehen konnte, wie rot er wurde.

«Vielleicht, aber leider kann ich dir da nicht weiterhelfen.»

«Ist gut, Theresa. Ich melde mich wieder. Und wenn ich euch bei den Vorbereitungen unterstützen kann, sag Bescheid.»

Theresa räusperte sich. «Es tut mir leid, dir das zu sagen, aber Charlotte will nicht, dass du dabei bist. Ich versuche, sie umzustimmen, aber versprechen kann ich nichts.»

Anton sah traurig auf seinen Käsekuchen. «Ich verstehe. Mach es gut, Theresa, und pass auf dich auf.»

# Damals (1972)

## Ost-Berlin

Dein Apfelkuchen ist einfach der beste, Lisbeth.» Käthe strich sich über den Bauch.

Johannes stellte seine leere Kaffeetasse auf den Tisch und holte tief Luft. «Lisbeth und ich müssen euch etwas sagen.»

Charlotte und Käthe sahen ihn gespannt an.

«Also, Lisbeth und ich, wir erwarten ein Kind.»

Charlotte hörte auf zu kauen. «Ihr erwartet *was*?»

«Ein Kind. Deine Mutter ist schwanger, seit einer Weile schon. Wir haben uns nur noch nicht getraut, es euch zu sagen, weil …» Johannes begann zu schwitzen.

«Weil es eine Risikoschwangerschaft ist.»

«Bist du nicht wirklich ein bisschen …»

«Ich weiß, was du sagen willst, Lotte. Ob ich nicht ein bisschen zu alt bin, richtig?»

Charlotte nickte.

«Das dachte ich auch am Anfang. Mit 44 noch mal Mutter werden? Aber jetzt freue ich mich, und nach Marlene … nach dem Unfall … wie soll ich sagen, habe ich es nicht übers Herz gebracht, mich gegen die Schwangerschaft zu entscheiden.»

Tränen traten in Elisabeths Augen, und Johannes nahm ihre Hand.

Charlotte blickte betreten zu Boden. «Na, wenn ihr euch das gut überlegt habt. Dann kommt das Kind ja auf die Welt, wenn ich in Moskau bin?»

Johannes nickte.

«Wie schade. Ihr müsst mir dann unbedingt Fotos schicken.»

«Also, ich freue mich», sagte Käthe. Auch in ihren Augen standen Tränen.

Johannes musste schlucken. Genau wie vor einigen Monaten, als sie ihr von Marlenes vermeintlichem Tod erzählt hatten. Elisabeth und er waren nach Rostock gefahren. Mit klopfendem Herzen hatten sie Käthe die Lüge aufgetischt. Und als Johannes sah, wie seine Schwiegermutter auf dem Sofa zusammengesackt und in Tränen ausgebrochen war, hatte er das Wohnzimmer verlassen müssen, weil er es nicht ausgehalten hatte.

Käthe wischte sich mit dem Handrücken über das Gesicht. «Ein Kind. Herzlichen Glückwunsch. Das ist doch eine schöne Nachricht, nach all dem Kummer. Unsere Marlene hätte sich sicherlich auch über ein Geschwisterchen gefreut.»

Käthe und Elisabeth standen in der Küche und spülten Geschirr.

«Warum hast du mir denn nicht eher von deiner Schwangerschaft erzählt, Lisbeth?»

Elisabeth ging zum Fenster und sah hinaus. Es hatte begonnen zu regnen. Dicke Tropfen perlten von der Fensterscheibe. Eine rote Fahne, die jemand im Haus gegenüber letzte Woche zum 1. Mai am Fenster befestigt und seitdem noch nicht wieder hereingeholt hatte, begann, sich dunkel zu verfärben. «Mutter, ich bin nicht schwanger. Das unter meinem Kleid ist ein Kissen.»

«Wie bitte?» Käthe erstarrte. «Warum erzählt ihr dann, dass du schwanger bist?»

«Bitte frag nicht weiter.»

«Was ist denn los? Warum soll ich nicht fragen?»

Elisabeth fing an zu weinen und legte ihre Wange gegen die kalte Fensterscheibe. «Es ist wegen Marlene.»

«Ich verstehe nicht.»

«Marlene ist nicht bei einem Unfall gestorben, sie lebt.»

Käthe ließ den Teller fallen, den sie in der Hand hielt. Krachend zerbrach er auf dem Küchenboden.

«Marlene und Wieland haben versucht, das Land zu verlassen, und wurden gefasst. Die Tochter eines Mitarbeiters der Staatssicherheit sitzt wegen versuchter Republikflucht im Gefängnis. Das geht nicht, hat Kolja gesagt. Er hat uns gezwungen, Marlene für tot zu erklären. Sonst hätten sie auch gegen Hannes Ermittlungen eingeleitet, vielleicht sogar gegen uns alle.»

Käthe sah Elisabeth fassungslos an. «Ihr habt mich angelogen? Ihr seid extra nach Rostock gekommen, um mich anzulügen? Und überhaupt, Lisbeth, das ist ein Verbrechen. Ich weiß nicht, was ich sagen soll.»

Elisabeth bückte sich und begann, die Scherben aufzusammeln.

«Und was hat das alles mit dieser angeblichen Schwangerschaft zu tun?»

«Marlene war bei ihrer Verhaftung schwanger. Das Kind

ist vor kurzem zur Welt gekommen. Sie haben es ihr im Gefängnis weggenommen.»

«Sag mir jetzt nicht, dass ihr es bekommt und für euer eigenes ausgeben wollt.»

«Doch.»

Käthe setzte sich auf den Stuhl neben dem Küchentisch.

«Es wäre sonst in eine fremde Familie gekommen, zu irgendwelchen Pflegeeltern.»

Am Himmel vor dem Fenster blitzte es, und Elisabeth zuckte zusammen. Sie warf die Scherben in den Mülleimer.

«Was erwartest du jetzt von mir? Lisbeth, was soll ich tun? Natürlich bin ich froh, dass unser Lenchen noch am Leben ist, aber … die Ärmste. Und überleg doch mal, in welche Lage du mich gerade gebracht hast. Soll ich etwa ein Verbrechen decken?»

Elisabeth legte den Kopf in die Hände. Tränen liefen ihr über die Wangen. «Mutter, ich bitte dich. Wir hatten es schwer genug. Ich konnte nicht mehr. Ich nehme Tabletten, um mit dem Verlust von Marlene zurechtzukommen. Bitte, hilf mir.»

«Es ist nicht richtig, Lisbeth. Aber wenn Johannes nicht verhindern konnte, dass Marlene das Kind weggenommen wird, dann ist es vielleicht die beste Lösung, so wächst das Kleine wenigstens in der Familie auf.» Käthe ging auf Elisabeth zu und drückte ihre Hand. «Also gut, ich helfe euch.»

«Danke.» Elisabeth wischte sich mit dem Handrücken über die Augen.

«Weiß Charlotte Bescheid?»

«Wo denkst du hin. Kolja hat ihr extra einen Studienaufenthalt in Moskau besorgt, damit sie nicht merkt, dass das Baby schon ein wenig älter ist, wenn es zu uns kommt.»

«Das wird ja immer abenteuerlicher.»

«Aber Eva habe ich einweihen müssen. Unfreiwillig. Im

Schwesternzimmer ist mir beim Umziehen das Kissen aus dem Kittel gerutscht.» Elisabeth musste an das Gesicht von Eva denken, die, als das Missgeschick passiert war, Elisabeth ungläubig angeschaut hatte.

«Und was hat sie gesagt?»

«Dasselbe wie du. Aber sie hat versprochen, das Geheimnis für sich zu behalten. Es ist alles Koljas Schuld.»

Käthe presste die Lippen zusammen. «Lisbeth, du machst es dir zu einfach. Sicher, Kolja steckt da mit drin. Aber ich finde, Hannes ist ihm gegenüber viel zu nachgiebig. Er hätte schon längst aufhören müssen, ihm blind zu folgen. Und du bist kaum besser als die beiden.»

«Du hast ja recht.» Elisabeth sah aus dem Fenster. Der Regen hatte aufgehört, und die Sonne blitzte durch die Wolken. Aus der roten Fahne am Fenster gegenüber tropfte Wasser.

Irgendwann wurde eine zweite Frau in Marlenes Zelle verlegt. Jutta kam aus Magdeburg, war Ende dreißig und wortkarg. Warum sie hier war, erfuhr Marlene erst nach einer Weile. Jutta hatte einen nervösen Tick. Immer wenn die Klingel schrillte, gegen die Tür geschlagen oder der Riegel der Zellentür zur Seite geschoben wurde, kauerte sie sich in eine Ecke. Nach Juttas Ankunft hatte sich Marlene zunächst über die Abwechslung gefreut. Es war schön, mit jemandem sprechen zu können, aber sie musste bald erkennen, dass Jutta genug mit sich selber zu tun hatte.

Marlene nahm die letzte Scheibe Brot vom Tablett und hielt sie Jutta hin. «Willst du?»

Jutta schüttelte den Kopf und zeigte auf ihr eigenes Tablett, auf dem ihr unangerührtes Frühstück stand.

«Warum bist du eigentlich hier?»

«Bist du ein Spitzel?» Jutta kaute an ihrem Ärmel.

«Quatsch, wie kommst du denn darauf?»

«Meinst du etwa, im Knast hören sie auf, uns auszuhorchen? Die überwachen uns Tag und Nacht.»

Marlene legte das Brot zurück auf das Tablett. «Aber ich doch nicht. Mich haben sie schließlich auch hier eingesperrt, genau wie dich.»

Jutta seufzte. Sie schien sich etwas zu beruhigen. «Tut mir leid. Ich traue niemandem mehr, ich habe Angst.» Jutta griff sich an den Hals. «Es war in Ungarn. Ich hatte mich verliebt in Jakob. Leider kam er aus Stuttgart, und damit ging der Ärger los.»

Marlene setzte sich, während Jutta in der Zelle umherlief. «Ich habe einen Ausreiseantrag gestellt, sie haben mich daraufhin aus der Schusterei rausgeschmissen, und ich musste Aushilfsarbeiten annehmen, saisonale Erntehilfe und so.» Jutta blieb stehen. «Hörst du das?»

Marlene schüttelte den Kopf, alles war ruhig. Sie kannte das schon, Jutta hörte manchmal Stimmen, obwohl keine da waren. «Da ist nichts, erzähl weiter.»

«Und dann haben sie in meinem Freundeskreis rumerzählt, ich würde für Horch und Guck arbeiten. Alle haben sich abgewendet von mir.» Jutta lief weiter und blieb vor der Wand mit dem Glasbaustein stehen. Sie sah nach oben. «Eines Tages haben sie mich abgeholt, zur Klärung eines Sachverhalts nach Paragraph 249, weil ich keine geregelte Arbeit hatte. Dann kam ich in Haft.» Durch den Glasbaustein fielen dünne Sonnenstrahlen und zeichneten Lichtpunkte auf Marlenes Pritsche. «Ich war auch in Einzelhaft und im Keller-Trakt, weil ich mich geweigert habe zu essen, einer Wärterin ins Gesicht gespuckt und sie als Gestapo-Schlampe beschimpft habe.»

«Was ist denn der Keller-Trakt?»

«Das weißt du nicht? Wie naiv bist du eigentlich? Da gibt's keine Fenster, alles ist faulig und feucht. Den Rest erspare ich dir lieber.» Jutta legte ihre Hände auf die Lichtpunkte. «Hier habe ich wenigstens Sonnenlicht.»

Als Marlene das hörte, kamen ihr die Gründe ihrer Flucht klein und unbedeutend vor. Hatte sie nicht alles gehabt? Sie hätte auf ihre Mutter hören und bleiben sollen. Es machte sie traurig, an ihre Mutter zu denken. *Ich würde dir doch nie etwas Böses wollen.* Diese Worte hatte Marlene noch nur zu gut im Ohr. Im Nachhinein klangen sie wie blanker Hohn. Und ihr Vater? Der Gedanke an ihn machte sie wütend. Warum hatte er sie verraten und ihr und Wieland die Polizei auf den Hals gehetzt? Warum ging seine Parteihörigkeit so weit, dass er nichts gegen ihre Verhaftung unternommen hatte? Sie war doch seine Tochter. Wie konnte ein Vater so etwas nur zulassen? Noch immer sah sie ihn vor sich, wie er aus dem Auto ausgestiegen war und ihrer Verhaftung tatenlos zugesehen hatte. In diesem Moment waren ihre Eltern für sie gestorben. Und Charlotte? Ja, sie beide waren verschieden, und Charlottes Linientreue hatte Marlene nicht gefallen. Aber jetzt vermisste sie ihre Schwester. Hier im Gefängnis wirkten ihre Meinungsverschiedenheiten so lächerlich. Und dann war da noch Wieland. Wie es ihm wohl ging, und wo er gerade war? Aber das Schlimmste war Paula. Paula war tot.

«Und warum bist du hier, Marlene?» Jutta kaute erneut an ihrem Ärmel.

Marlene wandte den Blick ab. «Egal. Ich möchte nicht darüber reden.»

«Zweihundertsieben, raustreten. Sie werden verlegt. Es geht nach Karl-Marx-Stadt, auf den Kaßberg.»

Marlene erhob sich träge von ihrer Pritsche. Es war mitten in der Nacht. Jutta schlief tief und fest.

Die Wärterin führte Marlene durch die endlosen Flure, vorbei an den Ampelanlagen, Stoppschildern, Stahlnetzen und Gittertüren, und wie immer begegneten sie niemandem.

Vor dem Gefängnis wartete ein Barkas. Er war weiß, und auf der Seite stand *Obst und Gemüse*. Marlene erinnerte sich, dass sie in genau so einem Auto damals hierhergebracht worden war. Ein Mann kam auf Marlene zu. Er ging an ihr vorbei, schob die Tür des Barkas auf. «Zweihundertsieben, einsteigen und Mund halten.»

Marlene sah sich verängstigt um. Warum nur wurde sie in ein anderes Gefängnis verlegt? Was hatte das zu bedeuten?

Der Mann stieg ebenfalls in den Wagen. «Zweihundertsieben, Hände nach vorne.»

Marlene streckte die Hände aus, und der Mann legte ihr Handschellen an.

## Karl-Marx-Stadt

Eine Woche war seit Marlenes Umverlegung nach Karl-Marx-Stadt vergangen. Jetzt saß sie mit anderen Häftlingen in einem Bus, ohne genau zu wissen, wohin sie gebracht werden sollte. Hinter vorgehaltener Hand wurde von Freikauf und Westen geredet. Marlene sah sich um. Die anderen

Gefangenen waren bester Laune. Es war ein bisschen wie bei einer Fahrt ins Ferienlager.

«Freust du dich denn gar nicht?», fragte eine Frau.

Marlene drehte den Kopf weg.

Die Frau ließ nicht locker. «Gleich geht's weiter. Endlich in den Westen. Heute ist mein zweiter Geburtstag.»

Also doch. Dann waren es keine Gerüchte. Sie würden die DDR verlassen, weil sie freigekauft worden waren. Marlene hatte sich so sehnlich gewünscht, in den Westen zu gehen. Aber jetzt konnte sie sich nicht freuen. Ohne Wieland wollte sie nicht weg. Wo er wohl war? Sie dachte jeden Tag an ihn, nur an Paula dachte sie noch öfter. Und nun, die Grenze war schon in Sichtweite, wollte Marlene am liebsten aus dem Bus springen. Westen bedeutete weit weg von Paula zu sein, weg von ihrem Grab, das sie, so hatte Marlene gehofft, nach ihrer Freilassung endlich würde besuchen können. Gut pflegen wollte sie es, jeden Tag mit Paula reden, ihr von ihren Gedanken erzählen, vielleicht sogar irgendwann gemeinsam mit Wieland. Aber jetzt war alles vorbei, vorbei und entschieden, und keiner hatte sie gefragt. Die Busfahrt besiegelte die endgültige Trennung von ihrer Tochter, und Marlene schwor sich, niemals irgendjemandem von Paula zu erzählen. In diesem Moment war Paula ein zweites Mal gestorben.

Ein Mann kam auf sie zu. Er trug einen weißen Kittel und hatte einen Koffer in der Hand. «Frau Groen, ich bin Arzt. Wie geht es Ihnen?»

Es war das erste Mal seit langem, dass jemand Marlene mit ihrem Namen ansprach. Sie sah den Mann mit leeren Augen an.

«Wenn Sie ein Beruhigungsmittel brauchen, sagen Sie Bescheid. Das ist kein Grund, sich zu schämen, das geht anderen auch so.»

«Gut.»

Der Mann reichte Marlene eine Tablette und eine Flasche Wasser. Marlene schob sich die Tablette in den Mund, leerte die Flasche in einem Zug und sah aus dem Fenster. Neben dem Bus hielt mit quietschenden Reifen ein Mercedes. Ein Mann stieg aus der Beifahrertür, er schüttelte den draußen stehenden Männern die Hände, unterschrieb einige Formulare und betrat danach den Bus. Er ließ seinen Blick umherschweifen, ballte seine Hand zur Faust und hielt sie nach oben. Einige Häftlinge klatschten.

«Mein Name ist Wolfgang Vogel. Wir freuen uns sehr, dass wir Ihnen die Fahrt in …»

«In die Freiheit», rief ein Mann aus dem Fond des Busses.

«Nun ja, die Fahrt in die Bundesrepublik ermöglichen können.»

Wieder war Applaus zu hören.

«Aber ein Anliegen habe ich noch. Bitte erzählen Sie im Westen nicht, was hier passiert. Sie wollen doch, dass wir noch mehr Menschen die Freiheit, wie Sie es nennen, schenken können, nicht wahr?» Ohne eine Antwort abzuwarten, verließ er den Bus. Er winkte zum Abschied, stieg wieder in seinen Mercedes und fuhr davon.

Der Busfahrer schloss die Türen und legte eine Kassette von Simon & Garfunkel ein. Die ersten Klavierakkorde von *Bridge Over Troubled Water* erfüllten das Innere des Busses, der losfuhr und seine Fahrt fortsetzte.

## Ost-Berlin

Kolja stieß die Schuhspitze in einen Laubhaufen. Er hatte die Schultern hochgezogen und die Hände tief in den Manteltaschen vergraben. Johannes lief neben ihm her. Nebel hing über dem Park, der Wind rüttelte an den Bäumen. Vereinzelt hörte man die Kastanien in ihren stacheligen Hüllen auf dem Boden aufschlagen.

«Und, wie läuft es bei den jungen Eltern?» Kolja bückte sich, hob eine Kastanie auf und rieb sie zwischen den Händen trocken.

«Gut.» Johannes blieb stehen und hob ebenfalls eine Kastanie auf. «Lisbeth ist wie ausgewechselt, seit Theresa bei uns ist. Sie lacht wieder, ist unbeschwerter, es tut gut, sie so zu erleben.» Johannes musste an Marlene denken. Es war jetzt schon über ein Jahr her, dass er sie zuletzt gesehen hatte. «Kolja, wann dürfen wir Marlene endlich im Gefängnis besuchen?»

Kolja sagte nichts.

«Lisbeth fragt ständig danach. Und ich kann ihr keine Antwort geben. Wie geht es Marlene? Wie lange muss sie noch im Gefängnis bleiben? Warum lasst ihr uns nicht zu ihr, warum dürfen wir ihr nicht wenigstens schreiben?»

Kolja hob eine weitere Kastanie auf, eine, die noch in ihrer stacheligen Hülle steckte. «Darum.» Er hielt Johannes die Kastanie vors Gesicht.

«Ich verstehe nicht.»

«Die Stacheln. Marlene ist gefährlich, zu gefährlich. Ein Stachel im System. Dem mussten wir Einhalt gebieten, und zwar endgültig.» Kolja warf die Kastanie in hohem Bogen hinter sich.

Johannes zog einen Flachmann aus seiner Jackentasche. «Was willst du mir damit sagen?»

Ein Mann kam ihnen entgegen. Als er Kolja sah, hob er kurz seinen Hut, stellte den Mantelkragen auf und beschleunigte seine Schritte.

Als der Abstand zwischen ihnen groß genug war, sprach Kolja weiter. «Du hattest deine Frauen nicht im Griff. Das habe ich dir schon mehrfach gesagt. Da musste ich eingreifen. Es war zu deinem Besten. Wir mussten eine endgültige Entscheidung treffen, so richtig endgültig, verstehst du?»

Johannes packte Kolja am Arm. «Was habt ihr gemacht? Habt ihr sie umgebracht?»

Kolja blies Johannes Zigarettenrauch ins Gesicht. «Wo denkst du hin? Sie ist nicht mehr da, das ist alles.»

«Ich verstehe dich nicht, Kolja. Was ist los, ich will doch nur mal zu ihr!» Johannes' Worte schallten durch den Park.

«Das geht nicht. Wie gesagt, sie ist weg.»

«Wie weg?»

«Wir haben sie getauscht. Oder verkauft, kommt auf die Perspektive an.»

«Kolja, jetzt red doch mal Klartext mit mir.»

«Du weißt doch, dass Westdeutschland Häftlinge freikauft. Wir werden unliebsame Bürger los, haben wieder mehr Platz in den Haftanstalten und bekommen Devisen aus dem Westen.»

Johannes setzte sich auf eine Bank. Sein Mund war ausgetrocknet. Er hob seinen Flachmann an die Lippen und trank.

«Es ist ein gutes Geschäft. Wir brauchen das Geld, damit wir den Sozialismus stabilisieren können. Das bessere System, hast du das schon vergessen?»

«Wie viel?»

«Eine sechsstellige Summe.»

«Du hast meine Tochter für eine sechsstellige Summe an den Klassenfeind verkauft? Damit er mit seinen Steuergeldern den Sozialismus finanziert?»

Kolja schwieg.

«Wenn sie im Westen ist, wie sollen wir sie dann jemals wiedersehen? Wie stellst du dir das vor?»

«Es ist besser, wenn du sie nicht wiedersiehst. Marlene ist eine Unruhestifterin, die nur Ärger macht. Wir brauchen in unserem Land Leute, die unsere Ideen unterstützen, und keine, die das System boykottieren. Ich verbiete dir, Kontakt zu ihr aufzunehmen, sonst wirst du in Schwierigkeiten kommen.»

Der Flachmann lag kalt in Johannes' Hand. «Das ist Erpressung.»

Kolja setzte sich neben ihn auf die Bank. «Das ist eine dienstliche Anweisung. Glaub mir, es ist besser so. Wir haben dir deine Enkeltochter besorgt und Charlotte nach Moskau geschickt. Marlene denkt, ihr Kind sei tot. Das alles in die Wege zu leiten, war nicht so einfach. Ich finde, ein wenig mehr Dankbarkeit wäre da schon angebracht.»

Johannes schob den Flachmann in seine Manteltasche. «Sie glaubt, dass das Kind tot ist? Kolja, ich dachte, Marlene geht davon aus, dass ihre Tochter bei einer Pflegefamilie lebt. Vielleicht sogar bei uns.»

«Wir haben Marlene erzählt, dass ihr Kind bei der Geburt gestorben ist.»

Der Flachmann in Johannes' Manteltasche drückte gegen seinen Brustkorb. «Warum? Ich dachte, ihr hättet ihr gesagt, dass es für ein Kind besser ist, in einer richtigen Familie aufzuwachsen anstatt im Gefängnis.»

«Ach komm, Hannes! Ihr und eine richtige Familie? Die heile Familie Groen? Dein Wunsch nach Liebe war so groß damals, als ich dir im Barackenlager den Arsch gerettet habe. Ohne Mutter, ohne Vater, ohne Liebe, ohne Heimat. Darum warst du all die Jahre blind, hast nichts gesehen, wolltest es nicht wahrhaben.» Kolja stand auf.

«Das stimmt nicht, Kolja! Das stimmt so nicht!» Johannes wich die Farbe aus dem Gesicht.

«Bei dir haben wir mehr als ein Auge zugedrückt. Und bei der Sache mit dem Arzt haben wir auch kein großes Theater gemacht.»

Johannes begann zu zittern. Woher wusste Kolja von Anton Michalski? «Seit wann?»

«Wir waren von Beginn an informiert. Meinst du, wir wussten nichts von den Briefen, die Käthe bekommen hat? Diese schmalzigen Liebesbriefe. Du kannst froh sein, dass Elisabeth nicht mit ihrem Liebesdoktor in den Westen gegangen ist.» Kolja sah Johannes von oben herab an und lachte laut. «Wanjuscha, du bist ein Mann ohne Rückgrat, der die Hand abschlägt, die ihn füttert. Der sich Hörner aufsetzen lässt und auch noch all die Jahre ein Kuckuckskind großzieht.»

Johannes sprang auf. Er holte aus und schlug Kolja mit voller Kraft ins Gesicht. Koljas Nase blutete, aber er lachte noch immer, Kolja lachte aus vollem Halse.

Johannes rieb sich die Hand. «Ich mach da nicht mehr mit! Ich hör auf. Und ich werde an die Presse gehen. Im Westen. Von diesem Menschenhandel erzählen. Ich werde von all euren Machenschaften berichten.»

Kolja zog ein Taschentuch aus der Manteltasche, hielt es sich vor die blutende Nase und lachte immer noch.

Johannes saß in seinem Arbeitszimmer und starrte auf das Glas in seiner Hand. Der Streit zwischen ihm und Kolja lag schon eine knappe Woche zurück, aber er wühlte ihn noch immer auf. Lange Jahre hatte er Kolja blindlings vertraut, nun aber war etwas zwischen ihnen unwiederbringlich zerbrochen. Nachdem die erste Wut verpufft war und Johannes seine Gedanken sortiert hatte, hatte er einsehen müssen, dass es sinnlos war, sich mit Kolja anzulegen. Schlimm genug, dass er überreagiert und sich von seinen Gefühlen hatte leiten lassen. Er hoffte, dass ihm das nicht zum Verhängnis wurde. Es war besser, Situationen zu analysieren, die Emotionen dabei auszuschalten und dann ganz rational, einen Schritt nach dem anderen, Konsequenzen abzuleiten. Er selbst hatte die Mitarbeiter bei den Schulungen, die er gab, immer wieder darauf hingewiesen.

Kolja hielt die Fäden in der Hand, alle, hatte sie von Anfang an gehalten. Was hatte Hertha damals zu Kolja gesagt? Ich bin doch keine Marionette. Aber genau so kam sich Johannes vor, wie eine Holzpuppe an Fäden, ohne Herz, ohne Seele, die nur das tat, was der Puppenspieler befahl.

Und nun war Marlene im Westen.

Vielleicht wäre es tatsächlich eine Möglichkeit, sich an die Presse in Westdeutschland zu wenden und die Wahrheit öffentlich zu machen. Aber würde man ihm glauben? Ihm, einem verdienten Parteigenossen, einem hauptamtlichen Mitarbeiter? Zu viel hatte er sich schon zuschulden kommen lassen, zu tief steckte er mit drin. Hatte er nicht selber Leute verraten und ausspioniert, sie ans Messer geliefert und Familien auseinandergerissen? Nicht aus bösem Willen, das nicht, sondern für die Sache, die gute Sache.

Johannes seufzte und starrte wieder auf das inzwischen leere Glas in seiner Hand. Er wusste, dass er zu viel trank, aber er hatte es unter Kontrolle. Und die Familie? Bei der hatte er wohl für einige Zeit tatsächlich die Kontrolle verloren und schwor sich, von jetzt an besser aufzupassen. Er dachte an Charlotte und an Elisabeth, wie sie Theresa auf dem Arm hielt, und musste lächeln. Noch gab es sie, die kleine Familie, die sich Johannes immer gewünscht hatte. Sich mit dem System offen anzulegen, würde alles zerstören. Kolja würde Himmel und Hölle in Bewegung setzen, um ihn fertigzumachen. Seit dem Streit hatte Johannes daran nicht den geringsten Zweifel. Er war machtlos, und es gab nichts, was er tun konnte, um Marlene zu helfen.

Johannes stand auf, ging zu seinem Schreibtisch und öffnete die oberste Schublade, an deren Unterseite mit Knete ein Schlüssel befestigt war. Er zog ihn ab und trat vor das Gemälde, das über dem Schreibtisch hing. Es zeigte den Mann mit dem Goldhelm. Johannes nahm das Bild von der Wand und stellte es auf den Boden. Dahinter war ein Tresor, den er mit dem Schlüssel vorsichtig öffnete. Sein Blick fiel auf das Buch der Familie, seinen grünen Dienstpass, eine große Summe Bargeld und auf die kopierten Briefe von Anton Michalski. Er nahm einen Umschlag heraus und legte ihn auf seinen Schreibtisch. Auf ein neues Kuvert notierte er Michalskis Adresse und legte einen Bogen Papier vor sich. Dann zog er die Kappe vom Füller und begann zu schreiben.

*Sehr geehrter Dr. Michalski,*

*Ihnen diese Zeilen zu schreiben, fällt mir nicht leicht. Die Not und die Verzweiflung zwingen mich dazu. Ich weiß von Elisabeth und Ihnen, und auch, wenn sie am Ende an meiner Seite geblieben ist, habe ich Ihnen in Gedanken manches Mal den Hals umgedreht.*

*Doch nun ist etwas passiert, durch das all das unwichtig geworden ist: Marlene wurde wegen versuchter Republikflucht verhaftet. Durch Zufall habe ich erfahren, dass sie nach ihrem Freikauf aus der Haftanstalt in ein Auffanglager gekommen ist. Wahrscheinlich ist sie in Gießen, aber sicher weiß ich es nicht. Von dort aus wird sie nach Berlin weiterreisen, wie ich sie kenne.*

*Es wäre mir lieber, ich müsste nicht ausgerechnet Sie darum bitten. Aber mir selbst sind die Hände gebunden, ich kann nichts für Marlene tun. Kümmern Sie sich um sie, passen Sie auf sie auf. Tun Sie es für Elisabeth, die Frau, die wir beide lieben.*

*Ich denke, das ist nur recht und billig. Und auch wenn ich allen Grund habe, Sie zu hassen, danke ich Ihnen. Auch im Namen von Elisabeth, die jedoch nichts von diesen Zeilen weiß.*

*Johannes Groen*

## Gießen

Als Marlene erwachte, ging die Sonne gerade auf. Es war stürmisch, und die Fensterläden der Baracke klapperten. Das Sonnenlicht warf den Schatten eines Baumes an die Wand neben Marlenes Bett. Die vierköpfige Familie und das ältere Ehepaar, mit denen sie sich das Zimmer teilte, schliefen noch. Die Enge des Zimmers erinnerte Marlene an ihre Gefängniszelle, und wenn es erlaubt gewesen wäre, hätte sie am liebsten im Freien geschlafen. Nur den Himmel und die Sterne über sich, unendliche Freiheit, keine Grenzen, nur sie allein. Marlene schlug die Decke zurück, stand auf, nahm ihre Tasche vom Stuhl und zog den Lagerausweis heraus, den sie nach ihrer Ankunft und den ersten Gesundheitsuntersuchungen bekommen hatte. Es war eine Laufkarte mit zwölf Stationen, auf der zwölf Unterschriften und Stempel gesammelt werden mussten. Als der Bus vor dem Lager gehalten hatte, hatte Marlene an ihren Vater denken müssen. Auch er hatte nach seiner Flucht in einem Lager gelebt, nur dass dort die Bedingungen viel schlechter gewesen waren. Ob er wusste, dass seine Tochter jetzt im Westen war? Hatte er womöglich alles genauso geplant, genauso wie ihre und Wielands Verhaftung?

Marlene verließ auf Zehenspitzen das Zimmer, ging zu einem Nebengebäude, in dem schon Licht brannte, und klopfte an die Tür. Vielleicht würde sie ja hier etwas über den Verbleib von Wieland herausbekommen?

Ein Mann saß am Schreibtisch. «Come in, Fräulein.» Der Mann erinnerte Marlene an Frank Schöbel in *Heißer Sommer*, den letzten Film, den sie mit Wieland im Kino gesehen hatten. War das ein gutes Zeichen?

Der Mann schob Marlene eine Schachtel Marlboro über den Tisch zu. «Help yourself, Fräulein.»

«Könnten Sie mir einen Gefallen tun?» Marlene zündete sich eine Zigarette an.

«Depends. Was ist es?»

«Haben Sie in Ihren Unterlagen einen Wieland Ostermeyer? Ist der vielleicht auch hier – oder hier gewesen?»

Der Mann drückte seine Zigarette in den Aschenbecher. «Eigentlich I'm not allowed.»

Marlene schlug die Augen nieder.

Der Mann stand auf, stellte sich vor den Aktenschrank

neben dem Fenster und durchblätterte die alphabetisch sortierten Karten. Schließlich drehte er sich um und schüttelte den Kopf. «Sorry, Ma'am, Fräulein. Nix Wieland Ostermeyer, leider.»

Marlene bedankte sich, verließ enttäuscht das Büro und machte einen kleinen Spaziergang über das Gelände, vorbei an den Baracken für die Flüchtlinge und an den Verwaltungsgebäuden.

Als sie in ihr Zimmer zurückkam, saß das Ehepaar noch in Schlafanzug und Nachthemd am Tisch und füllte Formulare aus.

«Hallo, du warst heute ja schon früh auf den Beinen.» Die Frau legte den Stift beiseite.

«Ich musste eine Erkundigung einholen, aber na ja, ist leider nicht viel rausgekommen.»

«Was denn für eine Erkundigung?»

Der Mann nahm seine Brille ab. «Sei doch nicht so neugierig, Frieda. Sind wir diesem ganzen Kontrollwahn nicht gerade entkommen? Vielleicht will sie nicht darüber reden.»

Er hatte recht. Jeder hier hatte sein eigenes Schicksal. Manche wollten darüber reden, manche hüllten sich in Schweigen. Aber alle waren Verbündete. Verbündete auf der Zwischenstation zu einer neuen Heimat. Doch die Vergangenheit ließ sie nicht los. Die DDR war noch in den Köpfen, und das Erlebte bestimmte den Umgang miteinander. Beim Erzählen senkten die Menschen die Stimme, denn die jahrelang antrainierte Angst war weiterhin präsent. Marlene hörte von Ausreiseanträgen, Schikanen, Kündigungen, Degradierungen, Studienplatzverlusten, Bespitzelungen, unfreiwilligen Psychiatrieaufenthalten und Familienmitgliedern, die in der DDR zurückgeblieben waren und auf gepackten Koffern auf ihre Ausreise warteten.

Die Frau am Tisch nahm ihren Stift wieder in die Hand. «Entschuldige, ich wollte dir nicht zu nahe treten.»

Marlene saß im Schneidersitz auf einer Bank und zeichnete. Sie skizzierte eine Landschaft und einen Frauenkopf. Der Bleistift bewegte sich schnell und hinterließ tiefe Abdrücke. An einer Stelle drückte sie so stark auf, dass das Papier einriss. Sie hielt inne und betrachtete die Skizze. Schließlich setzte sie den Bleistift wieder auf das Blatt und malte ein Gitter über ihren Kopf.

«Frau Groen, wir wären so weit.»

Sie klappte den Zeichenblock zu. Endlich, heute wurde sie nach Berlin entlassen, so wie sie es sich gewünscht hatte. Sie bekam eine neue Staatsbürgerschaft, einhundertfünfzig Mark Eingliederungshilfe von der Bundesregierung und eine Fahrkarte nach Berlin. Marlene sah sich ein letztes Mal um und stand auf.

Schon als sie aus dem Tor trat, fiel ihr der rote Käfer am Straßenrand auf, an dem ein Mann lehnte. Er trug einen eleganten Anzug und hatte eine Zigarette zwischen den Fingern.

Als hinter ihr das Tor scheppernd ins Schloss fiel, sah der Mann auf, drückte sich vom Auto weg und lief auf sie zu. «Marlene? Marlene Groen?»

Er hatte eine tiefe Stimme, seine blauen Augen blickten sie sanft an, doch trotzdem fühlte Marlene sich unbehaglich. Sie nickte langsam.

«Nicht erschrecken. Ich bin hier, um dich abzuholen, um dir zu helfen. Ich nehme an, du willst nach Berlin?»

Marlene machte einen Schritt nach hinten. Hatten sie

sie bis hierher verfolgt? Wahrscheinlich war es doch kein Gerücht, dass die Stasi ihre Informanten sogar im Lager hatte.

«Hauen Sie ab, Sie können mir gar nichts mehr.» Sie wollte sich an dem Mann vorbeidrängeln, denn in einer halben Stunde fuhr ihr Zug nach Berlin, und sie durfte keine Zeit verlieren.

«Warte, so warte doch, Marlene. Ich bin Anton. Anton Michalski.»

«Sagt mir nichts.»

Anton zog ein Foto aus seinem Sakko. Darauf waren er und ihre Mutter zu sehen. Die Aufnahme musste schon vor Jahren gemacht worden sein. Elisabeth war schwanger, ihr Bauch wölbte sich unter dem Kleid. Anton holte ein weiteres Foto hervor. Darauf sah man Marlene und Charlotte zusammen mit Käthe in Warnemünde am Leuchtturm.

Marlene riss die Augen auf.

«Marlene. Ich und deine Mutter, wir waren … ach, was soll ich sagen.» Anton wischte sich eine Träne aus dem Augenwinkel. «Wir haben uns geliebt.»

«Sie hatten eine Affäre mit meiner Mutter?»

«Es war mehr als das, aber das ist lange vorbei, ich bin in den Westen und dann …» Anton wurde rot.

«Sie können viel behaupten.» Marlene drehte sich um und lief weiter.

«Marlene, du musst mir glauben. Meinst du nicht, dass ich deswegen ein schlechtes Gewissen habe? Aber Gefühle kann man doch nicht einfach ausschalten. Warum sollte ich mir so etwas ausdenken? Ich habe keinen Kontakt mehr zu deiner Mutter, auch wenn sie mir immer noch wichtig ist. Darum will ich dir helfen. Gib mir wenigstens eine Chance, bitte.»

Marlene blieb stehen. «Wie heißt meine Großmutter?»

«Käthe Havelmann, sie hat ein Haus in Rostock, und ihre Nachbarin, diese Hertha Hinnerksen …»

«Was mache ich am liebsten?»

«Zeichnen, dein Lieblingsessen ist Quark und Kartoffeln, du trinkst am liebsten Club Cola und würdest alles tun für eine Tüte Knusperflocken.»

Marlene musste lächeln.

«Wie schön, du kannst ja richtig strahlen. Marlene, du bist …»

«Was bin ich?»

Er räusperte sich. «Ach, nichts. Ich schwöre dir, ich will helfen.»

Plötzlich begann Marlene zu weinen. «Entschuldigen Sie, wahrscheinlich habe ich überreagiert. Ich weiß einfach nicht mehr, wem ich trauen kann und wem nicht.»

Anton strich über Marlenes Wange. «Ich pass auf dich auf. Versprochen.»

# Heute

## Berlin

Herr Bastian stand im Türrahmen. Er trug einen grauen Anzug und ein grün gestreiftes Hemd. Beide hatten ihre besten Tage schon lange hinter sich. Um seinen Hals hing eine blaue Polyesterkrawatte. «Können Sie mir helfen? Ich habe tatsächlich vergessen, wie man einen Krawattenknoten bindet.»

Theresa stellte die Einkäufe ab und nahm die beiden Stoffenden in die Hand. «Sieht fast so aus, als hätten Sie eine Verabredung.»

«Nicht nur fast. Schauen Sie mal neben die Tür, Frau Matusiak.»

Theresa wusste nicht, was er meinte. Neben der Tür standen nur die Einkaufstüten, die sie gerade dort abgestellt hatte.

«Keine Assiette, ich gehe schick essen. Immerhin ist heute mein Geburtstag.»

«Warum haben Sie das nicht eher gesagt? Ich habe gar kein Geschenk für Sie.»

Herr Bastian betrachtete sich im Spiegel, nickte zufrieden und schaute Theresa lächelnd an. «Ich weiß, wie Sie es wiedergutmachen können.» Sein Lächeln wurde zu einem schelmischen Grinsen. «Begleiten Sie mich.»

«Das geht doch nicht, Herr Bastian.»

«Frau Matusiak, wollen Sie einem alten Mann das Herz brechen und das ausgerechnet an seinem Geburtstag?»

Theresa wollte protestieren, hatte aber nicht die Kraft. Der Tod ihrer Mutter, die Erkenntnis, dass Anton Marlenes Vater war, und das seltsame Verhalten von diesem Tom, das war alles zu viel für sie. Und sie mochte den Wunsch des alten Mannes nicht ausschlagen. Wer wusste, wie viele Geburtstage er noch feiern würde. Das Leben konnte schneller vorbei sein, als man dachte. Der Tod ihrer Mutter hatte ihr das gerade schmerzhaft vor Augen geführt. «Wo soll es denn hingehen?»

«Ist eine Überraschung. Ich habe alles vorbereitet. In zehn Minuten ist das Taxi da.»

Theresa drückte Herrn Bastians Hand. «Alles Liebe zum Geburtstag.»

Sein Rasierwasser stieg ihr in die Nase. Der Duft kam ihr bekannt vor, das musste Tüff sein, ihr Vater hatte, solange sie denken konnte, dasselbe Rasierwasser benutzt. Sie wusste gar nicht, dass es heute noch hergestellt wurde.

Zum dritten Mal las sie die in Kunstleder gebundene Speisekarte, die vor ihr auf dem Sprelacarttisch lag. Jägerschnitzel, Senfeier, Soljanka, Pellkartoffeln mit Quark, Schmorgurken.

«Ist dufte hier, oder?», fragte Herr Bastian. Theresa hatte ihn noch nie so strahlend gesehen.

«Die Osseria ist mein Lieblingsrestaurant. Alles wie damals, nur die Preise stimmen nicht. Haben Sie gesehen, was ein Jägerschnitzel kostet? Fast achtzehn Euro, das sind etwa zweiundsiebzig DDR-Mark. Davon konnte man früher zwei Monate lang eine Wohnung bezahlen.»

«Das kann man doch nicht vergleichen.» Theresa klappte die Speisekarte zu. Sie hatte sich für das Jägerschnitzel entschieden, genau wie Herr Bastian. «Ich bezahle mein Essen selber. Ihre Rente ist bestimmt nicht gerade üppig.»

Herr Bastian legte die Hand auf Theresas Arm. «Machen Sie mich nicht unglücklich, Frau Matusiak, ich bin ein Kavalier. Früher», er klopfte sich auf die Brust, «hatte ich einen guten Schlag bei den Frauen. Ich lade Sie ein, basta.»

Während sie auf das Essen warteten, sah sich Theresa um. An der Wand neben der Tür hingen eine DDR-Flagge und verschiedene Wimpel und Orden. Auf schmalen Regalbrettern über den Tischen standen Sternradios, Plattenspieler, Geschirr, Putzmittel, Gläser mit Mischgemüse, Päckchen mit Tempolinsen und Rondo-Kaffee, Schokoladentafeln und Kaugummipäckchen, Kosmetikprodukte von Florena, Bücher, Zeitschriften und Schallplatten. Neben der Theke hingen Fotos, auf denen Kinder mit Pionierhalstüchern, Jugendliche mit FDJ-Hemden und junge Männer in NVA-Uniformen zu sehen waren.

Herr Bastian trank einen Schluck Bier. «Kennen Sie das alles noch? Sie kommen doch auch aus der DDR.»

«Als die Mauer fiel, war ich siebzehn, und Silvester 89/90 habe ich am Brandenburger Tor meine Volljährigkeit gefeiert. Klar habe ich noch Erinnerungen.»

Herrn Bastians Gesicht verdunkelte sich. «Schade, dass das alles in Vergessenheit geraten wird. Die Leute haben nach der Wende alles weggeschmissen und ihre Wohnungen neu eingerichtet. Eine Schande, wenn Sie mich fragen.»

Theresa musste an Marlenes Dachkammer mit den DDR-Devotionalien denken. «Darf ich Sie etwas fragen, etwas über damals?»

«Nur zu, Frau Matusiak. Vielleicht haben Sie es noch nicht bemerkt, aber ich rede gerne über die alten Zeiten.»

Theresa begann zu erzählen. Sie erzählte von der Erbschaft, von ihren Eltern und Anton, von Marlenes Dachkammer und davon, dass ihre Schwester im Gefängnis gesessen hatte. Herr Bastian hörte schweigend zu, und als das Essen kam, rührte er es nicht an.

«Ich würde so gerne mehr über Marlene erfahren, aber wie soll ich nur an Informationen kommen?»

Herr Bastian schaute auf seinen Teller, dann schnitt er sich ein Stück Jägerschnitzel ab und biss hinein. «Auch nicht mehr so wie früher, und kalt ist es obendrein. Und dafür wollen die kapitalistischen Halsabschneider zweiundsiebzig Mark haben.» Er legte die Gabel zurück auf seinen Teller. «Da bin ich keine große Hilfe, bedauerlicherweise. Von den Gefängnissen weiß ich, aber das ist ein schwieriges Thema für mich.»

«Warum?»

«Nun ja, unsere Deutsche Demokratische Republik zu verlassen, hat gegen geltendes Recht verstoßen. Ich muss es wissen, ich war jahrelang bei der NVA.» Seine Augen fixierten die Bilder der jungen Soldaten neben der Theke. «Eine Inhaftierung wegen Republikflucht war juristisch gesehen korrekt. Ich verstehe nicht, dass heute so ein Drama daraus gemacht wird.»

«Herr Bastian, das ist doch nicht Ihr Ernst. Die Menschen haben gelitten, schwere psychische Folgen davongetragen. Das kann Ihnen doch nicht egal sein. Geltendes Recht hin oder her.»

«Frau Matusiak, das Thema sollten wir lieber sein lassen.

Wir haben es doch gerade so schön. An meinem Geburtstag will ich nicht streiten und mit Ihnen schon gar nicht …»

«Einverstanden.»

Herr Bastian schaute noch immer zu den Fotos. Sein Gesicht nahm einen nachdenklichen Ausdruck an. «Aber wenn Sie mehr wissen wollen, sollten Sie mal nach Hohenschönhausen fahren. Dort gibt es eine Gedenkstätte des Gefängnisses. Vielleicht taucht Ihre Marlene dort in irgendwelchen Unterlagen auf?»

Theresa sah Herrn Bastian mit weit geöffneten Augen an. «So ein Vorschlag von Ihnen. Das wundert mich ja schon ein bisschen.»

Herr Bastian spielte mit dem Besteck, das vor ihm auf dem Teller lag. «Nur, weil Sie es sind.»

«Würden Sie mich begleiten?»

Herr Bastian drehte den Kopf und schaute Theresa lange an, bevor er antwortete. «Ach Kindchen, warum sollte ich mir das antun? Ich bin zu alt, um mir Vorwürfe machen zu lassen.»

Die Strumpfhose klebte an Charlottes Beinen, der Faltenrock war klamm, und die Haare hingen tropfend im Mantelkragen. Sie drückte die Tür zum Bestattungsinstitut auf und ließ sich erschöpft auf einen Sessel neben dem Eingang fallen. Ausgerechnet heute hatte sie ihren Schirm nicht dabei, denn gestern hatten sie in den rbb-Nachrichten einen sonnigen Tag versprochen.

«Guten Tag, was kann ich für Sie tun?» Ein Mann stand vor ihr. Er hatte kurze graue Haare, trug ein schwarzes Hemd und eine dunkelbraune Cordhose. Charlotte stellte fest, dass er sehr gut aussah. «Ich bin Charlotte Groen. Wir haben gestern telefoniert. Es geht um die Beerdigung meiner Mutter.» Sie strich mit der Hand über ihren Rock.

«Richtig, Frau Groen. Martin Nowak, angenehm. Aber waren wir nicht erst in einer halben Stunde verabredet?»

«Ich bin lieber zu früh als zu spät. Tut mir leid.» Charlotte umklammerte ihre Handtasche.

«Kein Problem. Ich bin auch so.»

Charlotte fuhr sich durch die nassen Haare.

«Und dann sind Sie auch noch in einen Regenschauer gekommen. Auf die Meteorologen ist heutzutage aber auch kein Verlass mehr, nicht wahr.» Martin Nowak drehte sich um. «Augenblick.» Er verschwand durch eine Tür auf der linken Seite des Raumes und kam kurze Zeit später mit einem Handtuch zurück. «Hier. Vielleicht wollen Sie sich erstmal abtrocknen? Nicht, dass Sie sich noch erkälten. Sie haben es gerade doch auch so schwer genug.»

Charlotte nickte und nahm lächelnd das Handtuch entgegen. «Was die Beerdigung angeht …»

«Frau Groen, ich habe für Sie drei Angebote zusammengestellt. Da hätte ich einmal eine Liegeplatte aus Sandstein, ein Grabkissen aus schwarzem Granit und eine polierte Grabtafel aus …»

Plötzlich überkam Charlotte tiefe Traurigkeit. Sie legte den Kopf in die Hände und begann zu schluchzen.

Martin Nowak setzte sich ihr gegenüber. «Es ist schwer, ich weiß. Wie kann ich Ihnen helfen?»

Charlotte hob den Kopf und schaute Martin Nowak in die Augen. Sie waren graugrün und blickten sie besorgt an. Ehe Charlotte es sich versah, begann sie, von ihren Eltern, von Anton und von Marlenes Erbe zu erzählen. Immer wieder musste sie Pausen einlegen und sich die Tränen aus den Augen wischen. Martin Nowak unterbrach Charlotte kein einziges Mal. Als sie fertig war, fühlte sie sich erleichtert. Aber gleichzeitig erschrak sie über sich selber. Das war ihr noch nie passiert. Einem wildfremden Menschen ihr Herz auszuschütten war unangebracht.

Martin Nowak legte Charlotte die Hand auf die Schulter. «Frau Groen, um die Ecke ist ein kleiner Italiener. Ich schließe jetzt das Institut ab, und wir genehmigen uns einen Teller Cannelloni. Der wird zwar Ihre Probleme nicht lösen, aber schlimmer machen wird er sie auch nicht. Und danach werden Sie sich besser fühlen, versprochen.»

Martin Nowak lächelte so charmant, dass Charlotte nur nicken konnte.

Vor dem Eingang hatten die Schüler noch Handyfotos gemacht, waren wild herumgelaufen und hatten kaum auf die Ermahnungen ihrer Lehrerin geachtet. Aber als sie den Gefängnistrakt betraten, verstummten sie schlagartig, und auch Theresa und Anna fühlten sich so beklommen, dass sie nicht wussten, was sie sagen sollten. Der Mann, der sie durch die Gedenkstätte Hohenschönhausen führte, blieb vor einer Zelle stehen. Die Besuchergruppe folgte ihm in einigem Abstand den engen Gang entlang, von dem zu beiden Seiten Zellentüren abgingen. An der Wand befand sich ein langes Kabel, und an der Decke war eine Ampelanlage angebracht. Der Linoleumboden quietschte unter den Turnschuhen der Schüler.

«Ich danke Ihnen, dass Sie den Weg hierhergefunden haben. Ein trauriges Kapitel der deutschen Geschichte. Ich muss es wissen, denn ich saß auch hier.» Er musterte die Gesichter der Besucher. «Ich war selber ein Opfer des DDR-

Regimes. Ich wurde wegen versuchtem illegalen Grenzübertritt zu drei Jahren Gefängnis verurteilt.» Er machte eine kurze Pause. «Sie befinden sich an einem Ort des Grauens. Schikanen, Schlafentzug, Isolation, knappe Essensrationierungen und psychische Zersetzung waren hier jahrzehntelang an der Tagesordnung.»

«Wie hat sich das angefühlt, Tag für Tag auf so engem Raum?» Die Lehrerin klickte die Mine ihres Kugelschreibers heraus und schrieb etwas auf ihr Klemmbrett.

«Ach wissen Sie, es ist schwer, Worte dafür zu finden. Versuchen Sie, es nachzuempfinden.» Der Mann öffnete eine Zellentür und bedeutete der Lehrerin hineinzugehen.

«Das geht nicht, ich kann da nicht rein, ich habe Klaustrophobie.» Sie trat zur Seite und stellte sich zu ihrer Klasse.

«Darf ich?» Theresa war vor die Zellentür getreten.

«Selbstverständlich.»

Theresa betrat die Zelle, Anna folgte ihr. Wortlos nahm Theresa Annas Hand, und gemeinsam ließen sie den winzigen Raum auf sich wirken. Die Pritsche, den Hocker, die Toilette, das Waschbecken, den Tisch, auf dem eine blaue Plastikschüssel und ein weißer Becher standen, und schließlich den Glasbaustein, der in die Wand eingelassen war.

«Vielleicht hat Marlene in so einer ähnlichen Zelle gesessen», flüsterte Anna und fuhr mit der Hand über die kratzige Wolldecke, die auf der Pritsche lag.

«Das kann gut sein. Anton hat erzählt, dass sie hier inhaftiert war. Aber Marlene wollte nie über diese Zeit sprechen.»

«Verständlich.»

Drei Schüler kamen in die Zelle, und Anna und Theresa gingen hinaus. Die Lehrerin war in ein Gespräch mit dem ehemaligen Insassen vertieft und machte sich eifrig Notizen. Als ein Junge in der Zelle begann, Fotos zu machen, unterbrach sie das Gespräch und rief den Jungen zu sich.

«Darf ich Sie etwas fragen?» Theresa stand neben dem Mann, der die Hände inzwischen in die Hosentaschen geschoben hatte und nachdenklich die Schülergruppe beobachtete.

«Nur zu.»

«Ich bin auf der Suche nach Informationen zu einem Familienmitglied, das hier in Haft saß. Gibt es ein Archiv oder so etwas?»

Der Mann nahm die Hände aus den Hosentaschen. «Wir haben ein Archiv und Datenbanken über ehemalige Häftlinge. Damit habe ich aber nichts zu tun, da müssten Sie sich an die entsprechenden Kollegen wenden. Ich zeige Ihnen später, wo Sie die finden.»

«Wissen Sie etwas über Freikäufe?»

Der Mann reagierte nicht sofort, er schien mit den Gedanken woanders zu sein. «Ja, Freikäufe gab es. Aber eben nicht für alle. Das war ein recht undurchschaubares System. Oft mussten die Insassen, ohne vorher darüber informiert worden zu sein, ihre Sachen packen und wurden erst nach Karl-Marx-Stadt, heute Chemnitz, gebracht, und von dort aus ging es in den Westen. Ich wurde allerdings nicht freigekauft.»

«Aber das war ja quasi Menschenhandel.» Theresa war bestürzt.

«Und ein einträgliches Geschäft, für Ost und West.»

«Wir würden jetzt gerne noch die Verhörräume sehen, geht das?», unterbrach die Lehrerin das Gespräch.

«Selbstverständlich.»

Theresa sah dem Mann in die Augen. Sie waren trüb, und sie wagte sich nicht auszumalen, was er und die anderen Gefangenen hier durchlebt haben mussten. «Ich finde es bewundernswert, dass Sie Führungen anbieten. Wenn ich hier gefangen gewesen wäre, ich hätte nicht die Kraft gehabt zurückzukommen.» Sie lächelte den Mann an.

«Danke. So etwas geht auch nicht von heute auf morgen, es war ein langer Weg.»

«Danke jedenfalls für die interessante Führung, Herr …»

«Ostermeyer, ich heiße Wieland Ostermeyer.»

«Kommt, Leute. Weiter geht's», sagte die Lehrerin. «Und vergesst ja nicht, euch alles gut einzuprägen. Nächste Woche schreiben wir einen Test zu dem Thema.»

# Damals (1973)

## West-Berlin

«Willst du noch eine Kartoffel?» Anton schob Marlene den Topf hin.

«Ich kann nicht mehr, Anton. Und danke noch mal, dass du für mich gekocht hast.»

Anton winkte ab. «Nun ja, Quark und Kartoffeln, das kann man nicht gerade kochen nennen.» Er legte das Besteck auf den Teller und überlegte, wie er auf das zu sprechen kommen konnte, was ihm schon seit Marlenes Ankunft immer wieder durch den Kopf ging.

«Alles in Ordnung, Anton? Du siehst so nachdenklich aus.»

Anton räusperte sich. «Ich weiß nicht, wie ich es sagen soll. Du bist ja nun schon eine Weile hier, und ich unterstütze dich, wo ich nur kann.» Er stand auf und brachte das Geschirr in die Küche.

Als er zurückkam, sah Marlene ihn durchdringend an. «Aber?»

«Noch einmal, ich helfe dir gerne, finanziell und auch sonst, das weißt du. Aber ich denke, es ist an der Zeit, dass du dir eine Arbeit suchst. Es muss ja nichts Großes sein, aber langsam solltest du ein wenig Geld verdienen.»

Marlene verschränkte die Arme vor der Brust. «Ich bin noch nicht so weit.»

«Irgendwann musst du mal raus, du kannst dich nicht ewig verkriechen, ein junger Mensch wie du. Du bist schon ein halbes Jahr hier und noch nie aus Kreuzberg rausgekommen. Die Stadt hat so viel zu bieten. Ich glaube, am Ku'damm gibt es auch interessante Galerien. Es wird dir guttun, unter Leute zu kommen.»

«Ich bin gerne hier, und andere Leute interessieren mich nicht.» Marlene ging zum Sofa, nahm ihr Skizzenbuch, legte es sich auf den Schoß und begann zu zeichnen.

«Marlene, ich bitte dich, du musst anfangen, auf eigenen Beinen zu stehen.»

Marlene sah von ihrer Zeichnung auf und musterte Anton skeptisch. «Ich weiß es zu schätzen, dass du dich um mich kümmerst, und ich danke dir dafür. Aber das hier ist mein Leben. Ich möchte mir nicht vorschreiben lassen, was ich tun soll. Genau davor bin ich ja weggelaufen.»

«Versuch es doch wenigstens.»

«Hör auf, bitte, du redest ja fast so, als wärst du mein Vater.»

Anton zuckte zusammen. «Das bin ich ja auch.»

Marlene sah Anton entsetzt an. Dann fing sie an zu lachen. «Sehr witzig, so viel Humor hätte ich dir gar nicht zugetraut.»

Antons Miene war versteinert. Er überlegte, was er sagen sollte. Er hatte schon seit langer Zeit das Bedürfnis, mit Marlene darüber zu reden, war aber unsicher, ob ihm das überhaupt zustand. Hätte nicht Elisabeth Marlene erzählen müssen, dass er ihr Vater war? Aber Elisabeth war nicht hier, und nun, da es ihm einmal herausgerutscht war, gab es kein Zurück mehr. Anton räusperte sich. «Das war kein Scherz.»

Marlene ließ den Stift sinken. «Wie bitte?»

«Ich hätte es dir schon viel früher sagen müssen. Verzeih mir. Aber es ist die Wahrheit. Elisabeth und ich, nun, wie soll ich es erklären, mir ist bewusst, dass es nicht richtig war und moralisch … Du weißt ja, dass wir ein Paar waren, und dann ist es passiert.»

Marlene starrte Anton mit offenem Mund an.

«Ist dir nie aufgefallen, dass wir dieselbe Augenfarbe haben?»

Marlene schnappte nach Luft.

«Was hätten wir tun sollen, deine Mutter und ich? Es waren andere Zeiten damals, und für Elisabeth stand es nie zur Debatte, Johannes zu verlassen. Er hat sich gut um euch gekümmert und …»

Marlene legte sich die Hände auf die Ohren und sah zur Tür. «Ich denke, du solltest jetzt gehen.»

Marlene stand im KaDeWe, und ihr schwirrte der Kopf. Überall waren Menschen, die sich zielsicher durch das Kaufhaus bewegten, mal hier, mal da anhielten, die Auslagen bestaunten und sich von den Rolltreppen von Etage zu Etage fahren ließen. Sie musste an die Kaufhalle in Rostock denken. Ein mausgrauer rechteckiger Flachbau mit Wellblechdach, der in einer Seitenstraße nahe dem Haus ihrer Oma Käthe lag. Dort waren viele Regale oft schon am frühen Nachmittag leer gewesen, und die Kunden hatten sich selten beschwert, wenn sie nach der Arbeit einkaufen gegangen und kein Brot und keine Milch mehr bekommen hatten.

Der Mangel war zur Gewohnheit geworden. Sie erinnerte sich noch gut an die langen Schlangen vor den Geschäften. Häufig hatten die Menschen nicht einmal gewusst, wofür sie anstanden. Aber wenn sich eine Schlange vor einem Geschäft gebildet hatte, hatte es sich meistens gelohnt. Man nahm, was man kriegen konnte. Irgendwann konnte es vielleicht getauscht werden, gegen etwas, das man wirklich dringend brauchte. Und hier? Alles war bunt, die Regale prall gefüllt, und an jeder Ecke warben Aufsteller für Taschen, Schuhe, Kleidung, Möbel, Geschirr, elektronische Geräte. Es gab alles, was das Herz begehrte, sogar Friseure und eine Maßschneiderei hatte Marlene gesehen.

In der Lebensmittelabteilung blieb sie vor einem Regal mit exotischen Südfrüchten stehen.

«Kann ich Ihnen helfen?» Eine Verkäuferin war hinter Marlene getreten und lächelte sie an.

«Ich weiß nicht genau.»

Die Verkäuferin nahm eine Frucht in die Hand. «Schauen Sie mal, die sind heute ganz frisch reingekommen. Aus Argentinien, sehr lecker.»

Marlene betrachtete die violette Frucht skeptisch. «Was ist das?»

Die Verkäuferin lachte auf. «Eine Passionsfrucht. Kennen Sie die gar nicht?» Marlene schüttelte den Kopf, ging eilig weiter und trat vor das Gemüseregal. Sie griff nach einem Bund Möhren und zwei Kohlrabi und legte sie in ihren Korb. Als sie sich einige Meter entfernt hatte und vor dem Kühlregal stand, fiel ihr Blick auf die Milchprodukte. Ihre Augen wanderten über die Joghurtbecher. Marlene streckte ihren Finger aus und zählte. Ihre Lippen bewegten sich stumm. Fünfzehn. Fünfzehn verschiedene Sorten Joghurt. Sie lachte auf und nahm einen Becher in die Hand. Kein Mensch brauchte fünfzehn Sorten Joghurt. *Die Stadt hat so viel zu bieten.* Beim Gedanken an Antons Worte und sein Geständnis vor ein paar Tagen wurde ihr plötzlich alles zu viel. Sie schaute auf den Joghurt in ihrer Hand. Dann hob sie den Arm, schleuderte den Becher gegen einen Turm aus Mozartkugeln und rannte in Richtung Rolltreppe.

Atemlos war Marlene vor dem Zoopalast stehen geblieben. Ihr Hals war trocken, und ihr war schwindelig. An einem Kiosk kaufte sie sich eine Flasche Wasser und sah sich nach einer Sitzgelegenheit um. Da sie nichts fand, ließ sie sich einfach auf dem Boden nieder.

Das Sitzen tat gut, langsam beruhigte sie sich. Sie legte den Kopf in den Nacken. Der Himmel hatte sich zugezogen, bald würde es zu regnen beginnen. Obwohl Marlene kalt war und sie sich nach ihrer Wohnung sehnte, blieb sie sitzen. Es tat gut, draußen zu sein. Nur der Himmel über ihr, ganz egal welches Wetter gerade war, bloß nicht eingeschlossen sein. Draußen war sie frei. Sie konnte machen, was sie wollte, hingehen, wo sie wollte, treffen, wen sie wollte, und kaufen, was ihr Herz begehrte. Die Freiheit tat gut, doch gleichzeitig war sie so unnütz. Was sollte sie mit neunundzwanzig Sorten Joghurt und Passionsfrüchten, wenn sie sich doch einsam fühlte? Am meisten vermisste sie jemanden, dem sie vertrauen konnte. Johannes, Anton, ihre Mutter, alle Menschen um sie herum hatten sie angelogen. Johannes hatte sie verraten. Dabei war er noch nicht einmal ihr leiblicher Vater. Hatte er davon gewusst und nach einem Weg gesucht, sie loszuwerden? Wie es wohl Charlotte gerade ging? Und Wieland? Wieder kam ihr Paula in den Sinn. Nicht an Paula denken. Mit klopfendem Herzen setzte sie die Wasserflasche an den Mund.

Es begann zu regnen. Marlene zog die Beine an den Körper und blieb sitzen, während die Passanten um sie herum die Schritte beschleunigten und ihre Schirme aufspannten.

Sie wusste nicht, wie lange sie vor dem Zoopalast gesessen hatte. Der Regen ließ nach, und gerade als Marlene aufstehen wollte, kam ein junger Mann auf sie zu. Er war ein paar Jahre älter als sie, hatte dunkle Locken, braune Augen, trug eine Jeans mit Schlag und ein gemustertes Hemd mit breitem Kragen. Ihre Blicke trafen sich.

Als er auf ihrer Höhe war, blieb er stehen. «Alles in Ordnung bei dir?» Er hatte eine angenehme Stimme und sprach mit einem Akzent, den Marlene nicht einordnen konnte.

«Alles in Ordnung.»

«Du kannst doch hier nicht sitzen. Deine Klamotten sind total durchgeweicht.» Er ging in die Hocke und streckte ihr seine Hand hin. «Ich bin Béla.»

«Marlene.» Sie gab Béla die Hand.

Als sie sie zurückziehen wollte, hielt Béla ihre Hand fest und versuchte, sie nach oben zu ziehen. «Komm, Marlene. Hier kannst du nicht bleiben. Lass mich dir helfen. Ich bin aus Ungarn, musst du wissen. Wir helfen von Natur aus gerne und sind sehr, sehr beleidigt, wenn jemand unsere Hilfe ausschlägt.» Er zeigte auf den Himmel. «Außerdem wird es gleich wieder regnen.»

Marlene nickte und ließ sich von Béla hoch helfen.

«Also, erst mal musst du raus aus den Klamotten. Vorher machen wir aber noch einen kurzen Abstecher.»

«Was für einen Abstecher?»

«Geht ganz schnell. Lass uns kurz zum Bahnhof gehen und was zum Rauchen kaufen. Du wirst sehen, das wird dir guttun.»

Der Unterschied zwischen dem KaDeWe und dem Bahnhof Zoo hätte größer nicht sein können, dabei lagen beide nur ein paar Minuten voneinander entfernt. Die bunt glitzernde Warenwelt dort und die schmutzig grauen Abfertigungshallen hier. Marlene staunte. Neben einem Zeitungsladen stand ein Mädchen. Sie war kaum älter als dreizehn, trug einen kurzen Rock, hohe Stiefel und ein enges Oberteil. Gegen eine Wand gelehnt, hatte sie ein Bein nach hinten angewinkelt und hielt Ausschau nach Männern.

«Schau da nicht so hin, Marlene.» Béla zog Marlene zur Seite. «Warte dort drüben.» Er zeigte auf eine Treppe, die zu den Gleisen führte, ging zurück zum Zeitungsladen und sah sich vorsichtig nach allen Seiten um.

Ein Mann kam auf ihn zu. Die beiden unterhielten sich kurz, Béla reichte ihm einen Geldschein und bekam dafür ein kleines Tütchen, das er eilig in seine Hosentasche steckte. Pfeifend kam er auf Marlene zu. «Ich bin so weit. Wir können los. Wollen wir zu dir?»

## Ost-Berlin

«Und, wie ist es so, eine eigene Klasse zu haben?» Eva hatte sich bei Charlotte untergehakt.

Unter Charlottes Schuhen raschelte das Herbstlaub. Hinter Charlotte und Eva hupte es. Sie drehten sich um und ließen den Wagen vorbeifahren. Er war mit Eicheln und Kastanien beladen. Der Fahrer hob die Hand und bedankte sich.

«Noch ein bisschen gewöhnungsbedürftig. Aber es macht

Spaß. Ich bin ja gerade mal einen Monat an der neuen Schule.»

Ein paar Meter abseits stand Elisabeth vor dem Flamingogehege. Sie hatte Theresa auf dem Arm und zeigte ihr die Tiere. «Johannes ist bestimmt stolz auf dich. Ich meine, die älteste Tochter als Staatsbürgerkundelehrerin, vorher der Studienaufenthalt in Moskau, ich weiß, dass er sich das immer gewünscht hat.»

«Stimmt, er ist sehr stolz auf mich.» Charlotte lächelte.

«Und wie geht es dir sonst? Wie sieht es eigentlich mit den Männern aus?»

Charlottes Lächeln erstarb. «Ach, Eva, für Männer bleibt mir doch gar keine Zeit. Der Unterricht bereitet sich schließlich nicht von selbst vor.»

Eva legte ihre Hand auf Charlottes Arm. «Du wirst sehen, früher oder später triffst du den Mann, der zu dir passt.»

Als sie vor dem Flamingogehege ankamen, setzte Elisabeth Theresa auf dem Boden ab. Sie rannte zu Charlotte, nahm ihre Hand und zog daran. «Lotte, ich will zu den Affen.»

Elisabeth sah auf ihre Armbanduhr. «Erst musst du deinen Mittagsschlaf machen.» Sie setzte Theresa in den Kinderwagen. «Mach die Augen zu, Schätzchen, und wenn du wieder wach bist, gehen wir zu den Affen, versprochen.»

Als Theresa eingeschlafen war, beschlossen die drei Frauen, ins Alfred-Brehm-Haus zu gehen. Von drinnen schlug ihnen ein beißender Geruch entgegen. Charlotte hielt sich die Hand vor den Mund. «Ich warte draußen, das halte ich nicht aus.»

«Ist gut, Lotte. Wir treffen uns in einer halben Stunde wieder beim Eingang.»

Charlotte nickte und ging zurück zur Tür.

«Und sie hat wirklich die ganze Zeit nichts mitbekommen?» Eva flüsterte.

«Was meinst du?» Elisabeth öffnete ihren Mantel.

Eva blieb vor dem Leopardenkäfig stehen. Er war leer, die Tiere waren gerade auf dem Außengelände. «Na, das mit Theresa, dass sie eigentlich gar nicht deine Tochter ist.»

«Pst! Und nein, Charlotte hat nichts mitbekommen. Hör auf zu fragen. Meinst du nicht, dass mein schlechtes Gewissen schon groß genug ist? Immer wenn ich Theresa anschaue, muss ich an Marlene denken. Muss überlegen, was sie gerade tut, wo sie ist, ob es ihr gutgeht.» Elisabeth schaute gedankenverloren auf den leeren Käfig.

«Lisbeth, ich meine es nicht böse, und ich sehe, wie gut dir Theresa tut. Du bist wie neugeboren. Trotzdem finde ich es nicht richtig.»

«Es kann nicht mehr rückgängig gemacht werden, und», sie sah Eva fest in die Augen, «ich rechne es dir hoch an, dass du das Geheimnis für dich behältst und trotzdem noch meine Freundin bist.»

Ein Mann kam vom Außengelände in den Leopardenkäfig. Er trug einen grünen Overall und hatte eine Schaufel und einen Eimer in den Händen. Er stellte den Eimer auf den Boden und begann, die Exkremente auf die Schaufel zu laden. Plötzlich hielt er inne, sah auf und musterte Elisabeth. Elisabeth lief ein Schauer über den Rücken. Das konnte doch nicht sein. Sie kannte den Mann, auch wenn es schon lange her war, dass sie ihn gesehen hatte. Es war Wieland Ostermeyer.

«Frau Groen?» Ungläubig starrte Wieland Elisabeth an.

Eva schaute abwechselnd zwischen den beiden hin und her.

«Frau Groen.»

Elisabeth schüttelte den Kopf und wollte weitergehen, aber ihre Beine gehorchten ihr nicht.

«Wo ist Marlene?» Wieland trat näher an das Käfiggitter und lehnte die Schaufel dagegen.

«Ich kenne Sie nicht, lassen Sie mich in Ruhe.» Elisabeth drehte sich um. Ihr Herz schlug schnell. Aus dem Augenwinkel bemerkte sie noch, wie Wieland den Kinderwagen fixierte.

«Frau Groen. Sie sind es doch.» Wieland wischte sich die Hände an seinem Overall ab. «Was ist mit Marlene? Wo ist sie denn? Sie müssen doch etwas wissen.» Wielands Stimme hallte durch das Alfred-Brehm-Haus. Er legte seine Hände an die Gitterstäbe.

«Marlene ist tot, und jetzt lassen Sie mich in Ruhe!»

Elisabeth ging schneller, Eva konnte kaum mit ihr Schritt halten.

«Lisbeth, wer war das denn? Nun warte doch mal. Warum rennst du denn weg?»

«Keine Ahnung. Vielleicht ein ehemaliger Patient, oder so was? Vielleicht habe ich ihm mal von Marlene erzählt?» Was sollte sie Eva auch anderes sagen. Wenn Eva erfahren hätte, dass sie gerade Theresas Vater begegnet waren, wer weiß, vielleicht hätte sie ihm die Wahrheit erzählt. Eva wusste zwar, dass Theresas Vater Wieland Ostermeyer hieß, aber wie er aussah, das wusste sie nicht. Eva hielt Elisabeth fest und konnte kaum sprechen, so sehr war sie außer Atem. «Aber das ist doch kein Grund wegzulaufen. Du hättest kurz mit ihm reden können.»

«Wir haben keine Zeit. Charlotte wartet bestimmt schon auf uns, und Theresa wird auch bald aufwachen.» Elisabeth eilte nach draußen. Der Herbstwind war angenehm und kühlte die Schweißtropfen auf ihrer Stirn.

## West-Berlin

Der Fernseher lief tonlos, alle Fenster der Wohnung standen offen. Über ihr Skizzenbuch gebeugt, saß Marlene auf einer Matratze und malte. Neben der Matratze lag eine leere Chipstüte, auf dem Rand eines vollen Aschenbechers ein halb aufgerauchter Joint. Seit zwei Tagen hatte Marlene ihre Wohnung nicht verlassen. Sie legte den Stift beiseite, griff nach dem Joint und nahm einen tiefen Zug. Das tat gut. Béla war der Einzige, dem es hin und wieder gelang, Marlene vor die Tür zu kriegen, aber er musste an diesem Wochenende arbeiten. Beim Gedanken an ihn lächelte sie. Vor einem halben Jahr waren sie sich begegnet, und schon an ihrem ersten Abend war alles so unbeschwert gewesen. Die Bilder aus dem Gefängnis hatten sich in Luft aufgelöst und waren mit dem Rauch davongeschwebt. Marlene hatte gedacht, sie würde fliegen, so leicht hatte sich alles plötzlich angefühlt. Und zum ersten Mal seit ihrer Verhaftung in Prag hatte sie wieder gelacht. Sie und Béla machten seitdem oft die Nacht zum Tag, schliefen bis weit in den Nachmittag hinein und ernährten sich von Bier, Pizza und Joints. Manchmal sahen sie die *Sesamstraße* im Fernsehen und kamen aus dem Lachen gar nicht mehr heraus. Marlene war so unbeschwert und sorglos, dass sie Béla sogar von der DDR, ihrer Flucht, vom Gefängnis, vom Freikauf und von Anton erzählt hatte. Paula hatte sie dabei allerdings nicht erwähnt.

Es klingelte an der Tür. Marlene blieb sitzen.

Wieder klingelte es, diesmal länger.

Marlene rührte sich nicht.

Es klopfte laut.

«Marlene, ich bin es, ich mache mir Sorgen um dich. Béla will mir nichts sagen.» Antons Stimme überschlug sich.

Marlene begann zu weinen. Sie wischte die Tränen mit dem Handrücken weg. Sie war Anton dankbar, dass er sich um sie kümmerte, ihr sogar eine eigene Wohnung besorgt hatte und sie finanziell unterstützte. Aber seit er ihr gestanden hatte, dass er ihr Vater war, empfand sie seine Fürsorge als erdrückend, wollte ihn nicht sehen. Es war, als hätte ihr jemand endgültig den Boden unter den Füßen weggezogen, ihr die letzte Sicherheit genommen.

Marlene stand auf, ging in den Flur und lehnte ihren Kopf gegen die Wohnungstür. «Anton, bitte gib mir Zeit, ich kann das gerade nicht.»

«Marlene, weinst du etwa? Wie lange soll das denn noch so weitergehen?», fragte Anton durch die geschlossene Tür.

«Ich weiß es nicht.» Marlene zog ein Taschentuch aus ihrer viel zu großen Hose und schnäuzte sich.

«Also gut, nimm dir die Zeit, die du brauchst, und wenn etwas ist, ich bin für dich da. Du weißt ja, wo du mich findest.»

«Ja, ja, danke.»

Schließlich hörte Marlene, wie sich seine Schritte langsam die Treppe herunter entfernten. Sie ging zurück ins Wohnzimmer und widmete sich wieder ihrer Zeichnung. Während sie in groben Strichen eine neue Variation des Bildes zeichnete, das sie damals im Aufnahmelager begonnen hatte, erklang im Fernseher die Titelmelodie einer Nachrichtensendung. Marlene achtete nicht darauf und zeichnete weiter an der Landschaft und dem Frauenkopf hinter Gittern.

«Es folgt ein Bericht über die Jugendweltfestspiele in der DDR.» Die Stimme des Sprechers kam von weit her.

Marlene schaute auf.

«Eine Politshow in großem Ausmaß mit der Selbstgefälligkeit einer Diktatur, die ihresgleichen sucht.» Der Sprecher sah sie an.

Auf dem Bildschirm waren Aufmärsche von Jugendlichen in FDJ-Hemden zu sehen. Sie trugen blaue und rote Fahnen und winkten in die Kamera. Neben ihnen liefen andere Jugendliche aus verschiedenen Ländern der Welt. Marlenes Hals wurde trocken. Sie folgte dem Bericht des Sprechers, aber seine Worte erreichten ihre Ohren bloß wie durch Watte, und schließlich hörte sie nur noch ein Rauschen. Auf einmal bemerkte Marlene einen Schatten hinter dem Fernseher. Sie kniff die Augen fest zusammen. Als sie sie wieder öffnete, stand dort eine Frau und summte die DDR-Nationalhymne. Marlene legte sich die Hände über die Augen, und als sie sie wegnahm, war die Frau verschwunden.

Sie stand auf und ging ins Badezimmer, um einen Schluck Wasser zu trinken. Und da, auf dem Wannenrand, saß sie wieder, dieselbe Frau, die gerade noch hinter dem Fernseher gestanden hatte. Es war Jutta, Marlenes Zellengenossin aus dem Gefängnis. Marlene hatte ewig nicht an sie gedacht, sie hatte sie beinahe vergessen, so wie sie alles vergessen wollte, was damals passiert war. Und jetzt saß Jutta auf dem Badewannenrand und rauchte.

«Na, Marlene, erinnerst du dich etwa nicht an mich? Aber *sie*, sie werden sich immer an uns erinnern. Hast du mal deine Lichtschalter untersucht? Alles voller Wanzen.» Jutta warf ihre Zigarette in die Toilette.

Marlene stand reglos da.

«Da fällt dir auch nichts mehr ein, oder?»

Marlene drehte sich um und rannte aus der Wohnung. Vor der Haustür stieß sie mit Béla zusammen, der gerade von der Arbeit kam und seinen Schlüssel aus der Hosentasche zog.

«Ich wollte gerade zu dir. Anton hat mich angerufen.» Er sah Marlene erschrocken an. «Du zitterst ja. Was ist denn passiert?»

Marlene holte aus und begann, auf Béla einzuschlagen.

Er hatte Mühe, ihre Arme festzuhalten. «Jetzt hör doch mal auf und rede mit mir!»

Marlene ließ die Arme sinken. «Béla, sie sind wieder da. Sie sind hinter mir her. Wir müssen die Schlösser austauschen und die Lichtschalter untersuchen.» Dann begann sie erneut zu weinen.

# Heute

## Berlin

Vierhundert oder nada.»

Tom wusste, dass es keinen Sinn hatte zu diskutieren. Er griff in seine Hosentasche und legte das Geld auf den Tresen.

«Ein bisschen ulkig bist du aber schon, kann das sein?» Der Mann hinter der Theke musterte Tom. «Also, bist du nun ulkig oder nicht?»

«Warum?» Eigentlich wollte Tom so schnell wie möglich raus aus dem Hinterzimmer, und jetzt verwickelte dieser Typ ihn auch noch in ein Gespräch.

«Vierhundert für diesen Schinken? Immerhin hab ich dir nur dreihundert dafür gegeben. Was soll das denn eigentlich für ein wertvolles Gekritzel sein?» Der Mann stellte sich vor das Bild. «Landschaft, Frau, Gitter. Ein Knastbild, oder was?»

Tom nickte. «Es würde jetzt zu weit führen, das zu erklären.»

«Hmm, aber das Bild scheint dir ja eine Menge zu bedeuten, wenn du vierhundert Tacken dafür hinblätterst.» Langsam nahm er die Geldscheine vom Tresen. «'ne Perle von dir?»

Tom schüttelte den Kopf und wandte sich zum Gehen.

«Mann, Alter, du bist ja verschwiegen wie Harpokrates.»

«Harpo wer?»

«Na, das hab ich gerne. Hier auf verschwiegen machen und dann Harpokrates nicht kennen.» Der Mann legte das Geld in eine Kassette und klappte den Deckel mit einer ruckartigen Bewegung zu. «Das ist die griechische Entsprechung für das Horuskind.»

«Aha. Ich muss jetzt.» Harpokrates oder Horuskind, Tom war egal, was dieser Klugscheißer erzählte. Er hatte es eilig.

«Nun warte doch mal. Jetzt kann ich endlich mal was von meinem abgebrochenen Gräzistik-Studium anbringen, und du willst dich aus dem Staub machen. Das hier ist mein großer Auftritt.» Beleidigt schob er seine Unterlippe nach vorne. «Harpokrates ist der Gott des Schweigens.» Er verschränkte triumphierend die Arme vor der Brust. «Und jetzt du. Wer ist die Frau auf dem Bild?»

«Das war meine Mutter.»

Als Tom an der Bushaltestelle stand, presste er Marlenes Bild so sehr an sich, dass er aufstöhnen musste. Seine Rippen taten immer noch weh, aber einen Arzt würde er nicht brauchen, ein paar Tabletten sollten genügen. Schmerzen hin oder her, da musste er jetzt durch, immerhin hatte er sich den Schlamassel selber eingebrockt. Das Wichtigste war erledigt, er hatte Marlenes Bild wieder. Tom würde es Anna zurückbringen. Noch immer konnte er nicht verstehen, was in ihn gefahren war, als er sie so einfach hatte stehen lassen. Was war nur los mit ihm? Er mochte sie doch und hatte sich so wohl gefühlt bei ihr. Wahrscheinlich würde sie nie wieder etwas mit ihm zu tun haben wollen. Immerhin waren sie miteinander verwandt. Wenn Theresa Annas Mutter war, dann war Anna seine Cousine. Durch Marlenes Tod hatte

Toms neue Familienmitglieder dazugewonnen, und deshalb musste er es versuchen, wenigstens das. Er würde zu Anna fahren, ihr das Bild geben, sich entschuldigen und sagen, dass er ein Idiot gewesen war. Vielleicht würde er ihr auch verraten, wer Marlene wirklich war. Gerade hatte er es das erste Mal über die Lippen gebracht, und das war gar nicht so schwer gewesen, wie er immer gedacht hatte.

Tom schaute die Straße hinunter und erblickte kurz vor der nächsten Kreuzung ein Apothekenschild. Er lief los, doch gerade als er die Apotheke betreten wollte, klingelte sein Handy. Tom zog es mit der freien Hand aus seiner Jackentasche.

«Tom, du Idiot. Willst du mich verarschen?» Konstantin schäumte vor Wut.

Tom hatte seinen Gesichtsausdruck bildlich vor Augen.

«Wenn du nicht in zehn Minuten hier bist, binde ich den Köter auf irgendeiner Autobahnraststätte in Brandenburg an.»

«Konstantin, tut mir …»

Es klickte in der Leitung.

* * *

Erst die Trauer um ihre Mutter und dann auch noch der Besuch im Untersuchungsgefängnis. Die Ereignisse der letzten Tage ließen Theresa keine Ruhe. Warum hatten ihre Eltern nicht verhindert, dass Marlene so etwas zustieß? Warum hatte ihr Vater nichts dagegen unternommen? Er hatte doch Kontakte. Und dann die Sache mit dem Freikauf. Theresa konnte sich nur schwer vorstellen, dass ihr Vater es zugelassen hatte, eine Tochter an den Westen zu verlieren. Die Familie hatte für ihn doch immer an erster Stelle gestanden.

Theresa schaute auf die Uhr und bekam einen Schreck. Sie musste sich beeilen, in einer Stunde begann die Beerdigung ihrer Mutter. Vor dem Spiegel zog sie sich ein schwarzes Samtkleid und eine Strumpfhose über und wollte gerade ins Badezimmer gehen, um sich zu kämmen und zu schminken, als es klingelte.

Theresa fuhr sich durch die Haare und öffnete die Wohnungstür. Anton kam langsam die Treppen herauf. Er hatte glasige Augen.

«Anton, was machst du denn hier? Warum hast du nicht angerufen? Ich muss gleich weg.»

Anton atmete schwer und stützte sich auf seinen Gehstock. Mit einem Taschentuch tupfte er sich den Schweiß von der Stirn.

«Entschuldige. Komm erst mal rein und trink einen Schluck.» Theresa ging in die Küche und füllte ein Glas mit Leitungswasser, während Anton die Wohnung betrat.

Neugierig sah er sich um. «Schön hast du es hier. In Marlenes Wohnung sah es damals ganz ähnlich aus. Nur dass es bei dir ordentlicher ist. Aber die Leinwände und die Farben, davon hatte sie auch eine Menge rumstehen.» Anton überlegte, ob er Theresa von den Veränderungen erzählen sollte, die Marlene durchmachte, als sie angefangen hatte, Dinge zu sehen, die nicht da waren. Als sie immer mehr getrunken und Joints geraucht hatte und nicht einmal mehr Béla Zugang zu ihr gefunden hatte. Aber das wollte er lieber in Ruhe erzählen. Theresa hatte es sichtlich eilig.

«Ach, Anton, ich freu mich, dich zu sehen, und ich habe so viele Fragen. Aber gerade ist es schlecht, ich bin spät dran. Wie wäre es, wenn wir uns morgen treffen?» Theresa nahm eine schwarze Umhängetasche vom Tisch und prüfte ihren Inhalt.

«Was hast du denn vor?»

Theresa erstarrte. Was sollte sie tun, Anton einfach anlügen? Charlotte hatte mehrfach betont, dass sie ihn unter keinen Umständen bei der Beerdigung dabeihaben wollte.

Traurig sah Anton Theresa an. Er schien genau zu wissen, was ihr durch den Kopf ging.

Theresa seufzte und schloss den Reißverschluss der Tasche. «Anton, das ist gerade alles zu viel für mich. Ich kann keinen klaren Gedanken fassen. Charlotte wird mir den Kopf abreißen, aber ich kann dich nicht anlügen. Heute ist Elisabeths Beerdigung. Ich finde, du solltest dabei sein.»

Anton nickte. «Wahrscheinlich wird Charlotte mir und nicht dir den Kopf abreißen. Aber das Risiko müssen wir in Kauf nehmen. Ich denke, das sind wir Elisabeth schuldig.»

Die Trauerhalle roch nach Vanillekerzen und Blumen. Auf einer weißen Marmorempore stand ein Foto von Elisabeth. Sie saß lächelnd am Tisch eines Eiscafés. Im Hintergrund erhob sich eine majestätische Gebirgslandschaft, und vor Elisabeth auf dem Tisch stand eine Tasse Kaffee. Das Bild war kurz nach der Wende aufgenommen worden. 1992 waren Johannes und Elisabeth zum ersten Mal an den Lago Maggiore nach Brezzo di Bedero gefahren und hatten sich auf Anhieb in das italienische Städtchen verliebt. Es war ihre erste Auslandsreise nach dem Mauerfall. Seitdem waren sie bis zu Johannes' Tod jedes Jahr an den Lago Maggiore zurückgekehrt. Zwar hatten sie sich auch andere Städte in der Nähe angesehen, aber nirgendwo hatte es ihnen so gut gefallen wie in Brezzo di Bedero.

Am Fuß der Marmorempore stand die Urne mit Elisabeths Asche. Anna wusste, wie schwer es Charlotte gefallen war, die richtige zu finden. Sie hatte Kataloge gewälzt und sich beraten lassen, aber immer wieder hatte sie sich umentschieden. Schließlich war die Wahl auf eine beige Urne in Steinoptik gefallen. Sie hatte einen kupferfarbenen Deckel, einen schmalen Sockel, und auf ihrer Seite war ein Baum eingraviert. Anna wischte sich mit dem Handrücken Tränen aus den Augen und richtete die schwarze Trauerschleife am Kranz neu aus. *In unseren Herzen für immer unvergessen*, stand in fein geschwungenen, goldenen Buchstaben darauf.

Charlotte hatte tiefe Ringe unter den Augen, und ihr Gesicht wirkte eingefallen. Sie unterhielt sich ein paar Meter hinter Anna vor den im Halbkreis aufgestellten Stühlen mit einem Mann. Anna sah verwundert zu den beiden. Hatte Charlotte gerade gelächelt? Tatsächlich, sie strahlte den Mann ja geradezu an, das kannte Anna gar nicht von ihrer Tante. Irgendwie schien es ihr, als wäre Charlotte aufgeregt, als würde seine Anwesenheit sie nervös machen. Aber wahrscheinlich war das nur die Anspannung. Charlotte wollte schließlich, dass heute alles perfekt war. Schon seit Tagen hatte sie jedes Detail bis ins Kleinste geplant und Anna und Theresa über den genauen Ablauf der Trauerfeier informiert.

Als Charlotte und der Mann Anna erblickten, kamen sie auf sie zu.

«Frau Matusiak.» Der Mann nahm Annas Hand. «Mein Name ist Martin Nowak. Mein herzliches Beileid.»

Anna senkte den Kopf. Ihr stiegen erneut die Tränen in die Augen. «Freut mich, Herr Nowak. Dann halten Sie die Trauerrede?»

«Ja, Ihre Tante hat mich darum gebeten. Den Text allerdings, den haben wir gemeinsam geschrieben.» Martin Nowak schaute Charlotte an. «Wo bleibt denn Ihre Schwester?»

Alle drei sahen zur Tür.

«Keine Ahnung. Zu spät zu kommen ist eigentlich nicht

Mamas Art. Ich ruf sie mal an.» Anna nahm ihr Handy aus der Tasche.

«Sag ihr, sie soll sich beeilen.»

«Keine Bange, das kriegen wir schon hin. Heute sollten Sie keinen Stress haben müssen. Es bleibt genug Zeit, uns von Ihrer Mutter zu verabschieden», sagte Martin Nowak.

Charlotte lächelte ihn an. «Was würde ich nur ohne Sie tun?»

Anna sah ihre Tante erstaunt an. Flirtete sie etwa mit dem Bestatter? Charlotte und ihre Gefühle, das war doch ein Buch mit sieben Siegeln. Soweit sie wusste, war ihre Tante nie verliebt gewesen, jedenfalls hatte Anna in all den Jahren keinen Mann an ihrer Seite gesehen. Charlotte und Martin Nowak liefen auf den Ausgang der Trauerhalle zu.

Anna schaute auf ihr Handy und sah einen verpassten Anruf. Eine unbekannte Nummer, die schon zweimal versucht hatte, sie zu erreichen. Sie rief zurück.

«Anna, endlich».

Anna konnte die Stimme am anderen Ende der Leitung nicht sofort einordnen. «Wer ist da?»

«Ich bin es, Tom.»

Anna wusste nicht, was sie sagen sollte. Eigentlich wollte sie nur in Ruhe Abschied von ihrer Großmutter nehmen. Sie ging vor die Tür und hatte plötzlich große Lust auf eine Zigarette. «Du hast Nerven, Tom. Ich fühl mich so was von hintergangen, ich könnte, ach … ich würde am liebsten sofort auflegen.»

«Verzeih mir Anna. Ich möchte dir alles erklären, geht das? Krieg ich noch eine Chance?»

Anna sah vor dem Friedhofstor ein Taxi halten. Das musste ihre Mutter sein. Endlich. «Tom, hast du das.Bild?»

«Ja.»

«Gut, deine Chance bekommst du, aber nur unter einer

Bedingung. Du kommst sofort her. Wir sind am städtischen Friedhof in Lichtenberg. Meine Großmutter wird heute beigesetzt. Ich will, dass du dabei bist, und frag mich nicht, warum. Ist nur so ein Gefühl.»

«Ich komme.» Dann legte er auf.

Anna schob ihr Handy zurück in die Tasche und sah zum Taxi. Ihre Mutter stieg aus, ein Mann war bei ihr. Vermutlich dieser Anton. Anna ahnte, dass seine Anwesenheit nichts Gutes verhieß. Charlotte würde vor Wut außer sich sein.

«Nur über meine Leiche.» Charlotte schlug sich die Hände vor den Mund, als sie bemerkte, was sie gerade gesagt hatte.

«Charlotte. Ich weiß, dass Sie mich hassen. Ich verstehe das. Aber bitte, lassen Sie mich Elisabeth die letzte Ehre erweisen. Bitte.»

Martin Nowak stellte sich neben die Urne und räusperte sich. «Wir müssten jetzt anfangen.»

«Also gut», Charlotte fixierte Anton böse, «aber Sie sitzen in der letzten Reihe. Und nach der Beisetzung gehen Sie wieder.»

«Danke, das werde ich Ihnen nie vergessen.»

Die ersten Klavierakkorde erfüllten den Trauersaal.

Martin Nowak erhob sich und trat vor die Trauergemeinde. Er schaute erst Charlotte, dann Theresa und zuletzt Anna an und zog einen Zettel aus der Tasche. «Liebe Trauergemeinde.» Er machte eine Pause und warf einen flüchtigen Blick auf Anton, der zusammengesunken auf seinem Stuhl in der letzten Reihe saß. «Wir haben uns heute hier zusammengefunden, um Abschied von Elisabeth Groen, geborene Havelmann, zu nehmen.» Martin Nowak drehte sich zur

Seite und gab den Blick auf Elisabeths Foto frei. «Eine Frau mit einem großen Herzen. Eine liebende Mutter und eine fürsorgliche Ehefrau, die zeitlebens alles geopfert hat für ihre Familie, auch wenn es nicht immer leicht war.»

Bei diesen Worten fühlte Anton ein Stechen in der Brust. Er öffnete den obersten Knopf seines Hemdes. Ihm wurde schwindlig.

«Aufgewachsen in den bitteren Zeiten des Krieges, vaterlos und über mehrere Wochen mit ihrer Mutter im Keller versteckt, hatte Elisabeth es von Anfang an nicht leicht. Aber sie hat sich nicht unterkriegen lassen und in Johannes Groen die Liebe ihres Lebens gefunden.»

Anton hatte plötzlich ein Summen in den Ohren. Es wurde immer lauter und schlug schließlich wie eine Welle über ihm zusammen. Er fasste sich ans Herz, das aus dem Takt geraten zu sein schien, und hatte Mühe, sich aufrecht zu halten.

«Charlotte war Johannes' und Elisabeths größtes Glück, ein Zeichen ihrer Liebe, das in Rostock das Licht der Welt erblickt hat. Doch das Leben ließ sie weiterziehen, und bald ging die kleine Familie nach Berlin, wo Elisabeth in der Charité eine Stelle als Krankenschwester annahm. Zwar arbeitete ihr Ehemann Johannes viel, aber das tat Elisabeths Liebe zu ihm keinen Abbruch. Charlotte sollte eine Schwester bekommen, die Familie größer werden. Marlene wurde geboren, ein weiteres Zeichen der Liebe von Johannes und Elisabeth.»

Anton wurde schwarz vor Augen.

# Damals (1976)

## Ost-Berlin

*Sehr geehrter Herr Groen,*

*lange habe ich gezögert, Ihnen zu schreiben, aber ich weiß mir keinen Rat mehr.*
*Marlene geht es nicht gut, gar nicht gut, um genau zu sein. Zuerst habe ich gedacht, es wären vorübergehende Anpassungsschwierigkeiten. Auch ich habe damals lange gebraucht, um mich hier einzugewöhnen. Aber bei Marlene ist es mehr als das. Seit sie aus dem Gefängnis gekommen ist, hat sie bestimmt fünfzehn Kilo abgenommen. Sie lässt niemanden mehr an sich heran. Sie ernährt sich ungesund und geht kaum aus dem Haus, aber was mir am meisten Sorgen bereitet, ist, dass ihr Marihuanakonsum Wahnvorstellungen in ihr ausgelöst zu haben scheint. Und nun ist Marlene schwanger.*
*Vor geraumer Zeit hat sie einen Béla Halász kennengelernt, eigentlich ein anständiger Bursche. Mit ihm kann man reden, aber auch er kommt*

*nicht mehr an Marlene ran und ist ernsthaft besorgt. Wir haben beide unser Bestes versucht, vergeblich. Marlene schlägt alle Ratschläge in den Wind.*

*Lieber Herr Groen, sicherlich fragen Sie sich, warum ich Ihnen das alles schreibe. Nun, Sie haben mich gebeten, mich um Marlene zu kümmern. Jetzt brauche ich Ihre Hilfe. Ich frage mich, ob die Möglichkeit besteht, dass Sie oder Elisabeth herkommen und versuchen, mit Marlene zu reden. Sicherlich haben Sie durch Ihre berufliche Position Möglichkeiten, nach West-Berlin zu kommen. Vielleicht hilft es Marlene, ihre Familie wiederzusehen. Ich habe keinen Zugang mehr zu ihr und, so befürchte ich, hatte ihn auch nie.*

*Ihrer Antwort sehe ich erwartungsvoll entgegen.*

*Hochachtungsvoll*
*Dr. Anton Michalski*

Johannes nahm das Wodkaglas von seinem Schreibtisch und blickte in die schimmernde Flüssigkeit. Er trank einen Schluck, stand auf und legte den Brief zurück in den Tresor. Marlene. Seit sie vor über fünf Jahren verhaftet und dann freigekauft worden war, war kein Tag vergangen, an dem er nicht an sie gedacht hatte, er musste ja nur Theresa ansehen. Elisabeth ging es genauso. Beide schwankten zwischen Sehnsucht nach Marlene und schlechtem Gewissen, weil sie Theresa ohne Marlenes Wissen bei sich aufgenommen hatten. Wie oft hatte sich Johannes gefragt, wie es Marlene wohl ergangen war, was sie machte und vor allem, ob sie im Westen glücklich geworden war. Anton Michalskis Brief war derart niederschmetternd, dass Johannes' Hände eiskalt wurden. Marlene ging es nicht gut, er musste etwas unternehmen. Aber in West-Berlin vorbeikommen und mit ihr reden, wie stellte sich Anton Michalski das vor? Kolja hatte ihm jegliche Kontaktaufnahme zu seiner Tochter strengstens verboten.

Elisabeth schied aus, sie wusste ja nicht einmal, dass Johannes Anton gebeten hatte, sich um sie zu kümmern. Und auch sein Wissen darum, dass er nicht Marlenes leiblicher Vater war, hatte er bisher für sich behalten. Wenn er Elisabeth nun von Marlene und ihrem Zustand erzählte, würde es ihr das Herz brechen. Vielleicht würden ihre depressiven Schübe zurückkommen. Das Risiko konnte Johannes nicht in Kauf nehmen. Außerdem wollte er um jeden Preis verhindern, dass sie und Anton Michalski sich wiedersahen. Es gab nur eine Möglichkeit. Johannes musste selber nach West-Berlin fahren. Aber dafür brauchte er Koljas Einverständnis, Alleingänge waren ihm nicht gestattet. Das würde nicht so einfach sein. Eine plausible Geschichte musste her, die Kolja ihm abkaufte, eine Geschichte, die erklärte, warum Johannes nach West-Berlin reisen musste.

Johannes nippte an seinem Glas. Die Tür zu seinem Arbeitszimmer wurde geöffnet.

«Mutti ist so gemein.» Theresa stürmte herein. Tränen liefen ihr über die Wangen. In der Hand hielt sie eine *Bummi*, auf deren Deckblatt ein kleiner gelber Bär zu sehen war, der Buratino einen Strauß Blumen in die Hand drückte.

«Was ist denn passiert, meine Kleine?»

Theresa kletterte auf Johannes' Schoß und drückte sich an ihn.

«Ich durfte keine Schokolade mehr. Mutti sagt, ich kriege Bauchschmerzen, und dann hab ich heimlich welche genommen, und dann hat sie geschimpft. Ich darf heute das Sandmännchen nicht sehen, hat sie gesagt.» Theresa schniefte.

Johannes zog ein Stofftaschentuch aus seiner Hose und tupfte Theresa die Tränen aus dem Augenwinkel. Diese Augen, dieser Mund und die hohen Wangenknochen. Theresa war ihrer Mutter wirklich wie aus dem Gesicht geschnitten. Und als er sie so ansah und ihr mit seinem Taschentuch die Nase putzte, hatte er plötzlich Marlene vor Augen. Es war fast so, als würde sie als kleines Mädchen auf seinem Schoß sitzen. Es geht ihr nicht gut, sie lässt niemanden an sich heran, sie hat Wahnvorstellungen. Damals in Prag hatte Johannes Marlene nicht retten können. Er war es ihr schuldig, es wenigstens jetzt zu versuchen, koste es, was es wolle.

Auf einmal fühlte sich Johannes erleichtert, denn ihm war aufgefallen, dass Anton Michalski Marlenes Kind nicht erwähnt hatte. Offenbar hatte Marlene ihre Schwangerschaft Anton gegenüber nie erwähnt.

«Vati, nicht so dolle, du zerdrückst mich noch.»

Johannes hatte gar nicht bemerkt, wie fest er Theresas Hand in seiner hielt.

«Wir kriegen das hin. Wir finden eine Lösung.»

«Redest du mit Mutti?» Theresa kletterte von Johannes' Schoß und blieb neben dem Schreibtisch stehen.

«Das mach ich, das machen wir zusammen. Wie wäre es, wenn du ihr ein schönes Bild malst? Da freut sie sich. Und dann gehen wir zusammen zu ihr, und du entschuldigst dich.»

«Einverstanden.» Theresas Augen strahlten. «Darf ich bei dir malen?»

«Na klar, ich bestehe sogar darauf. Du malst so toll, du wirst bestimmt mal eine berühmte Künstlerin.» Johannes zog die Schublade auf und legte ein Blatt Papier und eine Packung Buntstifte auf den Schreibtisch.

Theresas Blick fiel in die Schublade, in der eine geöffnete

Tüte Knusperflocken lag. Johannes folgte Theresas Augen, und bevor sie fragen konnte, griff er in die Tüte und drückte ihr ein paar Knusperflocken in die Hand. «Aber sag Mutti nichts.» Er legte sich den Zeigefinger auf die Lippen und zwinkerte ihr zu.

Theresa fiel Johannes um den Hals. «Du bist der beste Vati auf der ganzen Welt.»

Johannes' Herz krampfte sich zusammen.

Theresa begann zu malen, und Johannes dachte wieder an Marlene. Und da kam ihm eine Idee, wie er Kolja glauben machen konnte, dass er nach West-Berlin musste.

## West-Berlin

*Drehscheibe*, *Sesamstraße*, *Tagesschau*, *Die Pralinen der Frau Mauser*, Marlene hatte genug vom Fernsehprogramm. Als sie aufstand, um den Fernseher auszuschalten, spürte sie ein Stechen in der Wade und knickte um. Béla hatte ihr erzählt, dass Schwangere oft unter Wadenkrämpfen litten, und ihr eine Schachtel Magnesiumtabletten aus der Apotheke mitgebracht. Sie humpelte in die Küche. Auf dem Tisch lag der Rest der Pizza von gestern. Sie klappte den Deckel der Pappschachtel auf und nahm ein Stück heraus. Während sie kaute, bewegte sich das Kind in ihrem Bauch ein wenig. Ihr Hals war zugeschnürt, und sie merkte, wie ihr die Tränen in die Augen stiegen. Bei Paula hatte sich das damals ganz genauso angefühlt, aber sie wollte kein Baby, nicht noch einmal. Sie wollte sich nicht noch einmal auf einen Menschen freuen, sich auf ihn einlassen und sich damit angreifbar machen. Marlene wischte sich die Hände an ihrem Bademantel ab und schaltete das Radio ein.

«Liebe Zuhörer, hören Sie jetzt im WDR das Konzert des DDR-Liedermachers Wolf Biermann, live aus der Kölner Sporthalle.»

Wieland hatte seine Lieder und Texte immer sehr gemocht. Ihr Bauch krampfte sich zusammen. Sie drehte das Radio lauter und hoffte auf ein bisschen Heimat in der Fremde. *Sozialismus schön und gut, aber was man uns hier aufsetzt, ist der falsche Hut.* Als Marlene sich umdrehte, stand Jutta hinter ihr.

«Na Lenchen, einen Braten in der Röhre? Damit kannst du doch gar nichts anfangen. Und überhaupt, wer will sich schon mit dir fortpflanzen?» Jutta lachte mit weit geöffnetem Mund. Ein Schneidezahn war abgebrochen.

«Lass mich in Ruhe. Geh weg, bitte.»

«Geh weg, bitte, bitte. Du solltest dich mal hören. Du bist nichts als ein Häufchen Elend!»

Marlene holte aus und schlug mit der Hand in Juttas Richtung. Dabei kippte sie nach vorne über. Sie blieb liegen und begann zu weinen. Als sie aufschaute, war Jutta verschwunden. Wieder erfüllte die Stimme von Wolf Biermann die Küche. *Warte nicht auf bessre Zeiten*, sang er.

Marlene hielt sich die Ohren zu und schluchzte. «Doch, doch, doch.» Sie schaute zum Radio, aus dem jetzt die Stimme der Gefängniswärterin drang. «Zweihundertsieben, Sie sind ja noch jung, raustreten.»

Marlene kroch zum Radio, riss den Stecker aus der Wand und fegte das Radio mit einer schnellen Handbewegung vom Tisch. Es fiel zu Boden und verstummte.

# Ost-Berlin

Es regnete schon, seit Johannes aufgewacht war. Nachdem er sich in die Warteschlange vor dem Grenzübergang Friedrichstraße eingereiht hatte, zündete er sich mit zitternden Fingern eine Zigarette an und sah an der Glasfassade des Bahnhofsgebäudes empor. Tränenpalast hieß der Übergang im Volksmund, und der Regen schien das zu bestätigen. Etwas abseits der Schlange stand ein Mann. Er trug eine Brille aus Metall, hatte die Haare im Nacken zusammengebunden und schaute immer wieder auf seine Armbanduhr. In der Tasche seines Ledermantels steckte ein Strauß Gänseblümchen. Plötzlich erhellte sich die Miene des Mannes, und es war, als würden alle Wartenden in seine Richtung blicken. Aus dem Seiteneingang kam eine Frau. Sie schob einen Kinderwagen und strahlte über das ganze Gesicht. Die beiden fielen sich in die Arme.

«Muss Liebe schön sein.»

Johannes zuckte zusammen, die Zigarette fiel ihm aus den Fingern. «Kolja, was machst du denn hier?»

«Wanjuscha, wenn mein bester Mann so einen tollen Vorschlag hat, dem Klassenfeind eins auszuwischen, ist es für mich das mindeste, ihn persönlich zu begleiten.»

Johannes zündete sich mit zitternden Fingern eine neue Zigarette an. Wollte Kolja etwa nach West-Berlin mitkommen? Dann wäre sein Plan zum Scheitern verurteilt. Wie sollte er mit Marlene reden, wenn Kolja die ganze Zeit dabei war? Johannes schlug den Mantelkragen hoch.

«So schweigsam?» Kolja musterte die Reihe der Wartenden. «Ich wiederhole mich, aber deine Idee ist so was von grandios. Nachdem Günter Guillaume enttarnt wurde, müssen wir langsam mal frische Mitarbeiter in den Westen infiltrieren.» Kolja legte den Arm um Johannes' Schultern und senkte die Stimme. «Hast du die Kassiber und die Liste mit den konspirativen Adressen?»

Johannes nickte und klopfte auf seine Ledertasche. «Zwischenboden.»

«Sehr gut, Wanjuscha. Ich hoffe, es klappt. Nicht, dass die Nachrichten in die Hände des Klassenfeindes gelangen, bevor unsere Agenten sie bekommen. Viel Glück. Heute Abend hole ich dich hier wieder ab, und dann gehen wir zusammen essen.» Kolja klopfte Johannes auf den Rücken und lief davon. Er drehte sich noch einmal um. «Divide et impera», rief er und stieg in einen am Straßenrand parkenden schwarzen Tatra.

## West-Berlin

Das musste sie sein. Johannes saß in einem Café gegenüber von Marlenes Wohnung in der Yorckstraße, die neueste Ausgabe des *Spiegels* vor dem Gesicht, und kam sich vor wie in einem Agentenfilm. Gerade hatte er einen Artikel über Ulrike Meinhof gelesen, die sich in ihrer Gefängniszelle mit einem blau-weißen Anstaltstuch erhängt hatte. Und nun war Marlene aus dem Hauseingang getreten. Seit Tagen hatte Johannes überlegt, was er ihr sagen sollte. Doch als er sie sah, fehlten ihm die Worte, und alle zurechtgelegten Sätze kamen ihm sinnlos vor.

Marlene trug ein braunes Kleid und grobe Stiefel. Sie hatte sich die Haare abgeschnitten, ihr Gesicht war eingefallen, und sie hatte tiefe Ringe unter den Augen. Anton Michalski hatte nicht übertrieben, sie sah erbärmlich aus.

«Kann ich Ihnen noch was bringen?» Die Kellnerin war an Johannes' Tisch getreten. Sie folgte seinem Blick. «Das Mädchen kenne ich, ich seh sie jeden Tag. Sie sieht traurig aus. Dabei bekommt sie bald ein Baby. Ich würde alles für ein Kind tun, aber es klappt nicht bei mir und meinem Mann.»

Johannes konnte die Augen nicht abwenden. Was war nur aus seiner kleinen, kämpferischen Marlene geworden, die auf Bäume kletterte und immer mit dem Kopf durch die Wand wollte? Jetzt sah sie aus wie ein Häufchen Elend, unglücklich und ausgemergelt. «Was wissen Sie über sie?»

«Nicht viel, anscheinend lebt sie sehr zurückgezogen. Die Leute hier im Viertel sagen, sie kommt aus'm Osten und hat dort Schlimmes erlebt. Ein Scheißland, wenn Sie mich fragen.»

Johannes nickte.

«Und für Sie, darf es noch was sein?»

«Ich, äh, nein, nur die Rechnung. Oder warten Sie, ich brauche was Starkes.» Johannes klappte den *Spiegel* zu und steckte ihn in seine Tasche.

«Verstehe.» Die Kellnerin ging zurück zum Tresen und nahm eine Flasche Jägermeister aus dem Regal.

Doch gerade als sie das Glas vor Johannes abstellte, sprang dieser auf, warf ein paar Münzen auf den Tisch und verließ eilig das Café.

Es war seine Schuld, nur seine. Johannes wusste, dass er nie wiedergutmachen konnte, was Marlene angetan worden war. Reden, reden, reden, das würde auch nicht helfen. Er hatte als Vater versagt. Hätte er nicht Tag und Nacht gearbeitet und sich mehr um Marlene gekümmert, würde sie jetzt noch bei ihnen in der DDR sein. Es wäre nie so weit gekommen, dass er und Elisabeth Marlene das Kind hätten wegnehmen müssen, das Kind, von dem sie glaubte, es sei nach der Geburt gestorben. Eine Wolke schob sich über die Dächer und legte die Straße in Schatten. Es begann zu regnen. Johannes suchte Schutz in einem Hauseingang und merkte, wie ihm die Tränen kamen. Und zum ersten Mal seit Marlenes Verhaftung gelang es ihm nicht, sie herunterzuschlucken.

«Meinen herzlichen Glückwunsch, Frau Groen. Es ist ein Junge, ein gesunder, kräftiger Junge. Das haben Sie gut gemacht. Haben Sie schon einen Namen für den Kleinen?»

Marlene reagierte nicht. Sie hatte Schmerzen und war erschöpft.

«Darf ich Ihnen Ihren Sohn auf den Bauch legen, Frau Groen?» Die Hebamme nahm das Baby aus seinem Bettchen und setzte sich neben Marlene. «Vielleicht wollen Sie ihn auch einfach nur mal halten? Wir können auch üben, wie man die Windeln anlegt.»

Marlene schüttelte den Kopf und schloss die Augen. Sie wollte nur schlafen. Schlafen und nie wieder aufwachen.

«Dann macht das der Papa, einverstanden?»

Béla konnte die Augen nicht von seinem Sohn abwenden, strahlte und stand auf.

In diesem Moment klopfte es an der Tür, und Anton trat ein. Er stellte einen Strauß weiße Tulpen, eine Schachtel Pralinen und einen Plüschteddy auf den Nachttisch.

«Hallo, Marlene. Wie geht es dir? Herzlichen Glückwunsch.»

Marlene öffnete kurz die Augen, schloss sie dann wieder und drehte sich mit dem Kopf zur Wand. Warum nur kamen alle zu Besuch und gingen davon aus, dass sie sich über die Geburt freute?

«Das sind nur Anpassungsschwierigkeiten. Das wird schon, oder, Marlene?» Anton versuchte zu lächeln. «Weißt du was? Du und der Kleine, ihr kommt jetzt erst mal zu mir. Bei dir ist zu wenig Platz, und bei Béla auch. Ich würde sogar mein Arbeitszimmer opfern und ein Kinderzimmer daraus machen. Na, was sagst du?»

«Danke, Anton.» Béla klopfte ihm auf die Schulter. «Aber», er senkte die Stimme, «was denkst du, wie lange das noch so mit ihr geht?»

«Ich habe keine Ahnung, aber wir können nichts erzwingen. Einen Schritt nach dem anderen, alles Weitere wird sich schon finden.»

Marlene öffnete die Augen und starrte weiter an die Wand.

Die Hebamme legte das Baby zurück in sein Bettchen. «Wie soll der Kleine denn heißen?» Sie sah Anton und Béla an.

«Ich finde ja Paul schön. Du nicht auch, Marlene? So wie in *Die Legende von Paul und Paula*, der Film hat dir doch so gefallen.»

Mit einem Ruck drehte sich Marlene um. Ihre Augen glühten.

«Auf keinen Fall. Nur über meine Leiche.»

Béla, Anton und die Hebamme sahen sich hilflos an.

«Ist gut. Dann eben nicht Paul. Was hältst du von Tom? So wie Tom Waits, den magst du doch auch.»

«Meinetwegen.» Marlene drehte sich zurück zur Wand, sodass niemand sehen konnte, wie ihre Lippen den Namen Paula formten.

# Heute

## Berlin

Das ist alles deine Schuld.» Theresa funkelte Charlotte böse an und beugte sich über Anton, der neben der letzten Stuhlreihe auf dem Boden lag. Er hatte die Augen inzwischen geöffnet und presste die Hand gegen seinen Oberkörper. Die letzten Takte von Schuberts *Ave Maria* verklangen. Kurze Zeit später begann das Stück von vorne.

Charlotte zuckte mit den Schultern und lief auf die Tür des Trauersaals zu.

Martin Nowak folgte ihr. «Charlotte, warten Sie doch», rief er, aber Charlotte drehte sich nicht einmal um.

Während Theresa Antons Hand hielt und ihm über den Kopf streichelte, griff Anna zum Handy und wählte den Notruf. Aufgeregt nannte sie ihren Namen, die Adresse des Friedhofs und berichtete, was passiert war. Dann ging sie zu Theresa und Anton und kniete sich neben die beiden.

Theresa lächelte Anton an. Er versuchte, ihr Lächeln zu erwidern, aber es gelang ihm nicht. Mit schmerzverzerrtem Gesicht richtete er sich auf. «Liegenbleiben. Wir warten, bis Hilfe kommt.» Theresa drückte ihn sanft zurück auf den Boden.

«Hallo, Anton. Ich bin Anna, Theresas Tochter. Nicht gerade eine schöne Situation, in der wir uns kennenlernen.»

«Freut mich, Anna.» Anton presste die Lippen aufeinander.

«Lass, Anton, bitte nicht anstrengen. Der Notarzt ist gleich da.» Theresa öffnete die Knöpfe seines Sakkos.

«Danke. Es tut mir leid, ich wollte nicht … Es ist doch die Beerdigung, aber als ich gehört … als der Redner das von Marlene gesagt, sie als Zeichen der Liebe von Elisabeth und Johannes, da …» Er schloss die Augen.

«Sie ist zu weit gegangen.»

«Mama, was meinst du?» Anna schob ihr Handy zurück in die Tasche.

«Charlotte ist zu weit gegangen. Sie hat die Rede absichtlich falsch geschrieben. Sie weiß ganz genau, dass Johannes nicht Marlenes Vater war.» Theresa blickte besorgt auf Anton, der die Augen immer noch geschlossen hatte. Sie senkte die Stimme. «Sie dreht sich die Dinge so zurecht, wie es ihr passt. Bleib du kurz hier bei Anton, der Notarzt müsste gleich kommen.» Theresa stand auf.

«Wo willst du hin?»

«Na, zu Charlotte. Jemand muss ihr sagen, dass es so nicht geht.»

Charlotte und Martin Nowak standen vor der Tür und rauchten. Theresa blieb verdutzt stehen. Seit wann rauchte ihre Schwester? Waren ihr der Qualm und der Geruch nicht immer zuwider gewesen?

«Charlotte, was ist eigentlich los mit dir? Du stehst hier seelenruhig rum und rauchst, dabei hast du es zu verantworten, dass Anton zusammengebrochen ist.» Theresa kramte in ihrer Tasche und fluchte, als sie bemerkte, dass sie ihren Tabak zu Hause vergessen hatte.

Martin Nowak hielt ihr seine Zigarettenschachtel hin. Theresa zog eine Zigarette heraus, und er gab ihr Feuer.

Unruhig inhalierte sie den Rauch. «Ich tippe auf leichten Herzinfarkt.»

«Ich habe ihn nicht gebeten zu kommen. Es war seine Entscheidung, und da muss er eben auch die Konsequenzen tragen.»

Martin Nowak und Theresa standen mit offenem Mund da und wussten nicht, was sie sagen sollten.

Charlotte warf ihre Zigarette auf den Boden und drehte sich um, als ein Hund auf sie zugerannt kam.

«Rocky, bei Fuß!»

Ein Stück hinter dem Hund erschien ein junger Mann und schwenkte eine Leine in der Hand.

Der Hund war inzwischen bei Charlotte angekommen und schnüffelte an ihrem Bein. Dann legte er den Kopf auf ihre Schuhe und sah sie an.

«Nehmen Sie das Tier an die Leine, Sie sind auf einem Friedhof. Und überhaupt, das ist eine private Veranstaltung. Sie haben hier nichts zu suchen. Wer sind Sie überhaupt?», fragte Charlotte.

«Ich bin Tom Halász, Anna hat mich gebeten zu kommen.»

«Das ist gerade noch mal gutgegangen.» Der Notarzt entfernte die Manschette des Blutdruckmessgeräts von Antons Arm und legte sie zurück in seinen Koffer. «Trotzdem, Herr Michalski, wir nehmen Sie jetzt zur Sicherheit mit für weitere Untersuchungen.»

Anton sah ratlos zu den Anwesenden hoch, die um ihn herumstanden. Da waren Theresa, Anna, Charlotte und der

Grabredner. Sie alle blickten besorgt auf die Trage, auf die die Sanitäter ihn gelegt hatten. Als er zur Seite schaute, zuckte er zusammen. Da war Tom. Was machte er hier? Anton hatte ihn seit Ewigkeiten nicht gesehen. Wie war es möglich, dass Tom von Elisabeths Beerdigung wusste?

Tom mied Antons Blick. «Hallo.»

Der Notarzt räusperte sich. «Herr Michalski, wir müssen jetzt los.»

Theresa sah auf die Trage. «Ich komme mit. Wenn das in Ordnung ist.»

«Von mir aus», sagte der Notarzt.

«Aber wir müssen doch Mutters Urne noch beerdigen!»

«Charlotte hat recht, Theresa. Wenn ihr hier fertig seid, kannst du mich ja besuchen kommen.» Anton hatte sich aufgesetzt.

Charlotte lächelte kurz.

«Aber ich komm mit, keine Widerrede.» Tom stellte sich neben Anton.

«Ja, wer kommt denn nun mit und wer nicht?», fragte der Notarzt ungeduldig.

«Ich. Ich bin sowieso der Einzige, der mitdarf.»

Anna lachte laut auf. «Tom, jetzt spiel dich hier mal nicht so auf. Erst lässt du dich ewig nicht blicken, und jetzt mimst du den großen Helden.»

«Er hat recht, Anna», sagte Anton sanft. «Tom ist mein Enkel. Er ist Marlenes Sohn.»

Als Charlotte auf den Balkon trat, dämmerte es bereits. In einigen der gegenüberliegenden Fenster flackerte das bläuliche Licht der eingeschalteten Fernseher. Der Tag war anstrengend, zermürbend und traurig gewesen. Am Ende hatte nichts geklappt, dabei hatte Charlotte doch alles so gut geplant. Aber am meisten ärgerte sie sich über ihr eigenes Verhalten.

Anton war Marlenes Vater, daran bestand nicht der geringste Zweifel, ob sie es nun wahrhaben wollte oder nicht. Es war unfair gewesen, ihm so feindselig gegenüberzutreten. Und dann war dieser Tom Halász aufgetaucht. Der Tom, den Theresa die ganze Zeit gesucht hatte. Der Tom, der ein Teil des Geheimnisses war. Charlotte überlegte. Wenn Tom Marlenes Sohn war, war sie Toms Tante und Elisabeth Toms Großmutter.

Charlotte drückte sich von der Balkonbrüstung weg, ging in die Küche und räumte die Spülmaschine aus. Auf einmal begann ihr linkes Auge zu zucken. Verflucht. Schon wieder war eine Migräne im Anmarsch. Aber bei all dem, was heute passiert war, überraschte sie das nicht.

Charlotte richtete sich auf und erblickte in der Scheibe der Mikrowelle ihr Spiegelbild. Ganz ruhig, sagte sie zu sich, ganz ruhig. Es gibt immer eine Lösung. Langsam ließ das Zucken nach.

Es klingelte an der Haustür. Charlotte ging in den Flur und drückte auf den Knopf der Gegensprechanlage. «Ja, bitte?» Ihre Stimme war brüchig.

«Charlotte, hier ist Martin Nowak. Darf ich hochkommen?»

Mit zwei Pizzaschachteln in der Hand kam Martin Nowak die Treppen herauf. «Sie waren so durcheinander vorhin, verständlicherweise. Das war ja auch eine Beerdigung, nun ja, der eher ungewöhnlichen Sorte, wenn ich das mal so lapidar sagen darf.»

Charlotte nickte.

«Erinnern Sie sich, dass italienisches Essen schon einmal geholfen hat?» Er hielt die Pizzaschachteln hoch. «Darf ich reinkommen?»

Charlotte trat zur Seite.

Sorgfältig putzte Martin Nowak seine Schuhe an der Fußmatte ab, bevor er die Wohnung betrat.

«Es ist schön, dass Sie da sind. Hunger habe ich zwar keinen, aber reden, das würde mir guttun.»

«Aber nur, wenn wir das mit dem Siezen lassen. Ich bin Martin.»

Charlotte errötete und nahm ihm die Pizzaschachteln aus der Hand. «Charlotte. Danke, Martin. Ich freu mich, dass du gekommen bist.»

Anton lag in seinem Krankenhausbett, hatte die Arme hinter dem Kopf verschränkt und starrte an die kahle Decke. Jetzt war es wohl so weit. Aber beschweren durfte er sich nicht. Immerhin würde er in zwei Wochen seinen sechsundachtzigsten Geburtstag feiern. Ein stolzes Alter. Bloß – einen Stent? Brauchte er den wirklich?

Er seufzte. Wie gut, dass Tom an seiner Seite gewesen war. Wie selbstverständlich war er in den Krankenwagen gestiegen, hatte Antons Hand gehalten und versprochen, alles werde gut. Über die Tatsache, dass sie sich so lange nicht gesehen hatten, hatten sie kein Wort verloren und mussten es auch nicht. Als Marlene damals verschwunden war, hatte Tom begonnen, sich mit den falschen Leuten einzulassen. Anton hatte versucht, ihm ins Gewissen zu reden. Aber sein Enkel ließ ihn nicht an sich heran und war schließlich ausgezogen. Die beiden hatten sich aus den Augen verloren. Tom hatte es von Anfang an nicht leicht gehabt. Marlene hatte ihn nie gewollt. Zu sehr war sie mit sich selbst beschäftigt, musste ihre Erlebnisse im Gefängnis verarbeiten und sich in einer Welt einleben, die nicht ihre war. Sie hatte nicht die Kraft, sich um ein Kind zu kümmern. Mehrfach hatte sie es versucht, gelungen war es ihr nie. Und selbst Béla, Toms Vater, hatte sich immer mehr von ihr entfernt, bis er irgendwann eine andere Frau gefunden hatte und nach Köln gezogen war, um eine neue Familie zu gründen. Es war für Anton selbstverständlich gewesen, sich um seinen Enkelsohn zu kümmern. Doch dann war auch er ihm entglitten, genauso wie Marlene.

Marlene. Marlene und Elisabeth. Beide waren nicht mehr da. Sie waren für immer verschwunden, nur die Erinnerungen waren geblieben. Aber es waren neue Menschen in Antons Leben getreten. Anna, Theresa und Charlotte. Auch sie gehörten ja irgendwie zur Familie.

Anton griff nach dem Wasserglas auf seinem Nachttisch. Dann eben einen Stent, die Kollegen würden schon wissen, was sie taten. Die Operation war für nächsten Monat angesetzt, ein bisschen Zeit, sich an den Gedanken zu gewöhnen, blieb also noch.

Es klopfte.

«Herein.» Anton stellte das Wasserglas zurück und sah zur Tür.

Charlotte stand mit ineinander verschränkten Händen im Türrahmen.

«Das ist aber eine Überraschung.»

«Herr Michalski, ich habe einen Fehler gemacht. Darf ich reinkommen?»

Anton nickte.

Charlotte ging auf Anton zu und blieb vor seinem Bett stehen. Sie öffnete ihre Handtasche und nahm ein Buch heraus. «Darf ich mich setzen?»

Wieder nickte Anton. Er wusste nicht, was er sagen sollte. Es war das erste Mal, dass er Charlotte so unsicher sah. Sie wirkte fast wie ein kleines Mädchen, das etwas ausgefressen hatte und bei ihrem Vater um Entschuldigung bitten wollte.

Charlotte setzte sich auf die Bettkannte, legte das Buch in ihren Schoß und schlug die erste Seite auf. Anton kniff die Augen zusammen, um den Titel lesen zu können. *Anna Karenina* von Leo Tolstoi.

«Alle glücklichen Familien gleichen einander, jede unglückliche Familie ist auf ihre Weise unglücklich.» Charlottes Augen waren fest auf die Buchseite gerichtet.

«Ich … Charlotte … was soll ich sagen?»

«Gar nichts. Ich bin dran.»

Anton fuhr sich über den Bart.

«Es tut mir leid. Ich war nicht fair. Mein Vater war so ein wichtiger Mensch in meinem Leben, vielleicht der wichtigste überhaupt. Ich bin immer seine Lieblingstochter gewesen. Johannes war immer ein guter, ein liebender Vater, und es hat mir das Herz gebrochen, dass Elisabeth ihn hintergangen hat. Das hat er nicht verdient.» Charlotte fuhr mit dem Finger über den Einband des Buches. «Wusste mein Vater von Ihnen und meiner Mutter?»

«Ja.»

«Und Marlene?»

«Ja, aber erst später, als sie schon im Westen war.»

«Und meine Eltern wussten, dass Marlene bei Ihnen war?»

«Sie haben sie offiziell für tot erklären müssen. Ein treuer Staatsdiener mit einer republikflüchtigen Tochter, das ging nicht. Eines Tages hat sich Johannes dann an mich gewandt. Er hat mir einen Brief geschrieben, freilich ohne dass Elisabeth davon wusste.» Anton sah Charlotte an.

«Und wie ging es weiter?»

«Marlene wurde psychisch krank. Ich habe Johannes gebeten, ihr zu helfen, mit ihr zu reden, irgendetwas. Aber er hat nicht auf meine Bitte reagiert.» Anton seufzte. Noch immer konnte er sich nicht erklären, warum Johannes damals nicht nach West-Berlin gekommen war, um mit Marlene zu reden. Er hätte doch sicher einen Weg finden können. War ihm Marlene so egal gewesen? War er nicht an ihrem Wohlergehen interessiert, nur weil sie nicht seine leibliche Tochter war? Aber, wer weiß, vielleicht hatte auch die Stasi seinen Brief abgefangen.

«Und Tom? Wie kam das mit ihm?»

«Marlene wollte kein Kind, sie konnte sich nicht um ihn kümmern. Tom ist bei mir aufgewachsen. Aber das war nicht immer leicht, irgendwann ist er in falsche Kreise geraten, und wir konnten nicht mehr unter einem Dach leben.»

Charlotte nahm Antons Hand und schwieg. Auf dem Flur des Krankenhauses waren durch die Tür gedämpfte Stimmen zu hören. Irgendwo klingelte ein Telefon.

«Herr Michalski, ich dachte immer, wir wären eine glückliche Familie, stattdessen gibt es lauter Geheimnisse. Zum Glück ist nun endlich die Wahrheit ans Licht gekommen.» Charlotte zeigte auf das Buch. «Was hat es eigentlich mit dem Haus auf sich?»

«Welches Haus?»

Charlotte zog ihren Mantel aus. Ihr war warm, und sie begann zu schwitzen. «Das Haus in Rostock.»

«Was ist damit?»

«Marlene hat es Theresa und Tom vererbt. Obwohl ich immer davon ausgegangen bin, meine Eltern hätten es nach der Wende verkauft, aber offenbar gehörte es die ganze Zeit über Marlene.»

Anton stutzte. Auch er war davon ausgegangen, dass Elisabeth und Johannes das Haus verkauft hatten. «Schon wieder ein Geheimnis. Will das denn kein Ende nehmen? Ich weiß leider nichts über dieses Haus, ich hatte ja selbst keinen Kontakt mehr zu Marlene.» Plötzlich hatte Anton den Tag vor Augen, an dem er Elisabeth gebeten hatte, mit ihm zu leben. Der Tag, an dem sie in Rostock im Flur gestanden hatten und nach Sassnitz fahren wollten. Sein Herz klopfte so schnell, dass er sich die Hand darauflegte.

«Alles in Ordnung mit Ihnen?»

Anton nickte. «Darf ich Sie etwas anderes fragen? Wie haben Sie eigentlich herausgefunden, wo ich wohne?»

Charlottes Wangen röteten sich. «Ich arbeite im Finanzamt, und da habe ich Zugang zu Datenbanken und …»

Anton ließ Charlottes Hand los und zeigte auf den Schrank hinter der Tür. «Könnten Sie mir mal mein Sakko bringen?»

Charlotte holte es heraus und reichte es Anton.

Aus der Innentasche zog er den Brief von Elisabeth. «Hier, lesen Sie das. Es scheint noch mehr Dinge zu geben, von denen ich nichts weiß, von denen wir nichts wissen.»

Charlottes Augen flogen über die Zeilen, und während sie las, wich nach und nach alle Röte aus ihrem Gesicht. Als sie den Brief fertig gelesen hatte, sah sie Anton ratlos an. «Was hat das zu bedeuten?»

«Ich weiß es nicht. Aber vielleicht kann Eva uns helfen? Wenn Sie Ihre Datenbank …»

«Dafür brauchen wir keine Datenbank. Ich weiß, wo Eva wohnt.»

«Helfen Sie mir?»

«Selbstverständlich.»

«Danke, Charlotte.» Anton zeigte auf das Buch in ihrem Schoß. «Ach übrigens, da Sie Tolstoi mögen. Wissen Sie, wie mein Lieblingszitat von ihm lautet?»

Charlotte lächelte. «Nein, wie sollte ich?»

«Man muss nur daran glauben, dass Glück möglich ist, um glücklich zu sein.»

# Damals (1981)

## Ost-Berlin

Zusammenfassend lässt sich festhalten, dass die Stimmung unter den Arbeitern und Bauern zwar ein wenig angespannt ist, wir aber nichts zu befürchten haben. Die demagogischen Verleumdungsversuche des Klassenfeindes werden auch in Zukunft ins Leere laufen.» Konrad Striesow klappte seine Akte zu.

«Pah, Striesow, was ist bloß los mit dir?» Kolja schob seinen Stuhl geräuschvoll zurück, ging auf ihn zu, riss ihm die Akte aus der Hand und warf sie in den Papierkorb. «So eine schlampige Analyse hätte ich von dir nicht erwartet. Ich habe den Eindruck, du verkennst den Ernst der Lage.»

Johannes räusperte sich. «Tut mir leid, Genosse Striesow, aber Genosse Aljonov hat recht. Das Wasser steht uns bis zum Hals. Sieh dir nur an, was in Polen los ist. Die Solidarność-Bewegung, der Streik in der Leninwerft, das Ganze birgt die Gefahr, Schule zu machen. Wenn das zum Vorbild für unsere Arbeiter und Bauern wird: nicht auszudenken.»

«Eben, wir müssen etwas tun.» Kolja legte Johannes die Hände auf die Schultern. «Gut erkannt, Hannes.»

Johannes rutschte auf seinem Stuhl ein Stück nach unten und senkte den Blick. Er fühlte sich unwohl, denn gerade war er Konrad Striesow bitterböse in den Rücken gefallen. Das hatte er nicht verdient. Aber Kolja lag richtig, Konrad Striesow verkannte den Ernst der Lage tatsächlich. In Polen war ein Umbruch im Gange. Innerhalb weniger Wochen hatte die Parteiführung ihren Rückhalt in der Bevölkerung verloren. Die Forderungen nach höheren Löhnen, arbeitsfreien Samstagen und das Recht zur Bildung von Gewerkschaften hatten das Land in den Ausnahmezustand versetzt. Dafür konnte Konrad natürlich nichts, allerdings war seine Analyse schlichtweg falsch und die Brisanz der Lage enorm. Dennoch hatte Johannes ein schlechtes Gewissen. Er mochte Striesow. Immerhin hatte er ihm damals von Marlenes systematischer Überwachung und dem geplanten Fluchtversuch erzählt. Trotzdem, Johannes musste reagieren, damit Kolja keinen Verdacht schöpfte und nicht mitbekam, dass Johannes sich innerlich inzwischen weit von der Politik der DDR entfernt hatte, nachdem er am eigenen Leib hatte erfahren müssen, wie weit die Versuche, die Menschen zu überwachen, gingen. Das Ideal von der Gleichheit aller Menschen teilte er immer noch. Doch Anspruch und Wirklichkeit klafften in der DDR immer weiter auseinander. Wenn es Leute gab, die andere überwachten und ihnen vorschrieben, was falsch und was richtig war, dann war das keine Gleichheit mehr. Über das Ideal der Gerechtigkeit wollte Johannes in diesem Zusammenhang lieber gar nicht erst nachdenken.

«Genosse Dunkelmann, du bist an der Reihe.»

Hans Dunkelmann fuhr sich kurz über die Glatze, trank einen Schluck Wasser und zog einen zusammengefalteten Zettel aus seiner Aktentasche. «Nun, es regt sich Widerstand, daran besteht kein Zweifel.» Er sah kurz zu Konrad Striesow. «Ich habe mich näher mit diesen unsagbar provokativen Lesezeichen auseinandergesetzt. Kurz ein paar Worte zum Hintergrund. Harald Brettschneider, ein Pfarrer aus Sachsen, ist eindeutig zu weit gegangen mit seiner Friedenspolitik, seiner angeblichen.» Hans Dunkelmann trank erneut aus seinem Wasserglas und verschluckte sich, sodass er husten musste. Als sich sein Atem beruhigt hatte, zog er ein Stück Vlies aus seiner Aktentasche. Darauf war ein Mann zu sehen, der einen Hammer in der rechten Hand hielt und gerade im Begriff war, auf ein Schwert einzuschlagen. «Schwerter zu Pflugscharen. Dass ich nicht lache.»

«Eine Reaktion auf die Einführung des verpflichtenden Wehrkundeunterrichts», flüsterte Konrad Striesow.

Alle nickten.

«Es gibt schon viel zu viele Jugendliche, die sich diesen Mist auf die Ärmel ihrer Parkas nähen, und wir haben deshalb an Lehrer und andere Staatsorgane die Order herausgegeben, diese unverzüglich entfernen zu lassen.»

«Frieden schaffen ohne Waffen! Das sind Träumer, die die Realität vollkommen verkennen.» Kolja nahm eine Schachtel Papyrossi vom Tisch. «Die Aufnäher zu entfernen, wird nicht viel bringen, und das Problem lösen wir damit schon mal gar nicht. Wir müssen das Übel an der Wurzel packen. Irgendwelche Vorschläge?»

Konrad Striesow hob zaghaft die Hand. «Ich würde mich zur Verfügung stellen. Aber ich bräuchte ausreichend Personal. Wir müssen in die Kirchen und Gruppen rein und unverzüglich mit der Zersetzung beginnen.»

«Endlich mal eine brauchbare Idee von dir. Aber ich bezweifle, dass du der Richtige für die Aktion bist.» Kolja rauchte einen Moment schweigend. «Hannes, du machst das. Sag mir, wie viele Leute du brauchst, und sieh dich in den Kirchen mal um.»

«Alles klar.»

Kolja lehnte sich auf seinem Stuhl zurück und blies den Rauch in die Luft. «Ihr werdet sehen. Maximal ein halbes Jahr, und die Sache ist vom Tisch.»

Vorsichtig schloss Johannes die schwere Eichentür der Kirche und schaute sich um. Auf dem Boden neben den voll besetzten Bänken standen Kerzen und verbreiteten eine behagliche Wärme. Die kleine Gruppe, die sich in der Kirche eingefunden hatte, hätte unterschiedlicher nicht sein können. Alte Menschen mit Dederonbeuteln, junge Menschen mit bunten Haaren und zerrissener und bemalter Kleidung. Wie Marlene damals, dachte Johannes und suchte sich einen freien Platz auf einer der Kirchenbänke. Irgendwo weinte ein Baby.

«So gedenken wir unserer Freunde, die heute nicht hier sein können.»

Johannes versuchte auszumachen, woher die Stimme kam. Von seinem Sitzplatz in der vorletzten Reihe konnte er nicht viel erkennen. Wie gut, dass Elisabeth ihn überredet hatte, seine Sehstärke überprüfen zu lassen. Johannes griff in seine Jackentasche, zog ein Etui heraus und schob sich die Brille auf die Nase. Jetzt sah er den Mann mit Bart, den grauen Schläfen und dem Rollkragenpullover, der vor dem Altar saß, genauer.

Der Mann stand auf und klopfte gegen das Mikrophon. «So lasst uns jetzt gemeinsam singen. Singen für Frieden und Liebe.»

Orgelmusik erfüllte das Kirchenschiff, und alle Anwesenden sangen *Dona nobis pacem*.

Als die letzten Takte des Liedes verklungen waren, trat der Pfarrer erneut ans Mikrophon. «Liebe Gemeinde, ich freue mich sehr, dass wir heute einen Kollegen von mir begrüßen dürfen.»

Ein Mann löste sich aus der ersten Reihe.

«Hier ist Klaus Ostermeyer.»

Die Leute applaudierten, und Johannes starrte ungläubig nach vorne. Er begann zu schwitzen, seine Brille beschlug. Der Pfarrer schüttelte Klaus Ostermeyer die Hand und trat dann zur Seite. Kein Zweifel, hinter dem Mikrophon stand nun Wielands Vater.

Johannes erhob sich leise und verließ eilig die Kirche. Zwar war nicht davon auszugehen, dass Klaus Ostermeyer ihn kannte, aber sicher konnte man nie sein. Johannes drückte die schwere Eichentür auf. Sie quietschte in den Angeln.

Auf der Schwelle stieß er mit einem jungen Mann zusammen, der die Kirche gerade betreten wollte. Er trug eine schwarze Lederjacke, hatte einen Gitarrenkoffer bei sich und murmelte eine Entschuldigung. Johannes erkannte ihn sofort wieder. Es gab nur zwei Möglichkeiten: weitergehen oder sich zu erkennen geben.

Johannes holte tief Luft. «Wieland Ostermeyer?»

Wieland sah Johannes an und nickte langsam.

«Sie kennen mich nicht, aber ich kenne Sie. Haben Sie einen Moment Zeit? Ich würde gerne mit Ihnen reden.»

«Von mir aus. Ich bring nur schnell die Gitarre rein.»

«Nein, ich möchte nichts, wirklich.»

Wieland trat unruhig von einem Fuß auf den anderen.

Johannes bezahlte seine Schachtel Karo und überlegte, wie er das Gespräch beginnen sollte. Er hatte sich gerade in eine ausweglose Situation gebracht. Wahrscheinlich hatte er vorschnell reagiert. Aber als er Wieland gegenübergestanden hatte, war ihm das Ausmaß dessen, was ihm und Marlene widerfahren war, so schlagartig klargeworden, dass die Worte seinen Mund verlassen hatten, noch ehe er über sie hatte nachdenken können. Für ihn war nun endgültig klar, dass er nicht mehr weitermachen konnte wie bisher. Und jetzt? Wenn er sich zu erkennen gab und Wieland ihn auflaufen ließ, war alles aus und vorbei. Kolja würde ihn in hohem Bogen rauswerfen.

«Also, ich weiß nicht, wie ich anfangen soll, Herr Ostermeyer. Ich habe nur eine Bitte. Lassen Sie mich erst ausreden und fällen Sie nicht vorschnell Ihr Urteil.» Er riss seine Zigarettenschachtel auf und hielt sie Wieland hin.

Wieland schüttelte den Kopf.

«Mein Name ist Johannes Groen. Ich bin Marlenes Vater.» Johannes blieb stehen. «Ich habe einen Fehler gemacht, ach was, viele Fehler, und ich würde meine rechte Hand dafür hergeben, das Vergangene ungeschehen machen zu können. Aber das kann ich nicht.»

«Ich brauche jetzt doch eine Zigarette, denke ich.»

Johannes hielt ihm die Schachtel mit schweißnassen Händen hin.

Wieland zog sich eine Zigarette heraus. «Wo ist Marlene, Herr Groen? Es ist schon viele Jahre her, da habe ich Ihre Frau im Tierpark getroffen, und die sagte, Marlene sei tot. Irgendwie kann ich das nicht glauben.»

Johannes fixierte einen Punkt am Horizont. «Sie ist nicht tot, sie ist in West-Berlin.»

«Wie um Himmels willen ist sie denn dahin gekommen?»

«Sie wurde freigekauft. Es geschah ohne mein Wissen. Als ich es erfahren habe, konnte ich nichts mehr machen.» Noch immer fixierte Johannes den Horizont. Er hatte nicht die Kraft, Wieland in die Augen zu schauen.

«Und das Kind?»

«Nach meinen Informationen ist es im Gefängnis gestorben, gleich nach der Geburt.» Johannes lief weiter, damit Wieland nicht sehen konnte, wie er verzweifelt versuchte, die Fassung zu bewahren. Aber er konnte Wieland einfach nicht die ganze Wahrheit sagen, das war er Elisabeth schuldig, das war er seiner Familie schuldig. «Herr Ostermeyer, Sie wissen, für wen ich arbeite?»

Wielands Augen wurden trüb, aber auch er versuchte, sich nichts anmerken zu lassen. «Ja, das weiß ich. Es ist ja schön und gut, dass Sie zugeben, einen Fehler gemacht zu haben. Obwohl ich den leisen Verdacht habe, dass Sie nur Ihr Gewissen reinwaschen wollen.» Wieland hielt Johannes am Ärmel fest und drehte ihn zu sich herum. «Was wollen Sie wirklich von mir, Herr Groen?»

«Nun, ich wurde damit beauftragt, mich in den Kirchen genauer umzusehen, notfalls ein paar Leute abzustellen, die Ihnen ganz genau auf die Finger schauen und das Gesehene weiterleiten. Ich kann die Order nicht ändern, ohne dass es den Kollegen auffällt. Aber ich könnte Ihnen Informationen zukommen lassen, damit Sie sich nicht den falschen Leuten anvertrauen.»

«Und woher weiß ich, dass ich Ihnen vertrauen kann, ausgerechnet Ihnen? Immerhin haben Sie dafür gesorgt, dass ich und viele meiner Freunde ins Gefängnis gekommen sind. Sie haben zugelassen, dass Marlene und ich uns nie mehr wiedersehen werden. Dabei haben wir uns wirklich geliebt. Und außerdem», Wieland schluckte und zog an seiner Zigarette, «ich kenne ja die Zustände in den Gefängnissen. Wahrscheinlich hat es unser Kind deshalb nicht geschafft. Wer weiß, was sie mit Marlene alles angestellt haben.»

Johannes und Wieland liefen weiter und standen schließlich wieder vor der Kirche. Der Gottesdienst war zu Ende, immer mehr Menschen strömten auf die Straße.

«Also, was ist?»

Wieland betrachtete nachdenklich eine alte Frau, die, auf einen Gehstock gestützt, in Richtung Bushaltestelle lief. «Ich überlege es mir, wahrscheinlich muss ich ein, zwei Nächte darüber schlafen.»

Johannes nickte. «Einverstanden. Und noch mal, ich meine es ernst. Ich riskiere hier mehr, als Sie ahnen können, aber das ist es mir wert.»

In diesem Moment trat Klaus Ostermeyer aus der Kirche. Als er seinen Sohn sah, runzelte er die Stirn. «Hier bist du. Ich habe dich schon überall gesucht.»

Elisabeth taten die Beine weh. Den ganzen Tag hatte sie alle Hände voll zu tun gehabt und war nun auf dem Weg ins Schwesternzimmer, um sich ein wenig auszuruhen. Sie wollte gerade die Tür öffnen, als sie Evas Stimme hinter sich hörte. «Lisbeth, tut mir leid, aber mit der Pause wird das leider nichts. Du sollst bei der OP von Friedrich assistieren.»

Elisabeth seufzte. In der letzten Zeit war immer mehr Klinikpersonal verschwunden und zum Schichtbeginn nicht zum Dienst erschienen, ohne sich krankzumelden.

«Ich finde das ja unverantwortlich.» Eva zupfte an ihrem Schwesternkittel. «Dass die Zustände hier nicht immer die besten sind, ist ein offenes Geheimnis. Aber der DDR einfach den Rücken zu kehren und die Gesundheitsversorgung der Bevölkerung aufs Spiel zu setzen, das finde ich skandalös.»

«Stimmt, aber eine andere Möglichkeit gibt es ja nicht, wenn man keine Lust auf das alles hier mehr hat, oder sollen sie vorher ansagen, dass sie nach drüben wollen? Du weißt doch, was dann passiert.» Elisabeth gähnte. Nun also noch eine OP-Assistenz. Wie sollte sie das schaffen? Ihr fielen ja jetzt schon die Augen zu. Sie drehte sich um und lief in Richtung OP-Saal, als ihr jemand von hinten auf die Schultern tippte. Es war Ulla Siegebrecht, die leitende Stationsschwester. Sie war vollkommen außer Atem, ihr ausladender Bauch wippte auf und ab.

«Schwester Elisabeth, wie gut, dass ich Sie gefunden habe, bevor Sie im OP sind.»

Elisabeth sah Ulla Siegebrecht fragend an.

«Ich habe gerade einen Anruf aus Rostock bekommen. Eine Hertha Hinnerksen war am Apparat.»

Elisabeth nickte. Dass Hertha hier in der Charité anrief, ließ nur einen Schluss zu. Es musste etwas mit Käthe passiert sein.

«Es ist wegen Ihrer Mutter. Sie ist in ihrem Garten zusammengebrochen und konnte nicht mehr richtig sprechen. Frau Hinnerksen hat sie gefunden und die Schnelle Medizinische Hilfe gerufen. Sie sagte, Sie sollen sich beeilen, Elisabeth, ihr Zustand ist kritisch, und es ist nicht klar, wie viel Zeit Ihrer Mutter noch bleibt.»

Elisabeth sah verzweifelt zu Eva. «Und die OP?»

«Das mache ich, Lisbeth.» Eva nahm Elisabeths Hand und drückte sie.

«Entschuldigen Sie die Störung, aber es ist dringend.» Elisabeth stand mit Theresa an der Hand im Sekretariat der Otto-Nagel-Schule. «Ich bin Elisabeth Groen. Meine Mutter hatte einen Schlaganfall, wir müssen so schnell wie möglich nach Rostock.»

Die Sekretärin spielte gelangweilt an einer Locke ihres dauergewellten Haars. «Und was genau habe ich damit zu tun?»

«Meine Tochter Charlotte Groen arbeitet bei Ihnen. Wäre es möglich, dass sie kurzfristig freibekommt?»

Theresa ließ plötzlich Elisabeths Hand los. «Oma Käthe ist tot?»

«Nein, Liebes. Sie ist nicht tot, sie ist nur im Krankenhaus.»

«Oma, meine Oma.» Theresa begann zu weinen.

Die Sekretärin stand auf. «Normalerweise müsste ich den Schulleiter um Erlaubnis fragen, aber der ist gerade in einer Besprechung.» Nachdenklich schob sie einen Stapel Papier auf die linke Seite ihres Schreibtisches. Über dem Tisch hing eine große Holztafel, auf der man den Stundenplan der gesamten Schule ablesen konnte. Auf winzigen Metallplättchen standen die Namen der Lehrer und der Klassen, in denen sie an den einzelnen Tagen unterrichteten. Die Sekretärin fuhr mit dem Finger über den Plan. «Da haben wir es, Frau Groen ist gerade in der 10b und gibt Staatsbürgerkunde. Raum 209.» Sie blickte auf Theresa. «Und du, kleine Dame, du wartest kurz hier, bis deine Mutti zurück ist.»

«Um das wichtigste Ziel der DDR zu stärken, also den Frieden zu sichern und den Sieg der sozialistischen Produktionsverhältnisse weiter voranzutreiben, vertiefte die DDR ihre Beziehungen zur Sowjetunion und …»

Die Tür zum Raum 209 war nur angelehnt. Noch nie zuvor hatte Elisabeth Charlotte in der Schule besucht. Sie war überrascht, wie klar und fest Charlottes Stimme durch den Flur schallte. Elisabeth klopfte an die Tür und trat ein, ohne eine Antwort abzuwarten. Zwanzig Augenpaare richteten sich auf sie. Charlotte, die gerade eine Folie mit einem Diagramm auf den Polylux legen wollte, hielt inne. «Mutter?»

Einige Schüler lachten, aber als Charlotte strafend in ihre Richtung sah, verstummten sie augenblicklich. «Ich bin gleich wieder da, in der Zwischenzeit übertragen Sie das Schema bitte in Ihre Hefte.»

Charlotte durchquerte das Klassenzimmer und trat vor die Tür. «Was machst du hier?»

«Charlotte, Käthe hatte einen Schlaganfall, ich weiß nicht, wie es um sie steht, und kann Johannes nicht erreichen. Mit dem Zug nach Rostock, das dauert jetzt zu lange, und ich habe doch keinen Führerschein und ach … Charlotte.» Elisabeths Augen füllten sich mit Tränen.

«Alles klar, wir fahren. Und Theresa?»

«Ist bei der Sekretärin.»

«Augenblick noch.» Charlotte ging zurück in den Klassenraum. «So, Herrschaften, Planänderung. Ich muss weg, und Sie schreiben zum nächsten Montag einen Aufsatz. Mindestens drei Seiten.» Sie drehte sich zur Tafel, nahm ein Stück Kreide aus der Ablage und überlegte kurz. Dann schrieb sie an die Tafel: *Warum wird trotz wissenschaftlich-technischen Fortschritts und Vorhandenseins gewaltiger Produktionskapazitäten der Imperialismus ständig aufs Neue von Krisen geschüttelt? Beziehen Sie Ihre Analyse auch auf die Legitimation des antiimperialistischen Schutzwalls.*

## Rostock

«Mein Herz hat seine Schläge getan.» Käthe war so weiß wie die Bettwäsche, in der sie lag.

Elisabeth schluckte. «Mutter, sag so was nicht. Ich bin sicher, die kriegen dich wieder hin.»

Charlotte, Theresa und Hertha saßen an einem Tisch in der Fensternische. Vor ihnen stand ein kleiner Adventskranz, auf dem bereits zwei Kerzen heruntergebrannt waren.

Käthe versuchte, die Schublade des Nachttischs aufzuziehen, doch es gelang ihr nicht.

«Lass nur, ich mache das.»

«Gibst du mir mal mein Portemonnaie, Lisbeth?»

Elisabeth nahm Käthes Portemonnaie und reichte es ihr.

Käthe versuchte zu lächeln. «Mädels, hier habt ihr ein bisschen Geld. Geht in die Kantine. Kauft euch Kekse und Kakao. Und bringt mir was Schönes mit. Hertha, begleitest du die beiden?»

Hertha nickte und stand auf. Sie nahm Theresa an die Hand und verließ mit ihr und Charlotte das Zimmer. Langsam fiel die Tür hinter ihnen ins Schloss.

«Lisbeth, Liebes, du weißt so gut wie ich, dass mir keine Zeit mehr bleibt. Ich kann nicht mehr.»

Elisabeth wollte protestieren, doch Käthe sprach weiter. «Ich habe so viel erlebt, so viel gesehen. Zwei Kriege, mein Emil, dein Vater, den sie abgeholt haben, und der Keller, in dem wir beide uns verstecken mussten wie Tiere.»

Elisabeths Augen brannten.

Ihre Mutter legte ihr die Hand auf den Arm. «Ich habe alles in die Wege geleitet. Es geht um das Haus. Ich habe es bereits Johannes überschreiben lassen. Haltet es in Ehren. So viele Erinnerungen sind damit verbunden, und ich möchte, dass es in der Familie bleibt. Aber das ist nicht das, worüber ich eigentlich mit dir reden wollte.»

«Worüber dann?» Elisabeth begann zu weinen und zog ein Taschentuch aus ihrer Rocktasche.

«Ich habe nicht immer verstanden, wie du dich verhalten hast. Warum du dich nicht zwischen Anton und Johannes entscheiden konntest, zum Beispiel. Und vor allem die Sache mit Marlene und Theresa. Theresa, die eigentlich deine Enkeltochter ist und …»

«Hör auf, Mutter. Hör bitte auf. Das weiß ich alles selber.» Elisabeth schnäuzte sich.

«Lisbeth, ich will dir nichts Böses. Ich habe euch immer geholfen, auch wenn ich mit euren Entscheidungen nicht einverstanden war, auch dann. Du hast selber Kinder, du weißt, wie eine Mutter empfindet. Hör mir einfach zu. Marlene hast du verloren, nur ihr Kind ist dir geblieben. Und auch Theresa wirst du wahrscheinlich niemals die Wahrheit sagen. Die Wahrheit über ihre Mutter.» Käthe schloss die Augen. «Mit einer Lüge zu leben, das zerstört das Herz, das macht alles kaputt, auch wenn es jetzt nicht danach aussieht. Irgendwann wird alles auf dich zurückfallen.» Käthes Atem wurde flacher.

«Mutter?»

Mit geschlossenen Augen sprach Käthe weiter. «Wir können die Umstände nicht ändern, nur unseren Umgang damit. Ich will, dass du glücklich bist, dass alle glücklich sind, die ganze Familie. Weißt du, was ich meine? Also Lisbeth, versprich mir eine Sache, nur eine Sache …»

«Mutter?»

Käthe reagierte nicht mehr.

# Heute

## Kurz vor Rostock

Rocky lag auf dem Boden des Zugabteils und schnarchte. Ein Speichelfaden lief aus seiner halb geöffneten Schnauze. Neben Rocky stand Marlenes Gemälde. Es war in braunes Packpapier eingeschlagen.

«Erzähl mir von Marlene.» Anna ließ sich neben Tom auf den Sitz fallen.

Tom sah aus dem Fenster und schwieg.

«Nun komm schon. Die Zeit des Versteckspielens ist doch jetzt vorbei. Immerhin warst du es, der auf Omas Beerdigung die Bombe hat platzenlassen. Und immerhin sind wir Cousin und Cousine.»

Tom seufzte. «Bei Marlene wusste man nie, woran man war. Es stand schlimm um sie. Sie war immer mehr abgerutscht, hatte Halluzinationen, bei denen sie ihre Zellengenossin aus dem Gefängnis sah. Sie fühlte sich ständig verfolgt und war irgendwann nicht mehr in der Lage, sich um sich selbst zu kümmern, geschweige denn um mich. Und irgendwann kam sie dann in eine Nervenklinik.»

«Wie schrecklich. Und dann?»

Tom fuhr sich mit den Fingern durch die Haare. Seine Augen waren gerötet. «Ich kann mich noch gut an einen Besuch in der Klinik erinnern. Ich war damals fünf oder so. Sie hat mich nicht mal erkannt. Als ich auf sie zuging, hat sie behauptet, ich sei nicht ihr Sohn, ihr Kind sei tot. Damals ist etwas in mir gestorben, und es tut immer noch weh. Dann bin ich selbst abgerutscht, und die Wut auf sie habe ich irgendwann auf Anton projiziert, obwohl der es nun am allerwenigsten verdient hat.»

Anna nahm Toms Hand. «Mir ist aufgefallen, dass du sie immer Marlene nennst und nie ‹meine Mutter›.»

«Sie war ja auch keine Mutter, Anna. Sie war nur die Frau, die mich zur Welt gebracht hat. Wie heißt es? Mutter werden ist nicht schwer», Tom zeigte auf Annas Bauch, «Mutter sein dagegen sehr. Sie konnte das nie. Die Zeit im Gefängnis hat sie kaputt gemacht. Der Einzige, der so was wie Familie für mich war, war Anton.»

Anna ließ Toms Hand los, nahm eine Wasserflasche aus ihrem Rucksack und trank einen großen Schluck. «Und dein Vater?»

«Béla, mein Vater heißt Béla, ich weiß nicht viel über ihn. Laut Anton hat er immer wieder versucht, Marlene zu helfen. Aber irgendwann hat er ihre Eskapaden nicht mehr ausgehalten.» Tom nahm Anna die Wasserflasche aus der Hand. «Dann kam es, wie es kommen musste, er hat eine andere Frau kennengelernt.»

Das Zugabteil wurde geöffnet, und der Schaffner trat ein. Anna zog die Fahrkarten aus ihrer Tasche und reichte sie ihm.

«Zweimal nach Rostock.» Der Schaffner gab Anna die Fahrkarten zurück. «Na, dann noch gute Fahrt.» Er tippte sich zum Abschied kurz an seine Mütze.

Rocky wachte auf, hob verschlafen den Kopf, sah sich um und schmiegte sich an Toms Beine.

«Gab es denn gar keine schönen Zeiten mit Marlene?», fragte Anna.

Tom kraulte Rocky zwischen den Ohren. «Doch, aber nur kurz. Ein Jahr vor dem Fall der Mauer kam sie aus der Klinik, da ging es ihr gut. Wir waren eine richtige kleine Familie, Marlene, Anton und ich. Aber irgendwann …» Tom sah traurig zu Rocky.

«Was war irgendwann?»

«Im Dezember ging es los. Es wurde wieder schlimmer. Sie hat in rauen Mengen Bier in sich reingekippt und die Flaschen unter ihrem Bett versteckt. Sie dachte wahrscheinlich, Anton und ich kriegen das nicht mit.»

Anna streichelte Tom über den Arm. «Das muss schlimm gewesen sein.»

«Und schließlich kam Silvester. Ich war nicht zu Hause, weil ich bei Freunden gefeiert habe. Als ich am nächsten Tag zurückgekommen bin, war sie verschwunden.»

«Wie verschwunden? Einfach so? Wo war sie denn?»

«Das weiß ich nicht. Anton und ich haben sie in der ganzen Stadt gesucht. Wir sind sogar zur Polizei gegangen und haben alle Krankenhäuser abgeklappert. Aber sie war unauffindbar.» Tom seufzte.

«Und danach hast du sie nie wieder gesehen?»

Rocky legte den Kopf auf den Boden und schlief wieder ein. Tom beobachtete den Hund, und Anna wusste nicht, ob er ihre letzte Frage gehört hatte.

«Tom? Hast du sie nie wieder gesehen?»

Tom zeigte auf das Bild, ohne den Blick von Rocky abzuwenden. «Doch, aber sie war nicht berechenbar. Wie ein Geist ist sie plötzlich aufgetaucht und genauso schnell wieder verschwunden. Manchmal stand sie einfach vor der Tür und wollte Geld. Offenbar war sie wieder instabil.»

Anna legte die Hand auf ihren Bauch.

«In ihren manischen Phasen hat sie so viel ausgegeben, dass sie ständig pleite war. Und da habe ich ihr Geld geliehen und mich mit den falschen Leuten eingelassen. Ich wollte doch nur, ich dachte …»

«Dass du sie retten kannst und dass du dann endlich eine Mutter hast?»

Tom schloss die Augen und nickte. «Und irgendwann war mir das mit dem Geld, was gar nicht mir gehörte, egal. Ich habe selber begonnen, es mit vollen Händen zum Fenster rauszuwerfen. Ich steckte bis zum Hals in Schulden, und alles wurde immer schlimmer. Den Lieferwagen für die Firma zum Beispiel, den hab ich gekauft, obwohl ich ihn mir gar nicht leisten konnte. Viel abwerfen tut das Geschäft ja nicht, und Konstantin muss ich auch noch bezahlen.»

«Daher auch der Verkauf des Bildes.»

«Tja, Ron hat mich nicht vergessen. Es war idiotisch von mir zu glauben, dass ich damit durchkomme.»

«Alles wird gut. Wir haben das Bild zurück. Und vergiss das Geld. Wir kriegen das schon irgendwie hin.»

Anna umarmte Tom. Schließlich löste er sich aus ihrer Umarmung und strich ihr über die Wange. «Danke, das werde ich dir nie vergessen.»

«Ist doch selbstverständlich. Schließlich gehörst du zur Familie.»

Der Zug hielt, und Anna und Tom schauten erschrocken aus dem Fenster. Sie waren am Rostocker Hauptbahnhof angekommen. Eilig verließen sie das Abteil und machten sich auf den Weg zum Haus, um das Bild an seinen Platz zurückzubringen, bevor Theresa bemerkte, dass es überhaupt verschwunden gewesen war.

## Berlin

Von weitem war nichts zu sehen. Theresa überquerte die Straße und blieb nachdenklich vor der Galerie stehen. Als der Anruf von Albert Petzold gekommen war, hatte sie sich sofort auf den Weg gemacht. Der Galerist stand im Türrahmen, den Kopf gesenkt und eine Pfeife im Mundwinkel.

«Da bin ich.»

Albert Petzold nahm seine Pfeife aus dem Mund und sah auf. «Schön, dass Sie so schnell kommen konnten, Theresa. Ich weiß nicht, was ich sagen soll. Es ist eine Katastrophe.»

«Das haben Sie am Telefon schon gesagt, aber was genau ist denn passiert?»

Albert Petzold trat zur Seite, und Theresa schaute auf die Eingangstür der Galerie. Um das Schloss herum war das Metall verbogen, die Türklinke hing schräg herunter, und in der Mitte der Tür war ein Loch, um das sich spinnennetzartige Risse durchs Glas zogen.

«Theresa, ich bin untröstlich. Ich führe diese Galerie nun schon seit 30 Jahren, und so etwas ist mir noch nie passiert.»

Theresa und Albert Petzold betraten die Galerie.

«Sind Sie denn nicht gegen Einbruch versichert?»

«Das ist nicht das Problem, Theresa. Sie sind das Problem.» Er betrachtete die Pfeife in seiner Hand. «Es geht um Sie. Es tut mir so leid.»

«Was meinen Sie?»

«Die Ausstellung mit Ihren Bildern, nun, ich denke, die werden wir nicht machen können.» Immer noch blickte er auf die Pfeife in seiner Hand und seufzte.

«Das macht doch nichts. Dann verschieben wir die Ausstellung. Die läuft uns ja nicht weg. Herr Petzold, ich habe jetzt so lange darauf gewartet, schon als Teenager war das ein großer Traum von mir, da kommt es auf ein paar Wochen nicht an.» Theresa fand es rührend, dass der Galerist sich so große Sorgen wegen der Organisation der Ausstellung machte.

«Theresa, Sie verstehen nicht.» Petzold blieb vor einem Bild stehen und fuhr über den Rahmen. «Die Einbrecher haben das Lager leer geräumt. Sie haben alles mitgenommen.»

«Alles?» Theresa rang nach Worten.

«Alles.»

«Und meine Bilder?» Theresa sah in Richtung Lagerraum.

«Alles», wiederholte Albert Petzold.

«Ich finde es nicht richtig, dass Sie sich selbst entlassen haben, Anton.» Charlotte und Anton standen auf dem Parkplatz hinter der Charité. Der Himmel war trüb und die Luft feucht.

«Ich bin doch selber Arzt. Ich weiß, wie viel ich mir zumuten kann.» Anton stützte sich auf seinen Gehstock.

Charlotte schaute nach oben, ein feiner Nieselregen setzte eben ein. Sie öffnete ihre Handtasche, nahm einen Schirm heraus und spannte ihn auf.

Anton zeigte auf Charlottes Schirm. «Darf ich?»

«Gerne.»

«Haben Sie die Adresse von Eva?»

Charlotte legte die Hand auf ihre Tasche und nickte. Der Regen wurde stärker. Anton und Charlotte duckten sich unter den kleinen Schirm und liefen zur Hauptstraße. Sie stellten sich an den Straßenrand und winkten ein Taxi heran.

Vom Auto aus konnte Anton das Café sehen, in dem er gesessen hatte, als er sich vor ein paar Tagen alleine auf die Suche nach Eva gemacht hatte. Er war damals fast am Ziel gewesen, er hätte nur einen Häuserblock weitergehen müssen. Er reichte dem Taxifahrer einen Zwanzigeuroschein, sagte: «Stimmt so», und stieg aus.

Mittlerweile regnete es in Strömen. Anton und Charlotte rannten zum Hauseingang eines Gründerzeithauses mit grauer Fassade, die unterhalb der Fenster Motive aus Stein zierten. Den Balkon der ersten Etage stützte ein gelockter Jüngling.

Anton und Charlotte überflogen die Namen neben der Haustür. Eva wohnte im Erdgeschoss im Seitenflügel. Charlotte drückte auf den Klingelknopf. Nichts passierte. Offenbar war Eva nicht zu Hause. Anton und Charlotte sahen sich enttäuscht an, als plötzlich der Türsummer erklang.

Anton drückte die Tür auf und betrat den Hausflur. Dort standen Fahrräder und eine Pappkiste, auf die jemand *zu verschenken* geschrieben hatte. Anton blieb stehen und sah sich die Kiste genauer an. Bücher, Spielzeug, zwei Paar Schuhe und ein wenig Geschirr.

«Kommen Sie, Anton, wir müssen weiter.» Charlotte zeigte auf die Tür, die zum Hof führte.

Als Eva Anton und Charlotte sah, schlug sie die Hände vor dem Mund zusammen und schaute die beiden ungläubig an. Sie saß in einem Rollstuhl und wirkte klein und schmal, aber ihre Augen waren die der jungen Charité-Schwester, als die Anton sie kennengelernt hatte.

«Charlotte? Dr. Michalski?»

Die beiden nickten.

Charlotte blickte betreten auf Evas Rollstuhl und faltete ihren Schirm zusammen, während Anton sich räusperte. «Schwester Eva, entschuldigen Sie, dass wir hier so ohne Ankündigung auftauchen, aber wir haben ein dringendes Anliegen.»

Eva legte die Hände an die Räder ihres Rollstuhls und fuhr ein Stück zurück. «Das hört sich ja dramatisch an. Ist was mit Lisbeth?»

«Sie ist … sie hat … Dürfen wir reinkommen, Eva?» Der Schirm in Charlottes Hand tropfte.

«Na klar. Ich habe gerade Kuchen gebacken. So muss ich ihn wenigstens nicht alleine essen. Seit mein Otto … ach, kommt erst mal rein und erzählt mir ganz in Ruhe, was los ist.»

Während Charlotte und Eva in der Küche Teller und Tassen auf ein Tablett stellten und Kaffee aufsetzten, saß Anton auf einem terrakottafarbenen Sofa inmitten unzähliger Kissen und fragte sich, was Eva ihm über Elisabeth offenbaren würde. Nervös blickte er sich um. Die Wände des Zimmers waren hellgrün gestrichen, vor ihm auf dem niedrigen Tisch lagen Zeitschriften und Backbücher. Unter dem Fenster standen große Blumentöpfe mit üppig wuchernden Pflanzen, und auf dem Klavier an der Wand gegenüber sah Anton mehrere gerahmte Fotos. Er wollte aufstehen. Doch er war so tief in das Polster des Sofas gesunken, dass er nicht mehr hochkam. Er federte mehrmals vor und zurück und holte Schwung. Schließlich gelang es ihm, sich zu erheben. Dabei fühlte er ein heftiges Stechen in der Brust. Er musste sich wieder setzen und überlegte, ob er sich vielleicht doch zu viel zugemutet hatte. Er wartete, bis sein Atem ruhiger wurde, dann erhob er sich vorsichtig und trat ans Klavier. Drei Fotos standen darauf. Auf dem ersten war ein Mann zu sehen, den Anton nicht kannte. Wahrscheinlich war es der Otto, den Eva gerade erwähnt hatte. Das zweite Foto war ein Gruppenbild mit Krankenschwestern und Ärzten. Sie lachten in die Kamera. Anton nahm das Foto in die Hand. Einige der abgebildeten Personen kannte er sogar noch aus seiner Zeit an der Charité. Sie waren zwar älter geworden, aber es schien, als hätte er erst gestern mit ihnen an den Krankenbetten der Patienten gestanden oder in der Pause mit ihnen Kaffee getrunken. Anton stellte das Foto vorsichtig zurück. Als sein Blick nach links wanderte, hellte sich sein Gesicht auf. Auf dem dritten Foto waren Eva und Elisabeth auf einer Weihnachtsfeier zu sehen. Es war genau die Weihnachtsfeier, auf der er und Elisabeth sich nähergekommen waren, die Weihnachtsfeier, auf der alles angefangen hatte. Noch gut erinnerte sich Anton an Elisabeths knielangen roten Rock und die gepunktete Bluse, die er später in der Nacht mit zitternden Fingern aufgeknöpft hatte.

Eva kam aus der Küche. «So, Dr. Michalski. Es ist angerichtet.»

Anton drehte sich um, seine Augen glänzten. Er hielt immer noch das Foto von Eva und Elisabeth in der Hand. Behutsam stellte er es zurück.

Charlotte und Anton setzten sich auf das Sofa, und Eva fuhr mit ihrem Rollstuhl auf die gegenüberliegende Seite. Sie begann, den Kuchen auf die Teller zu verteilen, während Charlotte Kaffee einschenkte.

Eva reichte Anton einen Teller und griff nach einer Kaffeetasse. «Ich habe schon ewig nichts mehr von Lisbeth gehört. Mitte der Neunziger wollte ich endlich die Welt sehen und bin mit den Ärzten ohne Grenzen nach Indien gegangen. Danach haben wir uns leider aus den Augen verloren. Nun bin ich ja auch nicht mehr so flexibel. MS, leider.» Sie zeigte auf ihren Rollstuhl und senkte den Kopf. «Ich hatte nach meiner Rückkehr aus Indien noch versucht, Kontakt aufzunehmen, aber unter der alten Telefonnummer habe ich sie nicht mehr erreicht. Nun aber mal raus mit der Sprache. Wie geht es Lisbeth?»

«Schwester Eva, Lisbeth ist gestorben.»

Eva ließ die Kaffeetasse sinken. «Was?»

Nachdenklich sah sie auf die Zeitschriften, die auf dem Tisch lagen. «Und die Beerdigung? Ich wäre gerne dabei.»

Anton schluckte.

Charlotte legte ihm die Hand auf den Arm. «Eva, es tut mir leid, ich habe vergessen, dir Bescheid zu sagen. Es war so viel los. Ich hoffe, du kannst mir verzeihen.»

«Aber du musst mir sagen, wo ihr Grab ist, Charlotte. Ich will zu ihr.»

«Selbstverständlich.»

«Woher kennt ihr euch eigentlich? Und wieso seid ihr zusammen bei mir?»

«Das ist eine lange Geschichte.» Charlotte sah kurz zu Anton, doch der reagierte nicht.

Eine Weile sagte keiner mehr etwas, nur das Klappern der Kuchengabeln war zu hören.

Schließlich blickte Charlotte Anton auffordernd an. «Na los.»

Anton, der immer wieder auf das Bild von Eva und Elisabeth auf dem Klavier schauen musste, stellte seinen Teller auf den Tisch. Dann schob er die Hand in seine Sakkotasche, zog Elisabeths Brief heraus. Sollte er Eva wirklich fragen? Oder war es besser, die Sache einfach auf sich beruhen zu lassen? Elisabeth hatte schon ihre Gründe gehabt, ihm diese eine wichtige Sache zu verschweigen. Was, wenn es so schlimm war, dass all seine schönen Erinnerungen an sie dadurch zerstört würden?

Charlotte zog eine Augenbraue hoch. «Anton, zeigen Sie ihr den Brief.»

«Schwester Eva, da ist noch was. Charlotte weiß inzwischen, dass ich der Vater von Marlene bin. Darum sind wir zusammen hier. Auch wenn …»

Charlotte winkte ab. «Langsam gewöhne ich mich dran.»

«Und wisst ihr auch von der Sache mit Marlenes Flucht und dem Freikauf in den Westen?» Eva fegte ein paar Kuchenkrümel von ihrem Schoß.

«Ja, das ja. Marlene … aber das ist eine Geschichte für ein anderes Mal. Offenbar scheint es nämlich noch etwas zu geben, das Lisbeth mir verschwiegen hat.» Er faltete Elisabeths Brief auseinander und reichte ihn Eva.

«Charlotte, holst du mir mal meine Brille? Die müsste in der Küche liegen.»

Charlotte stand auf, holte die Brille und reichte sie Eva. Sie begann zu lesen.

Die Zeit stand still. Anton schaute immer wieder zu den Fotos auf dem Klavier, und Charlotte brachte das Tablett mit den leeren Kaffeetassen und Kuchentellern in die Küche und räumte sie in die Spülmaschine.

Eva las langsam. Ihr Gesicht war wie versteinert.

Charlotte kam aus der Küche, die Spülmaschine summte leise vor sich hin.

Endlich faltete Eva den Brief zusammen, nahm ihre Brille ab und schob sie sich in die Haare. «Ich wusste, dass das nicht gutgeht. Es war eine waghalsige Idee und moralisch verwerflich. Obwohl, ein bisschen konnte ich Lisbeth verstehen, immerhin hatte sie ein Kind verloren.»

«Schwester Eva, ich verstehe nicht.»

«Was wisst ihr eigentlich genau über Marlene?»

«Nach ihrem Freikauf hat sie bei mir in Kreuzberg gelebt. Aber es ging ihr nicht gut, das Gefängnis hatte sie zerstört. Sie musste sogar in stationäre Behandlung.» Anton atmete schwer und fasste sich ans Herz.

«Alles in Ordnung, Dr. Michalski?»

«Danke, es geht schon. Mitte der 70er Jahre hat Marlene einen Jungen zur Welt gebracht. Tom. Aber sie konnte sich nicht um ihn kümmern, konnte nie eine richtige Beziehung zu ihm aufbauen.»

Eva rollte zum Fenster und blieb vor den Blumentöpfen stehen. «Das hat auch einen Grund. Bei ihrer Verhaftung war sie schwanger.»

Charlotte riss die Augen auf. «Sie war schwanger? Von diesem Wieland? Was ist mit dem Kind passiert?»

Eva fuhr mit der Hand über die Blätter einer Orchidee. «Im Gefängnis hat sie ein Baby zur Welt gebracht. Man hat ihr gesagt, es sei gestorben, aber in Wirklichkeit wurde es zur Adoption freigegeben.»

Charlotte schnappte nach Luft. «Das ist nicht wahr. So was haben sie nicht gemacht.»

Eva drehte sich um. «Charlotte, ich weiß, wie gerne du in der DDR gelebt hast. Aber du darfst die Augen nicht davor verschließen, dass viele schreckliche Dinge passiert sind.»

«So etwas haben sie nicht gemacht», wiederholte Charlotte.

«Charlotte, ich will dir deine Illusionen nicht nehmen, und nicht alles war schlecht, wie man immer so schön sagt, aber es gab eben auch Opfer, und nicht zu wenige. Das Leben ist nicht nur schwarz oder weiß, zu keiner Zeit, weder damals noch heute.»

Charlotte baute sich vor Anton auf und verschränkte die Arme vor der Brust. «Kommen Sie, wir gehen. Das muss ich mir nicht anhören.»

Aber Anton blieb sitzen und bedeutete Charlotte mit einer Handbewegung, sich ebenfalls wieder zu setzen. Marlene hatte nie erwähnt, dass sie im Gefängnis ein Kind zur Welt gebracht hatte, und auch Elisabeth hatte darüber nie ein Wort verloren. Warum? Aus Scham? Oder weil es zu sehr weh tat, darüber zu sprechen? Und was hatte Elisabeths Brief mit Marlenes Schwangerschaft zu tun? «Schwester Eva, warum hat Elisabeth mir das nie erzählt?»

«Lisbeth hatte ihre Gründe, und ich habe ihr versprochen, die Wahrheit für mich zu behalten.» Eva seufzte und zog die Vorhänge zu.

«Aber ich muss die Wahrheit wissen. Warum hat Lisbeth mir etwas so Bedeutsames verschwiegen? Sie hätte es mir sagen können, wir haben uns immer alles anvertraut.» Anton faltete Elisabeths Brief auseinander. «Hier steht es doch, hier hat sie es aufgeschrieben. Sie sagt: ‹Ich habe ein Verbrechen begangen, ich empfinde tiefe Abscheu gegen mich selbst›, was meinte sie damit?»

Eva seufzte. «Ihr werdet ja doch keine Ruhe geben, bis ihr alles wisst, oder?»

Anton schüttelte den Kopf, und auch Charlotte sah sie nun aufmerksam an.

Eva rollte wieder zu den beiden an den Tisch. «Es geht um Theresa. Sie ist das Geheimnis. Theresa ist … sie ist Marlenes Tochter. Lisbeth und Hannes haben Marlenes Tochter zu sich genommen und als ihr eigenes Kind ausgegeben.»

# Damals (1989)
## Ost-Berlin

«Gorbi, Gorbi!»

Der Alexanderplatz war voller Demonstranten. Elisabeth versuchte, sich im Chaos zu orientieren. Sie war eingekeilt zwischen den Menschenmassen und wäre am liebsten verschwunden, aber es ging weder vor noch zurück. Immer mehr Menschen strömten zu der Protestkundgebung, um dann gemeinsam zum Brandenburger Tor zu laufen.

Evas Augen glänzten. «Ist das nicht aufregend, Lisbeth? Ein bisschen so wie damals. Weißt du noch, der 17. Juni?» Sie rechnete mit den Fingern nach. «Das ist jetzt sechsunddreißig Jahre her. Wo ist nur die Zeit geblieben?»

Gerade als Elisabeth etwas erwidern wollte, bekam sie einen Stoß in den Rücken und drehte sich um. Hinter ihr standen zwei Frauen, die gerade ein Bettlaken entrollten, das zwischen zwei Besenstielen befestigt war.

«Eva, mir ist nicht wohl bei der Sache. Wenn Hannes rauskriegt, dass ich hier bin, wird er schrecklich wütend werden. Ich kann das nicht riskieren. Er hat schon einmal Probleme deshalb bekommen.»

«Wie soll er es denn rausfinden? Sag ihm einfach, dass wir im Kino waren und *Grüne Hochzeit* gesehen haben oder so. Dir wird schon was einfallen.»

Hinter Eva und Elisabeth waren jetzt vereinzelt laute Stimmen zu hören. «Demokratie, jetzt oder nie. Demokratie, jetzt oder nie.» Immer mehr Demonstranten stimmten in die Sprechchöre ein. «Wir bleiben hier, wir bleiben hier.»

«Mensch, Lisbeth, alles wird gut, endlich. Es muss was passieren.»

Die Menge kam zum Stehen, und Elisabeth ließ Evas Arm los. Schon seit Monaten hatte sie die Ereignisse im Land verfolgt, manchmal voller Sorge, manchmal voller Zuversicht. Die Öffnung der Grenze von Ungarn nach Österreich und die damit einsetzende Massenflucht, die Gründung des Neuen Forums, die Forderungen nach freien und demokratischen Wahlen und die Montagsdemonstrationen, die immer mehr Zulauf fanden. Es war viel passiert in diesem Jahr, und Johannes verbrachte mehr Zeit im Büro denn je. Wenn Elisabeth ihn auf die jüngsten Entwicklungen ansprach, war er wortkarg und gab vor, nicht darüber sprechen zu wollen.

Mit einem Mal stürmten zwei Männer auf die Frauen hinter Elisabeth zu, rissen das Bettlaken, auf dem *Keine Gewalt* stand, herunter und schleiften die Frauen zur Seite. Elisabeth nutzte die Gelegenheit und entfernte sich aus dem Demonstrationszug.

Plötzlich wurde eine Kamera auf sie gerichtet.

Eine Frau mit rotem Pagenkopf und einem Blazer mit großen Schulterpolstern kam auf sie zu und hielt ihr ein Mikrophon vor den Mund. «ARD Hauptstadtstudio. Wie fühlen Sie sich, warum sind Sie hier?»

Elisabeth sah sich nach Eva um, doch sie konnte ihre Freundin nirgends entdecken.

«Ich sehe schon, Sie sind sprachlos. Ist das die Freude, dass sich endlich etwas bewegt in der DDR?» Die Reporterin entblößte eine Reihe tadellos sitzender Zähne.

Elisabeth hielt sich die Hand vors Gesicht, machte auf dem Absatz kehrt und verließ eilig den Alexanderplatz.

## West-Berlin

Anton saß hinter seinem Schreibtisch und legte den Artikel über Epilepsie beiseite. Er konnte sich ohnehin nicht darauf konzentrieren, weil seine Gedanken um Marlene kreisten. Sie war zurück, und es ging ihr gut. Vor allem Tom war aufgeblüht, seit seine Mutter vor zwei Wochen aus der Klinik entlassen worden war. Er war seitdem keine Sekunde von ihrer Seite gewichen und tat alles, um ihr zu gefallen. Marlene war wieder zu Anton gezogen. Zweimal in der Woche ging sie noch in die Klinik, um mit einem Therapeuten zu sprechen. Zwar kam die Annäherung zwischen Tom, Marlene und Anton nur sehr langsam voran, aber Anton war zuversichtlich. Vielleicht heilte die Zeit ja doch alle Wunden, und solange Marlene ihre Medikamente regelmäßig nahm und zu den Therapiesitzungen ging, würde alles ein gutes Ende nehmen.

Es klopfte an der Tür seines Sprechzimmers.

«Herein.»

Heiner Faber steckte seinen Kopf zur Tür herein. «Anton, alter Junge. Ich und ein paar Kollegen wollen nachher noch auf ein Feierabendbierchen. Bist du dabei?»

Anton gähnte. «Heute nicht, Heiner. Ich bin müde. Aber

beim nächsten Mal gerne. Heute habe ich eine Verabredung mit meinem Sofa.»

«Alles klar. Aber mit so einer faulen Ausrede kommst du mir kein zweites Mal davon.» Er schloss die Tür.

Anton sah auf seine Armbanduhr. Noch eine halbe Stunde, dann hatte er Feierabend. Momentan war nichts zu tun, zwar hatte er Bereitschaft, aber in der Klinik war alles ruhig.

Anton stand auf und schaltete den kleinen Fernseher in der Ecke seines Büros ein.

«Hier ist das Erste Deutsche Fernsehen mit der Tagesschau.» Während Werner Veigel die Zuschauer begrüßte, versuchte Anton, sich wieder auf seinen Artikel zu konzentrieren.

«Am 40. Gründungstag der DDR haben Bürgerrechtler in Ost-Berlin, Leipzig und Potsdam für demokratische Reformen demonstriert. In Ost-Berlin versammelte sich eine große Menschenmenge, nachdem die SED-Führung dort heute mit einer aufwendigen Militärparade den Tag der Gründung der DDR begangen hat.»

Anton schaute von seinem Artikel auf. Auf dem Bildschirm sah man eine große Menschenmenge neben der Weltzeituhr am Alexanderplatz. Sie hielten Transparente hoch. Sprechchöre riefen: «Gorbi, keine Gewalt!», und: «Wir bleiben hier.» Langsam schwenkte die Kamera auf die Seite zu einer Reporterin mit Mikrophon und einer Reihe tadellos sitzender Zähne. Sie versuchte, mit den Demonstranten ins Gespräch zu kommen. Und plötzlich sah er Elisabeth auf dem Bildschirm. Anton entfuhr ein Schrei. Er hatte den Eindruck, sein Büro würde sich zu drehen beginnen. Elisabeth. Meine Lisbeth.

Wie lange hatte er sie nicht mehr gesehen? Gedacht hatte er jeden Tag an sie, und seit Marlene wieder zu Hause war, noch viel öfter. Und jetzt das. Elisabeth lief durch das Bild. Sie hatte sich kaum verändert. Ihre Haare waren glatt und heller als früher, sie hatte ein paar Falten um den Mund und die Augen bekommen, aber ansonsten sah man ihr die letzten fast dreißig Jahre kaum an.

Anton stand auf und musste sich am Schreibtisch festhalten. Der Teppichboden unter seinen Füßen schien ihn zu verschlucken, sodass Anton sich, aus Angst zu stürzen, wie in Zeitlupe bewegte. Er legte sich auf die Liege neben der Tür. Langsam atmete er ein und aus, bis sein Puls allmählich zu seinem normalen Rhythmus zurückfand.

Wie von ganz weit her drang Werner Veigels Stimme an sein Ohr. «Und nun die Wettervorhersage für morgen, Samstag, den 8. Oktober.»

## Ost-Berlin

Die Temperaturen hatten es den ganzen Tag nicht in den zweistelligen Bereich geschafft. Johannes war viel zu dünn angezogen, musste niesen und ärgerte sich, dass er heute Morgen nicht auf Elisabeth gehört und wenigstens einen Schal mitgenommen hatte. Er sah an der Fassade der Kirche empor und klemmte sich seine Ledertasche fester unter den Arm. Alles war organisiert. Wieland würde zufrieden sein.

Vorsichtig sah sich Johannes ein letztes Mal nach allen Seiten um. Auf keinen Fall durfte ihn jemand hier sehen. Nicht einmal Elisabeth hatte er davon erzählt, sie ging davon aus, dass er bei einer Besprechung zu den aktuellen

Protestbewegungen war. Die Ereignisse der letzten Zeit hatten Johannes verunsichert. Er wusste nicht, was er davon halten sollte, dass die Menschen plötzlich laut ihre Meinung äußerten und Missstände benannten. Aber im Grunde bestätigten sie Johannes' Meinung über die DDR. Etwas musste sich ändern, das stand auch für ihn außer Frage. Aber was würde passieren? Wie lange würden die Demonstrationen friedlich bleiben, und wie lange würde die Parteiführung ihrer öffentlichen Bloßstellung noch zuschauen? Wer wusste, wie lange sich Erich Honecker noch im Amt halten konnte? Er hatte mit seiner abweisenden Haltung gegenüber Gorbatschow und den Reformen in der Sowjetunion höchstwahrscheinlich seinen eigenen Untergang besiegelt. Johannes war hin- und hergerissen. Auf der einen Seite fand er es richtig, dass endlich Bewegung in die DDR kam. Er war zuversichtlich, dass sich die Dinge nun endlich zum Besseren wandeln würden. Die Repressionen und Verfolgungen mussten aufhören und der einzelne Mensch wieder mehr in den Vordergrund rücken. Hatte Marx nicht gesagt, dass das Volk, was ein anderes unterjocht, seine eigenen Ketten schmiedet? Und war die politische Führung nicht so etwas wie ein kleines Volk, das die, die ihm nicht folgten, unterdrückt hatte? Aber trotz aller Zuversicht hatte Johannes auch Angst. Angst vor dem, was kommen würde. Er selbst hatte sich einiges zuschulden kommen lassen, hatte Andersdenkende ausspioniert. War er selbst damit nicht zum Angriffspunkt der Reformbewegungen geworden? Umso mehr hatte er das Bedürfnis, etwas wiedergutzumachen. Reinwaschen konnte er sich nicht, aber er konnte denen helfen, die unterdrückt wurden.

Johannes atmete tief durch, dann klopfte er zweimal kurz und zweimal lang an das Kirchenportal, so, wie sie es vereinbart hatten. Nichts passierte. Er klopfte erneut. Wieder passierte nichts, und er wollte bereits unverrichteter Dinge umkehren, als die schwere Eichentür einen Spaltbreit geöffnet wurde.

«Hannes, komm rein.» Wieland hatte eine Zigarette im Mundwinkel. Seine Finger waren schwarz. Er drückte die Tür noch ein Stück weiter auf, damit Johannes die Kirche betreten konnte.

Johannes sah auf Wielands Finger. «Habt ihr immer noch Probleme mit der Druckerpresse?»

«Leider ja.»

Johannes schloss die Tür und folgte Wieland die Stufen hinunter in die Kellerräume der Kirche.

Ein modriger Geruch schlug ihm entgegen, die Luft war zum Schneiden. Eine Handvoll Männer und Frauen saßen um einen Tisch. Sie hatten hohe Stapel Druckfahnen und Flugblätter vor sich liegen, die sie eilig Korrektur lasen. Als Johannes den Keller betrat, schauten die Anwesenden lächelnd in seine Richtung. Sie hoben die Hand, begrüßten ihn und vertieften sich wieder in ihre Texte.

Johannes stellte seine Tasche auf den Boden und griff nach einer Druckfahne. *Die Wahrheit* stand am oberen Rand. Das war der Name der Zeitschrift, die hier illegal gedruckt wurde.

«*‹Anspruch und Wirklichkeit›*. Worum geht es?»

Wieland schien Johannes' Frage nicht gehört zu haben. Er drückte seine Zigarette im Aschenbecher aus, hantierte nervös an der Druckerpresse und fluchte. «Die hat ihre besten Jahre hinter sich.»

«Wie unsere Heimat, das Mütterchen DDR», rief ein Mann, der hinter Johannes saß.

Alle lachten.

Wieland nahm Johannes die Druckfahne aus der Hand. «In dem Artikel geht es um die Sache mit der Reisefreiheit und diese Scheinzugeständnisse, mit denen die Regierung uns ruhigstellen will.»

Johannes nickte, bückte sich und zog einen Pappkarton aus seiner Tasche. «Hier, die Matrizen. Es war schwer, sie zu besorgen, denn die gibt es nur in West-Berlin. Ich hoffe, damit kriegt ihr die Presse wieder zum Laufen.»

Mit einem Mal schauten alle Anwesenden zu Johannes und nickten dankbar. Ein Mann hob die Hand und ballte sie zur Faust.

«Danke, das ist unsere Rettung.» Wieland klopfte Johannes auf die Schulter. «Du bist einer von den Guten, auch wenn ich am Anfang meine Zweifel hatte.»

Die Anwesenden applaudierten, aber Johannes fühlte sich unwohl. Das Angebot, noch auf ein Glas Stierblut zu bleiben, schlug er aus und entschuldigte sich mit dem Verweis auf seine beginnende Erkältung, die ihn zu unverzüglicher Bettruhe zwang.

Eva betrat das Schwesternzimmer. «Hier steckst du, Lisbeth, ich habe dich schon überall gesucht. Komm mit, außerordentliche Dienstbesprechung in der Cafeteria.»

Elisabeth streckte sich gähnend, stand auf und folgte Eva zum Fahrstuhl.

Ein Großteil der Ärzte und Schwestern waren schon um die Tische versammelt und unterhielten sich aufgeregt miteinander. Dr. Hegewald, ein Vertreter der Klinikleitung, schlug mit einem Löffel gegen seine Kaffeetasse, aber die Anwesenden redeten weiter, ohne ihm Beachtung zu schenken. Kurzerhand stieg er auf einen Tisch und klatschte laut in die Hände. Augenblicklich verstummten die Gespräche.

«Liebe Kollegen, ich danke Ihnen, dass Sie so zahlreich hier erschienen sind, auch wenn einige von Ihnen schon längst ihren verdienten Feierabend genießen könnten.»

Wieder breitete sich unruhiges Gemurmel in der Cafeteria aus.

«Ruhe bitte, die Lage ist ernster, als Sie denken.»

«Ernst Thälmann, oder was?»

Es war nicht auszumachen, wer das gesagt hatte, aber alle sahen unsicher zu Dr. Hegewald, dem kurz die Gesichtszüge entglitten waren.

«Das ist der falsche Moment für Scherze. Ich gehe nicht davon aus, dass alle heute Abend die Pressekonferenz der zehnten Tagung des ZK der SED gesehen haben?»

Die Anwesenden schüttelten die Köpfe. Gemurmel setzte ein. Nur Ulla Siegebrecht, die leitende Stationsschwester, hob zaghaft die Hand. «Doch. Aber ich habe das nicht so richtig verstanden.»

«Eben.» Dr. Hegewald machte eine Pause. «Das hat so richtig keiner verstanden. In jedem Fall habe ich die Anweisung bekommen, jeden verfügbaren Mitarbeiter hier in Bereitschaft zu halten.»

Erneut setzte Gemurmel ein.

«Also, Kollegen, ich muss doch wohl sehr bitten.» Er zog einen Zettel aus seinem Kittel. «Der Genosse Schabowski berichtete, dass ab sofort neue Regelungen für Reisen nach dem Westen gelten.»

Ein Raunen ging durch den Raum.

«Und was genau meint er damit?» Ulla Siegebrecht sah zu Dr. Hegewald hoch, der noch immer auf dem Tisch stand.

«Tja, wir wissen es nicht. Wörtlich hat er gesagt, dass Privatreisen nach dem Ausland ohne Voraussetzungen – Reiseanlässe und Verwandtschaftsverhältnisse – beantragt werden können.»

«Und ab wann tritt das in Kraft?»

«Schabowski sagte, ab sofort, unverzüglich.»

Plötzlich kam große Unruhe auf. Einige Schwestern fielen sich in die Arme.

Ulla Siegebrecht sprang laut jauchzend auf und rannte aus der Cafeteria.

«Kollegen, ich mahne Sie zur Besonnenheit. Wir wissen nicht, was heute Nacht an den Grenzübergängen passieren wird. In jedem Fall sollten wir uns bereithalten. Es ist mit zahlreichen Verletzten zu rechnen, wenn nicht sogar mit Schlimmerem.»

Doch die Krankenhausangestellten hörten schon gar nicht mehr zu. Sie redeten wild durcheinander, während Dr. Hegewald seinen Zettel zusammenfaltete und vom Tisch kletterte.

«Spiegelei?» Theresa stand in der Küche und schaute in den Kühlschrank.

«Warum nicht.» Johannes sah von seinem Buch auf und nieste. Seine Grippe hielt sich hartnäckig, und er fühlte sich schon seit drei Wochen so schwach und ausgelaugt, dass er die meiste Zeit entweder im Bett oder auf dem Sofa im Wohnzimmer verbracht hatte. Ganz ungelegen kam Johannes das nicht, denn das, was gerade auf der Dienststelle und im ganzen Land los war, machte ihn fassungslos. Wie er vermutet hatte, war Erich Honecker vom Amt des Staats- und Parteichefs zurückgetreten, und Egon Krenz war an seine Stelle getreten. Bei seiner Amtsantrittsrede hatte Krenz versprochen, die DDR als souveränen Staat erhalten zu wollen. Doch Johannes hatte seine Zweifel, ob das gelingen würde.

Fast täglich wurden neue Meldungen herausgegeben, neue Anweisungen und neue Regelungen erlassen, und was heute galt, war morgen schon wieder hinfällig. Und so war Johannes die Zwangspause durch seine Krankheit mehr als recht.

«Ich mache dir auch eine heiße Zitrone», rief Theresa aus der Küche und gab ein wenig Marella in die Pfanne. Während sie schmolz, nahm Theresa eine Zitrone aus dem Obstkorb und presste sie aus. Dann stellte sie einen Topf mit Wasser auf den Herd.

Der Duft der gebratenen Spiegeleier breitete sich langsam von der Küche bis ins Wohnzimmer aus, und Johannes griff nach dem *Neuen Deutschland*. Gleich auf der Titelseite wurde über die zehnte Tagung des Zentralkomitees und den Rücktritt des Politbüros berichtet. Gerade als er sich in einen Artikel über die neue Führung und das Aktionsprogramm der Partei vertiefen wollte, kam Theresa mit einem Tablett ins Wohnzimmer. «Komm, jetzt leg doch mal die Zeitung weg. Das Essen ist fertig.»

Eine Weile aßen die beiden schweigend.

«Ich geh nachher übrigens noch mal weg.» Theresa nahm eine Scheibe Brot aus dem Korb und wischte damit die Reste des Spiegeleis von ihrem Teller.

«Wohin willst du?»

«Ach, Vati, ich weiß nicht, ob dir das gefällt.»

Johannes zog eine Augenbraue nach oben und setzte die Tasse mit der heißen Zitrone an die Lippen. «Jetzt sag schon. So schlimm wird es wohl nicht sein.»

«Ich treffe mich mit ein paar Freunden aus dem Zeichenkurs in einem Atelier in der Dimitroffstraße. Dort gibt es eine kleine Ausstellung.»

«Und warum soll mir das nicht gefallen? Ist doch schön, dass du dich so für Kunst interessierst. Ich habe dich immer darin unterstützt.»

«Na, die Ausstellung ist nicht genehmigt, und wahrscheinlich sind die Bilder auch ein bisschen zu kritisch für deinen Geschmack.» Theresa stellte ihren Teller auf das Tablett.

«Ach, Theresa, was versteht dein alter Vater schon von Kunst? Ich bin sicher, du weißt, was du tust.» Johannes nahm ihr das Tablett aus der Hand und brachte es in die Küche. «Und jetzt ab mit dir, ich mache hier klar Schiff.»

Theresa gab Johannes einen Kuss auf die Stirn. «Wo ist eigentlich Mutti?»

«Die hat heute Nachtschicht.» Johannes folgte Theresa in den Flur, zog das Portemonnaie aus seiner Hosentasche und gab ihr einen Fünfmarkschein.

«Du bist der Beste.» Theresa zog ihren Mantel an. «Und was machst du heute Abend so ganz alleine? Fernsehen?»

«Das würde ich gerne, aber der hat gestern seinen Geist aufgegeben. Wahrscheinlich gehe ich einfach früh ins Bett.»

## West-Berlin

Anton wurde durch ein anhaltendes Hupkonzert aus dem Schlaf geschreckt. Er stöhnte, drehte sich auf die Seite und dachte, er hätte schlecht geträumt, aber das Hupen hörte nicht auf. Im Gegenteil, es wurde immer lauter.

Träge setzte er sich auf, angelte mit den Füßen nach seinen Pantoffeln und stellte sich ans Fenster. Er wischte sich über die Augen. Aber es gab keinen Zweifel. Auf der Straße schlängelte sich eine endlose Wagenkolonne von Trabis,

Wartburgs und Ladas. Sie war umringt von Menschen, die Sektflaschen in den Händen hielten und pfiffen und applaudierten. Bei einem Trabi klebte ein Pappschild auf der Heckscheibe, auf dem stand: *Wir kommen wieder, wir wollen nur mal gucken.*

Anton ging in den Flur, streifte die Pantoffeln ab, schlüpfte barfuß in seine Schuhe, zog seinen Mantel über den Pyjama und rannte die Treppen herunter. Im Hausflur traf er auf Frau Wagemut, die Nachbarin aus dem ersten Stock. Sie hatte eine rote Baskenmütze auf dem Kopf und einen Korb mit Wasser, einem Stück Butter, einer Packung Mehl und zwei Toastbroten dabei. Der Korb hing an ihrem Unterarm, und so erinnerte sie Anton ein wenig an Rotkäppchen.

«Dr. Michalski, dann haben Sie es also auch gehört. Die Mauer ist offen. Ist das nicht aufregend?»

Anton nickte und wollte sich an der Nachbarin vorbeischieben, doch die hielt ihm ihren Korb vor das Gesicht. «Sehen Sie, ich habe ein paar Lebensmittel für die armen Menschen aus dem Osten dabei. Die haben ja nicht so viel. Manchmal nicht mal ausreichend Strom. Aber jetzt wird alles gut.»

Anton sagte dazu nichts, verabschiedete sich und trat auf die Straße. Im selben Moment bekam er von links und rechts je einen Becher Sekt in die Hand gedrückt.

«Das ist Mumm», sagte eine Stimme von links.

«Das ist Rotkäppchen», sagte eine Stimme von rechts.

Anton bedankte sich, kippte die beiden Flüssigkeiten zusammen und leerte den Becher in einem Zug. «Ich danke Ihnen, aber jetzt muss ich weiter.»

Anton sah an sich herunter. Sein Mantel war so kurz, dass seine Pyjamahosen darunter hervorschauten. Konnte er so auf die Straße? Eigentlich nicht. Aber heute zählte das nicht.

Er sah sich nach einem Taxi um und wusste genau, wo es ihn hinbringen sollte.

## Ost-Berlin

In den frühen Morgenstunden gab es endlich Entwarnung. Es war ruhig geblieben, und die Angst, dass es an den Grenzübergängen Verletzte, ja sogar Tote geben würde, hatte sich nicht bestätigt. Elisabeth konnte die Augen kaum offen halten, als sie auf den Knopf neben der Fahrstuhltür drückte. Sie warf einen Blick in den Spiegel und fuhr sich durch die Haare. Sie versuchte, ein paar Strähnen zu bändigen, aber es hatte keinen Sinn. Sie sah aus, als wäre sie einen Marathon gelaufen, was ja irgendwie auch stimmte. Zum Glück hatte sie morgen frei und Zeit, auszuschlafen und sich um ihre Haare zu kümmern.

Elisabeth sah noch einmal in den Spiegel, als die Fahrstuhltüren sich mit einem leisen Surren öffneten.

Das Foyer war wie ausgestorben, nur ein Stuhl war besetzt. Ein Mann saß darauf. Er hatte Elisabeth den Rücken zugewendet. Unter seinem Mantel schauten Pyjamahosen hervor, seine grauen Haare standen in alle Richtungen vom Kopf ab. Genau wie meine, dachte Elisabeth und wunderte sich, dass um diese Zeit noch Patienten im Foyer und nicht auf ihren Zimmern waren. Dennoch, heute galten andere Regeln, heute war ein besonderer Tag, und niemand wusste so recht, wie er mit den Ereignissen umgehen sollte. Sie musste so schnell wie möglich nach Hause und mit Johannes reden. Was der wohl dazu sagte, dass die Grenzen offen waren?

Der Mann im Foyer hustete leise. Er musste schleunigst auf sein Zimmer. Auch wenn heute ein besonderer Tag war, die ganze Nacht konnte er hier nicht sitzen.

Elisabeth trat hinter den Mann und legte ihm ihre Hand auf die Schulter. «Entschuldigen Sie, es ist schon spät, und Sie sollten jetzt besser auf Ihr Zimmer gehen.»

Der Mann zuckte zusammen, hob blitzschnell seinen Arm und hielt Elisabeths Hand fest.

Elisabeth wollte ihre Hand zurückziehen, doch er hielt sie fest.

«Ich muss ja wohl sehr bitten. Was fällt Ihnen ein?»

Jetzt ließ der Mann ihre Hand los und drehte sich um. «Hallo, Lisbeth.»

Elisabeth starrte ihn an. Sie taumelte.

Mit einem Satz war er bei ihr und hielt sie fest, bevor sie auf den Boden fallen konnte. «Lisbeth, geht es dir gut? Beruhige dich doch. Weißt du noch, wer ich bin?»

Elisabeth nickte, dann wurde ihr schwarz vor Augen.

## West-Berlin

Auf der Straße waren schon die ersten Böller zu hören. Marlene griff nach der Bierflasche und starrte auf den Fernseher. In der Hand hielt sie ein Bild, das Tom ihr gemalt hatte. Es zeigte sie, Anton und Tom. Sie saßen an einem Tisch, auf dem eine riesige Geburtstagstorte mit Kerzen stand. Marlene seufzte. Tom hatte es ihr damals bei seinem Besuch in der Klinik in die Hand gedrückt. Nur noch dunkel konnte sie sich an die Zeit erinnern, sie schien Ewigkeiten zurückzuliegen. Gott sei Dank war alles gut ausgegangen, irgendwann hatte sie zurück nach Hause gekonnt. Sie hatte die Zeit mit Tom genossen. Er hatte viel gelacht und liebte sie von Herzen, er vergötterte sie geradezu. Die meisten Jungen in seinem Alter begannen, sich von zu Hause zu lösen und die Zeit mit ihren Freunden zu verbringen. Nicht so Tom. Er blieb auch mit dreizehn noch gerne zu Hause und schien kaum das Bedürfnis nach gleichaltrigen Freunden zu haben. Er und Marlene waren oft ins Kino gegangen, hatten gemeinsam gezeichnet, und zufrieden hatte Marlene festgestellt, dass er ein gutes Auge für Details besaß. Und auch Anton hatte sich hinreißend um sie gekümmert und ihr jeden Wunsch von den Augen abgelesen.

Aber dann war etwas passiert, was Marlene den Boden unter den Füßen weggerissen hatte. Der Fall der Mauer. Marlene hatte den Abend verschlafen und erst am nächsten Tag erfahren, was passiert war. Ganz euphorisch waren alle gewesen, hatten das unvorstellbare Ereignis gefeiert und nicht glauben können, welchen Lauf die Geschichte plötzlich genommen hatte. Anton war seitdem immer seltener zu Hause, und wenn Marlene ihn gefragt hatte, wohin er gehe, hatte er ausweichend geantwortet.

Marlene hatte erneut begonnen, sich zurückzuziehen. Alle Angebote von Anton, mit ihr nach Ost-Berlin zu fahren, hatte sie abgelehnt. Ihre Meinung hatte sie in den drei Monaten, die seit der Maueröffnung vergangen waren, auch nicht geändert. Was sollte sie dort? In dem Land, das ihr so viel Leid, Unglück und Verzweiflung gebracht hatte. Unerbittlich tauchten die Bilder von damals wieder in ihrem Kopf auf. Gerade hatte sie es einigermaßen geschafft, sich mit ihrem Leben zu arrangieren, da wurde es schon wieder auf den Kopf gestellt. Die Mauer war weg, den Schutz vor der Vergangenheit gab es nicht mehr.

Auf dem Bildschirm waren jetzt die ersten Bilder von der großen Silvesterveranstaltung am Brandenburger Tor zu sehen. Ausgelassene Menschen, die Sektflaschen in der Hand hielten und die neugewonnene Freiheit feierten. Marlene schaltete den Fernseher aus und nahm sich eine Zeitschrift vom Stapel neben dem Bett. Sie hatte eine Ausgabe des *Spiegels* erwischt und blätterte darin herum. In einem Artikel wurde über die Nacht, in der die Mauer fiel, berichtet. Als der Bericht auf ehemalige Fluchthelfer und die Todesopfer an der Mauer zu sprechen kam, nahm Marlene plötzlich eine Person wahr, die ihr über die Schulter sah. Sie drehte sich um und blickte in die blutunterlaufenen Augen von Jutta.

Juttas Gesicht war so nah, dass sie ihren fauligen Atem riechen konnte. «Na, Lenchen, hast du mich schon vergessen? Du hast gedacht, du hättest mich besiegt, nicht wahr? Aber ich bin zäh. Hast du vergessen, was Honecker über die Mauer gesagt hat? Dass sie noch in hundert Jahren stehen wird? Damit hat er eigentlich mich gemeint.»

Marlene begann zu zittern. Warum war Jutta wieder da? Es lief doch inzwischen alles so gut.

«Einmal Jutta, immer Jutta, da helfen auch deine bunten Pillen nichts.»

Marlene kämpfte mit den Tränen, sprang auf und rannte aus der Wohnung.

## Ost-Berlin

Der Grenzübergang an der Heinrich-Heine-Straße war schwarz vor Menschen. Marlene drängelte sich an ihnen vorbei und fühlte sich so eingekeilt, dass sie die Ellenbogen ausstreckte, um sich den Weg frei zu machen. Ein Mann schimpfte und schaute ihr verständnislos hinterher, doch Marlene schenkte ihm keine Beachtung. Sie lief immer weiter.

Die Beine taten ihr weh, und als sie endlich anhielt, um zu verschnaufen, zuckte sie zusammen. Ohne es zu merken, war sie zum Haus ihrer Eltern an der Weberwiese gelaufen. Sie setzte sich auf eine Bank vor einem Café. Ob Johannes und Elisabeth hier noch wohnten? Marlene sah sich um. Die Fassaden der Prachtbauten waren grau, die Beleuchtung der Geschäfte spiegelte sich in deren Kacheln, und die Autos rauschten an Marlene vorbei. Sie zog eine zerdrückte Schachtel Zigaretten aus ihrer Hosentasche. Vorsichtig beobachtete sie die Umgebung. Eine Silvesterrakete zerplatzte über der Spitze des Fernsehturms. Genau wie damals, als meine Paula zur Welt kam, da war auch Silvester, dachte Marlene.

Sie stand auf und ging langsam auf das Hochhaus zu. Vor der Haustür blieb sie stehen und wollte gerade die Namen auf den Klingelschildern lesen, als die Haustür von innen geöffnet wurde. Eine Frau in edlem Kostüm und Pelzmantel kam heraus, und Marlene nutzte die Gelegenheit, um das Treppenhaus zu betreten.

Der Geruch, der ihr entgegenschlug, versetzte sie augenblicklich zurück in die Vergangenheit. Es war, als würde sie ihr jüngeres Ich von außen beobachten. Sie sah Johannes, wie er mit seiner großen Hand ihre kleine umfasste, um mit ihr zur Mokka-Milch-Eisbar zu gehen. Sie sah ihre Mutter, wie sie die fiebernde Marlene auf den Arm nahm, um mit ihr in die Poliklinik zu fahren. Und sie sah sich selber wütend die Treppen herunterstürmen, kurz nachdem Johannes ihr den Umgang mit Wieland verboten hatte. Schließlich sah sie sich im Zug neben Wieland sitzen, schwanger und voller Hoffnung, dass nun endlich alles gut werden würde. Und dann sah sie ihren Vater in Prag. Besser gesagt, den Mann, den sie damals noch für ihren Vater gehalten und der sie verraten hatte.

Plötzlich hörte Marlene Stimmen, die sich von oben näherten. Sie wich zurück und lauschte angestrengt.

«Ach los, Lotte, das wird toll. David Hasselhoff soll auch auftreten. Den magst du doch so.»

«Ach Theresa, ich weiß nicht. Ich muss eigentlich noch arbeiten.»

Marlene zuckte zusammen und versteckte sich unter dem Treppenabsatz. Die zweite Stimme gehörte ihrer Schwester Charlotte. Trotz all der Jahre, die vergangen waren, hatte Marlene sie sofort wiedererkannt. Die andere Stimme, die sie nicht kannte und die dieser Theresa gehören musste, begann, den Refrain von David Hasselhoffs *Looking for freedom* zu singen.

Marlenes Hals war zugeschnürt, sie bekam keine Luft mehr. Was sollte sie tun? Das Haus verlassen? Wegrennen? Oder hierbleiben und das Gespräch weiter belauschen? Sie entschied sich zu bleiben. Sie hatte Charlotte fast neunzehn Jahre nicht gesehen und wollte wissen, wie sie sich in all den Jahren verändert hatte. Sollte sie sich ihr zu erkennen geben und mit ihr sprechen? Marlene hockte sich unter den Treppenabsatz.

Die Stimmen kamen immer näher.

«Und außerdem, Schwesterherz», sagte Theresa jetzt,

«was kann es Schöneres geben, als mit Tausenden von Menschen meinen Geburtstag ausklingen zu lassen?»

Marlene hielt die Luft an. *Schwesterherz?* Hatten ihre Eltern noch ein Kind bekommen? Hatte sie noch eine Schwester?

«Da hast du recht, aber lange werde ich trotzdem nicht bleiben. Ich muss noch den Unterricht für den Schulbeginn vorbereiten.»

«Wie du meinst. Aber erst zum Brandenburger Tor.»

Theresa summte erneut das Lied von David Hasselhoff, dann brach sie ab. «Apropos Unterricht, ein wenig wundert es mich ja schon, dass du mit mir am Brandenburger Tor feiern willst. Hast du nicht gerade noch die Überlegenheit des antifaschistischen Schutzwalls vor deinen Schülern beschworen?»

Charlotte sagte nichts.

Marlene beugte sich nach vorne, schaute vorsichtig nach oben und sah zwei Paar Schuhe, von denen eines jetzt abbremste.

«Wie ärgerlich, ich muss noch mal in die Wohnung. Ich habe den Sekt oben stehen lassen», sagte Charlotte.

«Okay, ich warte hier, aber beeil dich.»

Charlottes Schritte entfernten sich wieder nach oben. Theresa stellte sich vor die Briefkästen. Plötzlich drehte sie sich um und blickte genau in Marlenes Richtung.

Ohne nachzudenken, stand Marlene auf, kam aus ihrem Versteck und ging auf Theresa zu. «Hallo», sagte sie, und ihre Knie wurden weich.

«Hallo.»

«Auch auf dem Weg zur Silvesterparty?» Marlene kam ihre eigene Stimme vor, als würde sie nicht zu ihr gehören.

Theresa nickte. «Das wird toll. Ich habe nämlich heute Geburtstag. Ich bin ein Silvestergeburtstagskind, wenn man so will.»

«Wie schön.» Marlene musste den Blick abwenden. Sie fröstelte.

«Find ich auch.»

«Wie alt sind Sie denn geworden?»

«Achtzehn, endlich!»

Marlene wurde schwindelig. Sie ließ Theresa stehen, riss die Haustür auf, rannte ein paar Meter weiter, bog nach links in eine Seitenstraße und sank auf die Knie. Alles in ihr hatte sich verkrampft, jeder Atemzug fühlte sich an, als wäre er der letzte. Achtzehn Jahre. In der Silvesternacht genau vor achtzehn Jahren war ihre kleine Paula zur Welt gekommen.

# Heute

## Berlin

Als Theresa die Galerie von Albert Petzold verließ, war die Wut über den Diebstahl ihrer Bilder verflogen, stattdessen war sie unendlich traurig. All die Arbeit, all die Nächte, die sie durchgemalt hatte, alles war umsonst gewesen und der Traum einer eigenen Ausstellung innerhalb von Minuten zerplatzt. Einfach so. Wie eine Seifenblase, die viel zu schön war, um ewig zu glänzen.

Verzweifelt schaute sie die Straße entlang, auf der sich alles wie in Zeitlupe bewegte. Die Menschen trugen Pappbecher mit Kaffee in den Händen, hatten Handys am Ohr oder vor der Nase, unterhielten sich. Theresa musste den Blick abwenden, überquerte die Fahrbahn und flüchtete in einen kleinen Park. In der Nacht hatte es geregnet, und die feuchten Blätter auf dem Boden klebten an Theresas Schuhen.

Sie setzte sich auf eine Bank und überlegte, was sie tun sollte. Ihre Bilder waren weg, daran ließ sich nichts mehr ändern, und auch die Polizei, die noch gekommen war, hatte ihr wenig Hoffnung gemacht. Theresa rieb ihre Hände gegeneinander. Sie stellte die Tasche auf ihren Schoß, nahm den Tabak heraus und drehte sich eine Zigarette. Dann griff sie nach ihrem Handy und rief Anna an.

«Ja?»

«Anna, es ist etwas Trauriges passiert. Warum geht in der letzten Zeit nur so viel schief? Erst die Sache mit Marlene, dann Omas Tod und jetzt das …»

«Mama, nun mal langsam. Ich komm nicht ganz mit.»

Auf einmal hörte Theresa einen Gong durch das Telefon. War Anna auf einem Bahnhof? Komisch. Sie hatte ihr gar nicht erzählt, dass sie wegfahren wollte. «Wo bist du?»

Anna antwortete nicht sofort. «Unterwegs, nichts Aufregendes.»

Theresa erkannte sofort, dass Anna ihr etwas verheimlichte. Durch das Telefon war nun eine Bahnhofsdurchsage zu hören. Eine weibliche Stimme begrüßte die Reisenden in Rostock und gab die Anschlusszüge bekannt.

«Du bist in Rostock?»

«Ähm, ja.»

Im Hintergrund bellte ein Hund, jemand sagte: «Platz.» War das nicht Toms Stimme? Er hatte doch auch einen Hund. Warum war er mit Anna in Rostock?

«Ist Tom bei dir?»

«Äh, warum?»

«Ich dachte, ich hätte seine Stimme erkannt. Aber wahrscheinlich bin ich einfach ein wenig durch den Wind.»

«Vielleicht, Mama. Ich bin alleine in Rostock.» Anna lachte verlegen.

«Warum? Was machst du da?»

«Ich, ach, nun ja, es war ja so viel los in den letzten Tagen, und da wollte ich mal nach dem Haus sehen.»

Anna hatte recht. Wie gut, dass sie mitdachte. Theresa hatte auch vorgehabt, nach Rostock zu fahren, sich im Haus noch einmal genauer umzusehen. Aber irgendetwas stimmte da nicht. Anna konnte nicht gut lügen, doch Theresa hatte nicht die Kraft nachzufragen.

«Mama, bist du noch dran?»

«Ja.» Theresa begann, sich eine neue Zigarette zu drehen.

«Du hast gesagt, es sei etwas Trauriges passiert?»

Theresa begann zu schluchzen.

«Ist es wegen Oma?»

«Nein, doch, vielleicht. Sie war alt, sie hat ihr Leben gelebt. Ja, ich bin traurig. Aber das ist es nicht.» Theresa verschluckte sich und musste husten. «Bei Petzold wurde eingebrochen, und nun sind meine Bilder weg, geklaut.»

«Oh nein. So ein Mist. Und jetzt? Was ist mit der Ausstellung?»

«Keine Bilder, keine Ausstellung.» Theresa blickte auf. Vor ihr fielen die ersten Regentropfen auf den Boden. Als sie den Kopf in den Nacken legte, sah sie die schwarzen Gewitterwolken, die den Himmel verdunkelten.

Anton hatte Mühe zu laufen. Er stützte sich zitternd auf seinen Gehstock und musste immer wieder Pausen einlegen. Die freie Hand presste er auf seinen Brustkorb. Seit Anton und Charlotte Evas Wohnung verlassen hatten, hatten sie nicht miteinander gesprochen. Nun hielt Charlotte das Schweigen und Antons Anblick nicht mehr aus.

«Soll ich Sie nach Hause bringen oder lieber zurück in die Charité?»

«Weder noch, Charlotte, gleich dort drüben», er drehte sich um und zeigte auf das Café, in dem er vor ein paar Tagen schon einmal gewesen war, «lassen Sie uns dort etwas trinken gehen. Ich möchte jetzt nicht allein sein.»

Charlotte hatte sich ein Glas Rotwein bestellt. Anton rührte nachdenklich in seiner Tasse Kamillentee.

«Eine über vierzig Jahre alte Lüge. Das ist doch unglaublich. Ein richtiges Verbrechen. Meine Eltern haben mir und vor allem Theresa vierzig Jahre lang etwas vorgemacht. Ich bin sprachlos.»

Anton legte den Löffel auf den Tisch. Das war also das große Geheimnis, das Elisabeth die ganze Zeit mit sich herumgetragen hatte. Er konnte verstehen, dass sie ihm nie davon erzählt hatte. Marlenes Kind für ihr eigenes auszugeben, war ungeheuerlich. Aber obwohl er verstehen konnte, warum Elisabeth geschwiegen hatte, fühlte er sich verraten. Hatten sie sich nicht alles anvertraut? Waren sie sich nach dem Fall der Mauer nicht wieder so nahegekommen, dass sie ihr Schweigen hätte brechen und ihn einweihen können? War ihre Liebe nicht stark genug gewesen, um die Wahrheit zu verkraften? Auf der anderen Seite hatte es in mancher Hinsicht Unausgesprochenes gegeben zwischen ihnen. Anton ahnte, wie schmerzhaft das Thema für Elisabeth gewesen sein musste. Er selbst machte sich ja auch immer noch Vorwürfe, denn er hatte nicht verhindern können, dass Marlene nach ihrem Freikauf den Boden unter den Füßen verloren hatte. Und nie hatte er mit Elisabeth richtig darüber gesprochen. Wir waren beide nicht immer aufrichtig zueinander, dachte Anton und seufzte.

«Und Sie wussten wirklich nichts?»

«Nein.» Anton führte seine Tasse zum Mund. Der Tee war so heiß, dass er sich die Lippen verbrannte. Er stellte die Tasse zurück.

«Theresa ist nicht meine Schwester, sondern meine Nichte, und Sie sind Theresas Großvater.»

«Ja. Und so langsam verstehe ich auch, warum Marlene Tom nie richtig lieben, ihm nie eine richtige Mutter sein konnte. Sie hatte sicher Angst, sich wieder an ein Kind zu binden und es dann zu verlieren.»

«Und genauso ist es gekommen.» Charlotte fuhr mit dem Zeigefinger über den Rand ihres Weinglases. «Was ist eigentlich nach der Wende passiert? Ich meine, haben Sie und meine Mutter sich wiedergesehen?»

Anton wusste nicht, ob er Charlotte die ganze Wahrheit sagen sollte. Aber im Grunde war das inzwischen auch egal. Zögerlich begann er zu erzählen. «Ja, noch in der Nacht, als die Mauer fiel, haben wir uns wiedergesehen. Im Foyer der Charité, dort, wo wir früher zusammengearbeitet haben. Und später, als Johannes krank wurde, da haben wir …»

In diesem Moment klingelte Charlottes Handy. Sie nahm es aus der Tasche und warf einen Blick auf das Display.

«Verdammt, es ist Theresa.»

Charlotte tippte auf den grün blinkenden Hörer.

«Ja.»

«Hallo, Lotte, ich bin es.» Theresa lallte ein wenig.

Charlotte schaltete den Lautsprecher an und legte das Handy auf den Tisch vor sich und Anton.

«Ich bin so traurig.»

Anton stutzte. Wie war das möglich? Woher wusste Theresa, was passiert war?

«Bist du betrunken, Theresa?»

«Ein bisschen vielleicht.» Sie brach in Schluchzen aus.

«Ich weiß nicht, was ich sagen soll. Lass uns uns treffen und über alles reden.» Als sie das sagte, stieß Charlotte gegen das Weinglas. Es kippte um und fiel zu Boden. Unter ihren Schuhen bildete sich eine rote Lache.

«Lotte, alles geklaut, sie haben mir einen Teil meines Lebens geklaut.»

«Theresa, das war nicht richtig, keine Frage, aber es gab einen Grund, das war keine böse Absicht, ich …»

Theresa schnäuzte sich. «Lotte, du verteidigst sie auch noch? Was soll das? Einfach in eine Galerie einzubrechen und meine Bilder zu klauen, dafür gibt es doch keine Entschuldigung!»

Charlotte, die gerade mit einem Taschentuch die Weinflecken von ihren Schuhen rieb, hielt inne. «Was?»

«Meine Bilder aus der Galerie, sie sind weg. Die Ausstellung ist geplatzt, futsch, aus, finito.»

Charlotte sah zu Anton. Der legte den Finger auf seine Lippen und schüttelte langsam den Kopf.

«Theresa, schlaf du erst einmal deinen Rausch aus. Ich komme morgen zu dir, und wir reden über alles. Es wird sich sicherlich eine Lösung finden.»

Als Theresa aufwachte, stöhnte sie. Auf den Schreck mit den gestohlenen Bildern hin hatte sie gestern wohl ein Glas Wein zu viel getrunken. Ihr Kopf fühlte sich an wie mit Reißzwecken gefüllt, hinter den Schläfen pochte es.

Verschlafen stand sie auf und ging ins Bad. Sie nahm ihre Zahnbürste aus dem Glas am Waschbeckenrand und drückte gerade ein wenig Zahncreme aus der Tube, als es an der Tür klingelte.

Im Flur betätigte sie den Türöffner. Doch es klingelte erneut. «Was ist denn?», rief sie in die Gegensprechanlage.

«Theresa, bist du das?»

«Wer ist denn da?» Theresa sah in den Spiegel neben der Wohnungstür. Die Haare hingen ihr ins Gesicht, und unter ihren Augen hatten sich dunkle Ringe gebildet.

«Hier ist Eva. Die Freundin von Lisbeth, die Kollegin aus dem Krankenhaus.»

Eva? Was wollte denn Eva von ihr? Theresa hatte sie ewig nicht gesehen. Sie und Elisabeth waren lange befreundet gewesen und hatten sich irgendwann aus den Augen verloren. Das musste passiert sein, als Elisabeths Demenz begann. Wieder klingelte es.

«Eva, komm doch hoch», sagte Theresa mit schlechtem Gewissen.

«Ich würde ja gerne, aber ich kann nicht. Ich sitze im Rollstuhl. Könntest du kurz runterkommen?»

Als Theresa aus der Haustür trat, zuckte Eva zusammen. «Oje, du siehst ja müde aus.»

«Ich weiß. Gestern habe ich es wohl ein wenig übertrieben.»

Eva nickte nachdenklich. «Dann weißt du es also bereits. Theresa, es tut mir so leid. Aber ich konnte es nicht eher sagen, ich habe es Lisbeth versprochen. Wenn ich etwas für dich tun kann, lass es mich wissen.»

Theresa hatte keine Ahnung, wovon Eva sprach. Ein Auto hupte. Sie kniff die Augen zusammen und legte sich die Hand an die Schläfe.

«Wenn Dr. Michalski und Charlotte gestern nicht zu mir gekommen wären, ach, ich weiß nicht, vielleicht wäre es besser gewesen, die Wahrheit wäre nie ans Licht gekommen. Es ging ja irgendwie auch so. Außer für Marlene natürlich.»

«Eva, entschuldige. Ich komme gerade nicht hinterher.» Sie zeigte auf ihren Kopf.

«Das verstehe ich. Das muss man ja auch erst mal verdauen. Aber glaub mir, Lisbeth und Hannes haben es nicht böse gemeint, sie wollten dich einfach nicht verlieren. Und Marlene hätte dir vom Gefängnis aus ja auch nie eine Mutter sein können.»

# Damals (1992)
## Berlin

«Und Johannes hat wirklich nichts mitbekommen?» Anton nahm Elisabeths Hand.

«Nein. Er ist in Rostock. Er will am Montag zurückkommen. Er muss erst Dienstagnacht wieder arbeiten.» Nach der Wende war Johannes ein halbes Jahr lang arbeitslos gewesen. Er hatte den Boden unter den Füßen verloren, tagelang im Wohnzimmer gesessen und vor sich hin gestarrt. Er hatte sich nicht mehr rasiert, war nicht mehr ausgegangen und hatte nur manchmal den Fernseher angeschaltet, um sich Tierfilme anzusehen. Aber es musste weitergehen, und als Elisabeth ihm die Annonce einer Sicherheitsfirma gezeigt hatte, die Nachtwächter für öffentliche Gebäude suchte, und ihm vorgeschlagen hatte, sich zu bewerben, war er schließlich dort vorstellig geworden.

«Und was macht er in Rostock?» Anton sah zur Anzeigetafel über dem Bahnsteig. Der Zug nach Kopenhagen würde in zehn Minuten einfahren.

«Er hat begonnen zu schreiben.»

«Einen Roman?»

«Nein, er schreibt seine Geschichte auf, in Tagebuchform. Die Geschichte eines kleinen Jungen, der seine Mutter verloren hat, fliehen musste und in der DDR eine neue Heimat gefunden hatte.»

«Es muss schmerzlich sein für ihn, dass alles weg ist, woran er geglaubt hat.»

Über Elisabeths Gesicht legte sich ein Schatten. Dass sie und Anton sich erneut heimlich trafen, bereitete ihr ein schlechtes Gewissen. Aber sie konnte nicht anders, und offenbar war es auch Anton unmöglich, Elisabeth nicht mehr anzurufen und sie nicht mehr zu treffen, nach all den Jahren, in denen sie durch die Mauer getrennt gewesen waren. Fast vier Monate lang hatte Elisabeth versucht, sich Anton erneut aus dem Kopf zu schlagen, doch sie war kläglich gescheitert und hatte sich schließlich wieder bei ihm gemeldet. Aber jedes Mal, wenn sie Johannes belog, ging es ihr schlecht. In ihrem Leben gab es zwei Männer, die sie liebte. Sie konnte sich nicht für einen entscheiden. Anton nach all den Jahren der Trennung wiedergefunden zu haben, schien ihr wie ein Wunder. Aber auch Johannes, der immer bei ihr geblieben war, mit dem sie vor drei Jahren Rubinhochzeit gefeiert hatte, war ein wichtiger Mensch in ihrem Leben. Beide, Anton und Johannes, gehörten zu ihr.

«Wie geht es eigentlich Theresa? Was macht sie?»

Elisabeth wurde rot. «Ach, sie malt so schön, ganz wundervoll.»

«Wie Marlene», sagte Anton traurig.

Elisabeths Handflächen wurden feucht. «Hannes und ich, wir haben sie überall gesucht. Wir hätten sie so gerne wiedergesehen, wollten mit ihr über alles reden.»

Anton nickte und nahm Elisabeth in den Arm. «Ich weiß, aber sie ist wie vom Erdboden verschluckt. Es tut mir so leid, Lisbeth.»

«Denkst du, Marlene ist untergetaucht, weil sie nichts mehr mit uns zu tun haben wollte?»

«Ich weiß es nicht, Lisbeth. In den letzten Jahren war Marlene unberechenbar, ihre Stimmung konnte von einem Moment auf den anderen umschlagen. Ich weiß nicht, wo sie ist und warum sie sich nicht meldet, ich weiß nur, dass sie mir fehlt.»

Elisabeth drückte sich an Anton.

Er streichelte ihr über den Kopf. «Lass uns von etwas anderem reden. Erzähl mir lieber mehr von Theresa.»

Elisabeth zuckte kurz zusammen. «Sie ist glücklich. Sie hat sich im letzten Jahr in einen jungen Mann verliebt, der mit ihr zusammen die Ausbildung zur Altenpflege macht.»

«Das ist doch wunderbar. Ist es denn etwas Ernstes?»

«Ich denke schon. Die beiden erwarten ein Kind.» Elisabeth überlegte. Immer wenn Anton sie nach Theresa fragte, merkte sie, wie es ihr die Kehle zuschnürte. So oft hatte sie in den letzten Jahren darüber nachgedacht, sich Anton anzuvertrauen und ihm die Wahrheit über Theresa zu sagen. Aber dann hatte sie doch immer einen Rückzieher gemacht. Was würde er von ihr denken? Sicherlich würde er sie für egoistisch und eigennützig halten, für eine Lügnerin, die ihrer eigenen Tochter das Kind gestohlen hatte. Außerdem war Anton Theresas Großvater. Möglicherweise würde er ihr die Wahrheit sagen wollen. Gerade jetzt, wo Theresa einen Mann kennengelernt hatte, der sie glücklich machte, würde die Wahrheit über ihre Identität alles zerstören, an das sie geglaubt hatte. Nein. Elisabeth konnte Anton nicht ins Vertrauen ziehen.

«Ich liebe dich, Anton.»

Antons Augen leuchteten. Er nahm Elisabeths Kinn behutsam zwischen Daumen und Zeigefinger, zog sie zu sich heran und küsste sie, während neben ihnen mit quietschenden Bremsen der Zug nach Kopenhagen hielt.

«Frau Groen, haben Sie mich gehört?» Dr. Klein hob seine Stimme, aber Marlene reagierte nicht. «Wollen wir die Sitzung für heute lieber beenden?»

Marlene hatte die Arme hinter dem Kopf verschränkt und fixierte das Bild über dem Sofa. Es zeigte van Goghs *Weizenfeld mit Zypressen*. Marlene überkam plötzlich das unbändige Bedürfnis, alles hinter sich zu lassen. Einfach wegfahren und dort bleiben, wo es schön war. Sie sehnte sich nach der Natur, nach Weitläufigkeit und nach Einsamkeit.

«Frau Groen?»

Marlene wandte den Blick von dem Gemälde ab, stand auf und ging zum Fenster. «Es war ein Fehler, ich hätte nicht noch einmal hingehen sollen.»

Dr. Klein drückte sich aus seinem Sessel hoch und stellte sich neben Marlene.

«Ich wollte sie sehen und mit ihr reden und bin zur Wohnung meiner Eltern gefahren. Ich habe ja ihre Adresse nicht und dachte, die Wahrscheinlichkeit, sie dort zu sehen, wäre am höchsten.»

«Sehr gut, endlich haben Sie sich dazu durchgerungen. Haben Sie geklingelt?»

Marlene schüttelte den Kopf und legte ihre flache Hand gegen die Fensterscheibe. «Ich saß auf einer Bank in der Nähe, und da kamen sie.»

«Wer genau?»

«Meine Mutter und meine Tochter. Aber sie waren so innig miteinander, sie hatten sich untergehakt und lachten, und meine Paula war schwanger.» Marlene ging zum Sofa zurück und legte sich wieder hin.

«Das war schon ein guter erster Schritt. Ich bin stolz auf Sie, Frau Groen. Wir machen Fortschritte nach all den Jahren.»

«Ich weiß nicht. Für mich ist es ein Schritt zurück. Ich habe nicht das Recht, mich zwischen sie zu drängen.»

Dr. Klein setzte sich Marlene gegenüber in seinen Sessel. Er nahm sein Klemmbrett und schrieb etwas auf. «Was meinen Sie damit?»

«Verstehen Sie das nicht? Sie war glücklich, meine Paula. Wenn ich ihr jetzt die Wahrheit erzähle, bricht ihr ganzes Leben zusammen. Ich weiß doch selber, wie sich das anfühlt. Ich möchte, dass Paula glücklich ist, wenigstens sie. Immerhin wird sie bald Mutter, und da würde ihr und dem Baby die Aufregung nur schaden.»

Dr. Klein strich sich über das Kinn. «Aber vielleicht würde es Ihnen trotzdem helfen, Ihr Trauma zu überwinden. Und wenn Sie wenigstens mit Ihrer Mutter reden?»

Mit einem Ruck richtete sich Marlene auf und verschränkte die Arme vor der Brust. «Niemals.»

Dr. Klein schwieg.

«Sie hat ihrer eigenen Tochter das Kind gestohlen! Das werde ich ihr niemals verzeihen. Ich verstehe einfach nicht, wie sie so etwas tun konnte.»

«Und genau deshalb finde ich es wichtig, mit ihr zu reden.»

Marlene ließ sich zurück auf das Sofa fallen. Sie wusste selbst nicht so genau, warum sie sich so vehement gegen den Vorschlag des Therapeuten wehrte, mit ihrer Mutter Kontakt aufzunehmen. Vielleicht warf sie ihr insgeheim doch vor, dass sie an allem schuld war. «Ich möchte nicht mit meiner Mutter reden.»

«Was ist mit Wieland?»

Marlene schüttelte den Kopf und schloss die Augen. «Das

würde mir das Herz brechen. Ich habe lange gebraucht, um ihn zu vergessen. Wahrscheinlich weiß er nicht einmal mehr, wer ich bin. Er hat jetzt ein anderes Leben, was habe ich noch damit zu tun?»

Dr. Klein runzelte die Stirn. «Und Ihr Vater, würden Sie mit dem reden wollen?»

«Mit Johannes, meinen Sie?» Marlene öffnete die Augen. Sie waren trüb.

«Ja. Haben Sie schon mal daran gedacht, dass er damals in Prag war, um Sie vor der Festnahme zu schützen?»

«Ich möchte überhaupt nicht mehr an diese Zeit denken. Und wenn Sie nichts dagegen hätten, würde ich die Sitzung jetzt gerne beenden.»

Theresa und Bernd saßen auf hohen Stühlen, über die weiße Hussen gezogen waren, und sahen erwartungsvoll zu dem Standesbeamten. Er trug einen Bart, der ihn wie eine Robbe aussehen ließ. Seine Augen waren auf die Mappe in seinen Händen gerichtet. «Der Ursprung aller Dinge ist klein, und schnell kann viel mehr daraus werden. Liebe Frau Theresa Groen, lieber Herr Bernd Matusiak, Sie haben mir verraten, dass sie in einem halben Jahr Eltern werden.»

Bernd legte Theresa die Hand auf den Bauch.

Der Standesbeamte schaute erst zu Theresa und dann zu Bernd. Sein Bart wippte auf und ab.

«Nun, so will ich Ihren Plänen nicht im Wege stehen.» Er schob die Schachtel mit den Ringen in die Tischmitte und stand auf.

Auch Theresa und Bernd erhoben sich von ihren Stühlen.

«Theresa Groen, wollen Sie den hier anwesenden Bernd

Matusiak zu Ihrem rechtmäßig angetrauten Ehemann nehmen, ihn lieben und ehren in guten wie in schlechten Zeiten? So antworten Sie mit Ja.»

Theresa sah zu Bernd und lächelte. «Ja, ich will.»

«Und Sie, Herr Bernd Matusiak, wollen Sie die hier anwesende Frau Theresa Groen zu Ihrer rechtmäßig angetrauten Ehefrau nehmen, sie lieben und ehren in guten wie in schlechten Zeiten? So antworten auch Sie mit Ja.»

Bernd nahm Theresas Hand. «Ja, ich will auch, und wie.»

Der Standesbeamte lachte kurz auf. «Wenn das so ist, dann erkläre ich Sie hiermit zu Mann und Frau.»

«Schön, dass du gekommen bist.» Bernd streckte seine Hand aus und begrüßte Elisabeth. «Sie ist noch schwach. Die Geburt war ganz schön heftig. Am Ende musste ein Notkaiserschnitt gemacht werden.»

Elisabeth versuchte zu lächeln. Sie war Großmutter geworden, genau genommen sogar Urgroßmutter. Doch so schnell der Gedanke gekommen war, so schnell schob sie ihn beiseite. Die Geburt eines Kindes war immer ein Grund zur Freude, aber die Ereignisse der letzten Wochen hatten ihr sehr zugesetzt. Johannes ging es nicht gut. Voller Sorge hatte sie beobachtet, dass sich sein Husten, den er anfänglich als Symptom einer Grippe abgetan hatte, immer mehr verstärkte und er Woche für Woche an Gewicht verlor. Hinzu waren die Schmerzen in der Brust gekommen. Manchmal waren sie so stark gewesen, dass er kaum hatte atmen können. Eine erste Untersuchung durch eine Röntgenaufnahme hatte keine Auffälligkeiten ergeben, zur Sicherheit hatte der Arzt jedoch noch eine Computertomographie angeordnet.

Die Ergebnisse sollten sie am Nachmittag bekommen. Ausgerechnet an diesem Tag. Was, wenn Johannes schlimmer erkrankt war als angenommen? Doch Elisabeth wollte Theresa und Bernd ihren großen Tag nicht verderben und versuchte, sich die Sorgen um Johannes nicht anmerken zu lassen. «Kann ich zu ihr?»

«Na klar, sie wird sich freuen, Charlotte ist auch da.»

Von draußen war das Martinshorn eines Krankenwagens zu hören.

«Gibt es Neuigkeiten von Johannes?», fragte Bernd.

Elisabeth schüttelte den Kopf. «Das wird schon gutgehen. Heute seid ihr die Hautpersonen und natürlich mein Enkelchen.»

«Ich bin gleich wieder da, es müssen noch irgendwelche Unterlagen ausgefüllt werden.» Bernd verschwand im Flur in Richtung Schwesternzimmer.

Elisabeth sah ihm hinterher. Sie drehte sich um, öffnete die Tür und betrat das Zimmer, in dem Theresa lag.

«Schau doch mal, die kleine Nase.» Charlotte beugte sich über das Baby, das friedlich schlief.

«Mutti, schön, dass du gekommen bist. Sieh nur, da ist sie, meine kleine Anna.»

Elisabeth stellte sich an das Bettchen und warf einen Blick auf das schlafende Baby. «Wie niedlich sie ist. Das hast du gut gemacht. Ich bin stolz auf dich.»

«Ich kann mich zwar vor Schmerzen kaum bewegen, aber das ist es mir wert. Und du bist nun endlich Oma.»

Elisabeth musste den Blick von Anna abwenden. Sie freute sich, dass die Familie größer geworden war, aber gleichzeitig drückte ihr schlechtes Gewissen plötzlich so sehr, dass ihr flau im Magen wurde. Ihr stiegen die Tränen in die Augen. «Ich brauche ein bisschen frische Luft.»

Theresa und Charlotte nickten.

«Das ist ja auch wirklich alles aufregend. Theresa will sich bestimmt ein bisschen ausruhen.» Charlotte streichelte dem Baby über die Wange. «Ich komme mit. Vielleicht sind die Ergebnisse von Vaters Untersuchungen ja auch schon da?»

## Rostock

Hier am Ufer der Warnow hatten er und Elisabeth ihre erste Verabredung gehabt. Noch gut konnte Johannes sich an alle Einzelheiten erinnern. An das alte Fahrrad und den Korb mit den russischen Spezialitäten, die Kolja besorgt hatte, und die karierte Picknickdecke. Vor allem an den Schal musste Johannes denken. Den grün-braun gestreiften Schal, mit dem er damals in der Umsiedlerverwaltung Elisabeths Herz erobert hatte. Wo der jetzt wohl war? Wahrscheinlich in irgendeiner Kiste im Keller. Johannes seufzte und warf einen letzten Blick auf die Rostocker Altstadt, die sich vor der glitzernden Wasseroberfläche erhob. Langsam setzte er einen Fuß vor den anderen und ging zurück zum Haus. Das Laufen fiel ihm zunehmend schwer. Er kam leicht außer Atem und musste immer wieder Pausen einlegen. Ein Bronchialkarzinom, hatte der Arzt gesagt, betreten auf seine Unterlagen geschaut und Johannes zu einer Strahlentherapie geraten. Nächste Woche sollte die Behandlung beginnen. Johannes wollte die Tage bis dahin in Rostock verbringen, alleine und zurückgezogen, an seinen Memoiren schreiben und sich ausruhen. Er schlug den Kragen seines Mantels hoch und versuchte, den Wunsch nach einer Zigarette zu ignorieren.

Nachdem Johannes zwei Stunden Mittagsschlaf gemacht hatte, kochte er sich einen Kaffee und setzte sich, noch ein wenig benommen, an den Küchentisch. Er spannte ein neues Blatt Papier in die Schreibmaschine und begann zu tippen.

Dezember 1989

Ich komme fast nicht in die Zentrale in der Normannenstraße. Vor dem Hauptgebäude haben sich zahlreiche Menschen versammelt, zumeist Bürgerrechtler. In den anderen Bezirksdienststellen ist die Situation ähnlich. Die Menschen tragen Transparente, auf denen "Stasi raus", "Stasi in die Produktion" und Ähnliches steht. Die Demonstranten stehen vor dem Eingang, einige haben Kerzen in den Händen, andere schlagen gegen den Zaun und versuchen, sich Zugang zu verschaffen.
Ich nehme den Hintereingang, den zum Glück noch keiner der Demonstranten als solchen erkannt hat. Auf den Fluren begegne ich meinen Kollegen, die wortkarg durch das Gebäude eilen und mich nicht einmal grüßen. Die Behörde sieht aus, als hätte eine Bombe eingeschlagen, überall stehen große Tüten mit zerschredderten Akten. Das Geräusch der Aktenvernichtungsapparate klingt wie das Heulen eines hungrigen

Wolfes, der nie satt sein wird, egal, wie viel er zerreißt. Es tut weh, das zu hören.

Im Büro sitzt S. Er hat eine Flasche Pfefferminzlikör in der Hand und sieht mich mit leeren Augen an. "Es ist vorbei, Johannes. Wir können nichts mehr tun."
Ich nicke und versuche, mir nicht anmerken zu lassen, wie verzweifelt ich bin. Ich muss jetzt stark sein, wenigstens jetzt. All das, wofür ich gearbeitet, mein Leben gegeben und sogar das Glück meiner Familie aufs Spiel gesetzt habe, ist über Nacht plötzlich null und nichtig geworden. Ich bin jetzt einer von den Bösen, habe sogar Angst, alleine durch die Straßen zu gehen, denn ich befürchte, dass mir die aufgebrachte Menschenmenge etwas antut.
Als ich S. nach unserem Vorgesetzten K. frage, zuckt der nur mit den Achseln und erklärt, K. sei wie vom Erdboden verschluckt, und wenn er es nicht besser wüsste, würde er behaupten, K. hätte es nie gegeben.

Johannes schaute auf. Kolja war damals tatsächlich ohne ein Wort gegangen. Auf der einen Seite war er froh, dass Kolja aus seinem Leben verschwunden war und das Versteckspielen und die Lügen endlich ein Ende hatten. Auf der anderen Seite spürte er trotz allem auch Wehmut, wenn er an ihn dachte. Immerhin hatte es eine Zeit gegeben, in der er für Johannes wie ein Vater gewesen war, ein Stück Familie nach der schweren Zeit in Schlesien, nach dem Tod seiner Mutter und der Flucht in ein unbekanntes Land.

Johannes löste den Papierhalter, drehte die Walze und zog das Blatt heraus. Dann trank er einen Schluck Kaffee und wollte gerade eine neue Seite in die Maschine spannen, als es an der Haustür klopfte.

War das Hertha, die gute Seele? Stolze fünfundachtzig war sie inzwischen und lebte immer noch nebenan. Johannes lächelte. Was würden sie nur ohne sie machen? Während ihrer Abwesenheit kümmerte sie sich um das Haus, sah nach dem Rechten, lüftete einmal in der Woche die Zimmer und pflegte den Garten. Und immer, wenn Johannes, Elisabeth und die Mädchen das Wochenende im Haus verbrachten, kam sie vorbei. Manchmal hatte sie einen Kuchen dabei oder selbstgemachte Marmelade.

Johannes ging in den Flur. Schwungvoll öffnete er die Tür. Doch als er sah, wer davorstand, erstarb sein Lächeln.

«Kann ich reinkommen?»

Johannes traute seinen Augen kaum. Vor ihm stand Marlene. Trotz der Kälte trug sie ein kurzärmeliges Kleid. Über ihre Arme liefen lange Narben, und sie zitterte.

«Ich, was soll ich sagen, ich …»

Marlene brach in Tränen aus.

Johannes fühlte sich elend, seine Hände waren taub, und auch er begann zu weinen. «Es ist alles meine Schuld. Ich hätte es verhindern müssen.»

Marlene sagte immer noch nichts. Die Tränen liefen ihr über die Wangen. Johannes nahm ihre Hände und hielt sie fest.

Marlene hatte sich beruhigt, sie trug eine Strickjacke von Elisabeth, die Johannes im Kleiderschrank in der Dachkammer gefunden hatte, und hielt eine dampfende Tasse Tee in den Händen.

«Hast du Hunger? Ich könnte uns ein paar Spiegeleier machen.» Johannes kam seine Bemerkung deplatziert vor. Vor ihm saß Marlene, mit der er seit mehr als zwanzig Jahren nicht gesprochen hatte, und er bot ihr Spiegeleier an.

«Nein danke. Ich hab keinen Hunger.»

«Wir haben so lange nach dir gesucht, als die Mauer gefallen war. Aber du warst unauffindbar.»

Marlenes Gesicht verdunkelte sich. «Das war Absicht. Ich bin weggegangen aus Berlin und wollte mit niemandem aus der Familie mehr etwas zu tun haben.»

«Und wo warst du die ganze Zeit?»

Marlene schaute gedankenverloren in ihre Tasse. «Das spielt doch keine Rolle.»

«Und warum bist du jetzt hier?»

«Ich weiß es selber nicht genau. Vielleicht, weil ich erkannt habe, dass man vor sich selbst nicht weglaufen kann. Man nimmt seine Vergangenheit überall mit hin. Vielleicht, weil ich in diesem Haus glücklich war. Das hier ist der einzige Ort, an dem ich wirklich einmal frei war. Bei Oma Käthe, am Strand, die Weite der Ostsee …» Marlene trank einen Schluck. «Weil damals noch alles gut war.»

Johannes überlegte, wie er die Frage stellen sollte, die ihn, seit er Marlene die Tür geöffnet hatte, am meisten beschäftigte, doch sie kam ihm zuvor.

«Ich weiß von Prag, ich habe dich gesehen. Ich wollte dich nie wiedersehen.»

«Prag? Was meinst du?»

«Du hast Wieland und mich verhaften lassen.» Marlene senkte den Kopf. Wieder liefen ihr Tränen über die Wangen.

«Marlene, in Prag, das war nicht … ich wollte das verhindern, wollte dich retten, aber …»

«Vergiss es einfach. Und überhaupt, Prag, was war schon Prag? Ich weiß alles, ich weiß von der Sache mit Paula, meinem Baby, ich weiß, dass Mutti sie mir weggenommen hat.»

Johannes starrte Marlene ungläubig an. Sie kannte die Wahrheit? Woher? Er und Elisabeth hatten doch alles dafür getan, dass niemand davon erfuhr.

«Marlene, deine Mutter wollte unbedingt … wie soll ich sagen …»

Mit einem Satz sprang Marlene auf. «Dann war es also tatsächlich ihre Idee? Meine eigene Mutter ist dafür verantwortlich, dass sie mir mein Baby weggenommen haben?»

«Um Himmels willen, nein. Es war nicht ihre Idee. Das heißt, nicht direkt. Wir hielten es beide für die beste Lösung. Als wir erfuhren, dass sie dir das Kind wegnehmen würden, wollten wir verhindern, dass es in eine fremde Familie kommt.»

«Das glaube ich dir nicht.» Marlene ging zum Fenster und schaute hinaus.

«Denkst du wirklich, dass das unsere Idee war? Marlene, wie kommst du denn auf so etwas? Bitte glaube mir, wir hatten keine andere Wahl.»

Marlene starrte nach draußen. Sie bewegte sich nicht. Gerade als Johannes die Stille nicht mehr aushielt und etwas sagen wollte, drehte sich Marlene langsam um. «Es ist egal, was ich glaube. Der Schmerz war real, und er ist es immer noch, jeden Tag, jede Minute, und das seit Jahren.»

Johannes sank auf dem Sofa zusammen.

«Meine Paula, ist sie denn wenigstens glücklich?»

«Ja. Das ist sie.»

Marlene setzte sich neben Johannes. «Hast du ein Foto von ihr?»

Johannes nickte und zog ein Album aus dem Regal neben

dem Sofa. Käthe hatte es damals angelegt. Es enthielt ausschließlich Fotos von Theresa, Charlotte und Marlene. Johannes setzte sich neben Marlene, legte ihr das Fotoalbum in den Schoß, und sie blätterte es langsam durch. Nach einer Weile ging Johannes in die Küche und kochte eine neue Kanne Tee. Als er zurück ins Wohnzimmer kam, saß Marlene noch immer mit dem Album im Schoß da. Sie weinte.

«Du hast allen Grund, mich zu hassen, diese ganze Sache, hätte ich einen anderen Beruf gehabt, dann wäre es nicht so weit gekommen.»

«Irgendwann, irgendwann erzähle ich ihr alles. Jetzt bin ich noch nicht so weit. Es ging mir in den letzten Jahren nicht besonders gut. Aber nun habe ich eine Therapie begonnen, und ich glaube, dieses Mal mache ich wirklich Fortschritte.» Sie strich über ein Foto, das Theresa als Vierjährige vor dem Leuchtturm von Warnemünde zeigte.

«Da waren wir auch oft mit dir.»

«Ich weiß.»

«Und wie soll es jetzt weitergehen?»

«Keine Ahnung.»

«Was machst du denn? Womit verdienst du dein Geld?»

«Ich male noch. Es gibt ein paar Galeristen, die Interesse haben. Und wenn das Geld alle ist, male ich Porträts von Touristen, das reicht zum Leben.» Marlene klappte das Fotoalbum zu.

«Und wo wohnst du?»

«Mal hier, mal da. Ich habe nichts Festes.»

Johannes dachte angestrengt nach. Ihm war eine Idee gekommen. Zugegeben, sie war gewagt, und ohne Elisabeths Einverständnis durfte er diese Entscheidung eigentlich nicht treffen. Aber als er Marlene so sah, die nun, im Licht der untergehenden Sonne, noch schwacher und zerbrechlicher wirkte als vorhin, fasste er einen Entschluss.

# Heute
## Berlin

Wasserdampf hatte sich auf den Badezimmerspiegel gelegt. Theresa fiel ein Gedicht von Hermann Hesse ein. Im Nebel. *Voll von Freunden war mir die Welt, als noch mein Leben licht war, nun, da der Nebel fällt, ist keiner mehr sichtbar.* Sie zwang sich, an etwas anderes zu denken, denn sie merkte, wie ihr Hals immer enger wurde und ihr das Atmen schwerfiel.

Das Wasser war inzwischen kalt, aber sie hatte nicht die Kraft, warmes nachlaufen zu lassen. Auf dem Badewannenrand stand die leere Weinflasche von gestern Abend. Hier hatte alles vor vier Wochen angefangen, genau hier in ihrem Badezimmer. Der Postbote hatte geklingelt und das Einschreiben gebracht. Das rätselhafte Einschreiben. Jetzt, wo sie wusste, dass Marlene ihre Mutter war, ergab alles einen Sinn. Marlenes Tod, die Erbschaft, und auch, dass zu Hause nie von ihr gesprochen worden war. Theresa rutschte noch ein Stück tiefer ins Wasser und weinte. Noch gestern war ihr der Diebstahl ihrer Bilder wie eine der schlimmsten Katastrophen ihres Lebens vorgekommen. Bis Eva vor der Tür gestanden und Theresa erfahren hatte, dass ihr ganzes Leben auf einer Lüge aufgebaut war. Warum hatten ihr Elisabeth und Johannes das nur angetan? Warum hatten sie ihr nie die Wahrheit gesagt?

Wut überkam sie. Theresa griff nach der Weinflasche und warf sie gegen den Badezimmerspiegel. Die Flasche klirrte unversehrt ins Waschbecken, aber der Spiegel zerbrach. Einige Scherben flogen in die Badewanne. Theresa versuchte, sie aus dem Wasser zu holen, und schnitt sich dabei in die Hand. Die Wunde fing stark an zu bluten, das Wasser färbte sich rot. Nachdenklich starrte sie vor sich hin. Dann holte sie tief Luft, hielt sich die Nase zu, schloss Mund und Augen und tauchte mit dem Kopf unter. Sie wollte verschwinden, einfach weg sein, und mit ihrer sogenannten Familie wollte sie nie wieder etwas zu tun haben.

Als Theresa wieder auftauchte, hörte sie die Türklingel. Sie hielt die Luft an. Wieder klingelte es.

Durch das angekippte Badfenster kam Charlottes Stimme. «Theresa, mach auf, ich bitte dich. Wir können über alles reden. Ich wollte es dir ja sagen, aber Eva ist mir zuvorgekommen.»

Theresa rutschte in der Badewanne hin und her. Das Wasser kam in Bewegung und schwappte auf den Boden.

«Wenn du reden willst, ich bin für dich da. Mach die Tür auf, bitte. Mutter und Vater …» Charlottes Worte gingen im Lärm eines vorbeifliegenden Flugzeugs unter.

Theresas Kopf war leer. Charlotte wusste also auch Bescheid. Wahrscheinlich steckte sie mit Johannes und Elisabeth unter einer Decke. Alle hatten sie belogen. Mutter und Vater. Von wegen. Elisabeth und Johannes waren nicht ihre Eltern. Sie waren egoistische Menschen, die ihrer eigenen Tochter das Kind gestohlen hatten. Und Anton? Wahrscheinlich war auch er eingeweiht gewesen. Wie hatte er Marlene überhaupt in die Augen sehen können? Theresa hatte plötzlich große Sehnsucht nach Anna.

Sie stieg aus der Wanne und griff nach dem Handtuch über der Heizung. Dabei rutschte sie auf dem Fußboden aus, versuchte, sich taumelnd festzuhalten, bekam aber nur den Zipfel des Handtuchs zu fassen. Hart schlug sie auf den Boden. Theresa schrie auf und rieb sich den Knöchel.

Als sie versuchte aufzustehen, knickte sie zur Seite. Ein reißender Schmerz fuhr ihr durch den Fuß. Keuchend humpelte sie in die Küche, nahm ihr Handy vom Tisch und wählte Annas Nummer.

Als ihre Tochter auch nach dem zehnten Klingeln nicht abnahm, gab Theresa auf. Sie ging zum Kühlschrank, nahm eine Packung Fischstäbchen aus dem Eisfach und legte sie auf ihren Knöchel. Für einen Augenblick musste sie lachen. Aber das Lachen wurde zum Schluchzen. Sie wollte weinen, doch es kamen keine Tränen mehr.

«Und sie hat dir echt nicht die Tür aufgemacht?» Anna faltete einen Umzugskarton zusammen und stellte ihn auf das Bett.

Charlotte schüttelte den Kopf und sah zu Anton, der am Tisch saß und auf seine Hände blickte. Gestern war der Anruf von Frau Döring gekommen. Ihre Stimme war voller Bedauern gewesen, aber das Zimmer von Elisabeth im Pflegeheim müsse jetzt ausgeräumt werden, hatte sie gesagt. Das Pflegeheim könne sich vor Anmeldungen nicht retten. Anton hatte versprochen, am nächsten Tag zu kommen. In seiner Verzweiflung hatte er Charlotte angerufen und sie um Hilfe gebeten. Er hatte Angst. Evas Offenbarung um die wahre Identität von Theresa lähmte ihn. Warum hatte

Elisabeth das getan? Wie hatte sie die Tatsache, dass Theresa gar nicht ihre leibliche Tochter war, all die Jahre verschweigen können?

Wie es Theresa wohl gerade ging? Nach dem, was Charlotte erzählte, wollte sie offenbar niemanden sehen, aber sobald sie das Zimmer fertig ausgeräumt hatten, würde er trotzdem zu ihr fahren. Nur, was er ihr sagen sollte, das wusste er noch nicht.

«Gut, dass ihr mir Bescheid gesagt habt. Mama muss sich schrecklich fühlen.»

Charlotte blieb vor dem Bild mit dem Schokoladenmädchen stehen und nahm es von der Wand. «Anton, wollen Sie das haben?»

Anton drückte das Bild an sich. «Unbedingt.»

«Ihr siezt euch? Ist es nicht langsam mal Zeit für ein Du?»

Charlotte kratzte sich an der Nase. «Hat sich Theresa bei dir denn auch nicht gemeldet?»

«Weiß ich nicht. Ausgerechnet jetzt ist der Akku leer.» Anna ging zur Kommode und begann, den Inhalt in den Umzugskarton zu räumen.

«Das lässt du mal schön bleiben.» Charlotte nahm ihr den Karton aus der Hand. «Du musst dich schonen.»

Anna setzte sich neben Anton. «Ich mache mir Sorgen. Nicht nur um Mama, sondern auch um dich.»

«Ich werde schon wieder. Wir sollten uns jetzt erst mal um Theresa kümmern. Gar nicht auszudenken, was sie gerade durchmacht.»

«Wenn wir hier fertig sind, fahre ich gleich zu ihr, versprochen.»

Charlotte hatte den Karton fertig eingeräumt und wollte die Kommode schließen. Doch die Schiene löste sich, sodass die Schublade herausrutschte. Sie ging in die Hocke, und als sie versuchte, die Schiene zurückzuschieben, fiel ihr Blick auf einen schmalen Stapel gefalteter Papierblätter. Neugierig zog sie ihn heraus. «Was ist das denn?»

Anton und Anna drehten sich um.

Charlotte faltete das oberste Blatt auseinander. «Gedanken aus verlorenen Zeiten, Johannes Groen.» Charlotte sah zu Anton und Anna. «Habt ihr gewusst, dass Vater geschrieben hat?»

«Elisabeth hat das mal erwähnt, aber ich dachte, er hätte es irgendwann aufgegeben.»

«Wie ist es eigentlich nach der Wende mit Ihnen und Mutter weitergegangen?», fragte Charlotte.

Anton verschränkte seine Hände ineinander. «Das erzähle ich mal in Ruhe. Aber Elisabeth hat Johannes immer geliebt, sie war bis zum Ende bei ihm, wie ihr wisst. Bis der Krebs gewonnen hatte.»

Charlotte nahm das nächste Blatt und räusperte sich.

im März 1990

Viel schwerer als alles Politische,
viel schwerer als der Verlust
meiner Ideale und der Zusammenbruch
meines bisherigen Lebens wiegt
die Lüge um Theresa. Theresa und
Marlene. Das, was ihnen widerfahren
ist, ist der größte Dorn in meinem
Leben. Ich würde alles dafür tun,
die Zeit zurückzudrehen. Aber das
geht nicht, und nun ist es zu spät.
Die Wahrheit würde unsere Familie
kaputt machen.

Wir beide wissen, was wir getan haben. Aber hatten wir eine Wahl? Hatten wir das Recht, ein weiteres Leben zu zerstören? Und ist es jetzt nicht für alle Beteiligten besser, die Lüge weiterleben zu lassen, damit kein weiterer Mensch zu Schaden kommt?

Theresa, die für uns immer wie ein eigenes Kind war. Wir haben sie großgezogen, ich habe ihre Hand gehalten, als sie ihre ersten Schritte gemacht und sprechen gelernt hat. Malen, das war ihr erstes Wort. Ich habe an ihrem Bett gesessen, wenn sie krank war, ich habe bei ihrer Einschulung die Zuckertüte gehalten, habe ihre Tränen getrocknet, als sie ihren ersten Liebeskummer hatte. Und mit jeder Sekunde war es auch Marlene, die ich dabei vor Augen hatte.

Theresa geht es gut, sie ist glücklich, sie hat eine Ausbildung zur Altenpflegerin begonnen und tritt damit in Elisabeths Fußstapfen. Menschen helfen, für andere da sein. Sie ist ein guter und fröhlicher Mensch. Und ihre Bilder sind so wunderbar. Genau wie die von Marlene. Ich habe das Marlene nie sagen können ...

Charlotte ließ das Blatt sinken. Im Zimmer war es so ruhig, dass man Antons Armbanduhr ticken hörte.

«Und weiter?», fragte Anton.

«Hier bricht der Text ab.»

Mit einem lauten Knall schloss Konstantin die Heckklappe des Lieferwagens. Während der ganzen Zeit, in der sie die Wohnung ausgeräumt hatten, hatte er kein Wort mit Tom gesprochen. Als Konstantin um den Wagen ging und auf dem Fahrersitz Platz nehmen wollte, versperrte Tom ihm den Weg. «Ich schulde dir eine Erklärung, oder?»

«Mindestens eine.»

Tom rief Rocky zu sich, der gerade an einem Baum das Bein hob. Der Hund verrichtete seine Notdurft, sprang auf den Beifahrersitz, und Tom und Konstantin stiegen in den Wagen.

«Ich weiß nicht, wo ich anfangen soll.»

«Am Anfang, würde ich vorschlagen.» Konstantin klappte das Handschuhfach auf und nahm eine Packung Kekse heraus. «Ich hab Zeit.»

«Erinnerst du dich daran, dass ich dir von Marlene erzählt habe?»

Konstantin schob sich einen Keks in den Mund. «Deine Exfreundin mit der Borderlinesache?»

«Sie war nicht meine Exfreundin. Sie war meine Mutter.»

Konstantin verschluckte sich und musste husten. «Deine Mutter?»

«Ja. Sie kam aus der DDR und wurde bei einem Fluchtversuch verhaftet. Später hat man sie in den Westen freigekauft.»

«Willst du mich verarschen?»

«Ich wünschte, es wäre so.»

«Und weiter?»

«Sie hat eine schwere Psychose entwickelt, und dann kam ich auf die Welt.» Tom schaute durch die dreckige Windschutzscheibe des Transporters. «Sie war nie für mich da. Ich bin hauptsächlich bei meinem Großvater aufgewachsen.»

«Krass. Warum hast du mir das nicht schon eher erzählt?» Konstantin legte die Kekspackung zurück ins Handschuhfach.

«Weil ich ein schlechtes Gewissen hatte.»

«Das ist doch nicht deine Schuld.»

Tom kraulte Rocky am Kopf. «Ich weiß, aber da ist noch was. Sie war notorisch pleite, hat in ihren manischen Phasen extrem viel Geld ausgegeben und kam immer nur, um mich anzupumpen.»

«Und du konntest nicht anders und hast ihr das Geld besorgt?»

«Ja. Immer wieder kam sie an. Und immer wieder dachte ich, es ginge ihr um mich. Aber sie wollte nur das Geld.»

Konstantin sah in den Rückspiegel und ließ den Motor an. Hinter ihnen näherte sich ein Müllauto. «Ich glaub, wir müssen hier weg.»

«Bei den Alten, in den Wohnungen, der Schmuck, der immer mal wieder verschwunden ist, erinnerst du dich?»

Konstantin drehte ruckartig den Kopf zur Seite und trat auf die Bremse. «Das warst du?»

Tom nickte schwach.

«Spinnst du, Alter? Das hätte uns in Teufels Küche bringen können. Nicht auszudenken, wenn die Polizei Wind davon bekommen hätte.»

«Es tut mir leid. Ich kann verstehen, wenn du nicht mehr mit mir zusammenarbeiten willst. Es ist vielleicht besser, wenn wir die Sache mit den Wohnungsauflösungen sein lassen.»

«Kann sein.»

Tom schloss die Augen. «Ich hab ein Haus geerbt. Vielleicht sollte ich es einfach verkaufen. Dann könnte ich dich auch auszahlen.»

Konstantin sagte nichts und fädelte sich in den Verkehr ein.

Humpelnd näherte sich Theresa dem Friedhof. Die Schmerzen beim Auftreten zwangen sie, immer wieder Pausen einzulegen. Sie biss die Zähne zusammen, drückte das gusseiserne Friedhofstor auf und ging langsam zum Grab von Elisabeth und Johannes. Ganz in der Nähe, nur ein paar Meter weiter, fand gerade eine Beerdigung statt. Die Trauergesellschaft stand mit gesenkten Köpfen vor einem offenen Grab, während ein Mann mit sanfter Stimme sprach. Theresa wäre am liebsten zu dem Erdloch gerannt und hineingesprungen.

Nachdem sie im Badezimmer ausgerutscht war, hatte sie versucht, ein wenig zu schlafen. Aber sie hatte sich nur stundenlang von einer Seite auf die andere gewälzt. Irgendwann war sie wieder aufgestanden, hatte, ohne hinzusehen, eine Jogginghose und einen Pullover aus dem Kleiderhaufen neben dem Bett gezogen und kurze Zeit später auf der Straße gestanden. Noch ehe sie so recht wusste, wohin sie wollte, war sie zum Friedhof gehumpelt.

Theresa wandte den Blick von der Trauergesellschaft ab und blieb vor dem Grabstein von Johannes und Elisabeth stehen. Das Grab sah noch frisch aus. Vor dem Grabstein lag der Trauerkranz, den Theresa und Charlotte dort abgelegt hatten. *In Liebe, Deine Töchter* stand auf der Schleife. Ein Satz wie blanker Hohn. Sie hob den Kopf und blickte auf die Inschrift. *Johannes Groen 7. März 1928–29. Oktober 1997, Elisabeth Groen 14. Mai 1928–10. Februar 2012, vereint in Liebe und ewiger Ruhe.*

Theresa wurde schwarz vor Augen.

Sie fror und begann zu zittern. Als sie sich schließlich nicht mehr auf den Beinen halten konnte, sank sie vor dem Grab auf die Knie und legte ihr Gesicht in die Hände. Schließlich schrie sie, so laut sie konnte. Eine Krähe flog erschrocken auf, und die Trauergesellschaft sah zu ihr herüber. Einige schüttelten fassungslos die Köpfe. Noch nie zuvor in ihrem Leben hatte sie sich so elend gefühlt. Langsam beruhigte sie sich, ihr Atem wurde gleichmäßiger.

Aus der Mitte der Trauergesellschaft löste sich der Mann, der die Rede gehalten hatte. Er ging mit großen Schritten auf Theresa zu. Als er auf ihrer Höhe war, kniete er sich neben Theresa und versuchte, sie hochzuziehen. «Sie können doch hier nicht sitzen bleiben. Sie verkühlen sich noch.»

Theresa versuchte, sich zu wehren, begann aber schließlich erneut zu weinen und brach in den Armen des Mannes zusammen. Er hielt sie und strich ihr über den Rücken. Erschrocken löste sie sich aus der Umarmung.

«Frau Matusiak, wissen Sie noch, wer ich bin?» Er strich ihr eine feuchte Haarsträhne hinters Ohr.

Theresa blickte ihn an und nickte. Erst jetzt fiel ihr auf, dass sie ihn kannte. Es war der Bestatter, der auf der Beerdigung ihrer Mutter die Grabrede gehalten hatte, aber sein Name wollte ihr gerade nicht einfallen.

«Ich bin Martin Nowak, wir kennen uns von der Beerdigung Ihrer Mutter Elisabeth.»

Theresas Hände begannen zu kribbeln. «Elisabeth ist nicht meine Mutter.»

«Wie meinen Sie das?» Er zog sein Handy aus der Manteltasche. «Ich rufe jetzt Ihre Schwester an.»

«Charlotte ist nicht meine Schwester.»

Martin Nowak sah kurz irritiert von seinem Handy auf, dann wählte er Charlottes Nummer.

Theresa stand auf und ließ den Bestatter einfach stehen. Als sie sich noch einmal umdrehte, sah sie, dass er ihr, das Handy noch immer in der Hand, hilflos hinterherblickte.

# Damals (1997)

## Berlin

Der Arzt beugte sich vor und flüsterte. «Frau Groen, eine Woche, vielleicht zwei. Ich denke, es ist besser, wenn Sie es Ihrem Mann nicht sagen. Das wird ihm seine letzten Tage etwas erleichtern. So sind zumindest unsere Erfahrungswerte.» Er drückte Elisabeth die Hand. «Tut mir leid, dass ich keine besseren Nachrichten für Sie habe.»

Elisabeth presste die Lippen aufeinander, nickte dem Arzt zu und schloss behutsam die Wohnungstür. Eine Woche oder zwei? So wenig? Vor kaum vier Monaten hatte Johannes die Diagnose bekommen. Der Krebs war zurück, und zwar mit solcher Heftigkeit, dass keine Hoffnung mehr bestand. Metastasen hatten sich gebildet. Bösartige Kolonien, die außer Kontrolle geraten waren und sich nicht nur in der Lunge, sondern überall in Johannes' Körper angesiedelt hatten. Keine Chance auf Heilung. Johannes hatte jede weitere Behandlung abgelehnt und sich entschieden, seine letzten Wochen zu Hause zu verbringen. Elisabeth hatte daraufhin mit Theresa und Charlotte das Wohnzimmer zum Krankenzimmer umgeräumt. Die Vase aus Meißner Porzellan hatten sie in den Schrank gestellt, die Kommode gedreht und den Fernseher so daraufgestellt, dass Johannes ihn vom Sofa aus bequem sehen konnte. Neben dem Sofa stand ein Tisch mit Büchern, einer Schnabeltasse und den Medikamenten. Doch meistens lag Johannes einfach nur da. Der Fernseher blieb ausgeschaltet, und er starrte stumm vor sich hin. Er schlief viel und redete wenig.

Elisabeths Hand lag noch immer auf der Türklinke. Wie lange hatte sie hier gestanden? Die Worte des Arztes kreisten in ihrem Kopf.

«Lisbeth, alles in Ordnung?» Johannes' Stimme war schwach.

Elisabeth drückte ihren Oberkörper durch. Sie versuchte, ihre Stimme fest klingen zu lassen. «Aber ja, alles in Ordnung. Bin gleich bei dir.»

Noch immer erschrak Elisabeth, wenn sie ihn sah. Der Mann, der auf dem Sofa lag, war nicht ihr Johannes. Der große, starke Johannes mit dem vollen lockigen Haar und den wachen Augen. Nun lag er matt auf dem Sofa, die Kissen und die Decke verschluckten ihn fast. Er schien kleiner geworden zu sein, seine Augen waren trüb, und beim Ausatmen machte seine Lunge rasselnde Geräusche.

Elisabeth ging zum Sofa und setzte sich an das Fußende.

«Was hat der Arzt gesagt?» Johannes' Pupillen waren geweitet.

«Ach, nichts weiter. Dass ich gut auf dich aufpassen soll. Und das mache ich, versprochen.» Elisabeth zupfte einen Fussel von der Decke.

«Lisbeth, ich weiß, dass mir nicht mehr viel Zeit bleibt. Und du kannst dir gar nicht vorstellen, wie glücklich ich darüber bin, dass du zu mir hältst.»

«Das versteht sich doch von selbst.» Elisabeth nahm die

Schnabeltasse, legte eine Hand in Johannes' Nacken und half ihm vorsichtig, sich aufzurichten.

Johannes trank in kleinen Schlucken. Dann blickte er sie an. «Du bist bei mir geblieben. Nicht nur jetzt, sondern all die Jahre, trotz allem.» Er wies mit dem Kinn auf das Schokoladenmädchen, das über der Kommode an der Wand hing. «Du bist bei mir geblieben, trotz Anton Michalski.»

Elisabeth hielt die Luft an. «Hannes, was …»

«Als die Mauer fiel, war mir klar, dass ihr euch wiedersehen würdet. Das war nicht nur mein politischer, sondern auch mein persönlicher Bankrott. Mit der Mauer war alles einfacher für mich. Glaubst du, ich weiß nicht, dass ihr euch heimlich getroffen habt? Und Marlene … ich weiß, dass ich nicht ihr Vater bin.»

«Woher …?» Elisabeth ließ die Schnabeltasse sinken.

«Lisbeth, ich habe Antons Briefe gefunden. Ich weiß, dass es falsch war, sie zu lesen, aber ich war so, wie soll ich es erklären …? Es war ein Zufall.»

«Hannes … ich … es tut mir leid. Mein Gott, wieso hast du denn nie etwas gesagt?»

«Du musst dich nicht entschuldigen. Wir können nichts für unsere Gefühle. Und ich habe es dir nicht immer leichtgemacht.»

Elisabeth nickte.

«Du gehörst mir nicht, man gehört nur sich selbst. Ich habe versucht, Anton Michalski zu hassen. Aber das hat nicht funktioniert. Wie sollte ich auch einen Menschen hassen, der dieselbe Frau so sehr liebt wie ich?»

«Anton und ich …»

«Lisbeth, ich will es nicht wissen. Du bist hier, und du warst hier, all die Jahre, das ist es, was zählt. In zwei Jahren hätten wir immerhin goldene Hochzeit gefeiert.»

«Hätten?» Elisabeths Augen füllten sich mit Tränen.

«Wir beide wissen, wie das hier ausgehen wird. Du bist Krankenschwester.»

Elisabeth umarmte Johannes. Er war so dünn, dass sie Angst hatte, ihn zu zerdrücken. Eine Weile saßen sie schweigend auf dem Sofa. Schließlich wollte Elisabeth aufstehen, aber Johannes hielt sie am Arm fest. «Ich muss dir noch etwas gestehen.»

Elisabeth hielt die Luft an.

«Es geht um Marlene.»

«Hannes, lass uns jetzt nicht über Marlene reden. Du hast trotz allem versucht, ihr ein guter Vater zu sein. Aber letzten Endes haben wir beide versagt, wir haben alles falsch gemacht.»

«Ich habe sie noch einmal wiedergesehen.»

«Was, wann? Wir haben doch vergeblich versucht, sie zu finden.» Elisabeths Stimme war brüchig geworden.

«Sie war untergetaucht. Sie wollte nicht gefunden werden. Marlene hat uns die Schuld an ihrer Verhaftung gegeben, sie dachte, ich hätte das veranlasst.»

«Aber das stimmt doch nicht.» Elisabeth sah Johannes in die Augen. «Du hattest damit doch nichts zu tun, oder?»

«Nein, Lisbeth. Kolja hat das in die Wege geleitet. Aber da ist noch etwas. Erinnerst du dich an den Verkauf des Hauses deiner Mutter?» Johannes' Stimme wurde leiser. «Ich habe dich angelogen.»

«Was meinst du?»

«Ich war dort, um zu schreiben. Das war, als ich das erste Mal die Krebsdiagnose bekam. Plötzlich stand Marlene vor der Tür. Sie war vollkommen fertig, sie sah so furchtbar aus. Und sie wusste von der Sache mit Theresa.» Johannes strich mit der Hand die Bettdecke glatt. «Sie hatte keinen festen Wohnsitz, und da habe ich mir gedacht …»

«Du hast ihr das Haus geschenkt?»

«Ja.»

«Darum durfte ich beim Ausräumen des Hauses nicht dabei sein. Darum hast du gesagt, das würde eine Firma erledigen.»

Johannes nickte. «Ich weiß, ich hätte das nicht alleine entscheiden dürfen. Aber sie hat mir erzählt, dass sie in Rostock immer so glücklich war, bei ihrer Oma Käthe, und ich wollte ihr wenigstens ein klein wenig Glück zurückgeben.»

Elisabeth drehte den Ehering an ihrem Finger.

«Sie wusste von Theresa? Woher?»

«Das hat sie mir nicht gesagt.»

«Hat Marlene Theresa kontaktiert?»

Johannes legte sich die Hände an den Hals. Das Sprechen hatte ihn angestrengt. Sein Hals war trocken. Er griff nach der Schnabeltasse, doch Elisabeth kam ihm zuvor. Hastig trank er. «Ich denke nicht. Das hätten wir mit Sicherheit erfahren.»

«Und ich?» Elisabeth betrachtete die leere Schnabeltasse.

«Was ist mit dir, Lisbeth?»

«Hat Marlene nach mir gefragt, wollte sie mich sehen?»

Johannes schwieg.

Johannes versuchte zu lächeln und setzte sich auf. Er blickte Charlotte und Theresa an, dann streckte er die Hände nach dem Apfelkuchen aus, der neben ihm auf dem Tisch stand. «Eure Mutter hat gebacken. Apfelkuchen, den mögt ihr doch so gerne.» Johannes' Hände umklammerten die Kuchenform, und er hob sie vom Tisch. Doch plötzlich wich alle Kraft aus seinen Armen, sie sanken schwer nach unten, und der Kuchen fiel auf den Teppich. Johannes schlug die Augen nieder und ließ sich zurück aufs Sofa sinken.

«Vati, jetzt lass doch. Ich mache das.» Theresa kniete sich auf den Boden und setzte den Kuchen notdürftig wieder zusammen.

«Wo ist eigentlich meine kleine Anna?»

«Die ist heute bei Bernd.»

Johannes versuchte, sich seine Enttäuschung nicht anmerken zu lassen. «Lisbeth hat mir erzählt, dass ihr euch getrennt habt. Stimmt das?»

«Wir haben uns auseinandergelebt. Jeder hat jetzt wieder seine eigene Wohnung. Aber um Anna kümmern wir uns gemeinsam. Ein Paar sind wir nicht mehr, aber Eltern werden wir unser Leben lang bleiben. Verstehst du, was ich meine?»

«Ich glaube schon.»

Theresa stand auf. «Familie, das ist doch mehr als nur Vater, Mutter und Kind, die zusammen unter einem Dach leben, oder?»

Theresa verteilte den restlichen Kuchen auf die Teller und setzte sich neben Johannes, um ihm beim Essen zu helfen.

Gerade als sie ein Stück Kuchen auf die Gabel schieben wollte, klingelte es.

«Das muss Mutti mit den Einkäufen sein. Ich gehe schnell runter und helfe ihr beim Tragen.» Theresa stand auf und verließ das Wohnzimmer.

«Lotte, du bist so schweigsam heute.»

Charlotte legte die Kuchengabel beiseite. «Mir machst du nichts vor. Ich sehe auch so, wie es dir geht.»

Johannes wischte sich einen Krümel aus dem Mundwinkel. «Ich versuche, mir nichts anmerken zu lassen. Gerade für dich, für dich will ich doch stark sein.»

«Das musst du nicht. Meine Bewunderung ist dir sowieso sicher.» Charlotte stellte den Kuchenteller auf den Tisch und nahm die Serviette von ihrem Schoß.

«Was meinst du?»

«Ich weiß nicht, ob das jetzt der richtige Zeitpunkt ist, um über Politik zu sprechen.»

«Na komm schon, wir haben uns doch immer alles sagen können.»

«Ich bewundere dich. Ich bewundere dich sogar sehr, du bist immer deinen Weg gegangen, egal, was kam. Und wie gut du dich nach der Wende gefangen hast, auch wenn das seine Zeit gebraucht hat. Mir ist das nicht so leichtgefallen. Mein ganzes Leben musste ich umkrempeln. Was gestern richtig war, ist heute auf einmal falsch.»

Johannes wusste nur zu gut, wovon Charlotte sprach. Nachdem ihr Abschluss als Staatsbürgerkundelehrerin nicht anerkannt worden war, hatte sie noch einmal von vorne anfangen müssen. Und das mit über vierzig. «Aber du hast doch deinen Weg gemacht. Auch wenn Finanzbeamtin nicht gerade dein Traum war, immerhin kannst du gut davon leben. Da ist es anderen weitaus schlechter ergangen. Denk nur mal an meinen Kollegen Konrad Striesow, der ist seit der Wende arbeitslos. Sogar seine Ehe ist daran zerbrochen.»

«Weißt du, dass du nie über deine Gefühle in den Zeiten des Umbruchs gesprochen hast?»

Johannes überlegte. Sollte er Charlotte die Texte zeigen, die er nach der Wende geschrieben hatte? «Die Menschen haben damals entschieden. Das konnte und kann ich verstehen. Der aufgestaute Frust, die Repressalien, die Durchpolitisierung des gesamten Lebens.»

«Ja, aber es war doch für eine gute Sache.»

«Darin sind wir uns einig, Lotte. Die Idee war gut. Wenn du mich fragst, die einzig richtige Möglichkeit des menschlichen Zusammenlebens. Aber was daraus gemacht wurde, dieses Kartenhaus, das konnte nicht ewig stehen. Der Wind war zu stark.»

Charlotte erhob sich vom Sofa und ging zur Kommode.

Mit der Serviette in ihrer Hand wischte sie den Staub weg. «Da magst du recht haben. Aber was ist denn aus den Forderungen der Bürgerbewegung geworden? Die sind auch zusammengefallen wie ein Kartenhaus. Und die Menschen haben doch ihren Wunsch nach Freiheit für eine neue Abhängigkeit eingetauscht. Sie haben sich täuschen lassen, und jetzt jammern sie.»

«Was meinst du?»

«Na, überleg doch mal. Für Bananen und Reisefreiheit haben sie alles aufgegeben. Für eine Reisefreiheit, die sich die meisten jetzt nicht leisten können, weil sie arbeitslos sind.» Charlotte schaute auf die staubige Serviette.

«Es war ein Traum. Du weißt doch, was Lenin gesagt hat?»

Charlotte faltete die Serviette zusammen.

«Er hat gesagt, schlimmer als blind sein ist, nicht sehen wollen.»

Charlotte ging in die Küche und warf die Serviette in den Mülleimer.

Elisabeth wurde von Johannes' Schreien geweckt. Sie rieb sich die Augen und eilte ins Wohnzimmer.

Johannes saß aufrecht auf dem Sofa. Sein Atem ging schwer. Er hatte die Augen geöffnet, schien aber zu schlafen. «Ida, kommen Sie!»

Elisabeth setzte sich neben ihn und legte ihm die Hand auf die Stirn. Er hatte hohes Fieber, und der Schlafanzug klebte an seiner Haut.

«Hannes, wach auf.»

Johannes legte sich wieder hin und schloss die Augen. «Ida, Ida, kommen Sie schnell.»

Wer war Ida? Der Name sagte Elisabeth nichts.

«Meine Mutter, wo ist meine Mutter? Wir müssen auf den Dachboden.»

Da fiel Elisabeth ein, wer Ida war. Ida Pinotek hatte sich damals in Schlesien um Johannes gekümmert. Noch gut erinnerte sich Elisabeth an das erste Mal, dass Johannes ihr von seiner Mutter erzählt hatte. Und auch den Blick in seinen Augen hatte Elisabeth noch genau vor sich. Den Blick, als Johannes ihr erzählt hatte, wie er seine Mutter auf dem Dachboden gefunden hatte.

Panik machte sich in ihr breit. Das letzte Mal, dass Johannes von Ida und dem Tod seiner Mutter gesprochen hatte, lag mehr als dreißig Jahre zurück.

Johannes war wieder eingeschlafen. Sein Atem rasselte, und sein Körper glühte. Elisabeth ging ins Badezimmer. Sie füllte eine Schüssel mit kaltem Wasser, nahm einen Waschlappen aus dem Schrank neben der Badewanne und lief zurück ins Wohnzimmer. Behutsam tupfte sie mit dem Lappen seine schweißnasse Stirn ab. Als sich seine Haut kühler anfühlte, legte sich Elisabeth erschöpft neben Johannes auf das Sofa. Erst am nächsten Morgen wachte sie wieder auf, und als sie sich an ihn drückte, erschrak sie. Sein Körper war eiskalt.

## Rostock

Vor dem Haus in Rostock kamen die Erinnerungen mit einer solchen Heftigkeit zurück, dass Elisabeth sich setzen musste. Sie fand eine Bank unter einer Kastanie.

Das Haus, in dem sie sich mit ihrer Mutter Käthe in den letzten Kriegsmonaten im Keller versteckt gehalten hatte. Das Haus, in dem sie und Johannes mit Charlotte in der Dachkammer gelebt hatten, bis sie nach Berlin gezogen waren. Das Haus, das jetzt Marlene gehörte.

Wie es ihr wohl ging? Ob sie immer noch in einem solch fürchterlichen Zustand war, wie Johannes ihn ihr kurz vor seinem Tod beschrieben hatte? Auch mit Anton hatte Elisabeth über Marlene gesprochen. Aber nur selten, denn er machte sich starke Vorwürfe. Kurz nach der Wende hatte er Elisabeth eines Tages von Johannes' Brief erzählt und davon, dass er sich, auf Johannes' Wunsch hin, nach ihrem Freikauf um Marlene gekümmert hatte. Dabei hatte er Marlenes psychische Probleme und ihren Aufenthalt in der Klinik erwähnt. Antons letzte Erinnerung an sie war die Silvesternacht nach dem Fall der Mauer. Seitdem war Marlene wie vom Erdboden verschluckt gewesen, und Anton hatte sie nie wiedergesehen.

Sollte Elisabeth Anton erzählen, dass Marlene inzwischen hier lebte? Eigentlich hatte er ein Recht darauf zu erfahren, wo sie sich aufhielt, immerhin war sie seine Tochter. Aber dann würde Elisabeth Anton auch alles andere erzählen müssen. Und so behielt sie ihr Wissen lieber für sich.

Die Sonne war fast untergegangen. Elisabeth zog ihre Strickjacke enger um sich. Gerade als sie aufstehen wollte, kam Marlene aus dem Haus. Elisabeth erstarrte. Marlene schloss die Haustür und sah zum Himmel. Die Abendsonne tauchte sie in warmes Licht. Wie gut sie aussieht, dachte Elisabeth. Marlene trug die Haare im Nacken zu einem Zopf geflochten, unter ihrem Mantel schaute ein geblümter Rock hervor, und ihre Beine steckten in groben Stiefeln. In der rechten Hand hielt sie eine leere Leinwand. Elisabeth lächelte, offenbar malte sie immer noch. Wie ferngesteuert stand Elisabeth auf und ging auf Marlene zu. Mechanisch setzte sie einen Fuß vor den anderen. Ihre Hände waren taub.

Marlene stellte die Leinwand auf den Boden und kramte in ihrer Umhängetasche. Sie zog einen Discman und Kopfhörer heraus, setzte sich die Kopfhörer auf, steckte das Kabel ein, hob die Leinwand auf und lief in Richtung Bushaltestelle. Nur noch wenige Meter lagen zwischen ihnen.

«Marlene», versuchte Elisabeth zu rufen. Doch aus ihrem Mund kam nur ein kläglicher Laut.

Elisabeth räusperte sich und rief erneut nach Marlene. Und da drehte sich ihre Tochter um. Elisabeth blieb stehen. Marlene sah kurz zu ihr, dann wandte sie sich ab und setzte ihren Weg fort. Vielleicht hatte sie sie nicht erkannt? Immerhin waren seit ihrer letzten Begegnung fast dreißig Jahre vergangen. Doch plötzlich lief Elisabeth ein Schauer über den Rücken. Johannes hatte es nicht ausgesprochen, aber Elisabeth erinnerte sich genau an seinen Gesichtsausdruck. Sein Schweigen schien zu sagen, dass Marlene nichts mehr mit Elisabeth zu tun haben wollte. Womöglich hatte sie sie doch erkannt? Elisabeths Beine gaben nach. Hilflos sah sie sich um. Schwankend ging sie auf ein Geschäft zu und setzte sich auf die Stufe vor dem Eingang. Das Blut rauschte in ihren Ohren. Was hatte sie sich nur gedacht? Dass sie hier auftauchte, sich entschuldigte, Marlene ihr verzieh und sie wieder eine glückliche Familie wurden? Elisabeth legte das Gesicht in ihre Hände. Sie musste weg hier, und zwar so schnell wie möglich.

Vorsichtig versuchte sie aufzustehen, doch der Boden unter ihren Füßen wankte. Nachdem sie mehrmals tief ein- und ausgeatmet und ihr Puls sich ein wenig beruhigt hatte, versuchte sie es erneut. Aber auch der zweite Versuch misslang. Es war alles zu viel. Erst Johannes' Tod, die Organisation der Beerdigung und dann die Fahrt nach Rostock.

«Lisbeth, bist du das?»

Elisabeth sah erschrocken auf. Vor ihr stand eine alte Frau. Sie hatte dünnes weißes Haar, durch das die Kopfhaut hindurchschimmerte. Die Frau musste weit über neunzig Jahre alt sein. Sie hielt ein leeres Einkaufsnetz in den Händen und musterte Elisabeth skeptisch.

«Tatsächlich, du bist es.»

Elisabeth kniff die Augen zusammen und stand auf. «Hertha! Ich habe dich im ersten Augenblick gar nicht erkannt.»

Sie umarmte Elisabeth. «Warum sitzt du auf der Straße?»

Elisabeth begann zu schluchzen.

«Wolltest du zu Marlene?»

«Hast du Kontakt zu ihr?»

Hertha nickte. «Wie man's nimmt. Jedenfalls hat Hannes mich gebeten, auf sie aufzupassen.»

Elisabeth stand schweigend auf.

«Wo ist er eigentlich? Ist er auch in der Stadt?»

«Er lebt nicht mehr. Er hat es nicht geschafft, der Krebs war stärker.»

Hertha drückte Elisabeths Hand. «Das tut mir so leid. Mein Beileid, Lisbeth. Warum hast du denn nicht Bescheid gesagt? Und überhaupt, was ist da eigentlich los bei euch? Marlene wohnt hier, ich soll auf sie aufpassen. Aber sie lässt mich nicht an sich ran, verschwindet teilweise wochenlang, und niemand sagt mir, was passiert ist. Warum um Himmels willen seid ihr so lange nicht mehr hergekommen? Ihr wart doch immer so gerne in Rostock.» Hertha zog ein Taschentuch aus ihrer Jacke und reichte es Elisabeth.

«Ach, Hertha, das ist alles nicht so einfach. Ich weiß nicht, wie ich es dir erklären soll.»

«Lisbeth, eine so alte Frau wie mich haut so schnell nichts aus den Latschen. Du kommst jetzt mit zu mir und erzählst mir in Ruhe, warum ihr alle so geheimnisvoll tut.»

# Heute

## Berlin

Charlotte hatte den Lautsprecher ihres Handys eingeschaltet. Anton und Anna hörten Martin Nowak zu. «Wo ist sie jetzt?»

«Ich weiß es nicht, Charlotte.» Martins Stimme klang belegt. «Aber ihr geht es gar nicht gut. Elisabeth ist nicht meine Mutter, und Charlotte ist nicht meine Schwester, hat sie gesagt. Dann ist sie aufgestanden und weggehumpelt.»

«Verstehe.» Charlotte setzte sich mit ihrem Handy auf eine Bank vor dem Pflegeheim, während Anton und Anna weiter fragend in ihre Richtung blickten.

«Ich erkläre dir alles, aber nicht am Telefon. Vielen Dank, dass du mich gleich angerufen hast. Ich melde mich später noch mal. Erst müssen wir Theresa finden. Nicht, dass sie sich noch was antut.»

Die beiden verabschiedeten sich.

«Warum musste Eva auch gleich zu Theresa gehen und ihr alles erzählen?» Charlotte stellte sich die Handtasche auf den Schoß.

«Gut finde ich das auch nicht. Aber ich kann Eva verstehen. Sie hat es bestimmt nicht böse gemeint. Und überlegt mal», Anna fuhr mit der Schuhspitze über den Kies vor der Bank, «so viele Jahre hat sie das Geheimnis für sich behalten. Sicherlich war sie nach der Beichte sehr erleichtert.»

Anton spielte am Knauf seines Gehstocks. «Es ist meine Schuld. Ohne mich wäre es nie so weit gekommen.»

«Das stimmt nicht, Anton.»

«Doch, doch. Ohne mich hätte es Marlene nicht gegeben, und das alles wäre nicht passiert.» Anton stützte sich auf seinen Gehstock.

«Hey, Moment mal, ohne Marlene keine Theresa, keine Anna, kein …», Anna sah auf ihren Bauch, dann zuckte sie mit den Achseln, «wie auch immer, darüber können wir später nachdenken, jetzt müssen wir Mama finden.»

«Anna, du hast natürlich recht.» Anton sah zur gegenüberliegenden Straßenseite. Vom Parkplatz des Pflegeheims aus konnte man seine Wohnung sehen.

«Also, wie ist der Plan?» Charlotte stand auf.

«Ich hab einen Schlüssel zu Mamas Wohnung. Ich fahre zu ihr und sehe, was ich tun kann.»

«Sehr gut.» Anton nahm sein Portemonnaie aus der Hosentasche und reichte Anna einen Fünfzigeuroschein. «Du nimmst ein Taxi, dann bist du schneller.»

«Danke, Anton.»

«Und Charlotte, wir beide bringen Lisbeths Sachen in meine Wohnung und sehen dann weiter. Vielleicht ist der ganze Spuk in einer halben Stunde vorbei.»

«Ich drücke uns die Daumen.»

Anna bezahlte den Taxifahrer und lief eilig die Treppen hinauf. Als sie vor der Wohnungstür stand, legte sie das Ohr an die Tür. Alles war ruhig. Hatte sich ihre Mutter hingelegt? Schon die Nachricht, dass bei dem Einbruch in der Galerie alle ihre Bilder gestohlen worden waren, hatte sie aus der Bahn geworfen. Anna konnte sie verstehen. Sie musste an das Leuchten in ihren Augen denken, als sie ihr das erste Mal von der geplanten Ausstellung bei Albert Petzold erzählt hatte. Wie musste es ihr da erst gehen, nachdem sie erfahren hatte, dass Marlene ihre Mutter war.

Anna nahm ihren Rucksack ab und holte den Schlüssel heraus. Noch einmal lauschte sie an der Wohnungstür. Es war nichts zu hören. Vorsichtig schloss Anna die Tür auf und betrat die Wohnung.

Das Schlafzimmer war leer. Auf dem Boden lag ein Kleiderhaufen, das Bettzeug war zerwühlt und das Bettlaken verrutscht. Anna öffnete das Schlafzimmerfenster. Die frische Luft tat gut. Sie sah sich gründlich um, dann ging sie zurück in den Flur.

«Mama?»

Niemand antwortete.

Ihre Mutter war offensichtlich nicht zu Hause. Unter dem Fenster lehnte ein blauer Müllsack. Anna sah hinein. Ihre Mutter hatte sämtliche Pinsel, Farbtuben, Paletten und Skizzenbücher, die sie besaß, in den Müllsack geworfen. Obenauf lag das Skizzenbuch, das ihre Mutter in Rostock dabeigehabt hatte. Anna nahm es heraus und legte es auf den Tisch. Als sie aufstand, fiel ihr Blick auf eine rote Spur, die sich vom Wohnzimmer in Richtung Badezimmer zog. War das Farbe? Anna trat näher und legte den Finger auf die roten Flecken. Sie zuckte zusammen. Es bestand kein Zweifel, auf dem Wohnzimmerboden klebte angetrocknetes Blut.

«Mama, oh nein.» Anna rannte ins Badezimmer.

Doch auch hier war ihre Mutter nicht. Der Spiegel war zerbrochen, und die Scherben lagen im Waschbecken und auf dem Badewannenrand. In der Wanne schwamm eine blassrosa Lache. Anna ging zurück ins Wohnzimmer, setzte sich auf das Sofa und zog zitternd ihr Handy aus dem Rucksack.

Anton stand am Fenster seiner Wohnung und winkte Charlotte so lange hinterher, bis sie aus seinem Sichtfeld verschwand. Er ging in die Küche und öffnete den Kühlschrank. Den ganzen Tag hatte er kaum etwas gegessen, und sein Magen knurrte. Er starrte auf ein Päckchen Salami, dann schloss er langsam die Tür. Er konnte jetzt nichts essen.

Nachdenklich ging er ins Wohnzimmer und setzte sich auf den Stuhl in der Computerecke. Warum hatte er die Katastrophe nicht verhindern können? Er stellte sich vor, wie Theresa neben dem Grab von Johannes und Elisabeth gekniet hatte. Er konnte sich denken, was für ein schreckliches Bild sich Martin Nowak gezeigt haben musste. Die Erkenntnis, dass nicht Johannes und Elisabeth, sondern Marlene und Wieland Ostermeyer ihre Eltern waren, musste ein schrecklicher Schock für Theresa gewesen sein. Wielands Name war in den letzten Tagen hin und wieder gefallen, aber bisher hatte sich niemand weiter mit ihm beschäftigt. Sollte er nicht erfahren, dass seine Tochter lebte? Anton schaltete den Computer ein. Sollte er sich mit ihm in Verbindung setzen? Vielleicht brachte es etwas, vielleicht würde es Theresa dadurch besser gehen, einen Versuch schien es ihm jedenfalls wert. Er öffnete den Browser und gab «Wieland Ostermeyer» in das Suchfeld ein. Viele Treffer gab es nicht, sein Name tauchte nur in Zusammenhang mit der

Gedenkstätte des Staatssicherheitsgefängnisses in Hohenschönhausen auf. Anton klickte auf den ersten Link und las, dass Wieland dort als ehemaliger Häftling Führungen anbot. Anton zog seine Schreibtischschublade auf und wollte sich die Telefonnummer gerade notieren, als es an der Haustür klingelte.

Tom war froh, dass er Konstantin endlich die Wahrheit gesagt hatte, auch wenn das offenbar bedeutete, dass der nichts mehr mit ihm zu tun haben wollte. Den ganzen Tag über hatten sie schweigend nebeneinanderher gearbeitet und Möbel und Kartons aus der Charlottenburger Wohnung einer verstorbenen Frau geschafft. Zum Schluss waren sie mit dem Lieferwagen zum BSR-Recyclinghof in der Ilsenburger Straße gefahren und hatten die Dinge, die nicht mehr zu gebrauchen waren, dort abgeladen. Kurz hatte Tom überlegt, noch einmal zu fragen, ob sie die Firma auflösen sollten, es dann aber doch nicht getan. Vielleicht brauchte Konstantin einfach nur Zeit zum Nachdenken.

Tom fand eine Parklücke direkt vor seiner Haustür, stellte den Lieferwagen ab und stieg müde aus. Auf der Stufe vor der Haustür saß eine Frau. Er musste zweimal hinsehen, bevor er sie erkannte. Es war Theresa. Tom schluckte.

«Theresa, was machst du denn hier?»

«Ich weiß nicht, wo ich sonst hinsoll, und du lügst mich bestimmt nicht an.»

«Was meinst du?», fragte Tom ungeduldig. Er wollte einfach nur in seine Wohnung, duschen, sich eine Pizza in den Ofen schieben und die Beine hochlegen. «Woher weißt du eigentlich, wo ich wohne?»

«Das hat Anna herausgefunden. Damals, als die ganze Sache mit Marlene und der Erbschaft angefangen hat. Als wir das Testament bekommen haben.»

Tom zog seinen Schlüssel aus der Hosentasche. «Was soll das heißen, ich bin der Einzige, der dich nicht anlügt?»

«Tom, du musst es mir schwören. Weißt du es, oder weißt du es nicht?»

Tom schloss die Tür auf und ging in den Hausflur.

«Was weiß ich?»

«Das mit meiner Mutter.»

«Dass Elisabeth gestorben ist? Ich war doch auf der Beerdigung.»

Theresa strahlte und gab Tom einen Kuss auf die Wange.

«Na gut, komm mit hoch und erzähl mir in Ruhe, wer hier wen angelogen hat und was ich damit zu tun habe.»

«Alles klar, Brüderchen.»

Tom schüttelte den Kopf. Theresa musste vollkommen verrückt sein.

«Sie ist verschwunden, Anton. Ich hab Angst, dass sie sich was antut.» Annas Wimperntusche war verlaufen.

«Anna, jetzt komm erst mal rein.»

Anna nahm ihren Rucksack ab und ließ sich auf das Sofa fallen. Weinend erzählte sie von dem Chaos in Theresas Wohnung, dem blauen Müllsack, dem Blut auf dem Fußboden und dem zerbrochenen Spiegel im Badezimmer.

«Wo könnte sie sein?» Anton ging in die Küche und holte Anna ein Glas Wasser.

«Ich weiß es nicht. Ich habe nicht mal den Ansatz einer Idee. Wenn ihr was passiert …»

Anton drückte ihre Hand. «Wir finden sie, Anna. Ganz bestimmt.»

Anna war auf Antons Sofa eingeschlafen. Ihr Telefon hing am Ladekabel auf dem Tisch und begann zu vibrieren. Es wanderte dabei hin und her und war kurz davor herunterzufallen. Anton erhob sich aus seinem Sessel und ging mit dem Handy in den Flur. Erstaunt sah er auf den Namen im Display.

«Tom?»

«Anton? Wie kommst du an Annas Handy?»

«Ach, das ist eine lange Geschichte. Theresa ist verschwunden. Sie hat etwas erfahren, was sie eigentlich nicht erfahren sollte. Zumindest nicht so.» Unsicher warf er einen Blick ins Wohnzimmer, aber Anna war zum Glück nicht aufgewacht.

«Wegen Marlene? Geht es darum, dass sie Theresas Mutter ist?»

Anton verschlug es die Sprache.

«Anton, Theresa ist hier bei mir. Sie war total durch den Wind. Ich hab ihr einen Tee gemacht und sie in mein Bett gelegt.»

Anton fuhr sich über den Bart. «Wir haben sie schon überall gesucht. Wie geht es ihr?»

«Na ja, den Umständen entsprechend. Sie ist stinksauer auf euch alle. Ihr hättet sie alle belogen und betrogen. So in der Art hat sie es ausgedrückt.» Tom machte eine Pause. «Schon komisch, plötzlich hab ich eine Schwester, und dabei dachte ich die ganze Zeit, sie wäre meine Tante.»

Anton nickte stumm.

«Theresa hat gesagt, sie will noch morgen das Haus in Rostock verkaufen. Sie sagt, es sei ein Unglückshaus. Sie will es nicht, weil sie denkt, es sei ein Pfand für die Lüge, mit der sie die ganzen Jahre leben musste.»

«Das hat sie gesagt?»

«Ja, und sie hat mich um mein Einverständnis gebeten. Von mir aus können wir das Haus verkaufen. Ein bisschen Geld könnte ich gerade ganz gut gebrauchen. Sieht so aus, als müsste ich mir einen neuen Job suchen.»

Anton überlegte. Die Aussicht, dass das Haus in Rostock nicht mehr zur Familie gehören sollte, erfüllte ihn mit Wehmut. Zu viele Erinnerungen waren mit diesem Ort verbunden. Nicht nur für ihn, sondern auch für Charlotte, Theresa und Marlene. Jetzt, da Elisabeth tot und Theresa hinter das Geheimnis gekommen war, würde die Familie womöglich zerbrechen. Das konnte Anton nicht zulassen. Immerhin war er jetzt so etwas wie das Familienoberhaupt. Der Gedanke gab ihm so viel Energie, dass er sich mit einem Mal stark und voller Tatendrang fühlte.

«Erst mal machst du gar nichts, Tom. Du bleibst, wo du bist. Sieh zu, dass Theresa deine Wohnung nicht verlässt, bis ich da bin. Ich bringe Anna und Charlotte mit.»

«Alles klar.»

«Hast du noch diesen Lieferwagen von deiner Firma?» Anton ging ins Badezimmer und öffnete die Tür seines Arzneischränkchens. Mit Annas Handy zwischen Ohr und Schulter, schob er ein paar Fläschchen und Tabletten beiseite. Ganz hinten fand er eine weiße Schachtel. Genau die hatte er gesucht. *Hemodorm* stand in großen Buchstaben darauf. Anton steckte die Schachtel in seine Tasche.

«Der Lieferwagen steht vor der Tür», sagte Tom.

«Gut, sehr gut. Ich rufe dich in etwa zwei Stunden wieder an. Und pack ein paar Sachen zusammen.»

Nachdem Anton aufgelegt hatte, ging er ins Schlafzimmer und warf ein paar Kleidungsstücke auf das Bett. Unter dem Schrank zog er eine staubige Reisetasche hervor. Er musste niesen. In diesem Moment hörte er Annas verschlafene Stimme aus dem Wohnzimmer.

«Anton, wo bist du?»

«Hier. Gut, dass du wach bist. Wir müssen schleunigst los.»

Anna gähnte. «Los?»

«Ja. Theresa ist wiederaufgetaucht. Sie ist bei Tom. Wir müssen zu ihr.»

«Bei Tom? Wie gut. Aber ... oje, ich bin noch gar nicht richtig wach.»

«Möchtest du dich vor unserer Abreise noch mal frisch machen.»

Anna richtete sich auf. «Abreise? Ich weiß zwar nicht, was hier los ist, aber du scheinst einen Plan zu haben.»

«Eine Idee zumindest, aber die erzähle ich dir, wenn wir unterwegs sind.»

Anna verschwand im Badezimmer, und Anton sah sich um. Langsam ging er zu seinem Schreibtisch und überlegte. Sein Blick fiel auf den Computer. Er schob die Maus zur Seite, und der Computer erwachte aus dem Stand-by-Modus. Kurz sah er in Richtung Bad. Die Toilettenspülung rauschte. Er musste sich beeilen. Anna durfte nichts mitbekommen.

«Ich wäre so weit», sagte Anna, als sie kurz darauf im Flur stand.

Anton hob die Reisetasche vom Boden auf, klemmte sich das Bild mit dem Schokoladenmädchen unter den Arm, Anna ging voran, und er zog die Tür ins Schloss.

«Und am Ende ist Eva zu Theresa gefahren und hat ihr alles erzählt.» Charlotte nippte an ihrem Weinglas. Dann schwieg sie und schaute gedankenverloren aus dem Fenster.

«Jetzt verstehe ich auch, was diese abenteuerliche Szene auf dem Friedhof zu bedeuten hatte. Und wo ist deine Schwester jetzt?»

«Im Grunde ist sie nicht meine Schwester. Theresa ist eigentlich meine Nichte.»

Martin nahm die Weinflasche vom Tisch und wollte Charlotte nachschenken, doch die legte die Hand über das Glas und schüttelte den Kopf. «Ich weiß nicht, wo sie jetzt ist. Ob nun Nichte oder Schwester, eigentlich ist das egal. Ich mache mir wirklich Sorgen. Anna wollte nach ihr sehen, aber bisher hat sie sich nicht zurückgemeldet.»

Martin stellte die Weinflasche ab und nahm vorsichtig Charlottes Hand.

«Ich mache mir solche Vorwürfe. Hätte ich Anton nicht verraten, wo Eva wohnt, dann wäre das alles nie passiert.»

«Aber das ist doch nicht deine Schuld. Wenn überhaupt jemand dafür zur Verantwortung gezogen werden kann, dann deine Eltern und Anton. Charlotte, du bist ein guter Mensch. Und ein warmherziger. Das sieht man eben manchmal erst auf den zweiten Blick.»

«Danke, Martin, danke, dass du da bist.»

Er lächelte.

Charlotte drehte ihr Gesicht in seine Richtung und sah ihm in die Augen. Langsam bewegten sich ihre Köpfe aufeinander zu. Das Klingeln von Charlottes Handy ließ sie auseinanderfahren.

«Anna. Endlich. Wo ist Theresa?»

«Sie ist bei Tom. Frag jetzt bitte nicht nach. Ich weiß, sonst bist in unserer Familie du die mit den Plänen, aber jetzt hat Anton einen.»

Charlotte nahm die Weinflasche vom Tisch und goss sich den Rest ins Glas. «Was denn für einen Plan?»

«Das erzähl ich dir auf dem Weg.»

«Auf welchem Weg?»

«Wir müssen nach Rostock. Bist du noch bei deinem Bestatter? Anton meinte, du wolltest zu ihm.»

Charlotte stellte die Weinflasche zurück auf den Tisch. «Er hat auch einen Namen. Er heißt Martin.»

«Martin, von mir aus. Hat er ein Auto?»

Martin, der das Gespräch mit anhörte, weil Anna so laut sprach, nickte. Aber er zeigte auf die Weinflasche.

«Hat er, aber wir haben ein Glas Wein getrunken.»

«Sei es drum. Darauf können wir jetzt keine Rücksicht nehmen. Wo wohnt Martin denn?»

«In Pankow, in der Florastraße fünfundneunzig.»

Martin stand auf und brachte die Gläser und die Weinflasche in die Küche.

«Das passt, Anton und ich sind ganz in der Nähe. In fünf Minuten vor der Tür, einverstanden?»

«Ja.» Charlotte sah perplex auf ihr Handy. Noch nie hatte sie Anna so energisch erlebt.

Tom legte sich den Zeigefinger auf den Mund. «Sie schläft tief und fest. Sie muss völlig fertig mit den Nerven sein.»

Im Flur seiner Wohnung war kaum Platz für alle. Anna stand neben Anton, Martin hatte den Arm um Charlotte gelegt, und Rocky lief neugierig zwischen den Beinen der Anwesenden umher.

«Wie lange schläft sie schon?»

«Drei oder vier Stunden, schätze ich.»

«Gut, aber sicher ist sicher.» Anton bückte sich und nahm das Hemodorm und eine Flasche Wasser aus seiner Reisetasche.

«Was ist das?» Charlotte sah Anton skeptisch an.

«Ein leichtes Schlafmittel, das werden wir wahrscheinlich brauchen.» Anton drückte zwei Tabletten aus dem Filmstreifen, ließ sie in die Wasserflasche fallen und schüttelte sie.

Charlotte hielt Anton am Arm fest. «Was haben Sie denn vor? Sie werden Theresa doch nichts tun? Sie hat beileibe schon …»

Martin drückte Charlottes Arm. «Lass doch, Dr. Michalski weiß sicher, was er tut. Immerhin ist er vom Fach.»

Anton lächelte dankbar und schob die Wasserflasche in seine Sakkotasche.

«Und wie war der Plan jetzt noch mal genau?» Tom befestigte Rockys Leine am Halsband.

«Tom und Herr Nowak tragen Theresa nach unten in den Lieferwagen. Theresa darf auf keinen Fall aufwachen, bevor wir in Rostock sind. Sonst haut sie uns noch ab. Notfalls haben wir das hier.» Anton klopfte gegen die Wasserflasche.

«Ist das nicht illegal?»

Niemand ging auf Charlottes Einwand ein.

Anton räusperte sich. «Ihr legt sie vorsichtig nach hinten. Wir polstern den Laderaum mit Kissen und Decken, damit sich Theresa nicht verletzt. Tom, du fährst den Lieferwagen, Anna, du sitzt daneben. Ich fahre im Laderaum mit.»

Martin hob die Hand. «Einspruch. Das mache ich, das steht außer Frage. Dr. Michalski, bei allem Respekt, aber Sie sind schon in einem recht fortgeschrittenen Alter. Das wäre viel zu gefährlich für Sie.»

Charlotte streichelte Martin über den Arm. «Ich mache das, keine Widerrede.»

Alle sahen erstaunt zu Charlotte.

«Gut. Dann müsste ich bei Ihnen mitfahren, Herr Nowak.»

«Ich bestehe sogar darauf.»

Anton hob die Reisetasche vom Boden. «Auf geht's.»

«Sag mal, Anton, was machen wir eigentlich, wenn wir in Rostock sind?», fragte Anna.

Anton umklammerte den Gurt seiner Reisetasche und betrachtete das Bild mit dem Schokoladenmädchen, das an der Flurwand lehnte. «Lasst euch überraschen.»

Plötzlich kam ein Husten aus dem Schlafzimmer. Theresa war aufgewacht. «Tom, hast du Besuch?»

Anton, Tom, Anna, Charlotte und Martin starrten einander an. Nur Rocky winselte leise.

Vorsichtig schob Anton die Hand in seine Sakkotasche und zog die Wasserflasche heraus. «Es geht los.» Er blickte entschlossen zu Tom und flüsterte: «Du gehst jetzt zu ihr. Sie weiß ja nicht, dass wir alle hier sind. Sie soll das Wasser trinken, notfalls musst du sie überreden. Aber wie ich dich kenne, wird dir schon etwas einfallen.»

Tom nickte und ging ins Schlafzimmer.

«Könnte mir jemand vielleicht sein Handy leihen? Ich müsste noch mal kurz telefonieren. Es dauert sowieso einen Augenblick, bis das Schlafmittel wirkt.»

# Damals (2000)

## Berlin

Anna lag im Wohnzimmer auf dem Teppich und las in einer Kinderzeitschrift. Es ging um den Beruf des Bäckers und verschiedene Arten, Kuchenteig zuzubereiten. Elisabeth saß neben Anna und las in einer Fernsehzeitung.

«Oma, wollen wir nicht auch was backen? Was die können, das können wir schon lange.»

Elisabeth sah von der Zeitung auf und lächelte. Wie groß Anna geworden war. Acht war sie schon, und im August würde sie in die zweite Klasse kommen.

«Das machen wir, meine Kleine. Wenn deine Mutti dich morgen abholt, wird sie sich freuen. Apfelkuchen mag sie besonders gerne.» Elisabeth legte ihre Zeitung vor sich auf den Tisch, ging zu Anna und gab ihr einen Kuss auf die Stirn.

Anna schlug die Zeitschrift zu. Sie lief in die Küche, nahm das Einkaufsnetz aus der Speisekammer und hüpfte singend in den Flur.

Elisabeth folgte ihr. Und während Anna ihre Sandalen anzog, nahm Elisabeth ihre Strickjacke vom Haken.

Unten auf der Straße fasste Elisabeth Anna an der Hand, und die beiden gingen in Richtung Supermarkt. Elisabeth sah sich um. Es war ein Sommertag wie aus dem Bilderbuch. Die Cafébetreiber hatten Tische und Stühle auf den Gehsteig gestellt und servierten Eisbecher, Kuchen und Kaffee mit Sahnehauben. Die Gäste lachten, rauchten und beobachteten durch ihre großen Sonnenbrillen den Verkehr auf der Karl-Marx-Allee.

«Krieg ich auf dem Rückweg auch ein Eis?»

«Aber natürlich. Ein Sommertag ohne Eis ist ja wie …» Elisabeth wusste nicht weiter.

«Das ist wie ein Teddy ohne Bär?»

Anna und Elisabeth lachten.

An der Ampel blieben sie stehen. Die Autos neben ihnen hatten die Seitenfenster heruntergelassen. Laute Musik und verschiedene Radiosender verschmolzen zu einer Kakophonie, die Elisabeth auf einmal beklemmend vorkam. Sie hielt sich die Ohren zu und war froh, als die Ampel endlich auf Grün schaltete.

Als sie im Supermarkt standen, gingen Anna und Elisabeth zum Obststand. Anna, einen Einkaufskorb in der Hand, stellte sich neben Elisabeth.

«Dann wollen wir mal. Suchst du uns ein paar schöne Birnen aus?»

«Warum denn Birnen?»

«Na, für den Birnenkuchen, mein kleiner Wirbelwind. Wofür denn sonst?»

«Aber Oma, wir wollten doch Apfelkuchen backen!»

«Du hast recht.» Elisabeth sah zu Boden. Was war nur los mit ihr? In der letzten Zeit passierte es ihr immer häufiger, dass sie Dinge durcheinanderbrachte. Erst letzte Woche war sie ins Kaufhaus am Alexanderplatz gegangen, um sich neue Schuhe zu kaufen, und als die Verkäuferin sie nach ihrer

Schuhgröße gefragt hatte, hatte sie nicht gewusst, was sie antworten sollte.

«Sind die hier gut?» Anna hielt Elisabeth ein Netz mit Äpfeln hin.

«Das sind sie. Und weißt du denn, was man sonst noch für einen Apfelkuchen braucht?»

«Na klar, Oma.»

Anton hatte Schwierigkeiten, sich an seinen neuen Gehstock zu gewöhnen. Aber die Ärzte hatten recht, er konnte damit viel schmerzfreier laufen. Noch immer unsicher und mit langsamen Schritten betrat er die Bibliothek in der Adalbertstraße. Vor dem Tresen blieb er stehen. Er zog ein Taschentuch aus seiner Hose und tupfte sich den Schweiß von der Stirn.

«Sie wünschen?» Die Frau mit dem Dutt lächelte ihn an.

Anton las den Namen auf dem Schild an ihrem Pullover. Sie hieß Peggy Winkler.

«Guten Tag, Frau Winkler. Ich bin auf der Suche nach Reiseführern. Können Sie mir da weiterhelfen?»

«Natürlich. Wo soll es denn hingehen? Madeira, Ibiza, New York oder eher in den asiatischen Raum?» Sie tippte etwas in ihren Computer.

«Nun, ich dachte eher an Dresden.»

Peggy Winkler sah von ihrem Bildschirm zu Anton hoch und strahlte. «Nein, Dresden? Das gibt es ja gar nicht. Ich komme ursprünglich aus Dresden und kann Ihnen alles sagen, was Sie wissen wollen.» Die Bibliothekarin war vor Freude, über ihre Heimatstadt sprechen zu können, in einen weichen sächsischen Singsang gefallen. Sie rief nach ihrer Kollegin. «Ramona, ich mach Pause. Hältst du hier die Stellung?»

Nach einer halben Stunde hatte Anton mehr Informationen über Dresden, als er brauchte. Aber Peggy Winkler war so nett und ihr Redeschwall kaum zu bremsen gewesen, dass Anton es nicht gewagt hatte, sie zu unterbrechen. In einem Schreibwarenladen neben der Bibliothek kaufte er sich einen Bogen Büttenpapier, einen passenden Briefumschlag und einen roten Stift. Zurück auf der Straße, merkte er, wie trocken sein Hals war. Anton sah sich nach einem Café um. Gleich gegenüber vom Schreibwarenladen war eine Trattoria. Am Fußgängerüberweg wechselte Anton die Straßenseite und nahm auf einem Stuhl unter einem der riesigen Sonnenschirme Platz.

Nachdem er seine Bestellung aufgegeben hatte, begann er zu schreiben.

*Meine liebe Lisbeth,*

*übermorgen ist mein Geburtstag. Ich wünsche mir von dir, dass ich dich entführen darf. Frag nicht, wohin es geht. Pack ein paar Sachen und ein gutes Buch ein. Mehr brauchen wir nicht.*

*Morgen früh um zehn steht ein Taxi vor deiner Tür. Alles Weitere später. Ich freu mich auf dich.*

*In Liebe,*
*dein Anton*

Schon im Treppenhaus stieg ihm der säuerlich-süße Duft von Apfelkuchen in die Nase. Das Wasser lief ihm im Mund zusammen. Anton war glücklich. Er und Elisabeth, endlich waren sie ein richtiges Paar, und die Zeit der heimlichen Treffen war vorbei. Zumindest mussten sie sich nicht mehr vor Johannes verstecken.

Die erste Zeit nach seinem Tod war für Elisabeth nicht leicht gewesen. In ihre Trauer hatten sich Selbstvorwürfe gemischt, da Johannes offenbar die ganze Zeit von ihrem Verhältnis gewusst hatte. Anton hatte sein Bestes getan, um Elisabeth ihr schlechtes Gewissen zu nehmen. Immerhin bist du die ganzen Jahre bei ihm geblieben, du hast dir also nichts vorzuwerfen, hatte Anton gesagt, und Elisabeth hatte genickt. Allerdings hatte sie darauf bestanden, dass Theresa und Charlotte weiterhin nichts von Anton erfuhren.

Anton tastete nach dem Brief in der Innentasche seines Sakkos. Eigentlich hatte er vorgehabt, den Brief unter der Tür hindurchzuschieben und dann wieder zu gehen. Aber als er vor der Wohnung stand, den Duft von Apfelkuchen in der Nase, entschied er sich anders und drückte auf den Klingelknopf.

Die Tür wurde einen Spaltbreit geöffnet, und Anton zuckte zusammen.

Annas Kopf erschien. Vor ihrer Stirn hing die Türkette, die sie von innen eingehakt hatte. «Ja, bitte?»

Anton suchte nach Worten. Er hatte Anna bisher nur auf Fotos gesehen. Er starrte sie an. Wie hübsch sie war. Sie erinnerte ihn ein wenig an Marlene in diesem Alter.

«Sind Sie vielleicht von der Post?»

«Nein, mein Kind.»

«Wollen Sie was verkaufen?»

«Das auch nicht.»

«Wollen Sie vielleicht zu meiner Oma?»

«Ja, zu der wollte ich.»

Anna senkte ihre Stimme. «Die macht Mittagsschlaf.»

«Stimmt, sie legt sich mittags gerne hin.» Anton zog den Brief aus seiner Sakkotasche.

«Woher wissen Sie das? Und woher kennen Sie meine Oma?» Anna runzelte die Stirn.

«Ähm, wir kennen uns von früher aus dem Krankenhaus. Wir waren mal Kollegen.»

«Und im Krankenhaus hat meine Oma auch Mittagsschlaf gemacht?» Anton konnte ein Grinsen nicht unterdrücken. Anna gefiel ihm. Sie war klug und schlagfertig. «Du bist ganz schön neugierig. Pass auf.» Anton zeigte Anna den Briefumschlag. «Der hier ist für deine Oma. Gibst du ihr den, wenn sie ausgeschlafen hat?»

Anna nickte und steckte ihre Finger durch den Türspalt.

«Aber das ist eine geheime Botschaft für ehemalige Krankenschwestern. Also nicht lesen, versprichst du mir das?»

Anna machte ein ernstes Gesicht. «Indianerehrenwort.»

Anton schob den Brief durch den Türspalt.

«Gut, meine kleine Indianerfrau. Ich danke dir.»

«Wer sind Sie eigentlich?»

Anton schluckte. Er dachte an Elisabeths Wunsch, dass weder Theresa noch Charlotte von ihm wissen sollten. «Mein Name ist Erwin, Erwin Winterfeld.»

## Dresden

«Seit wann heißt du Erwin Winterfeld?» Elisabeth sah Anton an und lächelte.

«Deine Anna. Die ist ja so schlau wie eine Polizistin. Ich kam mir vor wie bei einem Verhör.»

«Das ist sie. Aber jetzt verrat mir doch, warum du mich an deinem Geburtstag nach Dresden entführt hast.»

Anton und Elisabeth waren vor dem Hotel in der Königstraße in der Dresdner Altstadt angekommen. Die Fassade des kleinen Hotels leuchtete gelb und war mit Barockelementen verziert. Neben der Eingangstür hing eine Plakette, auf der *Romantik Hotel* stand.

«Romantik Hotel? Anton, was hast du denn vor?»

«Ein wenig Geduld musst du schon haben. Ich bringe unser Gepäck auf das Zimmer, und dann machen wir einen Ausflug.»

Elisabeth zeigte auf Antons Gehstock und lächelte. «Aber eher ein Ausflügchen. So richtig gewöhnt hast du dich an das Ding ja noch nicht, alter Mann.»

«So alt bin ich nun auch wieder nicht. Seit heute gerade mal vierundsiebzig.» Er stellte seinen Koffer ab und spannte den Oberarm an. «Willst du mal fühlen? Vierundsiebzig, das ist doch kein Alter für einen Mann von meinem Schlag.»

Elisabeth und Anton betraten lachend die Lobby des Hotels. Auch hier war alles im barocken Stil eingerichtet. Rot, Gold und Braun waren die vorherrschenden Farben, und Elisabeth fühlte sich sofort wohl.

Anton zeigte auf ein mit weinrotem Brokatstoff bezogenes Sofa. «Setz du dich hierhin und warte.»

Ein Hotelpage kam aus einer Seitentür. Er nahm Elisabeth ihre Reisetasche ab und zeigte Anton den Weg zur Rezeption.

Dort stand eine Frau mit gestärkter Bluse. «Herzlich willkommen in unserem Haus. Ich hoffe, Sie hatten eine gute Reise?»

«Danke schön. Eine sehr gute Reise. Mein Name ist Michalski.»

«Herr Michalski, wir haben Sie schon erwartet.» Sie schaute auf ihren Computerbildschirm. «Bleibt es bei dem Arrangement romantisches Dresden? Zwei Übernachtungen in der Junior-Suite, Abendessen in unserem Sterne-Restaurant, freier Eintritt in die Museen der Stadt und die Nutzung des Spa-Bereichs inklusive Massage?»

Anton nickte und drehte sich kurz zu Elisabeth um. Wie gut, dass sie nichts bemerkt hatte. Bisher glaubte sie, einfach nur eine kleine Städtetour mit ihm zu machen. So, wie sie in den letzten Jahren schon viele Städte gemeinsam besucht hatten. Anton merkte, wie er langsam immer aufgeregter wurde.

«Soll ich Ihr Gepäck nach oben bringen lassen?»

«Das wäre großartig. Wir müssen nämlich gleich weiter.» Anton schob die Hand in die Innentasche seines Sakkos. Er stieß auf einen festen Gegenstand. Zufrieden zog er die Hand zurück.

«Darf ich fragen, wie Ihre Tagesplanung aussieht, Herr Michalski? Nur damit wir wissen, wann Sie und Ihre Begleitung in unser Restaurant kommen.» Die Frau winkte den Pagen zu sich und zeigte auf das Gepäck. Lautlos nahm der das Gepäck und lief in Richtung Treppe.

«Zwanzig Uhr, würde das passen?»

«Selbstverständlich, Herr Michalski. Und einen wundervollen Aufenthalt in unserer Stadt.»

Anton bedankte sich und ging zu Elisabeth, die einen Hotelprospekt und einen Stadtplan von Dresden auf dem Schoß liegen hatte und reglos dasaß.

«Alles gut bei dir, Lisbeth? Bedrückt dich etwas?» Anton setzte sich neben sie.

Elisabeth beugte sich zu Anton und flüsterte in sein Ohr: «Wir können nicht bleiben. Hier sind Verbrecher.»

«Was meinst du?»

«Die haben meine Reisetasche gestohlen. Eben stand sie noch hier, und jetzt ist sie verschwunden.»

Auf Antons Gesicht legte sich ein Schatten. Bisher hatte er gehofft, Elisabeths Vergesslichkeit wäre nur eine Phase. Behutsam nahm er ihre Hand. «Mach dir keine Sorgen, Lisbeth. Der Page hat das Gepäck auf unser Zimmer gebracht. Wahrscheinlich hast du das bloß nicht mitbekommen.» Er küsste Elisabeth auf die Wange.

«Na, dann ist ja gut. Ich will nur noch mal schnell nach oben und mich umziehen.»

Elisabeth und Anton schlenderten über die Wallgrabenbrücke, die auf das Gelände des Zwingers führte. Die Sonne stand hoch, und die Luft flirrte. Elisabeth trug einen weiten, hellen Rock, eine kurzärmelige Bluse und darüber eine leichte Strickjacke.

«Nun komm schon, Anton, wenigstens einen kleinen Hinweis, einen klitzekleinen.» Elisabeth blieb stehen.

«Nein, keine Chance.» Anton wollte weiterlaufen, doch Elisabeth streckte schnell die Hand aus und nahm ihm seinen Gehstock weg.

«Also?»

«Du hast gewonnen. Aber nur eine Sache.» Anton zeigte mit der Hand zum Ende der Brücke. «Du weißt ja, dass es im Zwinger Museen gibt. Und ich dachte, wir sehen uns das Schokoladenmädchen mal im Original an.»

«Das ist phantastisch. Warum bin ich nur selber noch nie darauf gekommen? Ich weiß noch, dass ich das Bild zum ersten Mal in einem Buch meiner Mutter in Rostock gesehen habe. Und dann hing es immer bei uns im Wohnzimmer. Aber das Original, ach Anton, ich freu mich so.»

«Wusste ich doch, dass ich den richtigen Riecher hatte.» Anton tippte auf seine Nase. «Lass uns uns beeilen. Ich weiß nicht genau, wie lange heute geöffnet ist.»

Im zweiten Obergeschoss des Ostflügels war es angenehm kühl. Die Gemäldegalerie Alte Meister war nur mäßig besucht. Die meisten Touristen saßen draußen an den Brunnen in der Mitte der Anlage oder ein wenig abseits hinter dem Französischen Pavillon am Nymphenbad. Elisabeth merkte, wie ihr Herz immer schneller schlug, je näher sie dem Schokoladenmädchen kamen. Was für eine wunderbare Idee von Anton, sie an seinem Geburtstag hierher einzuladen.

Als sie den Ausstellungssaal betraten, fiel ihnen das Bild auf der linken Seite sofort ins Auge. Es war viel größer, als Elisabeth gedacht hatte. Langsam gingen sie darauf zu. Es fühlte sich eigenartig an, dem Original plötzlich von Angesicht zu Angesicht gegenüberzustehen. Elisabeth kannte das Schokoladenmädchen wie ihr eigenes Spiegelbild. Seit vielen Jahren, ja Jahrzehnten war es ihr ständiger Begleiter. Es hatte so viel miterlebt und war wie ein stummer Zeuge gewesen. Das Bild war dabei, als Anton und Elisabeth sich das erste Mal bei ihrem Vorstellungsgespräch in der Charité getroffen hatten. Es war dabei, als Elisabeth Antons Brief gefunden hatte, in dem er ihr von seiner Flucht in den Westen schrieb. Es war dabei, als Elisabeth Johannes auf Knien angefleht hatte, Marlene zu folgen, als sie Hals über Kopf aus der Wohnung gestürmt und schließlich nach Prag gefahren war. Es war dabei, als Theresa zu Johannes und Elisabeth gekommen war und als sie ihre ersten Schritte gemacht und ihr erstes Wort gesprochen hatte. Und als Johannes in Elisabeths Armen gestorben war.

Elisabeth machte einen Schritt nach vorne. Und obwohl sie das Bild in- und auswendig kannte, kamen ihr die Details auf einmal neu vor. Sie konnte nur mit Mühe den Reflex unterdrücken, die Oberfläche zu berühren. Die rosafarbene Seidenhaube des Schokoladenmädchens, sein bodenlanger Rock, das gelbe Mieder, der weiße Kragen, das kleine Tablett mit dem Glas Wasser und die japanische Porzellantasse mit der heißen Schokolade. Elisabeth wollte die pastellfarbenen Konturen berühren und streicheln, wie ein Sinnbild ihrer eigenen Vergangenheit. Eine Vergangenheit, die so viel Schmerz und Freude zugleich in sich barg.

Elisabeth drehte sich zu Anton um. Sie hatte Tränen in den Augen.

Anton sah nachdenklich aus. Er schob die rechte Hand in die Innentasche seines Sakkos und zog eine kleine Schachtel hervor. Anton bückte sich, legte seinen Gehstock auf den Boden und kniete sich vor Elisabeth. Er öffnete die Schachtel. Elisabeth blickte auf einen schmalen goldenen Ring mit einer weißen Perle.

«Meine liebste Lisbeth. Dieses Bild, das ist unser Bild. So lange kennen wir uns nun. Wir haben uns aus den Augen verloren und wiedergefunden, und die ganze Zeit wusste ich, du bist die Liebe meines Lebens. Und darum frage ich dich genau hier vor den Augen der *Belle Chocolatière*: Elisabeth Groen, möchtest du meine Frau werden?»

Tränen liefen Elisabeth über die Wangen. Sie nickte, kniete sich neben Anton auf den Boden, nahm seine Hände und küsste ihn.

# Heute
## Rostock

Es war weit nach Mitternacht, als der Lieferwagen, gefolgt von Martins rotem Peugeot, in die Sankt-Georg-Straße in Rostock einbog. Tom lenkte den Wagen an den Straßenrand, und Martin parkte hinter ihm. Anna war eingeschlafen. Ihr Kopf lehnte, auf ihren Schal gebettet, am Seitenfenster. Tom streckte die Hand aus und berührte vorsichtig ihren Unterarm.

Verschlafen öffnete sie die Augen. «Sind wir da?»

Tom nickte und öffnete die Fahrertür.

Auch Anton und Martin waren ausgestiegen. Sie standen vor dem Laderaum des Lieferwagens und flüsterten miteinander. Tom öffnete die Heckklappe. Charlotte saß neben der schlafenden Theresa, hatte müde Augen, und im Schein der Straßenlaterne wirkte ihr Gesicht zerbrechlich.

«Wie geht es Theresa?» Martin kletterte in den Laderaum und half Charlotte beim Aufstehen.

«Sie hat die ganze Fahrt über geschlafen.»

«Gut so.»

«Und wie geht es jetzt weiter?»

Alle sahen zu Anton.

Der kratzte sich am Kinn. «Ich habe das Gefühl, dass wir genau hier sein müssen. Hier in dem Haus, wo die Geschichte von Lisbeth und Johannes angefangen hat.» Er blickte auf seine Armbanduhr. «Theresa wird so schnell nicht aufwachen, und ich denke, wir sollten uns jetzt auch erst einmal schlafen legen, morgen sehen wir weiter.»

Durch die Dachschräge fiel ein Sonnenstrahl. Er brach sich in dem Spiegel neben dem Kleiderschrank. Das Fenster war angekippt, und Theresa hörte die durchdringenden Trillerlaute eines Kleibers, der in einem Baum unmittelbar vor dem Fenster sitzen musste. Mit jedem Ton schlug von innen ein Hammer gegen ihre Schädeldecke. Sie öffnete die Augen und erschrak. Sie lag in der Rostocker Dachkammer. Wie war sie hierhergekommen?

Der Kleiber sang immer lauter, und Theresa konnte keinen klaren Gedanken fassen.

Ihr letzter Besuch hier schien ewig zurückzuliegen, aber gleichzeitig konnte sie sich an jedes Detail erinnern. Die beige Tapete an den Wänden, die orangefarbene Kugellampe, der Bauernschrank mit den Schnitzereien, das zimtbraune Sofa mit den weißen Häkeldeckchen über der Rückenlehne und der Tisch mit der Kurbel davor.

Theresa drehte den Kopf nach links. Jemand lag neben ihr. Anna? Sie hatte das Gesicht zur gegenüberliegenden Wand gedreht und sich die Tagesdecke fast bis über den Kopf gezogen. Nur ein paar Haare schauten hervor.

Theresa streckte die Hand aus und zog die Decke ein Stück nach unten. Es war Anna. Theresa lächelte und stand auf. Als sie auftrat, tat ihr Fuß so sehr weh, dass sie nur mit Mühe einen Schmerzensschrei unterdrücken konnte. Sie biss die Zähne zusammen und humpelte nach unten.

In der Küche lag ein Hund auf dem Fußboden und schnarchte.

Was machte Toms Hund hier? Theresa ging zur Spüle und trank direkt aus dem Wasserhahn.

Im Wohnzimmer zuckte sie zusammen. Auf dem Sessel schlief Tom. Er hatte sich seine Jacke über die Beine gelegt. Sein Oberkörper lag schräg auf dem viel zu kleinen Sessel. Theresa drehte sich um und zuckte noch einmal zusammen. Anton lag auf dem Sofa. Sein Gehstock lehnte am Sofatisch, daneben stand eine kleine Reisetasche. Was machten sie alle hier? Waren sie es, die Theresa nach Rostock gebracht hatten? Was war hier los?

Plötzlich hörte Theresa Schritte aus dem Schlafzimmer. Martin Nowak kam gähnend auf sie zu. Als er Theresa sah, legte er sich den Finger auf die Lippen und zeigte mit der anderen Hand in Richtung Küche.

Theresa folgte ihm zögernd.

«Theresa. Wie geht es Ihnen?»

«Was soll das alles hier?»

«Nun, wie kann ich es erklären?»

«Ist Charlotte etwa auch hier?» Theresa sah Martin wütend an und verschränkte die Arme vor der Brust.

«Ja, das ist sie. Erinnern Sie sich an unsere letzte Begegnung?»

Theresa antwortete nicht. Ihre Augen hatten sich zu schmalen Schlitzen verengt.

«Ich habe Sie auf dem Friedhof gesehen. Sie waren, nun ja, vollkommen durcheinander. Da habe ich mir Sorgen gemacht und Charlotte angerufen.»

«Und weiter?»

«Ihr Großvater hatte die Idee, dass wir Sie hierherbringen, um …» Er überlegte. «Ich weiß auch nicht genau, warum wir alle hier sind. Das wird sich gleich klären, wenn die anderen aufgewacht sind. Wir haben uns jedenfalls Sorgen um Sie gemacht.»

«Ihr habt mich entführt, oder wie soll ich das verstehen?» In diesem Moment wachte Rocky auf.

«Seid ihr auf einmal alle verrückt geworden?» Theresa sah zur Haustür.

«Bitte bleiben Sie. Es wäre zu schade.»

«Was wäre zu schade? Dass auf einmal alle Entscheidungen, die andere offenbar glauben, für mich treffen zu müssen, hinfällig sind, meinen Sie das? Ich bin nun wirklich alt genug und weiß selbst, was für mich gut ist und was nicht.»

Theresa ging in den Flur. «Wo sind meine Schuhe?»

Rocky lief ihr hinterher und bellte.

«Wo sind meine Schuhe, verdammt?»

Rocky bellte erneut. Plötzlich standen Tom und Anton im Türrahmen.

«Theresa.»

«Kann mir mal jemand sagen, was der ganze Zirkus hier soll? Warum habt ihr mich hergebracht?»

«Theresa, wir wollen doch nur in Ruhe über alles reden. Bitte geh nicht», sagte Anton.

«Wo meine Schuhe sind, will ich wissen!» Theresa begann zu schluchzen.

«Ich fürchte, die haben wir in der ganzen Aufregung bei mir zu Hause vergessen.» Tom stellte sich breitbeinig vor die Haustür. Rocky legte sich neben ihn.

Resigniert ließ Theresa sich auf die Treppe sinken, die zur Dachkammer hinaufführte. «Ich will nicht reden, ich will nach Hause.» Da bemerkte sie, wie sich ihr jemand von hinten näherte.

«Mama, bitte, bleib hier.» Anna zeigte auf ihren Bauch. «Auch für das kleine Mädchen, das bald zur Welt kommt. Es soll doch seine Oma haben. Und ich brauch dich auch, allein schaff ich das nicht.»

Theresa wischte sich mit dem Handrücken über die Augen. «Es wird ein Mädchen? Seit wann weißt du das?»

Anna hockte sich hinter Theresa und umarmte sie. «Seit ein paar Tagen. Pass auf, Mama. Nur einen Tag. Gib uns allen einen Tag. Und wenn wir die Sache dann nicht zu deiner Zufriedenheit geklärt haben, kannst du machen, was du willst. Das Haus verkaufen, uns alle nie wiedersehen. Es ist deine Entscheidung.»

Für einen Moment war es ganz ruhig. Nur die Rufe des Kleibers waren durch die geschlossene Haustür zu hören.

Der Duft von Kaffee hing in der Dachkammer. Charlotte saß an Theresas Bett und streichelte ihr über den Kopf. «Na, fühlst du dich ein bisschen besser?»

Theresa richtete sich auf und nahm Charlotte die Kaffeetasse ab.

«Lotte, es ist so schwer. Ich weiß nicht, was ich machen soll. Wie ich mit dieser Sache umgehen soll. Die letzten Tage waren die reinste Achterbahnfahrt.»

«Das verstehe ich. Mit dir tauschen möchte ich nicht.»

«Sag du mir, was das Beste ist. Weißt du noch, als die ganze Sache angefangen hat, mit dem Schreiben von diesem Dr. Herzberg?»

«Sicher weiß ich das noch.»

Theresa nippte an ihrem Kaffee. «Du warst die Erste, die ich anrufen wollte. Du hast doch immer einen Plan, für dich ist alles logisch, und du kannst Gefühle so gut abschalten, oder?»

«Willst du mich beleidigen?» Charlotte zog gespielt die Mundwinkel nach unten. «Theresa, ich weiß auch nicht weiter. Alles ist anders, alles ist neu. Wir sind gar keine Schwestern. Eigentlich bist du meine Nichte, und ich bin deine Tante. Aber das ändert nichts zwischen uns. Ob nun Nichte, Tante, Schwester. Wir gehören zusammen.»

Theresa stellte die Tasse ab.

Plötzlich begann Charlotte zu weinen.

«Lotte, was hast du denn?»

«Es tut so weh. Du weißt, dass ich unseren Vater, also Johannes, immer so sehr bewundert habe. Er war mein großes Vorbild. Und am Ende kommt raus, dass er dich illegal adoptiert hat. Das hätte ich ihm nie zugetraut. Ich fühle mich verraten.»

«Und dann war Marlene noch nicht mal seine leibliche Tochter.»

«Eben.» Charlotte zog ein Taschentuch aus ihrem Rock und schnäuzte sich. «Weißt du, ich mag Anton. Aber irgendwie mache ich ihm Vorwürfe. Wäre er nicht gewesen, ich …»

«Anton kann nichts dafür. Elisabeth hat es auch zugelassen. Dazu gehören immer zwei. Und immerhin ist sie bis zu Johannes' Tod bei ihm geblieben.»

Charlotte sah nachdenklich durch das Fenster in der Dachschräge. «Und jetzt sag du mir noch mal, dass ich die Vernünftigere von uns beiden bin.»

Es klopfte, und Martin steckte seinen Kopf zur Tür herein. «Ich hoffe, ich störe die Damen nicht. Aber das Essen ist fertig, ich habe gekocht. Es gibt Cannelloni.» Er ging auf Charlotte zu. «Erinnerst du dich?»

Charlottes Augen leuchteten. «Ein Teller Cannelloni

wird die Probleme nicht lösen, aber schlimmer wird er sie auch nicht machen.»

«Theresa, ich freue mich, dass wir deine Schuhe in Berlin vergessen haben, sonst wären wir alle jetzt nicht hier. Vor allem du nicht.» Anton ging zur Wand, an der Marlenes Bild mit dem Frauenkopf hinter den Gitterstäben hing. Er nahm es herunter und stellte es behutsam auf den Boden.

Tom und Anna warfen sich einen kurzen Blick zu. Wie gut, dass niemand wusste, dass Marlenes Bild für kurze Zeit den Besitzer gewechselt hatte.

Anton drehte sich um, ging, auf seinen Gehstock gestützt, in den Flur, holte das Bild mit dem Schokoladenmädchen und stellte es neben Marlenes Gemälde. «Diese zwei Bilder bedeuten mehr, als ihr bisher gewusst habt. Wie soll ich anfangen? Jeder von euch weiß ein bisschen. Das ist verwirrend. Seht mich nur an, ich bin ein alter Mann. Heute übrigens wieder ein Jahr älter.»

Tom schlug sich gegen die Stirn. «Entschuldige, ich habe deinen Geburtstag vollkommen vergessen. Herzlichen Glückwunsch.»

«Warum hast du nichts gesagt?» Anna stand auf und umarmte Anton. «Wie alt bist du denn geworden?»

«Sechsundachtzig, und das ist viel zu alt, um Geheimnisse mit sich herumzutragen. Darum möchte ich reinen Tisch machen, auch auf die Gefahr hin, dass das hier im Streit endet und wir uns alle nie wiedersehen werden.»

Martin schüttelte den Kopf. «Das glaube ich nicht. Es gibt für alles eine Lösung.»

«Also», Anton schaute auf das Schokoladenmädchen,

«dieses Bild hat Elisabeth und mir sehr viel bedeutet. Es war das Bild, das in meinem Büro hing, als wir uns in der Charité kennengelernt haben.» Er sah zu Charlotte. «Auch wenn Ihnen das nicht gefällt, Lisbeth und ich haben uns immer geliebt. Aber ich war ein Feigling, ich bin abgehauen, als sie sich nicht von Johannes trennen wollte. Nach der Wende haben wir uns wiedergesehen und uns heimlich getroffen.»

Charlotte wollte etwas erwidern, doch Martin legte seine Hand auf ihren Arm.

«Das war egoistisch von mir, das gebe ich zu. Aber ich habe sie geliebt, ich konnte nichts dagegen tun.» Anton sah Anna an. «Kannst du dich erinnern, dass du Lisbeth und mich einmal fast überführt hättest?»

«Wann soll das gewesen sein?»

«Du warst acht, und Lisbeth hat gerade Mittagsschlaf gemacht. Ich hatte einen Brief für sie und habe mich an der Tür als Erwin Winterfeld ausgegeben.»

Anna zuckte mit den Schultern. «Das weiß ich gar nicht mehr.»

«In dem Brief habe ich Lisbeth nach Dresden eingeladen. Das war genau heute vor zwölf Jahren.» Anton wies mit seinem Gehstock auf das Schokoladenmädchen. «Wir waren in Dresden im Zwinger, und vor diesem Bild habe ich Lisbeth einen Heiratsantrag gemacht.»

Verwundert sahen sich alle an. Die Cannelloni waren inzwischen kalt geworden.

«Und was hat sie gesagt?» Theresa nahm das Bild und stellte es sich auf den Schoß.

Anton lächelte. «Nun, einen Monat später haben wir geheiratet.»

Charlotte stand auf und lief im Wohnzimmer umher. «Warum hat sie uns das nie erzählt?»

«Wir haben es aus Respekt vor Johannes und euch für uns behalten. Es war unser kleines Geheimnis.»

«Jetzt wird mir auch klar, warum Sie eine Wohnung genau gegenüber vom Pflegeheim haben.»

Antons Augen wurden trüb. Er ging zurück zum Tisch und setzte sich. «Schon damals bei der Hochzeit gab es die ersten Anzeichen. Ihr erinnert euch ja selber. Und als Lisbeth nicht mehr alleine leben konnte und ins Pflegeheim gekommen ist, habe ich meine Wohnung in Kreuzberg gekündigt und mir eine direkt gegenüber gemietet. So war ich immer in ihrer Nähe. Von meinem Wohnzimmer aus konnte ich sogar ihr Fenster sehen. Aus diesem Grund sind wir uns in all der Zeit auch nie begegnet.»

Theresa stellte das Bild mit dem Schokoladenmädchen zurück und nahm das von Marlene in die Hand. Sie betrachtete es eine Weile, dann sprang sie auf. «Anton, das ist ja schön und gut. Aber eine Sache verstehe ich nicht. Wie konntest du eine Frau lieben, ja sie sogar heiraten, wenn du doch wusstest, dass sie ihrer eigenen Tochter das Kind gestohlen und es für ihr eigenes ausgegeben hat? Das passt nicht zu deiner romantischen Liebesgeschichte über die Jahrzehnte hinweg, die selbst Mauern nicht aufhalten konnten. Ich verstehe nicht, wie du mit dem schlechten Gewissen leben konntest. So groß kann eure Liebe ja nicht gewesen sein, wenn Elisabeth dich die ganze Zeit belogen hat.»

«Ich wusste es nicht, Theresa, das musst du mir glauben.» Anton wurde blass und presste sich die Hand auf den Brustkorb.

«Du kannst hier viel erzählen, außer Eva sind alle, die die Wahrheit kannten, tot.»

Anton atmete schwer. Ihm wurde schwindlig. Offenbar hatte er sich zu früh gefreut. Das Ganze hier würde in einer Katastrophe enden. Alle Mühen waren umsonst gewesen.

«Theresa, das ist nicht fair.» Tom sprach lauter, als er wollte. «Er wusste es nicht, selbst ich hab es ja nicht gewusst. Meine Mutter hat mit niemandem darüber gesprochen, dass sie im Gefängnis ein Baby zur Welt gebracht hat.»

«Er hat recht, Mama.»

«Anna, jetzt fall du mir nicht auch noch in den Rücken.» Theresa ballte ihre Hand zur Faust. «Wisst ihr eigentlich, wie es mir geht? Mein ganzes Leben ist eine Lüge.»

Tom erhob sich. «Immerhin hattest du eine Mutter, die dich geliebt hat. Egal ob nun biologisch oder wie auch immer. Kannst du dir vorstellen, wie es war, mit einer Frau aufzuwachsen, die zwar meine Mutter war, sich aber nie wie eine verhalten hat? Ich hab alles versucht, um ihre Zuneigung zu gewinnen. Aber sie kam immer nur an, wenn sie was wollte. Und Anton, den du hier so blöd anmachst, er war es, der für mich da war. Wie ein Vater.»

Anton sah auf. «Theresa, als Elisabeth gestorben ist, erst da habe ich einen Brief von ihr gefunden, in dem sie von ihrer Lüge gesprochen hat. Er war hier versteckt.» Er zeigte auf das Schokoladenmädchen. «Und dann waren Charlotte und ich bei Eva, die von der illegalen Adoption erzählt hat, das musst du mir glauben.»

Charlotte nickte. «Wir wollten dich schonen, es dir in Ruhe beibringen. Wer konnte denn ahnen, dass Eva dir gleich alles erzählen würde?»

Etwas Farbe war in Antons Gesicht zurückgekehrt. «Anna, kannst du mir mal mein Sakko holen?»

Anna ging in den Flur und kam kurz darauf mit dem Sakko zurück. Anton nahm seine Brieftasche heraus, klappte sie auf und zog mit zitternden Fingern einen Zettel hervor. «Theresa, wir können die Zeit nicht zurückdrehen. Hier, lies das. Das hat Johannes geschrieben. Es geht um dich.»

Theresa rührte sich nicht.

Entschlossen nahm Charlotte Anton den Zettel aus der Hand. Sie faltete ihn auf. Die ersten Zeilen übersprang sie, den Rest las sie laut vor.

Theresa und Marlene. Das, was ihnen widerfahren ist, ist der größte Dorn in meinem Leben. Ich würde alles dafür tun, die Zeit zurückzudrehen. Aber das geht nicht, und nun ist es zu spät. Die Wahrheit würde unsere Familie kaputt machen.

Wir beide wissen, was wir getan haben. Aber hatten wir eine Wahl? Hatten wir das Recht, ein weiteres Leben zu zerstören? Und ist es jetzt nicht für alle Beteiligten besser, die Lüge weiterleben zu lassen, damit kein weiterer Mensch zu Schaden kommt?

Theresa, die für uns immer wie ein eigenes Kind war. Wir haben sie großgezogen, ich habe ihre Hand gehalten, als sie ihre ersten Schritte gemacht und sprechen gelernt hat. Malen, das war ihr erstes Wort. Ich habe an ihrem Bett gesessen, wenn sie krank war, ich habe bei ihrer Einschulung die Zuckertüte gehalten, habe ihre Tränen getrocknet, als sie ihren ersten Liebeskummer hatte. Und mit `jeder Sekunde war es auch Marlene, die ich dabei vor Augen hatte.`

Alle sahen betreten zu Boden, niemand rührte sich. Mit einem Mal brach Theresa in Tränen aus.

«Theresa, ich wusste es nicht. Aber ich bin da, wir alle sind für dich da. Wir alle sind eine Familie, ganz egal, wer mit wem verwandt ist. Familie ist mehr als das.»

«Danke, Anton.»

Er wischte Theresa eine Träne aus dem Augenwinkel.

Theresa atmete tief durch. «Ich muss das alles erst einmal sacken lassen, ich kann nicht einfach so zur Tagesordnung übergehen.»

«Das verlangt auch niemand.» Anton drückte ihre Hand. «Und die Familie wächst weiter. Anna wird bald Mutter, und das Einzige, was wir tun können, ist, aufrichtig zueinander zu sein.»

Anna hob den Kopf. «Vielleicht ist jetzt ein guter Zeitpunkt, euch zu sagen, dass ich darüber nachdenke, mein Baby Marlene zu nennen. Was meint ihr?»

Tom antwortete als Erster. «Find ich gut. Und wenn was sein sollte, wenn du Hilfe brauchst, ich bin für dich und das Baby da.»

In diesem Augenblick klingelte es.

«Ich mache das schon.» Martin ging zur Haustür. Kurz darauf kam er zurück. «Theresa, da ist jemand, der dich sprechen möchte.»

Theresa stand auf, wischte sich über das Gesicht und ging in den Flur. Im Türrahmen stand ein Mann, der ihr irgendwie bekannt vorkam. Aber sie konnte sich gerade nicht erinnern, wo sie ihn schon einmal gesehen hatte.

«Hallo, Paula, ich meine Theresa, so heißt du doch.»

Theresa nickte.

Der Mann streckte Theresa seine Hand entgegen. «Schön, dass wir uns kennenlernen. Anton Michalski hat mich angerufen und gesagt, dass ich dich hier finde.»

Theresa wusste nicht, was sie sagen sollte.

Der Mann drückte ihre Hand. «Ach ja, ich habe mich ja noch gar nicht vorgestellt. Ich bin Wieland. Wieland Ostermeyer.»

# Danksagung

Um ein Kind großzuziehen, braucht es ein Dorf, sagt man. Bei einem Buch ist es ebenso. Ohne die vielen fleißigen Hände und kreativen Köpfe im Hintergrund wäre *Kranichland* nie aus den Windeln heraus und in die Jugendjahre gekommen, um schließlich von zu Hause auszuziehen. Mein besonderer Dank gilt:

Sabine Langohr, meiner Agentin, die von Anfang an an die Geschichte der Familie Groen geglaubt hat. Unvergessen ist mir der wundervolle Satz: «Ich glaube, wir brauchen jetzt erst mal einen Schnaps.»

Friederike Ney, meiner Lektorin, die mit mir sogar im KaDeWe Macarons kaufen war und nicht nur in kulinarischer Hinsicht ein gutes Händchen hat.

Dr. Jens Schöne, der mich mit seinem Detailwissen von Politiksprache über Maracujabrause bis hin zum Wetter von vor sechzig Jahren beeindruckt hat.

All den Freunden, Bekannten und Familienmitgliedern, die sich voller Tatendrang in die Recherche gestürzt und von früher erzählt haben.

M. und S. für die Zeit, den Kaffee, die Schokolade und ihre offenen Ohren. Immer.

MIX
Papier aus verantwortungsvollen Quellen
FSC® C083411

Das für dieses Buch verwendete Papier ist FSC®-zertifiziert.